Stunde der Versuchung

BRENDA JOYCE

STUNDE
DER
VERSUCHUNG

Roman

Aus dem Amerikanischen
von Angelika Naujokat

Weltbild

Die amerikanische Originalausgabe erschien 2002
unter dem Titel *Deadly Affairs* bei St. Martin´s Press, New York

Besuchen Sie uns im Internet:
www.weltbild.de

Genehmigte Lizenzausgabe
für Verlagsgruppe Weltbild GmbH,
Steinerne Furt, 86167 Augsburg
Copyright der Originalausgabe © 2002 by Brenda Joyce
Dreams Unlimited, Inc.
Copyright der deutschen Ausgabe © 2005 by Knaur Taschenbuch.
Ein Unternehmen der Droemerschen
Verlagsanstalt Th. Knaur Nachf. GmbH & Co. KG, München
Übersetzung: Angelika Naujokat
Umschlaggestaltung: Studio Höpfner-Thoma, München
Umschlagmotiv: AKG, Berlin; Artothek, Weilheim
Gesamtherstellung: GGP Media GmbH,
Karl-Marx-Straße 24, 07381 Pößneck
Printed in Germany
ISBN 3-8289-7852-5

2008 2007 2006 2005
Die letzte Jahreszahl gibt die aktuelle Lizenzausgabe an.

KAPITEL 1

DONNERSTAG, 6. FEBRUAR 1902 – 9 UHR
»Was halten Sie von dem hier, Miss Cahill?«

Francesca gab sich große Mühe, geduldig zu sein, was ihr nicht leicht fiel. Sie warf einen Blick auf die schimmernde, aprikosenfarbene Seide, die Maggie Kennedy in die Höhe hielt. »Ehrlich gesagt, dieser Stoff ist ebenso hübsch wie die anderen«, sagte Francesca. Dabei ging ihr durch den Kopf, ob ihr Vater wohl bemerkt hatte, dass eine seiner Morgenzeitungen fehlte. War es wirklich schon neun Uhr? Wie lange würde diese Anprobe wohl noch dauern? Auf Francesca warteten zwei Seminare am Barnard College, einer sehr exklusiven Hochschule für Frauen, an der sie sich heimlich eingeschrieben hatten. Ihre Mutter ahnte nichts davon, und Francesca wusste, dass sie die Vorstellung verabscheute, dass ihre jüngere Tochter jemals als Blaustrumpf tituliert werden könnte.

Denn eine Intellektuelle zur Tochter zu haben – und eine waschechte Reformistin noch dazu –, würde Julia van Wyck Cahills Pläne durchkreuzen, Francesca so schnell wie möglich unter die Haube zu bringen.

Francesca seufzte vernehmlich.

»Das Blau würde Ihnen aber auch wirklich gut stehen, Miss Cahill«, murmelte Maggie, die mittlerweile inmitten von Nadeln, Nadelkissen und Maßbändern zu Francescas Füßen kniete.

»Ach, bitte, Mrs Kennedy, nennen Sie mich doch Francesca«, sagte sie mit einem aufrichtigen Lächeln und blickte zu der rothaarigen Frau hinunter.

Maggie erwiderte das Lächeln zögernd. »Es wäre wohl das Beste, aus dem blauen Stoff ein Tages-Ensemble zu machen. Der Stoff ist etwas fester, und ein tailliertes Jäckchen und ein Rock wären wohl am vorteilhaftesten.«

»Klingt wundervoll«, erwiderte Francesca, der es eigentlich gleichgültig war. Inzwischen war ihr Vater, Andrew, gewiss schon längst zum Frühstück hinuntergegangen und hatte entdeckt, dass ihm nur die *Times* und die *Tribune* zum Lesen zur Verfügung standen. Großer Gott, welcher Teufel hatte sie nur geritten, als sie diesen Reportern am vergangenen Dienstag, als sie im Plaza weilte, ein Interview gab? Offenbar hatte ihr Stolz dabei ihren gesunden Menschenverstand besiegt. Die Zeitungen des Vortages waren voller Details über den Randall-Mord gewesen, aber Francescas Name war in dem Zusammenhang nicht erwähnt worden.

Und das, obwohl sie den Fall gelöst hatte.

»Was halten Sie von Zinnoberrot für ein Abendkleid? Die meisten Blondinen können diese Farbe nicht tragen, aber Sie mit Ihrem Honigblond – also Ihnen würde das gewiss stehen«, sagte Maggie, die sich wieder erhoben hatte.

»O ja, ich mag Rot«, sagte Francesca geistesabwesend.

Maggie blickte ihre Kundin zweifelnd an, als spürte sie, wie wenig sie sich in Wahrheit aus den zehn neuen Kleidern machte, die sie soeben bei ihr bestellt hatte.

»Rot ist eine meiner Lieblingsfarben«, versicherte Francesca ihr, was eigentlich nicht stimmte, da sie diese Farbe seit dem

Mord an Randall und der Burton-Entführung immer an Blut erinnerte.

Maggie schritt zu Francescas riesigem Himmelbett hinüber, das mit Stoffproben bedeckt war. Das Bett stand gegenüber von einer Sitzgruppe und einem Kamin und dominierte das große, wunderschöne Zimmer. Die Frau befingerte die verschiedenen Seiden-, Woll- und Chiffonstoffe.

Francesca blickte sie fragend an. »Stimmt etwas nicht, Mrs Kennedy?«

»Nein, nein, es ist alles in Ordnung.« Maggie wandte sich zu ihr um. Sie umklammerte eine Stoffprobe in einem atemberaubenden Dunkelrot. »Ich war nur so überrascht, als Sie tatsächlich vorbeikamen und mir sagten, Sie wollten sich von mir Kleider schneidern lassen. Und dann gleich so viele!«

Francesca schenkte ihr ein strahlendes Lächeln. »Meine Mutter wird entzückt sein, wenn sie erfährt, dass ich endlich Interesse an meiner Garderobe zeige«, erwiderte sie, obwohl Letzteres nicht ganz der Wahrheit entsprach.

Sie schätzte Maggie auf siebenundzwanzig oder achtundzwanzig Jahre. Die junge Frau war zweifellos einmal eine Schönheit gewesen, aber ein Leben voller Mühsal hatte bereits seine Spuren in ihrem Gesicht hinterlassen, und sie wirkte mindestens fünfzehn Jahre älter als Francesca, die zwanzig war. Maggie hatte vier Kinder, und der Älteste, der elfjährige Joel, war Francescas neuer Gehilfe. Sie hatte ihn erst kurze Zeit zuvor angestellt, nachdem er ihr bei der Aufklärung der Burton-Entführung und auch bei der Suche nach dem Randall-Mörder eine unentbehrliche Hilfe gewesen war und sie zudem zweimal aus einer misslichen, lebensbedrohlichen Lage gerettet hatte. Der Junge kannte die dunklen

Ecken der Stadt wie seine Westentasche, ganz besonders aber die Lower East Side, die Francesca vollkommen fremd war. Joel hatte ihr sogar beigebracht, wie man jemanden bestach, um an wichtige Informationen zu gelangen.

»Joel spricht andauernd von Ihnen, Miss Cahill. Er bewundert Sie so sehr«, sagte Maggie.

Francesca lächelte. »Er ist ein wundervoller Junge.«

Maggie erwiderte das Lächeln nicht. »Er hat oft Schwierigkeiten mit der Polizei.«

»Ich weiß.« Francescas Stimme klang ernst. »Aber er ist kein schlechter Kerl. Ganz und gar nicht – das Gegenteil ist wohl eher der Fall.«

Maggie schien erleichtert zu sein, diese Worte zu hören, und Francesca fragte sich, ob sie wohl über das Ausmaß von Joels Aktivitäten Bescheid wusste. Er war ein Taschendieb, der von der Polizei auch Knirps genannt wurde. »Freut mich, dass Sie so von ihm denken.« Maggie hielt das rote Stoffstück in die Höhe. »In 'nem Kleid aus dem Brokat hier werden Sie die Ballkönigin sein.«

Francesca betrachtete den auffälligen Stoff skeptisch. Er passte eigentlich gar nicht zu ihr, denn sie war eher ein ernster, intellektueller Typ, und obgleich sie bis zu diesem Zeitpunkt jedes Stoffmuster akzeptiert hatte, das Maggie ihr gezeigt hatte, zögerte sie nun. Doch dann wanderten ihre Gedanken wie so oft zu Rick Bragg, dem Polizei-Commissioner von New York, und ihr Herz vollführte einen kleinen Sprung. Sie hatte ihn seit Dienstag, als sie sich auf den Stufen des Plaza unterhalten hatten, nicht mehr gesehen. »Glauben Sie wirklich, dass ich eine so auffällige Farbe tragen kann?«, fragte sie schließlich.

»Aber ja!«, rief Maggie mit leuchtenden Augen. Wenn sie auf

8

diese Weise lächelte, schienen die vielen Jahre voller harter Arbeit von ihr abzufallen, und sie wirkte mit einem Mal jung, hübsch und sprühend vor Leben.

Francesca wusste sehr wohl, dass sie sich keiner Fantasie hingeben sollte, in der sie ein solches Kleid für Bragg trug. Schließlich verband sie nichts weiter als eine Freundschaft! Und das würde sich auch niemals ändern, denn er war ein verheirateter Mann – auch wenn seine Frau Leigh Ann eine abscheuliche, egoistische Person war, die mit ihren wechselnden Liebhabern in Europa lebte. Bragg hatte sie seit vier Jahren nicht gesehen, doch er wollte sie auch gar nicht sehen. Auf geradezu selbstlose Weise finanzierte er ihren Lebensunterhalt, und sie verprasste sein hart verdientes Geld, ohne sich auch nur im Geringsten darum zu scheren, dass ein Mann im öffentlichen Dienst nur ein mittelmäßiges Einkommen erhielt. Gott sei Dank lebt sie in Übersee!, dachte Francesca zornig.

Sie war Leigh Anne nie begegnet und hoffte, auch niemals ihre Bekanntschaft machen zu müssen. Ohne sie zu kennen, verachtete Francesca diese Frau, und es war ihr gleichgültig, ob sie sich dabei ungerecht verhielt.

»Maggie, dürfte ich einen geradezu vermessenen Wunsch äußern? Ich bin am nächsten Dienstag zu einer Gesellschaft eingeladen. Die Verlobte meines Bruders, Sarah Channing, veranstaltet nämlich einen Ball zu Ehren ihrer Cousine, Bartolla Benevente. Offenbar ist die Gräfin gerade in der Stadt eingetroffen und –«

Maggie lächelte, als Francesca mitten im Satz verstummte. »Sie wissen doch, dass ich nachts arbeite. Ich denk schon, dass ich ein Kleid für Sie fertig bekommen könnte, aber dann müssen wir für Dienstagmorgen eine letzte Anprobe vereinbaren.«

»Und das wäre wirklich möglich?« Zum ersten Mal, seit Maggie mit den Stoffmustern bei ihr erschienen war, verspürte Francesca aufrichtige Begeisterung. Sie konnte sich den Ausdruck in Braggs bernsteinfarbenen Augen vorstellen, wenn er sähe, wie sie in diesem wundervollen Rot die Treppe herunterkäme. Sie war sich ziemlich sicher, dass er nicht in der Lage sein würde, den Blick von ihr zu wenden. »Das Kleid darf ruhig ein wenig gewagt sein«, sagte sie.

»Dann sollte es rückenfrei sein und einen tiefen Ausschnitt haben«, erwiderte Maggie prompt. »Ich hab ein Schnittmuster, das geradezu perfekt für Sie wäre. Warten Sie, ich zeig's Ihnen.« Sie ging zu ihrem abgenutzten Lederkoffer hinüber.

Francesca war sich bewusst, dass sie solche Gedanken über Bragg eigentlich nicht hegen und es ihr egal sein sollte, ob er sie auf irgendeine Weise bewunderte oder nicht. Aber das war leichter gesagt als getan. Sie seufzte und verspürte mit einem Mal eine unendliche Traurigkeit.

»Geht es Ihnen nicht gut?«, fragte Maggie leise.

Francesca lächelte. »Doch, doch, alles bestens.« Sie blickte zu der bronzenen Uhr hinüber, die auf der Marmorplatte der Kommode stand. Du liebe Güte, es war bereits zwanzig Minuten nach neun! Sie musste sich schon bald auf den Weg zum College machen.

Maggie holte ein Schnittmuster aus dem Koffer und zeigte es Francesca. »Das hier ist das Mieder. Es ist ziemlich tief ausgeschnitten, aber das könnte ich noch ändern. Und ich kann auch zwei kleine Ärmel drannähen, wenn Ihnen das lieber wäre.« Sie hielt einen weiteren Teil des Musters in die Höhe.

»Im Rücken könnte ich das Mieder auch etwas höher beginnen lassen.«

»Es gefällt mir eigentlich so, wie es ist«, sagte Francesca errötend. Ihr Herz hämmerte. Was tat sie da nur? Was dachte sie sich bloß dabei? Würde sie sich wirklich trauen, ein so gewagtes Kleid anzuziehen? Dann schweiften ihre Gedanken erneut ab.

Ob Bragg wohl in der *Sun* gelesen hatte, was dieser Schuft, Arthur Kurland, über sie geschrieben hatte? Woher mochte Kurland nur gewusst haben, welche Rolle sie bei der Aufklärung des Randall-Mordes gespielt hatte? Er war ja nicht einmal dabei gewesen, als sie den anderen Reportern ein Interview gegeben hatte!

Maggie packte die Schnittmuster wieder weg. »Dann wären wir für heute fertig. Es werden dann also insgesamt zwei Kostüme, zwei Röcke, drei Hemdblusenkleider, zwei Tageskleider und das Abendkleid. Ich würde Ihnen auch zu gern die passenden Schuhe dazu aussuchen«, sagte sie mit ernster Stimme.

Francesca wollte gerade erwidern, dass sie tun solle, was immer sie für nötig befände, als es an der Tür klopfte. Bevor sie antworten konnte, wurde die Tür auch schon geöffnet, und Francescas Schwester Connie trat ein. Ihre Augen weiteten sich vor Überraschung, als sie den Zustand des Zimmers erfasste.

»Was ist denn hier los?«, fragte sie und ließ ihren Blick über die beiden Frauen, die auf dem Boden verstreuten Nähutensilien und die vielen Stoffmuster gleiten, die auf dem Himmelbett verteilt lagen. Connie war zwei Jahre älter als Francesca und sah ihr sehr ähnlich. Sie hatte einige Jahre zuvor einen Engländer geheiratet, wodurch sie in den Besitz eines Adelstitels gelangt war. Die beiden Schwestern wurden oft für Zwillinge gehalten, obwohl Connie etwas helleres Haar und einen helleren Teint als Francesca hatte. Ansonsten hatten sie beide große, blaue Augen, hohe Wangenknochen, eine kleine, gerade Nase und volle, rosige Lippen. Sie wurden allgemein als Schönheiten angesehen.

»Ich habe einige neue Kleider bei Mrs Kennedy bestellt«, erwiderte Francesca und hoffte, dass ihre Schwester sie nicht verraten würde. »Con, das ist Mrs Kennedy. Mrs Kennedy – meine Schwester, Lady Montrose.«

Maggie blickte Connie blinzelnd an, die – ganz im Gegensatz zu Francesca – jeden sofort in ihren Bann schlug. Sie stand in einem umwerfenden hellblauen Kostüm mit Nadelstreifen im Türrahmen. Obwohl es noch recht früh am Morgen war, trug sie eine feine, dreireihige Kette aus blauem Topas mit einer Kameebrosche in der Mitte um den Hals und hatte ihr prächtiges Haar im Nacken zu einem kunstvollen Knoten gesteckt. Auf ihrem Kopf saß ein zu dem Kostüm passender Hut, an dessen Krempe zwei Trockenblumen befestigt waren. Die Handschuhe, die Connie bei sich trug, waren aus taubenblau gefärbtem Ziegenfell und wunderschön bestickt. An ihrer linken Hand funkelte ein riesiger Diamantring, und an ihrem Rocksaum blitzte die gerüschte französische Spitze ihres teuren Unterrocks hervor.

»Guten Morgen«, sagte Connie mit einem freundlichen Lächeln in Maggies Richtung. Dann schüttelte sie ungläubig den Kopf. »Du hast Kleider bestellt, Fran? Was ist denn mit dir los? Ist das wirklich meine Schwester, mit der ich hier rede? Haben wir vielleicht Vollmond? Oder hat das ewige

Detektivspielen etwa inzwischen einen dauerhaften Schaden angerichtet?«

Francesca warf ihr einen warnenden Blick zu. »Mama bittet mich seit mindestens einem Jahr, dass ich mir neue Kleider bestelle.«

»Ich glaube, es sind wohl eher zwei Jahre«, gab Connie gelassen zurück.

»Mir hat einfach die Zeit gefehlt«, erklärte Francesca.

»Und die Lust«, ergänzte Connie.

»Ich hatte schon seit einer ganzen Weile vor, eine neue Garderobe zu bestellen«, sagte Francesca, die allmählich ärgerlich wurde.

»Und hast einfach nie die Zeit dazu gefunden, was? Nun, wann solltest du auch? Vor deinen Seminaren, wenn du mit dem Detektivspielen fertig bist oder während du schläfst?«

»Hör auf«, zischte Francesca.

Connie lachte. »Also, ich finde es toll, Fran. Da bin ich ja einmal gespannt, was du dir ausgesucht –« Sie verstummte mitten im Satz, als ihr Blick auf das oberste Stoffmuster fiel. Es war der glutrote Brokat, den Francesca sich für das Abendkleid ausgesucht hatte. »Du hast dir doch nicht etwa diesen Stoff da bestellt?«

Francesca verschränkte die Arme vor der Brust. »Mrs Kennedy hat mir versichert, dass er an mir fantastisch aussehen wird.«

»Jetzt verstehe ich langsam, worum es hier geht«, erwiderte Connie verschmitzt. »Bragg ist der Grund.«

»Ist er nicht«, erwiderte Francesca hitzig und warf ihrer Schwester einen bösen Blick zu. »Mrs Kennedy ist übrigens Joels Mutter, Con.«

»Ich muss jetzt gehen«, sagte Maggie und blickte von einer Schwester zur anderen. »Ich hab meinem Aufseher heute Morgen eine Nachricht geschickt, dass ich krank bin, aber ich hab versprochen, dass ich mittags zur Arbeit komme. Und ich würde vorher gern noch diese Stoffe bestellen«, fuhr sie an Francesca gewandt fort. Diese wusste, dass Maggie tagsüber in der Fabrik von Moe Levy arbeitete und nachts zu Hause Kleider für Privatkundinnen nähte. Ihr Fleiß erstaunte Francesca immer wieder aufs Neue. Eigentlich benötigte sie gar keine neuen Kleider, aber sie war entschlossen, der Kennedy-Familie auf diese Art unter die Arme zu greifen.

»Vielen Dank für die Anprobe. Und besonders dafür, dass Sie es so kurzfristig ermöglicht haben«, sagte Francesca, während sie Maggie zur Zimmertür begleitete.

»Nein, ich danke *Ihnen*, Miss Cahill«, erwiderte Maggie herzlich mit einem kleinen Lächeln, das die winzigen Fältchen um ihre Augen auslöschte.

Francesca legte ihr die Hand auf den Ellbogen. »Bitte nennen Sie mich doch Francesca. Es würde mich wirklich freuen.«

Maggie zögerte. »Ich will es versuchen, Miss Cahill«, antwortete sie und errötete.

»Schon gut«, sagte Francesca und blickte ihr nach, als sie ging.

Connie starrte ihre Schwester an. Das Lächeln war aus ihrem Gesicht verschwunden.

»Fang gar nicht erst an!«, sagte Francesca warnend.

»Na schön, ich werde mir meine Kommentare verkneifen, aber ich will nicht hoffen, dass du dich in Zukunft für einen *verheirateten* Mann herausputzen wirst!« Sie musterte ihre Schwester mit festem Blick. »Ich weiß, was du für einen

Dickkopf hast, Francesca. Bitte, bitte sag mir, dass es hierbei nicht um Bragg geht.«

»Es geht wirklich nicht um Bragg«, erwiderte Francesca, was ja im Grunde nur eine kleine Notlüge war. »Wir sind bloß Freunde, und das wird sich niemals ändern«, fügte sie mit Nachdruck hinzu, denn schließlich entsprach es der Wahrheit. Trotzdem tat es ihr weh, die Worte auszusprechen. Doch in den vergangenen Tagen hatte sie bereits gelernt zu akzeptieren, was sich nun einmal nicht ändern ließ.

Oder machte sie sich da vielleicht nur etwas vor?

Aber Bragg würde sich niemals von seiner Frau scheiden lassen, dafür war er ein viel zu ehrenwerter Mann. Außerdem ließen es seine politischen Ambitionen ohnehin nicht zu.

Francesca wünschte ihm, dass seine politische Karriere von Erfolg gekrönt sein würde.

»Nun, wenn du dich nicht für ihn in Schale wirfst, dann muss es sich wohl um einen Akt der Wohltätigkeit handeln, dass du diese Frau bestellt hast«, sagte Connie und betrachtete ihre Schwestern aufmerksam.

Francesca seufzte. »Also gut, ich gebe auf. Du hast Recht. Weißt, du, sie arbeitet so schwer, um ihre vier Kinder durchzubringen –«

»Schon gut, schon gut. Du musst nichts mehr sagen. Ich dachte mir so etwas bereits.« Connie trat auf Francesca zu und umarmte sie zu deren Überraschung fest. »Du bist der gütigste Mensch, den ich kenne.«

»Con…« Francesca ergriff die Hand ihrer Schwester. »Ist bei dir alles in Ordnung? Wie …« Sie zögerte einen Moment lang. »Wie geht es Neil?«

Connie tat einen tiefen Atemzug und blickte zur Seite. »Es

geht ihm gut.« Sie schaute auf und schenkte Francesca ein strahlendes Lächeln. »Wir sollten vergessen, was letzte Woche geschehen ist. Lass die Vergangenheit ruhen. Was jetzt zählt, sind die Gegenwart und die Zukunft.« Ihr Lächeln schien auf ihrem Gesicht festgefroren zu sein.

Francesca starrte ihre Schwester ungläubig an. Das konnte doch unmöglich ihr Ernst sein – die Geschehnisse der zurückliegenden Woche ließen sich doch nicht einfach so aus dem Gedächtnis tilgen! Hatte Connie nicht ihren Mann verlassen, wenn auch nur für zwei Nächte? Und hatte der sie nicht betrogen und dadurch dazu veranlasst, mit ihren beiden Töchtern zu einer Freundin zu flüchten? »Hattest du schon die Gelegenheit, mit Neil zu reden?«, fragte Francesca schließlich vorsichtig.

»Aber wir reden doch jeden Tag miteinander!«, rief Connie viel zu laut und lächelte erneut. »Gestern Abend erst haben wir über Reinholds neue Oper und die gegenwärtige Finanzsituation der Stadt gesprochen. Es ist alles wunderbar, Francesca, ganz wunderbar.« Sie nannte ihre Schwester sonst nie Francesca, sondern immer nur Fran.

Francesca musterte sie besorgt, aber Connie wandte sich rasch ab. Wenn Connie ihre Gefühle doch nur herauslassen würde!, dachte Francesca. Sie konnte sich gut vorstellen, wie sie selbst sich fühlen würde, wenn Neil ihr Mann wäre und sie herausgefunden hätte, dass er eine Geliebte hat. Neil Montrose besaß nicht nur einen Adelstitel, sondern war zudem ein gut aussehender, stolzer und intelligenter Mann, der seine Kinder abgöttisch liebte und seine Frau anbetete – zumindest war es bis kurze Zeit zuvor noch so gewesen. Als Francesca noch jünger gewesen war, hatte sie sich oft gefragt, wie es wohl wäre, die ältere Schwester zu sein und mit einem Mann wie Neil zusammenzuleben. Wahrscheinlich hätte *sie* ihn aus tiefstem Herzen gehasst, wenn sie die schreckliche Wahrheit erfahren hätte.

Francesca hatte keine Ahnung, was zwischen Neil und Connie geschehen war, aber noch wenige Wochen zuvor hatte sie ihren Schwager für einen ehrenwerten Mann gehalten und aus tiefstem Herzen bewundert. Doch sie konnte sich schlecht anmaßen, darüber zu richten, was Connie zu tun oder zu empfinden hatte. Ganz besonders, da sie nicht wusste, was wirklich zwischen den beiden vorgefallen war.

Vielleicht würde sie Neil später einen Besuch abstatten und versuchen herauszufinden, ob wirklich alles bereits wieder so harmonisch war, wie Connie behauptete. Diese Idee gefiel Francesca. Doch zunächst einmal wandte sie sich wieder ihrer Schwester zu. »Du bist ja schon früh unterwegs. Bist du zum Frühstück gekommen?« Im selben Moment fragte sie sich, warum Connie nicht mit Neil an ihrem eigenen Frühstückstisch saß und die *Tribune* las.

»Und ob ich das bin, also zieh dich endlich an!«, erwiderte Connie. »Ach, übrigens, Papa ist ziemlich verärgert. Er kann die heutige Ausgabe der *Sun* nicht finden, und du weißt doch, wie sehr er an seinem morgendlichen Ritual hängt.«

Francesca schenkte ihr ein falsches Lächeln. »Armer Papa! Da muss der Zeitungsjunge wohl einen Fehler gemacht haben. Vielleicht ist er ja neu.« Sie kreuzte heimlich die Finger hinter dem Rücken, denn besagte Zeitung befand sich in Wahrheit zurzeit unter ihrem Himmelbett.

»Ja, daran wird es wohl liegen«, sagte Connie.

Francesca fragte sich, wie groß wohl die Chance war, dass ihr

Vater im Büro oder am Zeitungsstand doch noch eine Ausgabe der *Sun* zu Gesicht bekommen würde.

In dem Fall würde er wohl kaum die Schlagzeile übersehen können, die auf der Titelseite prangte:

MILLIONÄRSTOCHTER STELLT
RANDALL-MÖRDER MIT BRATPFANNE

Francesca stand an der Ecke der 23rd Street. Über ihrem Kopf donnerte die 9th Avenue El hinweg und hinterließ eine Wolke aus Rauch und Ruß. Francesca war froh, als sich die Hochbahn, die sie soeben verlassen hatte, endlich entfernt hatte.

Hoch beladene Fuhrwerke rumpelten über die vereiste Straße, die von einer Schicht aus schmutzigem Schnee bedeckt war. Francesca musterte die anderen Fußgängern, bei denen es sich offenbar hauptsächlich um eingewanderte Arbeiter handelte. In diesem Viertel wurde genauso viel Deutsch wie Englisch gesprochen. Zwei Frauen in graubraunen Mänteln und Schals, die sie sich um die Köpfe geschlungen hatten, unterhielten sich auf Russisch, während sie auf ein rotes Sandsteinhaus zueilten, von dem Francesca wusste, dass darin eine Fabrik untergebracht war. Sie blickte sich nach einer Mietdroschke um.

Francesca hatte einen schlimmen Morgen hinter sich. Weil ihr der Leitartikel in der *Sun* nicht aus dem Kopf gegangen war, hatte sie sich einfach nicht richtig konzentrieren können. Donnerstags besuchte sie zwei Seminare, Biologie und Französische Literatur. Doch da sie Bragg in den vergangenen Wochen geholfen hatte, zwei Kriminalfälle aufzuklären, hinkte sie nun in beiden Fächern hinterher. Ihre Biologieleh-rerin hatte ihr sogar eine Verwarnung erteilt, weil sich ihre Noten dramatisch verschlechtert hatten. Francesca ärgerte sich darüber, denn schließlich hatte sie sich nicht heimlich eingeschrieben und die Studiengebühr zusammengekratzt – die sie sich sogar zum Teil von Connie hatte leihen müssen – um dann zu versagen.

Es ist wirklich nicht leicht, gleichzeitig Studentin und Privat-detektivin zu sein, dachte sie grimmig.

Gedankenverloren starrte sie vor sich hin, während sie auf eine Droschke wartete. Sie ahnte, dass ihr Vater die *Sun* se-hen würde, und wenn das geschah, würde sie ihn gewiss nicht dazu überreden können, die jüngsten Unternehmun-gen seiner Tochter geheim zu halten – auch wenn sie eigent-lich sein kleiner Liebling und sein ganzer Stolz war. Mit Sicherheit würde er schnurstracks zu seiner Frau gehen, und Gott allein wusste, was dann geschah. Dieser Gedanke be-reitete Francesca große Sorgen. Ihre Mutter würde furcht-bar wütend werden – und Julia van Wyck Cahill war eine Frau, die man besser nicht verärgerte. Sie vermochte Berge zu versetzen, wenn ihr der Sinn danach stand, und war da-für bekannt, dass es ihr stets gelang, Menschen mit ver-schiedenen gesellschaftlichen, finanziellen und politischen Beweggründen zusammenzubringen, so dass es allen zum Vorteil gereichte. Ob sie wohl schon jemals versagt oder einen Kampf verloren hatte? Francesca konnte es sich nicht vorstellen.

Aber was konnte Julia in diesem Fall schon unternehmen? Immerhin war Francesca eine erwachsene Frau. Schon als Kind war sie ein angehender Blaustrumpf gewesen, immer bereit, sich für Benachteiligte einzusetzen, und zu allem entschlossen. Mit sechs Jahren hatte sie begonnen, alles zu lesen, was ihr in die Hände fiel, und seitdem liebte sie das geschriebene Wort. Mit sieben Jahren hatte sie begriffen, dass es in Chikago – wo ihre Familie ursprünglich herstammte – Kinder gab, die keine Eltern hatten und hungern mussten. Francesca hatte ein Jahr lang vor der Kirche Limonade verkauft, um Geld für diese Waisen zu sammeln.

Ihre Eltern hatten sie nur ein einziges Mal hart bestraft – damals war sie acht Jahre alt gewesen –, als sie sich kurz nach dem Umzug nach New York aus dem Haus geschlichen hatte, um die neue Stadt zu erkunden. Zur Strafe durfte sie zwei Tage lang nicht zur Schule gehen – und es hätte keine wirksamere Bestrafung für sie geben können, da sie, während andere Kinder den Unterricht hassten, immer sehr gern zur Schule gegangen war.

Als Francesca eine schwarze Droschke sah, die von einer braunen Stute gezogen wurde, schrak sie aus ihren Gedanken hoch. Sie hob die Hand und eilte auf die Straße, wo sie prompt auf dem Eis ausrutschte und unsanft auf dem Gesäß landete. »Verflixt!«, stieß sie hervor und schüttelte benommen den Kopf. Vielleicht wäre sie nach dem College doch besser sofort nach Hause zurückgekehrt. An diesem Tag schien sie das Pech zu verfolgen.

»Haben Sie sich etwas getan, Miss?« Eine Hand schloss sich um ihren Ellbogen.

Francesca blickte auf und schaute in die Augen eines Mannes mittleren Alters, der einen braunen Anzug, einen Mantel und eine Melone trug. »Nein, nein, vielen Dank«, antwortete sie und ließ sich von dem Herrn aufhelfen.

20

»Sie sollten vorsichtiger sein«, mahnte er höflich, tippte sich an den Hut und schritt davon.

In der Zwischenzeit hatte die Droschke neben Francesca gehalten. Sie öffnete die Tür und stieg hinein. Ihre linke Hüfte schmerzte ein wenig. »Zur Mulberry Street Nummer dreihundert bitte«, sagte sie. Ihr Herz begann heftig zu pochen, als sie die Worte aussprach.

»Ist da nich das Polizeipräsidium?«, fragte der Kutscher. Er hatte einen starken irischen Akzent.

»Jawohl, so ist es«, entgegnete Francesca mit einem breiten Lächeln.

Der Kutscher drehte sich zu ihr um und sah sie an. »Sie machen mir aber 'nen ziemlich fröhlichen Eindruck für jemanden, der zu den Polypen unterwegs ist«, sagte er.

Francesca ließ sich gegen die lederne Rückenlehne sinken. Die verschneiten Straßen schluckten das Hufgeklapper der Stute, und als eine Straßenbahn aus der anderen Richtung kommend an ihnen vorüberfuhr, verspürte Francesca eine erwartungsvolle Anspannung, die ihren ganzen Körper ergriff. Sie hatte Bragg seit zwei Tagen nicht mehr gesehen, doch sie kamen ihr eher wie zwei Jahre vor. Nie zuvor hatte sie ihm ohne einen besonderen Anlass einen Besuch im Präsidium abgestattet. In der Vergangenheit hatte sie ihm immer von einer neuen Spur erzählen wollen, die mit einem Kriminalfall zu tun hatte und von der sie wusste, dass Bragg darauf brannte, davon zu erfahren.

Aber sicher würde es Bragg nichts ausmachen, wenn sie ihm nun einen Höflichkeitsbesuch abstattete – was eigentlich natürlich überaus wagemutig von ihr war. Doch sie sagte sich, dass es im Grunde ja gar kein richtiger Höflichkeitsbesuch war. Gewiss hatte Bragg den Artikel in der *Sun* auch gelesen und könnte ihr vielleicht sogar einen Rat geben, wie sie die Situation in Bezug auf ihre Eltern handhaben sollte. Wahrscheinlich würde er ohnehin mit ihr über den Artikel reden wollen.

Und möglicherweise machte er sich ja sogar Sorgen um sie.

Ein wenig außer Atem betrat Francesca eine Weile später die belebte Vorhalle der Wache. Sie gab sich Mühe, einen energischen und geschäftsmäßigen Eindruck zu hinterlassen. Das Präsidium war in einem Sandsteinhaus in einem Viertel untergebracht, in dem sich Gauner und Hochstapler, Zuhälter und Prostituierte herumtrieben. Francesca war immer wieder aufs Neue erstaunt, dass die Diebe, Schwindler und Straßenmädchen aus der Nachbarschaft unter den Augen der Polizei ungeniert ihren zweifelhaften und illegalen Geschäften nachgingen. In der Tat sprach die ganze Stadt über diesen Umstand, und seit seiner Ernennung zum Commissioner hatte Bragg die Streifen in diesem Viertel bereits verdoppelt.

In der Vorhalle klickten Telegrafen und läuteten Telefone. Mehrere Sergeants standen hinter dem langen Tresen und befassten sich mit Anfragen und Beschwerden von Bürgern. Ein schäbig wirkender Betrunkener wurde am anderen Ende der Halle, nicht weit vom Aufzug entfernt, abgeführt. Zwei Reporter standen mit gezückten Notizblöcken in der Hand hinter dem Kriminellen und feuerten Fragen auf die Beamten ab, die die Verhaftung vornahmen.

In einem der beiden erkannte Francesca Arthur Kurland, der den Artikel über sie auf die Titelseite der *Sun* gebracht hatte. Sie hatte eigentlich vorgehabt, sich am Tresen zu erkundigen, ob sie zu Bragg hinaufgehen konnte, da man schließlich nicht einfach so in das Büro des Commissioners der Polizei von New York platzte, aber in diesem Moment wäre sie am liebsten die Treppe hinaufgerannt, bevor Kurland sie entdeckte. Dieser Mann schien jedes Mal vor Ort zu sein, wenn Francesca Bragg besuchte, und würde sich möglicherweise daraus etwas zusammenreimen.

Oder die Wahrheit vermuten.

Kurland, ein schlanker Mann in den Dreißigern, hatte ihr den Rücken zugekehrt, da er immer noch mit einem der Beamten sprach, die den Betrunkenen abführten. Francesca ignorierte das sie umgebende Chaos und eilte zur Treppe. Als sie den ersten Treppenabsatz erreicht hatte, warf sie noch einmal einen Blick in die Halle hinunter.

Kurland, der seine Befragung offenbar beendet hatte, stand jetzt am Fuß der Treppe und blickte nachdenklich zu Francesca hinauf. Als sich ihre Blicke trafen, lächelte er und winkte ihr zu.

Francesca spürte, wie sie rot wurde und stieg eilig weiter die Treppe hinauf. Sie befürchtete, dass Kurland ahnte, wem sie einen Besuch abstatten wollte. Wahrscheinlich würde sie am nächsten Tag einen Artikel mit einer Überschrift wie »MILLIONÄRSTOCHTER VERLIEBT IN VERHEIRATETEN COMMISSIONER« in der *Sun* lesen können.

Als sie den ersten Stock erreicht hatte, vollführte ihr Herz einen Sprung, und sie verbannte Kurland aus ihren Gedanken. Bislang war er nichts weiter als ein Ärgernis. Vielleicht sollte sie in Zukunft versuchen, ihn zu meiden. Und vielleicht sollte sie nun, da sie wusste, dass Bragg verheiratet war, nicht mehr so häufig im Polizeipräsidium vorbeischauen.

Das war ein ernüchternder und nicht gerade beglückender Gedanke, denn Francesca wollte Braggs Freundschaft unter keinen Umständen verlieren. Er war ein Reformist wie sie und noch dazu einer der aufrechtesten und engagiertesten Männer, die ihr je begegnet waren. Sie bewunderte ihn über alle Maßen.

Und außerdem gaben sie zusammen ein großartiges Ermittlergespann ab.

Vor Francesca lag ein langer Flur mit etlichen Türen. Eine der ersten führte in Braggs Büro, das sich gegenüber vom Konferenzzimmer befand. Am hinteren Ende des Flurs befand sich ein offener Bereich mit Schreibtischen, an denen ein Großteil der Kriminalbeamten dieser Wache arbeitete. In diesem Augenblick ging es dort ziemlich ruhig zu; nur ein gedämpftes Stimmengemurmel, das Stakkato einer Schreibmaschine und ein kurzes, derbes Lachen waren zu hören.

Die Tür zu Braggs Büro stand offen. Er saß auf einem Drehstuhl mit Rattanlehne an einem der beiden Schreibtische und telefonierte. Als er Francesca auf der Schwelle stehen sah, begegneten sich ihre Blicke, und sie lächelten sich an.

Während er sein Gespräch beendete, hatte Francesca Gelegenheit, ihn zu beobachten. Sein Großvater war zur Hälfte Apache gewesen, was man an Braggs fast schon olivfarbenem Teint und seinen hohen Wangenknochen erkennen konnte. Sein Haar war goldbraun und seine Augen bernsteinfarben – eine wirklich ungewöhnliche Mischung. Keine Frage, er sah umwerfend aus. Er war ein Mann, nach dem sich die Frauen umdrehten, und der eine gewisse Macht und Autorität ausstrahlte. Wenn er einen Raum betrat, verstummten häufig die Unterhaltungen.

Bragg hatte sein Jackett und seine Weste abgelegt und die Hemdsärmel aufgekrempelt. Francesca sah, wie muskulös und in welch guter körperlicher Verfassung er war. Er hatte breite Schultern, eine sehr schlanke Taille und schmale Hüften. Im Gegensatz zu den meisten Männern hatte er nicht ein einziges überschüssiges Gramm Fett an seinem Körper; das wusste sie aus erster Hand.

In den vergangenen Wochen hatte sie schon zweimal in seinen Armen gelegen – aber so etwas durfte natürlich nie wieder geschehen.

Nach einer Weile legte Bragg den Hörer auf und erhob sich. Noch immer ruhte sein Blick auf Francesca, und das Lächeln in seinen Augen wirkte so warmherzig, das es sicherlich Eis zum Schmelzen hätte bringen können.

Francesca vermochte sich der Wirkung seines Blickes nicht zu entziehen und lächelte ebenfalls. Sie trat ein und schloss die Tür hinter sich.

»Francesca!«, sagte er und trat hinter dem Schreibtisch hervor. »Was für eine angenehme Überraschung.«

»Ich hoffe, es macht Ihnen nichts aus, dass ich Sie derart überfalle«, sagte sie. »Schließlich bringe ich dieses Mal keine Informationen zu irgendeinem Fall, Bragg.«

»Gott sei Dank!«, erwiderte er lachend.

Sie stimmte halbherzig in sein Lachen ein.

»Dann handelt es sich also um einen Höflichkeitsbesuch?«, fragte er und berührte sie leicht am Arm.

Francesca zog ihren nerzgefütterten Mantel aus und reichte ihn Bragg, der ihn an einen Wandhaken hängte. »Ja, so kann man es wohl nennen«, sagte sie. »Ich war gerade auf dem Nachhauseweg vom College und wollte nur einmal guten Tag sagen.« Sie fragte sich, ob er wenigstens die Weste wieder überziehen würde. Er tat es nicht, was sie ein wenig irritierte.

»Und wie geht es meinem Lieblings-Blaustrumpf?«, fragte er stattdessen mit neckender Stimme.

Ihr Lächeln erstarb. Leider wusste Bragg von ihrem Studium.

»Nun, ich muss einiges nachholen. Möglicherweise werde ich in Biologie sogar durchfallen.«

»Durchfallen? *Sie?* Das bezweifle ich. Dazu sind Sie gar nicht fähig«, sagte er. »Und das verdanken Sie weniger Ihrer Intelligenz als vielmehr Ihrer Entschlossenheit.«

»Ihr Vertrauen ehrt mich«, gab sie zurück. Seine Worte hatten sie vor Freude erröten lassen.

»Mein Vertrauen in Sie ist grenzenlos«, sagte er.

Einen Moment lang sahen sie sich schweigend an.

Francesca konnte seinen Blick kaum ertragen. Sie spürte, dass die Unschuld ihrer Freundschaft verschwunden war und etwas ihren Platz eingenommen hatte, das so viel mehr war. Wie sehr hätte sie sich gewünscht, dass er ungebunden wäre! Dann hätte er sie in diesem Moment bestimmt zu einem leidenschaftlichen Kuss in die Arme geschlossen.

»Sie hinken also hinterher?«, fragte er schließlich mit einer etwas unsicheren Stimme. Er räusperte sich. »Wann bleibt Ihnen denn überhaupt noch die Zeit zum Lernen? Sie studieren, sammeln Spenden, klären Verbrechen auf – das kann für eine Hochschulbildung wohl kaum förderlich sein.«

»Es ist wirklich nicht leicht, Reformistin, Privatdetektivin und Studentin zugleich zu sein«, erwiderte sie mit ernster Stimme.

»Das glaube ich Ihnen gern. Und nun sagen Sie mir, was Sie

auf dem Herzen haben, Francesca. Ich sehe doch, dass Sie etwas beschäftigt.« Er musterte sie durchdringend mit seinen bernsteinfarbenen Augen, die wie Gold schimmerten.

Francesca fragte sich, ob er mit seiner Frage darauf anspielte, dass sie mittlerweile wusste, dass eine Frau – *seine* Frau – zwischen ihnen stand. Oder bezog er sich womöglich auf den Artikel in der *Sun?* »Wie habe ich nur am Dienstag dieses Interview geben können, Bragg?«, fragte sie schließlich.

Das schien ihn zu amüsieren. »Nun, Sie haben es nun einmal getan – und Sie haben sich den Leitartikel verdient, Francesca. Stecken Sie deshalb in Schwierigkeiten?«

»Noch nicht. Ich habe heute Morgen die Zeitung versteckt und weiß, dass Papa deswegen sehr verärgert gewesen ist. Seine Morgenzeitungen sind ihm heilig. Wenn er und Mama den Artikel sehen, bin ich erledigt.«

»Bitte setzen Sie sich doch erst einmal«, sagte Bragg und vermochte sich ein Grinsen nicht zu verkneifen.

»Finden Sie das etwa lustig?«, rief Francesca entrüstet.

Er führte sie zu einem schäbigen Stuhl mit Polstern, deren Tweedwolle an manchen Stellen bereits zerrissen war.

»Nein, natürlich nicht. Bitte entschuldigen Sie«, erwiderte er.

Sie setzte sich und blickte zu ihm auf. Er schien immer noch leicht amüsiert zu sein. »Bragg, wenn ich wie ein kleines Kind bestraft werden sollte, dann ist das wohl kaum ein Grund zum Lachen.«

»Das tut mir aufrichtig Leid. Aber Sie haben sich nun einmal in große Gefahr begeben, Francesca.« Erneut musterte er sie mit einem durchdringenden Blick, und das Lächeln war verschwunden.

Francescas Herz begann heftig zu schlagen, und sie umklammerte unwillkürlich die Armlehnen des Stuhls. »Ich war nur für ganz kurze Zeit in Gefahr«, sagte sie.

»Das ist ja wohl nicht Ihr Ernst, Francesca! Ein Mörder und seine Gehilfen hatten Sie an ein Bett gefesselt!« Seine Augen blitzten.

»Ich konnte doch nicht ahnen, was geschehen würde, als ich zu diesem Haus ging«, wandte sie ein.

»Sie waren in Gefahr, Francesca, und Sie wissen, dass ich das nicht gutheißen kann. Vielleicht sollten Sie Ihr neues Hobby noch einmal überdenken. Es ist gefährlich, Detektiv zu spielen, und Sie sind eine junge Frau.«

»Aber wir sind doch Partner! Und ich bin eine gute Detektivin! Das haben Sie selbst gesagt.«

»Sie sind eine exzellente Detektivin«, gab er mit grimmiger Miene zu.

»Na also. Da kann ich doch jetzt nicht einfach so aufhören!«, erwiderte sie. »Arbeiten Sie eigentlich an einem neuen Fall?«, fügte sie dann hinzu.

Er lehnte sich mit seinen schmalen Hüften gegen die Schreibtischkante. Francesca spürte, dass sie bei dem Anblick errötete und blickte schnell zur Seite.

»Meine Behörde ist mit allen möglichen Ermittlungen beschäftigt, wie Sie wissen. Meine frühere Beziehung zu Eliza Burton und die Tatsache, dass Randall Calders Vater war, erklärt das besondere Interesse, das ich an diesen beiden Fällen hatte.«

Calder Hart war Braggs Halbbruder. Ihre Mutter, Lily Hart, war einem Krebsleiden erlegen, als Bragg elf und Hart neun Jahre alt gewesen waren. Braggs Vater, Rathe Bragg, der von der Existenz seines unehelichen Sohnes erst nach Lilys Tod erfahren hatte, nahm nicht nur Bragg, sondern auch Calder in seine eigene große Familie auf. Zu jener Zeit war Rathe von Präsident Grover Cleveland in ein politisches Amt berufen worden, und die Familie lebte in Washington, D.C. Später kehrten die Braggs für kurze Zeit nach New York zurück, bevor sie die Heirat ihrer Tochter Lucy nach Texas verschlagen hatte. Francesca hatte zufällig mit angehört, dass Rathe und seine Frau Grace beabsichtigten, schon bald mit einigen ihrer fünf Kinder nach New York zurückzukehren. Sie nahm an, dass die Ältesten bereits ihr eigenes Leben führten.

Calder Hart war eine Zeit lang verdächtigt worden, seinen Vater Randall umgebracht zu haben. Randall hatte Calder nie als seinen unehelichen Sohn erkannt, weswegen ihn Calder Zeit seines Lebens gehasst hatte.

Bragg seufzte leise und riss Francesca damit aus ihren Gedanken. »Warum legen Sie Ihre neue Betätigung nicht für eine Weile auf Eis, Francesca? Ich glaube, das wäre die beste Möglichkeit, Ihre Eltern zu besänftigen, falls sie erfahren sollten, was beim Randall-Mord geschehen ist. Außerdem wäre es auch ein hervorragender Weg, um Ihre Noten zu verbessern.«

»Es gibt also keinen neuen Fall?«, fragte Francesca ein wenig niedergeschlagen.

Bragg seufzte erneut, dieses Mal lauter. »Francesca, für mich ist derzeit die Ernennung eines Polizeichefs die wichtigste Aufgabe, was mir bisher noch nicht gelungen ist, obwohl ich mich bereits seit einem Monat im Amt befinde.«

Sie setzte sich auf. Ihr Interesse war geweckt. »Und haben Sie mittlerweile einen ehrlichen Mann gefunden?«

Seine Augen funkelten. »Es gibt einige ehrliche Männer bei der Polizei, Francesca.«

»Freut mich, das zu hören«, gab sie lächelnd zurück. Die New Yorker Polizei war für ihre Bestechlichkeit berüchtigt. Bragg hatte es sich auf die Fahne geschrieben, den Polizeiapparat zu reformieren, bei dem Mauschelei und Korruption an der Tagesordnung waren. In der Woche zuvor hatte er in diesem Zusammenhang dreihundert Polizisten degradieren und in andere Bezirke versetzen lassen. »Haben Sie bereits einen bestimmten Kandidaten im Auge?«, fuhr Francesca fort.

»Ich ziehe in Erwägung, Captain Shea zu befördern.«

»Shea?«, fragte sie überrascht. Sie kannte den Mann, der öfters seinen Dienst am Tresen in der Eingangshalle des Präsidiums versah. Er schien ein freundlicher, nachsichtiger Mensch zu sein. »Bekommt nicht für gewöhnlich ein Inspector eine solche Stelle?«

»Bisher war das so«, erwiderte er und zwinkerte ihr zu. »Aber Shea ist eine ehrliche Haut, wenn auch keine besonders eindrucksvolle Persönlichkeit. Mit etwas Unterstützung und dem nötigen Ansporn wird er sich meiner Ansicht nach gut machen.«

Francesca wurde vor Bewunderung für die Entscheidung des Commissioners ganz warm ums Herz. Sie blickte ihm in die Augen und wünschte sich erneut, er wäre frei.

Und offenbar empfand er das Gleiche, denn er wich ihrem Blick nicht aus, und ein schier endloser Augenblick verging, in dem die Entfernung zwischen ihnen zu schrumpfen und die Spannung zuzunehmen schien. Ach, wie sehr wünschte sie sich, dass die Dinge zwischen ihnen anders lägen! Wäre Bragg doch Jahre zuvor nicht so dumm und impulsiv gewesen, Leigh Anne zu heiraten. Er hatte sich in sie vernarrt und

30

um ihre Hand angehalten, ohne sie wirklich zu kennen, aber das ließ sich nun einmal nicht mehr ändern.

Nach einer Weile richtete sich Bragg abrupt auf und trat vom Schreibtisch weg, als wolle er bewusst den Abstand zwischen sich und Francesca vergrößern. Sie umklammerte ihre Handtasche und rührte sich nicht. Und in diesem Augenblick stellte sie entgeistert fest, dass sie von Bragg sehr wohl mehr wollte als nur Freundschaft. Doch sofort rief sie sich wieder zur Ordnung. So etwas durfte sie nie wieder denken!

»Natürlich haben Sie Recht. Ich sollte meine Arbeit als Privatdetektivin für eine Weile ruhen lassen«, flüsterte sie. Selbst für ihre eigenen Ohren hatte ihre Stimme merkwürdig geklungen, und Bragg drehte sich zu ihr um und musterte sie mit einem ruhigen, fragenden Blick. Ihm entging nie etwas, ganz besonders nicht, wenn es um Francesca ging.

»Es würde mich sehr freuen, wenn Sie das täten, Francesca«, sagte er leise.

Sie wusste, dass er sich um sie sorgte. Sie wusste, dass es ihm nicht gefiel, wenn sie sich in Gefahr begab. Schweren Herzens erhob sie sich. »Aber wir sind doch so ein wundervolles Team bei den Ermittlungen«, sagte sie.

Einen Moment lang antwortete er nicht, sondern stand nur da, die Fäuste in die Seiten gestemmt. Francesca bemerkte seine angespannte Haltung erst jetzt. Seit wann stand er so da? Ihr Blick wanderte von seinen geballten Fäusten zu seinen starken Unterarmen hinauf. Sie waren nackt, von dunklen Härchen bedeckt und schienen nur aus Muskeln und Sehnen zu bestehen.

»Ja, wir geben ein gutes Gespann ab«, sagte er schließlich, was sie erröten ließ. »Francesca, darf ich Ihnen einen Rat geben?«

»Jederzeit, Bragg. Sie müssen gar nicht erst fragen.« Sie umklammerte ihre Handtasche noch fester.

»Konzentrieren Sie sich auf Ihr Studium. Nur wenige Frauen erlangen einen Universitätsabschluss. Ich weiß, dass Ihnen bei all der Ermittlungsarbeit, die Sie erledigt haben, nur wenig Zeit zum Lernen geblieben ist, und nun, da der Gerechtigkeit Genüge getan ist, sollten Sie sich selbst den Gefallen tun – und auch Ihren Eltern.« Er lächelte sie an. »Und außerdem muss ich dann nicht in der ganzen Stadt hinter Ihnen herrennen.«

»Aber es macht so viel Spaß, wenn wir gemeinsam Verbrecher jagen«, erwiderte sie. Doch sie musste sich eingestehen, dass es noch viel mehr Spaß machte, wenn er aus lauter Sorge um sie hinter *ihr* herjagte.

Sein Lächeln war verschwunden. »Ja, da mögen Sie Recht haben. Da sehen Sie, ich habe es zugegeben. Sie sind ein außergewöhnlicher Mensch, und mit Ihnen zu arbeiten ist eine einzigartige und überaus angenehme Erfahrung gewesen. Aber noch einmal: Die Gefahren, die mit einer solchen Arbeit verbunden sind, sind zu viel für eine Frau, sogar für Sie, Francesca. Und deswegen arbeiten bei der Polizei auch keine Frauen – außer gelegentlich einmal als Sekretärin.«

Francesca wusste, dass er auf Theodore Roosevelt anspielte, der als Erster eine Frau für diese Aufgabe eingestellt hatte.

»Ich werde mich auf mein Studium konzentrieren, da ich zurzeit keine andere Wahl habe«, erwiderte sie. »Sie haben gewonnen, Bragg. Ich werde mich für eine Weile um ein damenhaftes und schickliches Benehmen bemühen.«

Er grinste. »Warten wir ab, wie lange diese gute Absicht vorhält. Sollen wir eine Wette abschließen?«

»Bragg! Sie haben einen schlechten Einfluss auf mich!«, erwiderte sie lachend.

»Ich fürchte, da haben Sie Recht.«

»Was halten Sie von einem Dollar als Wetteinsatz? Nein, warten Sie. Ich habe eine bessere Idee.«

Er kniff die Augen zusammen. »Und die lautet?«

Sie schluckte. »Wenn ich gewinne, begleiten Sie mich zu dem neuen Musical, das im Waldheim Theatre gespielt wird.«

Er schien ein wenig überrascht zu sein, erholte sich aber schnell wieder. »Na schön. Ich gebe Ihnen – nun, sagen wir, zwei Wochen.«

Sie blinzelte. »Ich nehme die Wette an«, erwiderte sie schließlich. »Und ich werde mich für den Rest des Monats ausschließlich meinen Studien widmen.«

Dieses Mal lachte er. »Das werden wir ja sehen!«

Doch Francesca blieb ernst. Sie musste diese Wette unbedingt gewinnen. Er würde sie ins Theater begleiten, und vielleicht würden sie später noch ein gemeinsames Abendessen einnehmen. Er in seinem Frack, sie in ihrem neuen roten Kleid. Es würde ein wunderbarer Abend werden, selbst wenn sie nur Freunde waren. Vielleicht würden sie hinterher sogar noch tanzen gehen, einander in den Armen halten …

Sein Lächeln war verschwunden. »Francesca?« Seine Stimme klang rau, so als wisse er, worüber sie gerade nachgedacht hatte.

Sie musste wohl verträumt gelächelt haben. Francesca biss sich auf die Unterlippe, und für einen Moment schauten sie sich schweigend an. Ob Bragg ahnte, wie tief die Gefühle waren, die sie für ihn hegte? In den vergangenen Wochen war sie zu einer Frau gereift, die wusste, was Verlangen und

Begehren waren. Sie begehrte ihn körperlich, als Liebhaber, aber mehr noch bedurfte sie seiner als Freund. Natürlich würden sie niemals eine Affäre haben. Aber andererseits sah sie sich außerstande, in ihm nur den Freund zu sehen.

Er senkte den Blick und spielte mit einer Aktenmappe, die auf seinem Schreibtisch lag. Die Stille wog nun schwer, war spannungsgeladen, schien Gefahren zu bergen. In diesem Moment fragte sich Francesca, ob es womöglich doch keine so gute Idee gewesen war, Bragg zu besuchen. Aber wenn sie es nicht getan hätte, hätten sie nicht diese Wette abgeschlossen, die sie zu gewinnen beabsichtigte. Ob es ihr wohl jemals leichter fallen würde, ihm zu begegnen, ihn zu lieben und doch nichts weiter als seine Freundin zu sein?

Schließlich räusperte sich Bragg und warf Francesca einen Seitenblick zu. »Sosehr ich Ihre Gesellschaft auch zu schätzen weiß – allmählich sollte ich mich doch wieder um meine Arbeit kümmern«, sagte er leise.

Obwohl sie auf eine gewisse Art erleichtert über diesen Themenwechsel war, erregte sie das Funkeln in seinen Augen. »Und ich sollte nach Hause zurückkehren und lernen«, erklärte sie mit seltsam heiserer Stimme.

Er ging mit schnellem Schritt zu ihrem Mantel hinüber und nahm ihn vom Wandhaken. Francesca ließ sich von ihm hineinhelfen, wobei sie sich der Berührung seiner Hände überaus bewusst war. Noch einmal begegneten sich ihre Blicke, bevor sie rasch auseinander traten. Dann schritt Bragg zur Tür und blieb davor stehen, ohne sie zu öffnen.

In diesem Augenblick ging Francesca wieder die Unterhaltung durch den Kopf, die sie mit Bragg auf den Stufen des Plaza Hotels geführt hatte, kurz bevor sie von den Reportern umringt worden war. »Bedauern Sie eigentlich, was Sie neulich zu mir gesagt haben?«, fragte sie mit leiser Stimme.

Er zögerte. »Nein.«

Dieses eine Wort ließ sie in ihrem Inneren freudig erzittern, doch sie ließ es sich nicht anmerken. »Ich auch nicht, Bragg«, flüsterte sie.

Er nickte ihr kurz zu, und sie verließ sein Büro.

»Du hast Besuch, Francesca.«

Beim scharfen Tonfall ihrer Mutter erstarrte Francesca, die gerade ihren Mantel sowie Hut, Muff und Handschuhe einem Dienstboten gereicht hatte. Ängstlich drehte sie sich um.

Julias hübsches Gesicht trug einen missbilligenden Ausdruck. Sie sah aus wie eine etwas ältere Ausgabe ihrer beiden Töchter: blaue Augen und klassische, feine Züge. Obwohl sie bereits über vierzig war, war sie immer noch eine schlanke, bezaubernde Frau, der viele Männer ihres Alters verstohlene Blicke zuwarfen.

»Guten Tag, Mama«, sagte Francesca nervös. Sie hätte wetten können, dass ihre Mutter den Artikel in der *Sun* gesehen hatte.

Julia van Wyck Cahill war prächtig gekleidet; offenbar wollte sie gerade ausgehen. Ihr blaues Abendkleid betonte ihre schlanke Figur, und ihren Hals zierte eine zweireihige Saphirkette. Bevor Julia ihrer Tochter antworten konnte, kam auch ihr Mann Andrew in einer weißen Smokingjacke und einer schwarzen, mit einer Satinbordüre versehenen Hose die Treppe herunter. Als er seine Tochter erblickte, nahm sein Gesicht einen verkniffenen Ausdruck an, und seine Augen blickten sie ungläubig und vorwurfsvoll zugleich an.

»Ich kann alles erklären«, flüsterte Francesca.

»Was kannst du erklären?«, wollte Andrew wissen und blieb neben seiner Frau stehen. »Dass du auf der Titelseite der *Sun* gelandet bist? Dass du dich wieder einmal auf eine gefährliche Angelegenheit eingelassen hast? Eine Angelegenheit, die, wenn ich nicht irre, in die Hände der Polizei gehört hätte?«

Francesca atmete tief durch. Wie sollte sie nur beginnen? Doch bevor sie überhaupt zu einer Erklärung ansetzen konnte, begann ihre Mutter zu reden.

»Ich bin entsetzt, Francesca. Entsetzt darüber, dass meine Tochter einem Mörder gegenübertritt und sich dadurch in unbeschreibliche Gefahr begibt. Das muss ein Ende haben. Dieses Mal bist du wirklich zu weit gegangen.« Julia wandte sich um und nickte einem Dienstboten zu, der ihr daraufhin ihren prächtigen Zobelmantel hinhielt. Sie bedeutete ihm, ihn ihr über die Schultern zu legen.

»Ich beginne mich langsam zu fragen, ob meine Tochter, die ich immer für sehr intelligent hielt, den Verstand verloren hat«, sagte Andrew.

Francesca fuhr zusammen. In diesem Ton hatte ihr Vater noch nie mit ihr gesprochen. »Ich war der Polizei eine große Hilfe«, murmelte sie kleinlaut. Tatsache war, dass sie es war, die den Mordfall im letzten Moment hatte lösen können.

»Seit Bragg in der Stadt ist, steckst du bis über beide Ohren in Polizeiangelegenheiten«, sagte Julia vorwurfsvoll. »Glaubst du, ich bin blind, Francesca? Ich sehe doch, was vor sich geht.«

»Gar nichts geht vor sich«, versuchte Francesca abzuwiegeln und warf ihrem Vater einen verstohlenen Blick zu. Er hatte gewusst, dass Bragg verheiratet war, hatte das Geheimnis aber für sich behalten. In diesem Moment fragte sich

Francesca zum wiederholten Male, warum er es ihr nicht verraten hatte.

»Wir gehen jetzt aus, aber wir werden uns morgen Früh weiter darüber unterhalten, Francesca.« Julia warf ihrer Tochter einen Unheil verkündenden Blick zu. Dann wandte sie sich ab, während ihr Mann seinen Mantel überzog. Andrew blickte seine Tochter kopfschüttelnd an und sah dabei so furchtbar grimmig aus, dass Francesca wusste, dass sie in großen Schwierigkeiten steckte. Auch als ihre Eltern das Haus verlassen hatten, wollte sich bei ihr kein Gefühl der Erleichterung einstellen. Aber was konnten sie schon unternehmen? Francesca war schließlich eine erwachsene Frau.

Allmählich ließ ihre Anspannung ein wenig nach, und sie beschloss, sich am nächsten Morgen Gedanken über ihre Eltern machen. Seufzend wandte sie sich Bette zu, die ihr eine fein geprägte Visitenkarte auf einem Silbertablett reichte. Nachdem Francesca die Karte für einen Moment neugierig betrachtet hatte – sie glaubte nicht, jemals einer Mrs Lincoln Stuart begegnet zu sein –, dankte sie Bette und öffnete die Tür zu dem kleinen Salon im Erdgeschoss.

Er war wunderschön ausgestattet und wurde häufig dafür benutzt, einzelne Besucher zu empfangen. Der Raum war in einem blassen Gelb gestrichen, und die meisten Möbel waren in verschiedenen Gelb- oder Goldtönen gehalten mit einigen roten und marineblauen Akzenten. Als Francesca den Salon betrat, erblickte sie Mrs Lincoln Stuart sofort. Sie saß auf einem Sofa am anderen Ende des Zimmers und erhob sich, als sie Francesca erblickte. Diese trat lächelnd auf die Frau zu, die nervös ihre Hände knetete.

Francesca sah, dass ihre Besucherin ein paar Jahre älter war als sie selbst. Die Frau war von einer recht unscheinbaren Erscheinung und hatte eher gewöhnliche Züge, aber wunderschöne wallende, kastanienbraune Locken. Sie trug ein edles grünes Kostüm mit Blümchenmuster, und ihre Hand zierte ein großer Diamantring. Francesca vermutete, dass ihr Mann reich war. Mrs Stuart machte einen verzweifelten Eindruck.

»Miss Cahill, ich hoffe, es macht Ihnen nichts aus, dass ich mir die Freiheit genommen habe, Sie auf diese Weise zu überfallen«, sagte sie mit einer heiseren Stimme, die erfüllt war von Nervosität, und ihre Augen blickten besorgt drein.

Francesca lächelte herzlich und blieb vor ihr stehen. »Aber ganz und gar nicht«, erwiderte sie höflich. »Kennen wir uns?«

»Nein, nicht persönlich, aber ein Junge hat mir kürzlich das hier gegeben.« Mrs Stuart reichte Francesca eine Karte, die sie sofort erkannte. Sie hatte die Visitenkarten nach dem erfolgreichen Abschluss des Burton-Falles bei Tiffany's drucken lassen. Darauf stand zu lesen:

Francesca Cahill
Kriminalistin aus Leidenschaft
810 Fifth Avenue, New York City
Akzeptiere alle Fälle. Kein Verbrechen zu geringfügig.

»Wahrscheinlich war es mein Gehilfe, Joel Kennedy, der Ihnen die Karte überreicht hat«, sinnierte Francesca erfreut. Sie hatte dem Jungen kürzlich die Aufgabe übertragen, Aufträge für sie an Land zu ziehen. Sie blickte Mrs Stuart an. Ob die Dame möglicherweise eine potenzielle Klientin war? Francescas Herz begann erwartungsvoll zu pochen.

»Ich kenne den Namen des Jungen nicht; ich weiß nur, dass

ich Angst habe und niemanden, an den ich mich wenden kann!«, rief Mrs Stuart mit weit geöffneten Augen. Francesca sah, dass sie grün waren und sehr ausdrucksvoll. Sie kam zu dem Schluss, dass Mrs Stuart zu jenen Frauen zählte, die eine versteckte Schönheit besaßen, die man nicht sofort bemerkte. Als Francesca bemerkte, dass ihre Besucherin den Tränen nahe war, ergriff sie den Arm der Frau. »Nehmen Sie doch wieder Platz, Mrs Stuart. Ich bin sicher, dass ich Ihnen helfen kann«, sagte sie. »Egal, wie Ihr Problem auch aussehen mag.« Nun bestand kein Zweifel mehr – Mrs Stuart war gekommen, um ihre Hilfe zu erbitten. Dies wäre ihr zweiter offizieller Fall!

Die Frau kramte ein Taschentuch aus ihrer samtenen Handtasche. Sie war jägergrün, wie die Bordüre an ihrem eleganten Kostüm. »Bitte nennen Sie mich Lydia«, sagte sie, während sie mit dem Taschentuch ihre Augen abtupfte. »Ich habe den Artikel in der heutigen Ausgabe der *Sun* über Sie gelesen, Miss Cahill. Sie sind eine Heldin, und als mir klar wurde, dass Sie die Frau auf dieser Visitenkarte sind, da wusste ich, dass ich mich an Sie wenden muss.«

»Ich würde mich nicht als Heldin bezeichnen, Lydia«, erwiderte Francesca, die ihre Aufregung kaum im Zaum zu halten vermochte. »Entschuldigen Sie mich bitte für einen Moment.« Sie eilte zur Salontür und schloss sie, damit niemand ihre Unterhaltung zufällig mit anhören konnte. Ihr Entschluss, die Arbeit als Privatdetektivin für eine Weile ruhen zu lassen, war vergessen. Genauso wie ihr Vorhaben, sich wieder intensiver um ihr Studium zu kümmern. Sie eilte zu ihrem Gast – ihrer *Klientin* – zurück. Welches Problem mochte die Frau wohl haben? Ob sie wirklich ihre erste zahlende Klientin sein würde? In der Vergangenheit hatte Francesca ihre Dienste kostenlos angeboten. Eine zahlende Klientin würde sie zu einer echten Detektivin machen.

Lydia brachte ein Lächeln zustande und reichte Francesca einen kleinen Zettel, auf dem der Name Rebecca Hopper und eine Adresse stand: 40 East 30th Street.

»Was hat es mit dieser Frau auf sich?«, fragte Francesca.

Plötzlich erfüllte sich Lydias Gesichtsausdruck mit Abscheu.

»Mrs Hopper ist Witwe, und ich glaube, dass mein Mann eine Affäre mit ihr hat. Ich muss die Wahrheit wissen.«

Francesca starrte sie an.

»Und zweifellos ist er heute Abend bei ihr, da er mir gesagt hat, dass er lange arbeiten muss und zum Essen nicht zu Hause sein wird«, fügte Lydia hinzu.

Mrs Hoppers Haus stand auf einem Eckgrundstück. Bis auf ein Fenster im oberen Stockwerk – wahrscheinlich das eines Schlafraums – waren alle Fenster dunkel. Es war schon einige Jahre her, dass Francesca zuletzt auf einen Baum geklettert war, und nun bedauerte sie, dass sie nicht zunächst ins Stadtzentrum gefahren war, um Joel aufzuspüren, damit er diese Aufgabe für sie erledigte. Ihm wäre das Klettern sicher leichter gefallen – ganz besonders, da er sich nicht mit irgendwelchen hinderlichen Röcken hätte herumschlagen müssen. Schnaufend und keuchend suchte Francesca mit den Füßen Halt in dem riesigen Baum. Ihre Hände, mit denen sie den Stamm umklammerte, waren eiskalt, da sie ihre Handschuhe ausgezogen hatte.

Nachdem Lydia gegangen war, hatte Francesca beschlossen, den Fall direkt in Angriff zu nehmen. Jetzt war es neun Uhr abends, und Francesca hoffte, dass sie von dem hohen Baum aus in der Lage sein würde, die beiden Liebenden durch das Fenster zu beobachten. Wenn Lydia Recht hatte, hätte Francesca diesen Fall gelöst, bevor der Abend richtig begonnen hatte.

Francesca schaffte es, bis zu einem der großen Hauptäste zu klettern. Sie hielt sich daran fest, schlang beide Arme darum und legte ein Bein darüber. Es ärgerte sie, dass sie nicht den Weitblick besessen hatte, Männerkleidung anzuziehen – aber wer hätte gedacht, dass sie an diesem Abend einen Baum hinaufklettern musste! Mit einiger Mühe gelang es ihr, auch das andere Bein über den dicken Ast zu ziehen. Dann klammerte sie sich mit aller Kraft an dem Baumstamm fest und blickte nach unten.

Vom Boden aus war ihr der Baum nicht besonders hoch erschienen, doch nun, als sie die Wange an die raue Rinde presste und sich mit aufgeschürften Händen festhielt und nach unten schaute, schien ihr der Boden doch sehr weit entfernt zu sein.

Sollte sie fallen, würde der steinhart gefrorene Schnee ihren Fall gewiss nicht dämpfen, und Francesca begriff, dass ihr Abenteuer für sie mit einem gebrochenen Arm oder – Gott bewahre! – mit einem gebrochenen Genick enden konnte.

Doch sie war entschlossen, ihre Angst zu ignorieren. Langsam und vorsichtig änderte sie ihre Position, und als sie schließlich rittlings auf dem Ast saß, atmete sie erleichtert auf.

Doch dann stellte sie bestürzt fest, dass sie sich immer noch unterhalb des erleuchteten Fensters befand und deshalb nicht in das Zimmer spähen konnte, um herauszufinden, was dort vor sich ging. Also würde sie sich auf den dicken Ast stellen müssen, was ein wirklich gefährliches Manöver bedeutete. Doch sie hatte keine andere Wahl, sie musste es schaffen, in das Fenster zu schauen. Immerhin war Lydia Stuart ihre erste zahlende Klientin!

Francesca zog das rechte Bein an und stellte vorsichtig den Fuß auf den Ast, wobei sie unwillkürlich den Atem anhielt. Und im selben Moment rutschte sie auch schon ab.

Francesca schrie auf, als sie das Gleichgewicht verlor und von dem Ast zu gleiten begann; voller Panik streckte sie die Arme aus und versuchte sich irgendwo festzuhalten. Für kurze Zeit gelang es ihr tatsächlich, sich an einem Ast festzuklammern, doch dann ließen ihre Kräfte nach und sie fiel.

O Gott, jetzt ist alles vorbei!, dachte sie, als sie den gefrorenen Boden auf sich zukommen sah.

Peng!

Francesca landete unsanft im Schnee und schlug mit dem Kopf auf.

Großer Gott!, dachte sie benommen. War sie verletzt? Hatte sie sich etwas gebrochen?

Sie begann sich vorsichtig zu bewegen. Glücklicherweise war der Schnee doch nicht so hart gefroren gewesen, wie sie geglaubt hatte, so dass er den Aufprall etwas gedämpft hatte. Vorsichtig wackelte sie mit ihren Zehen und Fingern, bewegte Arme und Beine.

Dann erstarrte sie plötzlich.

War da nicht etwas Festes unter dem Schnee gewesen?

Francesca setzte sich unsicher auf und kam langsam auf die Füße. Als sie ihre Hände im Mondlicht betrachtete, war die eine Hand weiß und die andere dunkel und klebrig.

Eine böse Vorahnung überkam sie. Sie wusste, was die dunklen Flecken zu bedeuten hatten.

Mit pochendem Herzen rieb sie die Hände gegeneinander. Dann ließ sie sich wieder auf die Knie sinken und begann mit den Händen den Schnee wegzuschaufeln. Nach einer Weile ertastete sie ein kleines Stück von einem braunen Wollstoff, auf dem sich ein dunkler, noch nicht gefrorener Fleck befand. Francesca starrte den Stoff einen Moment lang an, ehe sie das frische Blut berührte – denn das war es, was diesen Fleck verursacht hatte. Offenbar war jemand erst kürzlich im Schnee begraben worden! Vielleicht lebte diese Person ja noch!

Francesca schaufelte hektisch weiter, schob den Schnee in dicken Klumpen beiseite, bis sie das Gesicht einer Frau erblickte. Die offenen, blicklosen Augen waren in Furcht erstarrt. Sie kamen Francesca irgendwie seltsam bekannt vor. Und dann fiel ihr Blick auf die Kehle der Frau. In die einst makellose, weiße Haut war ein blutiges Kreuz geschnitten worden.

Francesca richtete sich auf, taumelte zurück und begann zu schreien. Sie hatte die Tote erkannt! Es war die fremde Frau, die Francesca zwei Tage zuvor am Plaza Hotel beinahe angesprochen hatte, dann aber in panischer Angst geflohen war.

KAPITEL 2

DONNERSTAG, 6. FEBRUAR 1902 – 22 UHR
Francesca versuchte sich unsichtbar zu machen, was gar nicht so leicht war. Zwei Streifenpolizisten bewachten die Leiche der Frau, während zwei Kriminalbeamte im Garten umherliefen und ihn nach Spuren absuchten. Soeben hatte Braggs schnittiges, glänzendes Automobil an der Bordsteinkante gehalten, und ein Polizei-Fuhrwerk, in dem offenbar weitere Kriminalbeamte saßen, kam die Straße heruntergefahren.

Francesca hätte sich am liebsten in einem Versteck zusammengekauert, war aber viel zu aufgeregt dazu. Es bestand kein Zweifel daran, dass die Frau, die dort tot im Schnee lag, am Dienstag zuvor in der Menschenmenge hinter den Reportern aufgetaucht war, als sie, Francesca, ihr Interview gegeben hatte. Die Frau hatte Francesca angestarrt, und an ihrem Blick hatte Francesca erkannt, dass sie ganz offenbar in Schwierigkeiten steckte und von Furcht erfüllt war. Doch als Francesca versucht hatte, sich ihr zu nähern, hatte die Frau auf dem Absatz kehrtgemacht und war geflohen, wobei sie fast von einer Kutsche überfahren worden wäre.

Bei der Erinnerung an diese Szene schloss Francesca die Augen. Das Atmen fiel ihr schwer. Hätte sie sich doch nur mit der Frau unterhalten, dann wäre sie vielleicht noch am Leben!

Francesca hörte, wie Braggs Autotür zuknallte, und versuchte ihre Beherrschung wiederzufinden. Nachdem sie die Leiche gefunden hatte, hatte sie sich kurz auf dem Grundstück umgesehen, aber keine Spuren von dem Mörder entdeckt. Die Fußabdrücke im Schnee waren ihre eigenen. Anschließend hatte sie gegen die Haustür gehämmert, um dann festzustellen, dass sie zu der Nummer 42 auf der East 30th Street gehörte und Mrs Hopper nebenan wohnte. Die Bewohner der Nummer 42, die Francesca fälschlicherweise hatte bespitzeln wollen, hatten einen Dienstboten zum Polizeirevier geschickt, da sie kein Telefon besaßen. Anstatt gemeinsam mit dem Ehepaar auf die Polizei zu warten, war Francesca wieder nach draußen gegangen und auf der Suche nach der Mordwaffe die Straße entlanggelaufen.

Bragg hatte ihr einmal erklärt, dass man eine Mordwaffe für gewöhnlich in der Nähe des Opfers fand. Doch Francesca hatte nirgendwo ein Messer entdecken können.

Jetzt stand sie ein wenig abseits vom Tatort und beobachtete Bragg, der sich der Leiche näherte. Francesca spürte, wie ihr die Brust plötzlich ganz eng wurde, doch dies lag ausnahmsweise einmal nicht daran, dass sie sich freute, ihn zu sehen.

Sie konnte sich schon denken, warum er persönlich hergekommen war. Einer der Detectives, ein Mann namens Murphy, den Francesca von den beiden letzten Kriminalfällen kannte, in denen sie gemeinsam mit Bragg ermittelt hatte, hatte sie nur kurz befragt und dann gebeten, sich am Tatort zur Verfügung zu halten. Irgendwie musste er dafür gesorgt haben, dass Bragg von ihrer Anwesenheit erfuhr.

In diesem Moment warf er Francesca einen Blick zu, bevor er sich neben die Tote in den Schnee kniete. Er trug keinen Hut und hatte seinen braunen Wollmantel nicht zugeknöpft.

45

Nach einer Weile begann er sich leise mit Murphy zu unterhalten. Francesca hätte zu gern gehört, worüber die beiden sprachen.

Sie fragte sich, ob Bragg wohl sehr wütend war, weil er sie erneut an einem Tatort vorfand. Aber das war ja schließlich nicht ihre Schuld!

Schließlich stand Bragg auf, ohne sich die Mühe zu machen, den Schnee von seinen Knien abzuklopfen, und kam auf Francesca zu. Sie brachte kein Lächeln zustande. »Ich hatte gar nicht erwartet, Sie hier zu sehen«, presste sie hervor.

»Ich bin schockiert«, erwiderte er mit bitterernster Miene. Seine Augen funkelten gefährlich.

»Bragg, es ist nicht so, wie Sie denken. Es verhält sich wirklich ganz anders, als es aussieht.«

»Haben Sie nun die Leiche gefunden oder nicht?«, fragte er. Ihr Kinn schoss in die Höhe. »Das habe ich.«

»Dann sagen Sie mir bitte noch einmal, dass es sich anders verhält, als es aussieht!«, rief er. »Francesca, das ist einfach unannehmbar. Vor einer Woche erst habe ich Sie neben einer anderen Leiche vorgefunden. Oder haben Sie das etwa bereits vergessen?«

»Bragg, bitte!« Sie berührte seine Hand. »Das war etwas anderes! Miss de Labouche hatte mich gebeten, ihr dabei zu helfen, die Leiche wegzuschaffen. Dieses Mal bin ich durch Zufall auf die Leiche gefallen.« Sie bemerkte, dass sie zitterte.

»Sie sind auf die Leiche *gefallen?*«, fragte er ungläubig. Francesca nickte und schaute zu dem Baum hinauf. »Ich war da oben.«

»Sie waren auf dem Baum?« Dieses Mal klang seine Stimme noch ungläubiger.

Sie nickte finster. »Ich hatte Glück, dass ich mir nicht das Genick gebrochen habe«, fügte sie aus taktischen Gründen hinzu.

»Sind Sie verletzt?«, fragte er prompt.

Ihr Trick hatte funktioniert. Bereitwillig zeigte sie Bragg die Abschürfungen an ihren Händen. Die Verletzungen sahen viel schlimmer aus, als sie eigentlich waren, da noch das Blut des Opfers an Francescas rechter Hand klebte.

Bragg starrte ihre Hände fassungslos an. Dann ergriff er sie, drehte sie um, ließ sie wieder los und blickte Francesca an.

»Offenbar muss ich in Zukunft quer durch die ganze Stadt hinter ihnen herrennen«, knurrte er. »Was hatten Sie denn dort oben in dem Baum verloren? Nein, lassen Sie mich raten – Sie arbeiten an einem Fall, richtig?«

Offenbar war seine Wut bereits verraucht. Leider war Francesca in der ganzen Aufregung völlig entfallen, dass sie nun ihre Wette verloren hatte. Sie betrachtete bestürzt Braggs gut aussehendes Gesicht und dachte, dass der Abend im Theater mit anschließendem Tanz und Abendessen nun doch nicht stattfinden würde.

»Sie haben eine neue Klientin«, stellte er grimmig fest.

Sie nickte zögernd. »Ja, das habe ich.«

Er presste die Lippen zusammen. »Ich habe Ihnen zwei Wochen gegeben.« Ungläubig schüttelte er den Kopf. »Das waren höchstens zwei Stunden, Francesca.«

Sie atmete tief durch. »Das mag wohl sein. Bragg –«

»Wer hat Sie angeheuert, und was hatten Sie auf dem Baum zu schaffen?«, schnitt er ihr das Wort ab.

Sie öffnete den Mund, um es ihm zu sagen, schloss ihn dann aber wieder. »Das ist vertraulich, Bragg.«

Er lächelte, aber es war kein freundliches Lächeln. »Wer hat Sie angeheuert, und was hatten Sie auf dem Baum zu schaffen?«, wiederholte er, dieses Mal mit unnachgiebiger Stimme.

Francesca ahnte, dass sie den Bogen nicht überspannen durfte. »Eine Mrs Lincoln Stuart verdächtigt ihren Mann, eine Affäre zu haben. Ich wollte ihn auf frischer Tat ertappen. Leider war ich im falschen Garten. Die angebliche Geliebte ihres Mannes wohnt in Nummer 40, nicht in Nummer 42.«

»Da haben Sie ja einen schönen Bock geschossen«, erwiderte Bragg.

»Ja, das habe ich wohl«, stimmte sie ihm zu. »Hören Sie, Bragg, ich kenne das Opfer.«

Seine Augen weiteten sich. »Wie bitte?«

Francesca schluckte. »Das ist die Frau, die am Dienstag vor dem Plaza Hotel beinahe überfahren wurde, Bragg. Ich hatte Ihnen doch gesagt, dass sie bestimmt mit mir sprechen wollte, weil sie in Schwierigkeiten steckte, aber Sie haben mir ja nicht geglaubt!« Tränen stiegen ihr in die Augen.

Er legte sofort seinen Arm um sie, und dankbar ließ sie sich gegen ihn sinken. »Es ist alles meine Schuld«, sagte sie mit zitternder Stimme. »Hätte ich doch nur –«

»Sind Sie sich ganz sicher? Ist das wirklich dieselbe Frau, die in der Menschenmenge vor dem Plaza stand?«

Francesca nickte und blickte ihm in die Augen. »Ich habe sie zu Boden geworfen, um sie vor dem Brougham wegzustoßen, der sie sonst überrollt hätte, Bragg. Ich habe auf der Straße auf ihr gelegen und konnte ihr Gesicht deutlich sehen. Ich bin mir vollkommen sicher, dass dies die Frau ist. Hätte ich nur nicht lockergelassen, dann wäre sie vielleicht noch am Leben!«

»Nein! Sie sollten sich keine Vorwürfe machen. Es ist nicht Ihre Schuld, dass diese Frau umgebracht wurde, Francesca.« Er hob ihr Kinn leicht an, blickte ihr in die Augen und sagte eindringlich: »Tun Sie sich das nicht an.«

Sie schüttelte den Kopf. Einen Moment lang war sie nicht in der Lage, einen Ton herauszubringen. »Bragg, haben Sie das Kreuz gesehen, das in ihren Hals geschnitten ist?«, fragte sie schließlich leise.

»Ja, das habe ich«, erwiderte er mit finsterer Miene. Er musterte Francesca für einen Moment mit einem forschenden Blick, während sie um ihre Fassung rang. Dann ließ er sie los und ging zurück zu der Leiche und den Kriminalbeamten, die um sie herumstanden. Inzwischen waren insgesamt vier Männer am Tatort eingetroffen. Francesca erkannte in dem kleinsten von ihnen Inspector Newman. Sie folgte Bragg, fühlte sich aber immer noch ganz elend.

»Ich möchte, dass sie so vorsichtig wie nur eben möglich ins Leichenschauhaus geschafft wird«, sagte Bragg gerade zu seinen Männern. »Berühren Sie dabei auf keinen Fall ihre Hände. Aber bevor sie weggebracht wird, möchte ich, dass man sie fotografiert.«

»Fotografiert?«, ertönte es ungläubig aus Murphys Mund, einem großen Mann mit dickem Bauch.

»Genau. Lassen Sie sie bis Sonnenaufgang von zwei Männern bewachen. Treiben Sie noch heute Abend einen Fotografen auf. Als Erstes möchte ich Fotografien von der Toten, wie sie dalag, als sie gefunden wurde. Ich möchte nicht einmal, dass Sie die Augen der Frau schließen.«

Die Detectives blickten einander an. Ganz offensichtlich hielten sie Bragg für verrückt.

Auch Francesca war verwundert. Sie hätte gern gewusst, warum er so etwas verlangte – von einer solchen Vorgehensweise hatte sie noch nie gehört. Aber es schien ihr eine gute Idee zu sein.

»Dann sperren Sie bitte den ganzen Garten ab«, fügte Bragg hinzu. »Ich möchte, dass das komplette Grundstück noch heute Abend von einem Sonderkommando abgesucht wird. Suchen Sie die Mordwaffe und alles andere, was der Mörder zurückgelassen haben könnte.«

»Als da wäre?«, fragte Murphy.

»Ein Fetzen von seinem Mantel. Ein Streichholz. Ein Geldstück. Ich möchte alles sehen, was Sie in diesem Garten finden, ob Sie nun glauben, dass es dem Mörder gehört oder nicht.«

Francesca starrte Bragg an und fragte sich, warum er sich dieses Falles annahm. Immerhin hatte er bereits genug damit zu tun, die gesamte Polizeibehörde zu leiten und zu reformieren. Sein Verhalten erweckte ihr Misstrauen. Offenbar war etwas Bedeutenderes im Gange, als es den Anschein hatte.

»Sir, bitte verzeihen Sie«, sagte ein Detective. »Aber im Garten liegt der Schnee gut dreißig Zentimeter hoch. Wie –«

»Schaufeln Sie ihn auf und sieben Sie ihn durch wie Mehl«, erwiderte Bragg. Dann wandte er sich zu Francesca um. »Miss Cahill? Ich werde Sie jetzt nach Hause bringen.«

An seiner Seite schritt Francesca auf das stattliche Automobil zu. Dabei stieß sie mit ihrer Hüfte aus Versehen gegen die seine. »Haben Sie den Tatort verändert?«, fragte er.

»Nun, ich habe die Leiche ausgegraben und bin ein wenig umhergelaufen.« Als sie seinem strafenden Blick begegnete, schaute sie rasch weg.

Er verharrte plötzlich und drehte sich noch einmal zu seinen Männern um. »Murphy!«

Murphy stürzte auf ihn zu. »Jawohl, Sir?«

»Schicken Sie einen Streifenpolizisten zum Haus der Cahills. Er soll dort die Schuhe mitnehmen, die Miss Cahill gerade trägt. Bevor Sie den Schnee aufschaufeln, suchen Sie nach Abdrücken, die nicht von Miss Cahills Schuhen stammen.«

»Jawohl, Sir«, erwiderte der Inspector, wobei er praktisch salutierte.

»Sollten Sie andere Fußabdrücke finden – was ich bezweifele –, so lassen Sie die Umrisse von jemandem nachzeichnen. Vielleicht werden wir unseren Mörder eines Tages durch die Größe seiner Füße identifizieren.«

»Jawohl, Sir«, rief Murphy sichtlich beeindruckt.

»Das wäre alles«, erklärte Bragg. Als Murphy ging, wandte er sich wieder Francesca zu. »Wir müssen uns Ihre Schuhe ausborgen«, sagte er.

»Das macht nichts. Ihre Anweisungen sind ziemlich beeindruckend, Bragg. Warum die Fotografien?«, fragte sie neugierig.

Er sah sie an, als er die Beifahrertür öffnete, antwortete aber nicht.

Sie blieb neben dem Automobil stehen. »Bragg?«

Er seufzte. »Sie werden es ja früher oder später ohnehin erfahren. Ich bin mir sicher, dass die Schmierfinken, die im Präsidium auf eine Story lauern, Wind von der Sache bekommen werden.«

Francesca spürte, wie sich ihr Körper vor Erwartung – und vor Furcht – anspannte. »Was denn für eine Sache?«

Bragg warf ihr einen resignierten Blick zu. »Sie ist nicht die Erste. Vor einem Monat, kurz nach meinem Amtsantritt, wurde eine andere junge Frau auf die gleiche Weise ermordet. Oder zumindest macht es den Anschein, als handele es sich um die gleiche Art und Weise.«

»Der anderen Frau wurde auch ein Kreuz in die Kehle geschnitten?« Bei der Erinnerung daran drehte sich Francesca der Magen um.

Er nickte. »Ja. Und ihre Hände lagen ebenfalls wie zum Gebet gefaltet auf der Brust.«

Dieses Detail war Francesca gar nicht aufgefallen. Sie zitterte vor Angst. »Bragg? Haben Sie deshalb darum gebeten, dass der Tatort fotografiert wird ... falls es wieder passieren sollte?«

Er nickte. »Ja, Francesca. Für den Fall, dass unser Mörder ein drittes Mal zuschlägt.«

»Wir haben es also mit einem Wahnsinnigen zu tun?«

»Es hat ganz den Anschein«, bestätigte Bragg.

Das große, schwarze Automobil stand mit laufendem Motor vor dem Haus der Cahills. Obwohl jede Verzögerung gefährlich werden konnte – Andrew und Julia kehrten immer spätestens um 23 Uhr von ihren abendlichen Vergnügungen heim, und Francesca musste unbedingt vor ihnen zu Hause sein –, rutschte sie auf dem Beifahrersitz ein wenig herum, damit sie Bragg besser sah.

Er war während der kurzen Fahrt still und nachdenklich gewesen, und Francesca ahnte, warum.

Auch sie vermochte den grässlichen Anblick der Toten mit dem blutigen Kreuz in der Kehle nicht aus ihrem Kopf zu verbannen, doch noch viel schlimmer war es, sich an den Vorfall vor dem Plaza zu erinnern. Francesca schloss kurz die Augen, aber die Bilder wollten einfach nicht verschwinden.

Warum war sie bloß nicht beharrlich geblieben? Warum hatte sie die Frau davonlaufen lassen?

»Francesca, ich möchte nicht, dass Sie in diesen Fall verwickelt werden«, sagte Bragg plötzlich.

Sie erstarrte und begegnete seinem ernsten Blick. »Bragg –«, hob sie protestierend an. Sie steckte doch bereits mittendrin! Das war doch offensichtlich!

»Wir haben es mit einem Wahnsinnigen zu tun. Diese Sache ist viel gefährlicher als die Burton-Entführung oder der Mord an Randall.«

Sie verkniff sich die Antwort, die ihr auf der Zunge lag, und sagte stattdessen: »Na schön.« Wer mochte die junge Frau wohl gewesen sein? Ganz offenbar hatte sie gewusst, dass sie sich in Gefahr befand. Aber warum hatte sich der Mörder ausgerechnet sie ausgesucht? Ob es wohl eine Verbindung zwischen den beiden Opfern gab?

»Sie haben doch jetzt eine Klientin, nicht wahr?«, fuhr Bragg fort.

»Bragg, wer war das erste Opfer?« Sie war wild entschlossen, sich nicht so einfach abwimmeln zu lassen.

»Francesca!«

»Ich bin lediglich neugierig, das ist alles.« Sie log ihn nur sehr ungern an, aber eine kleine Lüge im Namen der Gerechtigkeit schien ihr akzeptabel.

»Das ist eine sehr ungesunde Eigenschaft.« Er sprang aus dem Daimler und marschierte ganz offensichtlich aufgebracht um die Motorhaube herum, um die Beifahrertür für Francesca zu öffnen.

»Ich möchte Sie nicht dabei erwischen, wie Sie sich in die Ermittlungen einmischen«, sagte er warnend.

Francesca war klar, dass er es ernst meinte. Vielleicht hatte er ja Recht. Sie hatte ja jetzt eine Klientin – und die Gelegenheit, sich einen guten Ruf aufzubauen. »Das werde ich nicht. Versprochen«, erwiderte sie und lächelte Bragg an, als sie aus dem Wagen stieg. Sie rutschte auf dem vereisten Pflaster aus, und er konnte sie gerade noch mit einem Griff unter ihre Arme auffangen.

Sie klammerte sich an ihn, und einen Moment lang standen sie dicht aneinander gepresst da. Unwillkürlich starrte Francesca auf Braggs Mund.

Schließlich trat er einen Schritt zurück. »Gute Nacht, Francesca.«

Sie vermochte kaum Luft zu holen, um ein »Gute Nacht« zu erwidern.

Er zögerte einen Moment lang. »Wenn Sie am Samstag Lust hätten, mit mir auszugehen – ich habe zwei Eintrittskarten. Vielleicht könnten wir hinterher auch zusammen zu Abend essen«, sagte er schließlich.

»Wie bitte?«, keuchte sie.

»Ich habe zwei Eintrittskarten für *The Greatest World*«, wiederholte er, und endlich lächelte er ein wenig.

Sie erwiderte sein Lächeln. Er besaß also bereits die Eintrittskarten zu dem Musical, von dem sie gesprochen hatte. Für einen kurzen Augenblick verblassten alle Gedanken an Mord und Totschlag. »Natürlich habe ich Lust, Bragg. Und ein gemeinsames Abendessen wäre wundervoll.«

Er streckte die Hand nach dem Türgriff aus. »Und denken Sie daran – Schluss mit dem Detektivspielen!«, sagte er.

Sie lächelte ihn nur an.

FREITAG, 7. FEBRUAR 1902 – MITTAG

Francesca wurde um kurz vor zwölf in die Räumlichkeiten ihrer Mutter zitiert, die diese für gewöhnlich nie vor der Mittagszeit verließ. Als Francesca Julias Salon betrat – ein großer Raum mit rötlichen, orientalischen Teppichen, ockerfarbenen Wänden und verschiedenen Sitzbereichen –, erblickte sie als Erstes ihren Vater, der auf einem goldenen Brokatsofa Platz genommen hatte. Überrascht verharrte sie für einen Moment.

Andrew nahm seine Lesebrille ab, die immer ganz weit vorn auf seiner Nasenspitze saß, und verkündete: »Sie ist da.«

Was tat Andrew um diese Zeit zu Hause? Warum war er nicht im Büro? Francesca hatte am Morgen eine Begegnung mit ihm ganz bewusst vermieden. Sie hatte das Frühstück ausfallen lassen und war zum College geeilt, um dort an einem Seminar teilzunehmen.

Julia betrat den Salon von ihrem Schlafzimmer aus. Sie hatte sich für eine Verabredung zum Mittagessen gekleidet und trug ein prächtiges, smaragdgrünes Kleid. Ihr Blick war ausgesprochen streng. »Wo bist du heute Morgen gewesen, Francesca?«

»In der Bibliothek«, erwiderte Francesca ohne zu zögern. Sie hatte beinahe schon befürchtet, ihre Mutter würde sie fragen, wo sie am Abend zuvor gewesen sei.

»Setz dich«, forderte ihr Vater sie auf.

Als sich Francesca langsam auf einem Sessel gegenüber dem Sofa niederließ, warf Andrew eine Zeitung auf den Tisch mit der Platte aus Elfenbein, und Francesca erblickte die riesige Schlagzeile der *Sun*. Sie zuckte unwillkürlich zusammen.

MILLIONÄRSTOCHTER STELLT
RANDALL-MÖRDER MIT BRATPFANNE

»Ich kann dir gar nicht sagen, wie bestürzt ich war, als ich diesen Artikel gelesen habe«, sagte er.

»Und ich hatte beinahe einen Herzanfall«, fügte Julia hinzu, die sich gar nicht erst hinsetzte und ihre Tochter kühl anblickte.

»Ich kann euch das erklären«, sagte Francesca.

»Wenn man diesem Reporter glauben darf«, sagte Andrew betont ruhig, »dann hast du den Mörder eigenhändig mit einer Bratpfanne überwältigt.«

Francesca wusste, dass der Artikel nicht erwähnte, dass sie zuvor von Mary Randall und ihrem Bruder Bill ans Bett gefesselt worden war. Glücklicherweise hatte sie diese Tatsache den Reportern gegenüber nicht erwähnt. »Papa, Mama, es war alles halb so schlimm, wie es sich anhört. Nachdem ich mich mit diesem Hochstapler getroffen hatte, wurde mir klar, dass er nicht der Mörder sein konnte und Bragg den falschen Mann verhaftet hatte. Also ging ich zu den Randalls, da immer noch einige Probleme offen waren, die sich einfach nicht erklären ließen. Ich habe nur versucht, Bragg zu helfen und der Gerechtigkeit zu dienen. Es war nie meine Absicht, einen Mörder zu stellen. Ich hatte ja bis zum letzten Moment nicht einmal die geringste Ahnung, wer der Mörder überhaupt sein könnte!« Es war jetzt wichtig, dass sie einen klaren Kopf behielt.

Andrew war aufgesprungen. »Du hast dich auch noch mit einem Hochstapler getroffen? Es ist ja schon schlimm genug, dass du allein zu den Randalls gegangen bist! Was um alles in der Welt ist da nur in dich gefahren, Francesca?«

»Papa, es lag ja überhaupt nicht in meiner Absicht, einem Mörder gegenüberzutreten. Ich wollte doch nur helfen –«

Ihr Vater war der höflichste Mensch, den sie kannte, aber jetzt schnitt er ihr das Wort ab. Sein Gesicht war dunkelrot angelaufen. »Ich werde es nicht zulassen, dass meine Tochter in der Stadt herumläuft, sich mit Hochstaplern abgibt und Mörder zur Strecke bringt. Dafür haben wir die Polizei, Francesca. Ein solches Benehmen dulde ich nicht. Nein, ich verbiete es sogar ausdrücklich.«

»Ich bin eine erwachsene Frau«, erwiderte Francesca. »Wie kannst du mich da wie ein Kind behandeln? Außerdem ist mir doch gar nichts passiert!« Sie sah ihre Mutter an.

»Ich bin noch niemals zuvor in meinem Leben derart wütend gewesen«, erklärte Julia.

Francesca wurde langsam bang ums Herz. »Ich konnte doch schlecht einfach die Hände in den Schoß legen! Immerhin habe ich den Fall gelöst und den Mörder gefasst«, versuchte sie sich noch einmal zu rechtfertigen.

»Das Schlimme daran ist, dass ich besser als irgendjemand sonst weiß, was in dir vorgeht«, sagte Julia. »Hältst du mich denn für eine Närrin, Francesca? Ich weiß, dass du nicht nur eine sehr leidenschaftliche Frau bist, sondern auch von einer überaus großen Entschlusskraft. Du hast dir offenbar in den Kopf gesetzt, dass du so eine Art Detektivin bist. Und nun hast du dich in diese neueste Passion verbissen, wie du es zuvor bei deinem Reformeifer getan hast. Oh, ich durchschaue dich sehr wohl, das kannst du mir glauben!«

Francesca vermochte den Blick nicht von ihrer Mutter zu wenden. Julia durchschaute sie in der Tat, stellte sie bestürzt fest. Dabei konnte nichts Gutes herauskommen.

»Eines weiß ich mit Sicherheit: Du hast die Zeitung beiseite geschafft, bevor ich oder deine Mutter einen Blick darauf werfen konnten«, rief Andrew mit lauter Stimme. »Und nun willst du uns etwas vormachen – uns täuschen? Uns *anlügen?*«

»Papa! Ich bin keine Lügnerin!«, rief sie empört, doch im selben Moment schoss ihr durch den Kopf, dass ihr Vater in gewisser Weise wohl Recht hatte. Es war ihr in ihrer neuen Profession bereits zur Gewohnheit geworden, gelegentlich die Wahrheit zu umgehen und sich zu verstellen. Zum Glück hatten ihre Eltern die neuen Visitenkarten nicht zu Gesicht bekommen! »Möglicherweise habe ich hier und da etwas unerwähnt gelassen. Aber doch nur, weil ich nicht wollte, dass ihr euch aufregt! Es ist in bester Absicht geschehen. Ich wollte doch nur helfen und niemandem wehtun«, versuchte sie sich herauszureden.

Andrew starrte seine Tochter wütend an, und Julia hatte ihre Arme fest vor der Brust verschränkt. »Andrew, ich habe dir ja prophezeit, dass sie auf diese Weise reagieren wird.«

Andrew sagte: »Deine Mutter hat Recht. Es ist an der Zeit, dir einen Ehemann zu suchen.«

In diesem Moment fühlte sich Francesca, als hätte man ihr den Boden unter den Füßen weggezogen, und ein Gefühl der Übelkeit überkam sie. Ihr Vater hatte sie in ihrem Bestreben, ein Blaustrumpf und eine Reformistin zu werden, sonst stets unterstützt. Und bisher hatte er es auch nicht eilig gehabt, sie zu verheiraten. Francesca hatte sogar geglaubt, dass ihr Vater es gar nicht gerne sähe, wenn sie aus dem Haus ginge. »Das kann doch nicht dein Ernst sein, Papa«, sagte sie mit zitternder Stimme.

»Und ob es das ist«, erwiderte Julia. »Wir sind die halbe Nacht wach gewesen und haben über dich geredet. Ich werde es nicht dulden, dass meine Tochter sich in den schlimmsten Vierteln herumtreibt, sich mit Betrügern und Ganoven abgibt und Mördern hinterherjagt.«

»Vielleicht wird der richtige Mann einen beruhigenden Einfluss auf dich ausüben, Francesca«, fügte Andrew hinzu. »Seit Bragg zum Polizei-Commissioner ernannt worden ist und in der Stadt weilt, hast du dich wie eine Detektivin aufgeführt.«

Francesca stand bewegungslos da. Es gab nur einen einzigen Mann, der der Richtige für sie war, und das war Bragg. Sie hatte nicht vor, einen anderen zu heiraten. »Dafür gebt ihr doch hoffentlich nicht Bragg die Schuld.« Sie fuhr sich mit der Zunge über die Lippen und sah Julia an. »Er hatte nichts damit zu tun, Mama. Er hat sogar immer und immer wieder versucht, mich von meiner Ermittlungsarbeit abzubringen.«

»Ich bin nicht blind, Francesca«, sagte Julia leise.

Plötzlich stiegen Verzweiflung und Angst in Francesca auf. Was meinte ihre Mutter damit? Hatte sie etwa erraten, was Francesca für Bragg empfand? »Wir sind Freunde. Das ist alles.«

»Und so sollte es auch bleiben. Dein Vater hat mir kürzlich

erzählt, dass Bragg eine Frau hat. Wie auch immer, ich werde jedenfalls damit beginnen, ernsthaft nach einem Ehemann für dich zu suchen.«

Francesca wollte einfach nicht glauben, was sie soeben gehört hatte. Sie warf ihrem Vater einen verzweifelten Blick zu. »Papa, du bist doch sicherlich anderer Ansicht! Außerdem lasse ich mich nicht von irgendjemandem vor den Altar schleppen. Ihr könnt mich nicht zwingen zu heiraten.«

Andrew zögerte. Francesca sah ihre Chance und ergriff sie. »Papa, du weißt, dass ich eines Tages heiraten werde, aber es muss der richtige Mann sein. Und einen solchen Mann kann man nicht einfach herbeizaubern!«

Julia, die ebenfalls spürte, dass Andrew ins Wanken geriet, mischte sich ein. »Ich werde mein Bestes tun, um den richtigen Mann für dich zu finden, Francesca. Und bis es soweit ist, musst du mit deinem Detektivspielen aufhören.« Sie sah Andrew an. »Es wäre nicht falsch, einmal mit Bragg zu reden. Ich bin mir sicher, dass er es nicht gutgeheißen hat, dass sich Francesca in Polizeiangelegenheiten eingemischt hat. Sag ihm, wie besorgt wir sind.«

»Das war ohnehin meine Absicht«, erklärte Andrew entschieden.

Bragg und er waren beide leidenschaftliche Reformisten. Die beiden Männer bewunderten einander und pflegten einen freundschaftlichen Umgang. Francesca wandte sich wieder ihrem Vater zu. »Papa? Bragg hatte wirklich keine Ahnung. Ich habe ihm nicht erzählt, was ich vorhatte. Hätte er es gewusst, hätte er mich nicht gehen lassen. Mama! Das ist die Wahrheit.«

Julia schüttelte den Kopf. »Ich habe eine Verabredung zum

Mittagessen. Ich bin heute Abend zu Hause, und wir werden zusammen zu Abend essen«, sagte sie mit energischer Stimme und warf Francesca einen zornigen Blick zu. Diese wurde das Gefühl nicht los, dass ihre Mutter beabsichtigte, zu Hause zu bleiben, um sie zu überwachen.

Als Julia das Zimmer verlassen hatte und Francesca mit ihrem Vater allein war, wandte sie sich ihm erneut zu. »Du hast es also gewusst, ja?«

Andrew fuhr zusammen. »Was gewusst, Francesca?«

»Dass Bragg verheiratet ist.« Sie gab sich Mühe, ihre Gefühle vor ihrem Vater verborgen zu halten.

»Er hat es dir also erzählt?«

»Ja, das hat er.« Sie blieb ganz ruhig und gelassen.

Sein Blick wanderte mit einer gewissen Besorgnis über ihre Züge hinweg. »Ich habe seine Frau einmal zu Beginn ihrer Ehe kennen gelernt, als ich in Boston weilte. Daher wusste ich, dass er verheiratet ist, das ist richtig.«

Sie schloss die Augen, erinnerte sich an den Moment, als Bragg ihr von seiner Frau erzählt hatte, einer Frau, die er seit über vier Jahren nicht mehr gesehen hatte, einer Frau, die er verachtete. In jenem Augenblick, den Francesca nie in ihrem Leben vergessen würde, waren all ihre Hoffnungen und Träume zunichte gemacht worden. Jetzt riss sie sich zusammen und sah ihren Vater mit einem kleinen Lächeln an. »Warum hast du es mir nicht erzählt, Papa?«, fragte sie leichthin.

Er starrte sie überrascht an. »Hätte ich denn etwas sagen sollen? Ihr beide hattet euch doch gerade erst kennen gelernt. Ich habe keine Ahnung, warum seine Frau nicht hier bei ihm in der Stadt ist und warum sie in keinem der Zeitungsartikel erwähnt wurde, die die Presse über Rick geschrieben hat. Ein Mann hat ein Recht auf seine Privatsphäre, und ich habe ihn niemals gefragt, was da möglicherweise im Argen liegt. Ich bin davon ausgegangen, dass er dich mit Respekt behandeln wird, da du meine Tochter bist. Was geht hier vor sich?«, fügte er misstrauisch hinzu.

Francesca war sich bewusst, dass sie bei diesem Thema mit ausgesprochener Vorsicht agieren musste. »Bragg und ich sind im Laufe der Ermittlungen zum Burton-Fall Freunde geworden. Wir haben viele Gemeinsamkeiten. Ich erinnere mich nicht mehr genau daran, warum und in welchem Zusammenhang er Leigh Anne mir gegenüber erwähnt hat, aber es ist eine tragische Geschichte, und ich glaube ebenso wie du, dass ein Mann das Recht auf seine Privatsphäre hat. Daher werde ich kein Wort mehr darüber verlieren.«

»Ja, ihr habt wirklich viel gemeinsam«, erwiderte Andrew. »Und es ist wirklich ein Jammer, dass er nicht ledig ist. Ihr hättet gut zusammengepasst.« Er warf einen Blick auf seine Taschenuhr. »Ich habe ebenfalls eine Verabredung zum Mittagessen. Etwas Geschäftliches. Ich muss mich auf den Weg machen.« Er sah seine Tochter nun wieder lächelnd an und küsste sie auf die Wange. »Bitte sei vernünftig, Francesca.«

Sie wusste, dass er sich auf ihre kriminalistischen Aktivitäten bezog. »Ich verspreche zu versuchen, mich in Zukunft von gefährlichen Situationen fern zu halten. Wirklich, das ist mein Ernst, Papa.« Und das entsprach auch voll und ganz der Wahrheit. »Papa, du wirst mich doch nicht auf die Schnelle verheiraten, oder? Das hast du doch gewiss nur im Zorn gesagt?«

Er zögerte. »Ich möchte, dass du glücklich bist, Francesca, das weißt du doch. Nein, ich werde dich nicht zu einer Heirat drängen, aber ich stimme Julia zu, dass wir anfangen sollten, ernsthaft darüber nachzudenken, wie wir einen geeigneten Mann für dich finden können.«

Francesca atmete auf. Zumindest hatte sie ein wenig Zeit gewonnen, denn offenbar begann ihr Vater die Dinge wieder von ihrer Warte aus zu sehen. »Vielen Dank, Papa«, sagte sie.

»Ich wünsche dir einen schönen Tag«, gab er zurück.

Francesca schaute ihm nach, als er das Zimmer verließ. Er würde schon bald wieder völlig auf ihrer Seite stehen, da war sie sich sicher. Aber was ihre Mutter betraf, so sahen die Dinge anders aus. Jetzt, da Francescas Bruder Evan verlobt war, würde Julia alles daransetzen, einen Verehrer und letztlich einen Ehemann für ihre jüngste Tochter zu finden. Francesca seufzte.

Sollte der Tag wirklich einmal kommen, so würde man sie zum Altar schleifen müssen, während sie schreien und um sich treten würde!

Mit diesem unerfreulichen Bild vor Augen verließ auch sie den Salon.

Francesca saß über ihre Biologie-Mitschriften gebeugt am Schreibtisch, als Connie in ihr Zimmer trat. Doch Francesca war ohnehin nicht in der Lage, sich zu konzentrieren, da sie ständig an die junge Frau denken musste, die sie tot im Schnee gefunden hatte. Das schlechte Gewissen hatte bereits ein wenig nachgelassen, und sie hatte beschlossen, dass sie den Mörder suchen würde. Doch auch ihre neue Klientin ging ihr nicht aus dem Sinn. Insofern hätte sie nicht ernsthaft behaupten können, dass Connie sie beim Arbeiten störte. Francesca lächelte und sagte: »Klopfst du eigentlich niemals an?«

»Die Tür war offen«, erwiderte Connie mit einem breiten Lächeln. »Wie sehe ich aus?«

Francesca blinzelte verwundert, denn ihre Schwester war wie immer perfekt gekleidet. Das blassrosa Kleid, das sie trug, war überaus elegant, und ihre blauen Augen funkelten. Connie sah sehr glücklich aus, was Francesca unglaublich freute. Vielleicht hatte ihre Schwester ja doch nicht übertrieben, als sie behauptete, man müsse die Vergangenheit ruhen lassen; vielleicht hatten sie und Neil sich wirklich wieder versöhnt und alles war so, wie es sein sollte. »Ich muss sagen, du hast nie schöner ausgesehen, und zudem scheinst du ausgezeichneter Laune zu sein.«

»Das stimmt«, erwiderte Connie. Als sie strahlend eine kleine Pirouette vollführte, erstarb Francescas Lächeln unvermittelt. Sie sprang auf. »O Gott! Das hatte ich ja ganz vergessen! Heute ist Freitag – und du bist mit Calder Hart zum Essen verabredet!«

Connie lächelte verschämt. »Allerdings – um eins. Ich bin nur schnell vorbeigekommen, um dich zu fragen, ob dieses Kleid zu brav ist.«

Francesca starrte ihre Schwester entgeistert an. »Zu brav?«, wiederholte sie.

»Nun, es ist ein recht jungfräuliches Rosa, findest du nicht auch?«

»Hast du den Verstand verloren? Du kannst dich unmöglich mit ihm zum Essen treffen!«, rief Francesca aufgeregt. Calder Hart war ein berüchtigter Schürzenjäger, der nicht einmal versuchte, seinen schlimmen Ruf zu bestreiten. Und Francesca war sich sicher, dass er ihre Schwester zu seinem Opfer auserkoren hatte. Es war kein Geheimnis, dass Hart von verheirateten Frauen fasziniert war. Und dies, obwohl er eine Mätresse hatte und darüber hinaus in einem Bordell mit zwei wunderschönen Schwestern verkehrte.

»Ich kann es, und ich werde es auch tun, und wir beide haben bereits alles gesagt, was zu diesem Thema zu sagen ist. Also, sehe ich zu brav aus?« Connie schritt zu dem venezianischen Spiegel hinüber, der über einer aufwändig geschnitzten Kommode aus Nussbaumholz hing, und betrachtete besorgt ihr Spiegelbild.

»Wie kannst du dich nur für ihn so herausputzen! Und was ist mit deinem Mann?«, rief Francesca und trat neben ihre Schwester.

Ihre Blicke begegneten sich in dem Spiegel. »Hart ist ein Freund, nichts weiter, und ich tue nichts Verbotenes.« Connie errötete. »Mir ist durchaus bewusst, dass er gern flirtet, aber viele verheiratete Frauen genießen hin und wieder ein harmloses Geplänkel.«

»Aber du gehörst nicht dazu«, erwiderte Francesca prompt. Connie wandte sich ihr zu. »Ich habe mich verändert. Ich genieße Harts Aufmerksamkeiten. Meine Güte, Fran, du klingst beinahe so, als würdest du mir nicht trauen. Es ist doch nur ein Mittagessen!«

»O Con, *dir* traue ich schon«, erwiderte Francesca. »Aber bei Hart liegt der Fall anders. Er will dich verführen!«

»Beim Mittagessen?«, fragte Connie und verdrehte die Augen, aber das Rot auf ihren Wangen vertiefte sich.

»Um wie viel sollen wir wetten, dass er dir nach dem Mittagessen anbieten wird, mit dir irgendwohin zu fahren? Und ich bin mir sicher, dass er in der Kutsche einen ersten Annäherungsversuch unternehmen wird.«

»Ich fahre in meiner eigenen Kutsche«, erwiderte Connie.

»Dann wird er dich einladen, seine Kunstsammlung anzusehen!«

»Aber die kenne ich doch bereits«, entgegnete sie. Die Schwestern blickten einander an, und nun erröteten beide. Harts Bildersammlung war berüchtigt; eines der Gemälde, das er für jeden seiner Gäste sichtbar in der Eingangshalle zur Schau stellte, grenzte an Gotteslästerung, und in seinem Salon hing ein schockierendes Bild, das eine nackte Frau zeigte.

»Ich bin mir sicher, dass er noch mindestens hundert weitere Gemälde in seinen Privatgemächern hängen hat«, murmelte Francesca. Es war an der Zeit, einmal eine sehr ernste Unterhaltung mit Hart zu führen, o ja!

»Ach, jetzt hör schon auf! Ich bin um eins mit ihm verabredet und muss jetzt langsam los.«

»Bitte geh nicht«, sagte Francesca und folgte ihrer Schwester aus dem Zimmer. »Ich mache mir wirklich Sorgen, Con. Was ist, wenn Neil es herausfindet?«

»Ich bin doch nur zum Essen verabredet!«, sagte Connie über ihre Schulter hinweg, während sie die Treppe hinunterschritt. »Außerdem werde ich ihm nichts davon erzählen, da es völlig ohne Belang ist.«

Francesca hatte ein ungutes Gefühl bei der Sache – so viel Koketterie konnte nur böse enden. »Wo esst ihr denn?«

Connie wandte sich auf dem Treppenabsatz herum. »Im Sherry Netherland's«, antwortete sie. »Warum?«

»Vielleicht sollte ich besser die Anstandsdame spielen«, sagte Francesca barsch.

»Nein, das solltest du nicht«, gab Connie gelassen zurück. »Wenn ich mich recht erinnere, hast du diesen Vorschlag bereits am Dienstag gemacht, und Hart hat ihn rundheraus abgelehnt.«

Francesca verschränkte verärgert die Arme vor der Brust und blickte Connie nach, während diese weiter die Treppe hinunterschritt. Hart und ihre Schwester hatten am Dienstag zuvor im Speisesaal des Plaza heftig miteinander geflirtet. Francesca wusste, dass Hart sie eigentlich recht gut leiden mochte, aber an jenem Nachmittag war es so gewesen, als ob sie gar nicht existierte.

Warum nur? Connie und sie glichen einander doch so sehr. Ob es daran lag, dass sie eher steif wirkte und eine Leseratte war? Natürlich war sie nicht eifersüchtig, nicht ein klitzekleines bisschen; schließlich liebte sie Bragg.

Hart wusste davon, denn Bragg war sein Halbbruder. Trotzdem herrschten zwischen den beiden Männern Rivalität und Feindseligkeit.

Francesca seufzte, als sie Connie rufen hörte: »Fran! Mrs Kennedy ist gekommen, um mit dir zu reden.«

Sie stieg überrascht die Treppe hinunter und fragte sich, was Maggie Kennedy wohl so rasch wieder zu ihr führte. Womöglich war sie nicht in der Lage, einen der bestellten Stoffe aufzutreiben – in diesem Fall hätte sie allerdings auch Joel mit einer Nachricht vorbeischicken können. Schließlich arbeitete Maggie bei Moe Levy – sollte sie nicht in der Fabrik sein?

Francesca betrat die große Eingangshalle ihres Elternhauses, die mächtige, paarweise angeordnete korinthische Säulen, marmorne Platten an den Wänden und ein prächtiges Deckengemälde mit einem ländlichen Motiv zierten. In der

Nähe der Tür standen Maggie Kennedy und Joel. Als Francesca sah, dass Maggies Augen vom Weinen gerötet waren und sie ein zerknautschtes Taschentuch in der Hand hielt, erstarb ihr Lächeln.

Francesca wechselte einen kurzen Blick mit Connie, ehe ihre Schwester sich auf den Weg machte. Dann eilte sie auf Mutter und Sohn zu. »Mrs Kennedy, was ist geschehen? Geht es Ihnen nicht gut? Bitte kommen Sie doch herein und setzen Sie sich.«

»Vielen Dank«, brachte Maggie heraus.

Francesca blickte Joel fragend an, als sie die beiden in den kleinen Salon führte. Er warf ihr einen langen Blick zu, den sie jedoch nicht zu deuten vermochte. Was war nur passiert?

Maggie ließ sich in einen Sessel sinken. Sie kämpfte ganz offensichtlich erneut gegen die Tränen an.

Francesca kniete sich vor Maggie und nahm die Hände der Frau in die ihren. »Sie sind gewiss nicht wegen meiner Kleider gekommen, nicht wahr? Ist etwas geschehen?«

Maggie nickte, vermochte aber keinen Ton herauszubringen.

Joel, der mager und klein war und eine ausgesprochen helle Haut hatte, die einen erstaunlichen Kontrast zu seinen dunklen Augen und seinem schwarzen, lockigen Haar darstellte, stand neben seiner Mutter. »Irgendjemand hat ihre Freundin um die Ecke gebracht«, sagte er schroff. »Mausetot ist die.«

»Ach du meine Güte!«, entfuhr es Francesca. Sie packte Maggies Hände fester.

Maggie atmete tief durch. »Es tut mir Leid, Miss Cahill.«

»Bitte machen Sie sich um mich keine Sorgen.«

»Ich …« Maggie versuchte sich an einem Lächeln, doch es

wollte ihr nicht gelingen. »Ich glaube, ich stehe unter Schock. Ich hab's gerade erst gehört, müssen Sie wissen – auf der Arbeit ... Mary und ich sind schon lange befreundet, und letztes Jahr hat sie auch für ein paar Monate bei Moe Levy gearbeitet.« Sie musste erneut gegen die Tränen ankämpfen.

Francesca zog sich eine Polstertruhe heran und nahm darauf Platz. »Fangen Sie doch bitte ganz von vorn an.«

»Sie müssen den Mörder finden!«, rief Joel. »Sie war so 'ne nette Dame, und sie hatte keinen Mann, bloß ihre beiden kleinen Mädchen.«

Francesca blickte Joel an. »Du weißt, dass ich mein Bestes tun werde.«

Er nickte eifrig. »Ja, ich weiß.«

»Joel«, flüsterte Maggie und streckte ihre Hand aus. Er legte die seine hinein, und sie klammerte sich daran, als wäre er der Stärkere von ihnen beiden.

Als Francesca die beiden so sah, verspürte sie einen Stich im Herzen. Plötzlich sehnte sie sich danach, einen Sohn wie Joel zu haben, der so klug und treu war. Dabei wunderte sie sich über sich selbst, denn bisher hatte sie noch nie den Wunsch nach einem Kind verspürt. Natürlich war sie immer davon ausgegangen, dass sie eines Tages mehrere Kinder haben würde, aber jetzt hatte sie diese Sehnsucht zum ersten Mal mit einer solchen Heftigkeit überfallen.

Doch im Moment kam dies für sie ohnehin nicht infrage, denn der Mann, den sie liebte, war nicht frei, und sie würde keinen anderen heiraten.

Maggie sprach so leise, dass Francesca sich vorbeugen musste, um sie zu verstehen. »Die Polizei kam mit 'ner Zeichnung von ihr zur Fabrik. Sie haben gefragt, ob einer von uns die

Frau kennt. Ich hab Mary sofort erkannt und das den Polizisten auch gesagt. Sie haben mich beiseite genommen und mir
Fragen gestellt – da wusste ich, dass was nich stimmt. Aber
ich hätte doch nie gedacht, dass sie tot ist!«

»Hat man Ihnen denn gesagt, dass sie tot ist?«

Maggie nickte. »Ihre Leiche wurde gestern Abend von 'ner
Frau im Schnee gefunden. Sie wollten mir aber nich sagen,
wie sie gestorben ist, bloß, dass sie ermordet wurde.«

Francesca starrte Maggie entgeistert an. Gütiger Himmel!
Maggies Freundin war die Tote, die sie am Abend zuvor gefunden hatte!

Maggie blickte sie fragend an. »Miss Cahill?«

Francesca schluckte. »Wer war diese Frau, Mrs Kennedy?«

»Mary O'Shaunessy, eine reizende Frau, und wie Joel schon
sagte, sie hat zwei Töchter, die eine ist drei, die andere sechs.
Ihr Ehemann hat sie vor Jahren mit den Kindern sitzen
lassen. Sie war bis vor kurzem Näherin, und vor einigen Monaten hat sie dann in 'nem Privathaushalt als Hausmädchen
angefangen. Sie war so glücklich über die neue Stelle«, fügte
Maggie traurig hinzu.

»Für wen hat sie denn gearbeitet? Und wo hat sie gewohnt?
Glauben Sie, dass ihre Nachbarn mit mir sprechen würden?«,
fragte Francesca rasch. »Hat sie jemals erwähnt, dass sie sich
möglicherweise in Gefahr befand?«

Maggie sah sie verwirrt an. »Nein, so etwas hat sie nie gesagt,
Miss Cahill. Und ich kann mich nich mehr daran erinnern,
wo sie gearbeitet hat. Aber ich bin mir sicher, dass es einer
ihrer Nachbarn weiß. Das sind alles rechtschaffene, fleißige
Leute, die werden gewiss mit Ihnen reden, Miss Cahill.«

»Ich kann Sie zu ihrer Wohnung bringen«, schlug Joel eifrig

vor. »Wir sind schon zu lange ohne Arbeit gewesen«, fügte er hinzu.

Francesca zauste ihm spontan mit der Hand durch sein dichtes Haar. »Ja, das sind wir in der Tat.« Sie bedauerte, dass sich Mary O'Shaunessy ihrer Freundin nicht anvertraut hatte.

»Mrs Kennedy? Ich werde alles in meiner Macht Stehende tun, um den Mord an Ihrer Freundin aufzuklären«, sagte Francesca mit entschlossener Stimme. Und es war ihr ernst damit.

»Danke.« Maggie schien erleichtert zu sein. Mittlerweile hatte sie ihre Fassung wiedererlangt. »Ich wusste, dass Sie uns helfen würden. Da war ein Ungeheuer am Werk, Miss Cahill. Mary war ein echter Sonnenschein. Und die armen kleinen Mädchen!«

Francesca tätschelte ihre Hand, als sie plötzlich die Stimme ihres Bruders aus der Empfangshalle vernahm. Er fragte mit lauter Stimme nach Francesca, und sein Tonfall ließ darauf schließen, dass er bester Laune war. Evan besaß von Natur aus ein fröhliches Wesen.

Maggie erhob sich. »Ich muss zurück zur Fabrik, sonst wird man mich rauswerfen, wo ich doch gestern schon krankgefeiert hab.«

Francesca begleitete sie in die Halle hinaus. »Falls man Ihnen drohen sollte, dass Sie entlassen werden, sagen Sie mir Bescheid, dann werde ich mich einmal mit dem Direktor unterhalten.«

Maggie schenkte ihr ein dankbares Lächeln.

In diesem Moment näherte sich Evan mit großen Schritten. Er war dunkelhaarig und attraktiv, doch im Augenblick saß seine Krawatte schief, und das Jackett seines Anzugs hing offen, so dass man seine schlanke, muskulöse Gestalt sah. Er lächelte Francesca an. »Da bist du ja!« Sein Blick wanderte mit einer gewissen Neugierde über Joel und Maggie hinweg. Er blieb neben Francesca stehen und schlang einen Arm um sie. »Und wie geht es meiner mutigen, Bratpfannen schwingenden Schwester denn heute?«

»Das ist nicht witzig«, erwiderte Francesca und wand sich aus seinem Griff. »Du scheinst ja ausgesprochen guter Laune zu sein.«

»Ich hatte gestern einen überaus interessanten Abend«, sagte er und blickte erneut zu Maggie hinüber. Dabei runzelte er ein wenig die Stirn, als verblüffe ihn etwas. »Guten Tag. Kennen wir uns?«, fragte er, während seine blauen Augen über ihre Gestalt hinwegwanderten.

»Nein«, erwiderte Maggie und blickte zu Boden.

»Evan, das sind Mrs Kennedy und ihr Sohn, Joel. Mein Bruder, Evan.«

»Sie sind also der, der Grace Conway aushält!«, entfuhr es Joel, und seine Augen strahlten vor Bewunderung.

Grace Conway war Schauspielerin und zudem Evans Mätresse, auch wenn er gegen seinen Willen mit Sarah Channing verlobt war. Bevor Francesca herausgefunden hatte, dass ihr Bruder in eine Affäre mit Miss Conway verwickelt war, hatte sie noch nie etwas von dieser Frau gehört, die offenbar in den Varietés in den Arbeitervierteln auf der Bühne stand. Scheinbar kannte Joel die schöne, rothaarige Schauspielerin und Sängerin, und als Maggie errötend aufblickte, begriff Francesca, dass Miss Conway auch ihr bekannt war.

Einen Moment lang sagte niemand ein Wort.

Evan errötete ebenfalls ein wenig. »Nun«, sagte er schließlich und blickte von Joel zu Francesca. »Wie ich sehe, ist der kleine Strolch hier über meine Privatangelegenheiten bestens im Bilde.«

»Es tut mir Leid«, brachte Francesca peinlich berührt heraus.

»Was soll denn das ganze Theater? Die Frau ist 'ne Schönheit, und wir haben sie mal in 'nem Stück gesehen. Die werd ich bestimmt nie vergessen«, erklärte Joel und blickte von Evan zu Francesca und wieder zurück.

Evan ergriff Joels Arm. »Komm mal einen Moment mit mir, junger Freund«, sagte er. Er zog ihn zum anderen Ende der Eingangshalle, und da er über einen Meter achtzig groß war, musste er sich vorbeugen, um Joel etwas ins Ohr zu sagen. Sein Benehmen hatte nichts Grobes oder Unfreundliches an sich. Ein kleines Lächeln umspielte Francescas Lippen, während sie die beiden beobachtete. Joel wurde rot und blickte beschämt drein.

Francesca wandte sich Maggie zu. »Es tut mir Leid«, sagte sie. Maggie hatte den Wortwechsel zwischen Evan und Joel ebenfalls beobachtet. »Nein, mir tut's Leid, dass Joel Ihren Bruder in Verlegenheit gebracht hat«, erwiderte sie. »Ich werde mit Joel reden. Er kennt sich mit der nötigen Etikette nun mal nich aus, Miss Cahill, aber das ist meine Schuld«, fuhr sie mit fester Stimme fort.

Francesca spürte, wie eine Welle der Zuneigung zu dieser schlichten Frau in ihr aufstieg. »Nein, das ist nicht Ihre Schuld«, sagte sie.

»O doch! Ich kenne den Unterschied zwischen Ihrer Klasse und der meinen. Aber ich hatte noch keine Zeit, Joel richtige Manieren beizubringen, und es schien bis jetzt auch gar nich so wichtig zu sein.« Sie blickte Evan und Joel entgegen, die soeben zurückkehrten. Joels Wangen waren immer noch gerötet, Evan dagegen schien sich von dem kurzen Moment der Verlegenheit erholt zu haben. »Bitte verzeihen Sie mir und meinem Sohn, Mr Cahill. Wir sind schrecklich unhöflich gewesen«, sagte Maggie errötend.

Evan lächelte sie an, wobei er wiederum ein wenig verwirrt wirkte. »Da gibt es nichts zu verzeihen. Aber wenn man es wagt, gewisse Grenzen zu überschreiten, dann muss man auch die Konsequenzen dafür in Kauf nehmen.«

Maggie wich seinem Blick aus. Sie nickte. »Joel? Wir müssen gehen.«

»Ist auch alles in Ordnung, Mrs Kennedy?«, fragte Evan mit einem Mal und streckte die Hand aus, um sie zurückzuhalten.

Sie wich seiner Hand instinktiv aus. »Danke, es geht mir gut«, erwiderte sie, wobei sie es vermied, ihn anzusehen. Das Lächeln, das sie Francesca schenkte, wirkte gequält. »Nochmals vielen Dank.«

»Ich werde Sie nicht im Stich lassen«, versprach Francesca. »Aber dürfte ich mir Joel für eine Weile ausborgen? Ich werde dafür sorgen, dass er zum Abendessen wieder zu Hause ist.«

Maggie nickte. »Gewiss.«

»Warten Sie, ich werde Sie hinausbegleiten«, sagte Evan liebenswürdig.

Maggie würdigte ihn kaum eines Blickes. Da sie ihren marineblauen Wollmantel gar nicht erst abgelegt hatte, nickte sie nur und erlaubte Evan, sie zur Haustür zu geleiten, die ein Dienstbote für sie öffnete. Als Maggie gegangen war, drehte sich Evan um und eilte zu Francesca zurück. »Hat sie etwa geweint?«, fragte er mit einer gewissen Besorgnis in der Stimme.

Francesca zögerte und warf Joel einen Blick zu, der ihm bedeutete, den Mund zu halten. »Sie hat eine liebe Freundin verloren.«

»Oh, das tut mir sehr Leid«, sagte Evan, und sein Gesicht nahm einen ernsten Ausdruck an. »Wenn ich das gewusst hätte, wäre ich galanter gewesen.«

»Du *warst* überaus galant«, bemerkte Francesca.

Evan schüttelte den Kopf. »Ich könnte schwören, dass ich ihr schon einmal begegnet bin.«

»Das glaube ich nicht, Evan. Sie ist Näherin von Beruf.«

Er zuckte mit den Schultern. »Möglicherweise in einer von Graces Vorstellungen.«

»Möglicherweise. Was wolltest du denn eigentlich von mir? Ich muss nämlich los.«

»Nun, dein Freund, der Commissioner, hat mich angerufen und mich und meine Verlobte eingeladen, an diesem Samstag mit euch beiden ins Theater zu gehen.«

Francesca starrte ihn an.

»Ist mir da vielleicht irgendetwas entgangen?«, fragte Evan.

»Nein, nein, wir wollten uns nur das neue Musical ansehen, das so überschwängliche Kritiken bekommen hat. Es wäre ungehörig, wenn Bragg und ich allein dorthin gingen, deshalb hat er sich wahrscheinlich gefragt, ob ihr Lust hättet, uns zu begleiten.«

»Ich habe die Einladung angenommen, da ich keine taktvolle Möglichkeit sah abzulehnen«, erwiderte Evan. »Aber lass uns keinen langen Abend daraus machen, ja?« Und mit diesen Worten schritt er davon.

Francesca wusste nicht so recht, was sie denken sollte. Offenbar hatte Evan kein allzu großes Verlangen, den Abend mit seiner Verlobten, Sarah Channing, zu verbringen. Und Bragg wollte den Abend wohl unverfänglich gestalten, indem er ein weiteres Paar einlud.

Sie war enttäuscht, obgleich sie gar kein Recht dazu hatte. Aber es war wohl besser so. Es war ohnehin albern von ihr gewesen, sich nach einem romantischen Abend zu sehnen – und falsch dazu. Außerdem musste sie sich gerade um wichtigere Dinge kümmern. Seufzend wandte sie sich Joel zu. »Was hältst du von einem kleinen Mittagessen, bevor wir losziehen, um mit Mary O'Shaunessys Nachbarn zu sprechen?«

Joel strahlte sie an. »Haben Sie etwa mein Magenknurren gehört?«, fragte er.

Francesca erwiderte sein Lächeln. »Ich glaube, heute Mittag ist eine schöne Portion von dem gebratenen Truthahn übrig geblieben, und außerdem hätte ich frischen Apfelkuchen zum Nachtisch anzubieten.«

KAPITEL 3

FREITAG, 7. FEBRUAR 1902 – 14 UHR

Es war sehr verlockend gewesen, am Sherry Netherland's Halt zu machen, als Francesca und Joel in der Mietdroschke die 5th Avenue hinunterfuhren. Francesca hatte sogar Harts großen, eleganten Broughham erkannt, der nicht weit vom Eingang des berühmten Hotels entfernt in einer Reihe mit anderen, ähnlichen Kutschen stand, und seinen Kutscher, der mit den Türstehern des Hotels plauderte. Doch Francesca hatte jetzt wichtigere Dinge zu tun.

Joel hatte ihr erzählt, dass Mary O'Shaunessy auf der Avenue C, Ecke 4th Street gewohnt hatte. Es war ein übervölkertes, trostloses Viertel, in dem die Mietshäuser älter und baufälliger schienen als in anderen Teilen der Stadt. Obgleich es heller Tag war, fühlte sich Francesca unwohl. Während ihr Blick die Männer, die an den Ecken herumlungerten, und fünf zerlumpte Jungen streifte, die sich an einer Steintreppe versammelt hatten, richteten sich unwillkürlich ihre feinen Nackenhaare auf. Die Jungen spielten weder mit Murmeln noch mit Karten oder Würfeln – sie standen einfach da und starrten die Vorübergehenden mit finsteren Blicken an.

»Mag sein, dass ich mich irre«, sagte Francesca, nachdem sie die Droschke bezahlt hatte, »aber ist das da drüben etwa eine Straßenbande, Joel?«

Auch Joel machte keinen besonders entspannten Eindruck.

»Gucken Sie da bloß nicht hin«, warnte er Francesca leise. »Das sind die Mugheads, und die sind ziemlich übel und gemein. Ich hätte nich gedacht, dass die um diese Zeit hier rumschwirren, Miss. Wenn Sie doch bloß nicht so auffallen würden!«

Der Gedanke an ihren Vater und ihre Mutter schoss Francesca durch den Kopf, und sie fragte sich, wer ihr einen größeren Schrecken einjagen würde, wenn sie nun in Gefahr geraten sollte – die Mugheads oder ihre Eltern. Joel hastete mit großen Schritten davon, und Francesca beeilte sich, ihm zu folgen. Sie drehte sich noch einmal nach der Steintreppe um, aber in dem Moment versperrte ihr eine große Karre die Sicht. Ihr fiel auf, dass in diesem Stadtviertel, in dem es außer zwei Schnapskneipen und einem kleinen Lebensmittelladen nur Mietshäuser gab, nur sehr wenig Straßenverkehr herrschte, was, wie sie vermutete, an den ärmlichen Verhältnissen der Bewohner lag.

Als sie noch einmal zurückblickte, sah sie, dass sich eines der Bandenmitglieder ebenfalls umgedreht hatte und sie anstarrte. Es war ein großer, schlaksiger Rotschopf, der sich eine Wollmütze über sein zottiges Haar gezogen hatte. Er grinste breit, drehte sich um und stupste einen seiner Kumpane an.

»Gucken Sie da nich hin!«, zischte Joel.

Als Francesa sah, dass jetzt alle fünf Jungen zu ihnen herüberstarrten, wandte sie sich ab.

»Da wären wir«, sagte Joel, als sie nach einer Weile vor einer Tür standen, und zog mit aller Kraft an einem rostigen Riegel. Die Tür öffnete sich widerstrebend, und als sie in den unbeleuchteten Korridor traten, drang ihnen ein furchtbarer Gestank entgegen.

»Hier hat Mary gewohnt?«, fragte Francesca entsetzt.

»Sie hat sich mit ihren Mädchen eine kleine Wohnung mit den Jadvics geteilt«, antwortete Joel.

»Polen?«, fragte Francesca, während sie ein Taschentuch aus ihrer Handtasche zog und es sich vor die Nase hielt. Dem Gestank nach zu urteilen, musste sich jemand vor nicht allzu langer Zeit in dem Treppenhaus furchtbar übergeben haben.

»Kann sein«, erwiderte Joel. Als sie auf dem ersten Treppenabsatz angelangt waren, schritt er auf die nächstliegende Tür zu und hämmerte dagegen. »Mrs Jadvic!«, rief er. »Sind Sie zu Hause? Hier ist Joel Kennedy! Mrs Jadvic?«

Nach einer Weile wurde die Tür einen Spalt breit geöffnet. Eine alte Frau mit herabhängenden Wangen beäugte Francesca und Joel misstrauisch. Sie trug ein verschlissenes Hauskleid, dessen Farbe wohl einmal Gelb gewesen war, inzwischen allerdings eher einem Beige ähnelte.

»Ich bin's, Grandma Jadvic, Joel Kennedy«, sagte Joel. »Das hier ist 'ne Freundin von mir, Miss Cahill, 'ne echte Dame. Können wir reinkommen? Hier draußen stinkt's nämlich furchtbar«, fügte er vorwurfsvoll hinzu.

Das Gesicht der Frau nahm einen freundlicheren Ausdruck an. Sie nickte und öffnete die Tür ganz.

Francesca betrat ein Zimmer mit einem Ofen, einem kleinen Tisch, zwei wackeligen Stühlen und fünf Matratzen, in dem vier Kinder verschiedenen Alters mit Lumpenpuppen und einem Zinnsoldaten spielten. Das jüngste Kind, ein kleines Mädchen von zwei oder drei Jahren, nuckelte an einem Sauger. Durch eine weitere Tür, die nur angelehnt war, konnte Francesca einen Blick in das Nebenzimmer erhaschen. Darin befanden sich weitere Matratzen – auf einer von ihnen schlief ein Mann –, ein Stuhl und eine kleine Kommode.

Francesca hatte schon andere Mietwohnungen gesehen, aber noch niemals zuvor eine, in der die Bewohner in derart beengten und menschenunwürdigen Verhältnissen lebten.

Irgendwie brachte sie ein Lächeln zustande, als sie die alte Dame begrüßte. »Guten Tag, Mrs Jadvic. Mein Name ist Francesca Cahill.« Sie hielt ihr die Hand hin, aber die alte Frau starrte sie nur an.

»Was wollen?« Sie sprach mit einem starken polnischen Akzent.

Francesca deutete auf das kleine, blonde Mädchen mit den großen, blauen Augen, das an dem Sauger nuckelte. »Ist das Mary O'Shaunessys Tochter?«

Bevor die alte Frau antworten konnte, wurde die Wohnungstür erneut geöffnet, und eine weitere Frau in einem fleckigen braunen Mantel, an dem sich bereits der Saum löste, betrat das Zimmer. Die Frau hatte ihr blondes Haar hochgesteckt und trug eine neuen, roten Schal um den Kopf. Ihre haselnussbraunen Augen strahlten. Als sie Francesca erblickte, die neben Joel stand, wanderten ihre Augenbrauen in die Höhe. »Joel?«

»Hallo, Mrs Jadvic«, sagte Joel. »Das hier ist Miss Cahill aus dem Villenviertel.«

»Das ist unschwer zu erkennen«, erwiderte Mrs Jadvic. Sie hatte nur einen leichten Akzent, der nicht so stark auffiel wie der ihrer Schwiegermutter. Da die Frau so verhärmt wirkte, vermochte Francesca ihr Alter nicht zu schätzen – sie konnte zwanzig, dreißig oder vierzig Jahre alt sein.

»Miss Cahill ist 'ne Privatdetektivin«, fuhr Joel fort. »Sie ist hier, um den Mord an Mary aufzuklären. Um rauszufinden, wer's getan hat.«

Francesca hatte bereits eine ihrer Visitenkarten aus der Handtasche gezogen und reichte sie nun Mrs Jadvic, die ihre Tüte mit den Lebensmitteln abgestellt hatte. »Ich kann nich lesen«, sagte die blonde Frau leise.

»Ich bin Privatdetektivin, Mrs Jadvic. Und Maggie Kennedy hat mich beauftragt herauszufinden, wer Mary O'Shaunessy ermordet hat und warum.«

Mrs Jadvic biss sich auf die Unterlippe, und Tränen traten ihr in die Augen. »Die zwei da sind ihre«, sagte sie und wies in Richtung der Kinder. »Wir können sie nich behalten. Es geht einfach nich.«

Francesca blickte von dem kleinen blonden Mädchen, das seinen Sauger zur Seite geworfen hatte, zu seiner Schwester, einem mageren, kleinen Mädchen, das hellbraunes Haar und die gleichen blauen Augen hatte. Sie fragte sich, ob sie die Kinder mit nach Hause nehmen sollte, bis sie bei einer richtigen Familie untergebracht werden konnten, doch dann fiel ihr ein, dass dies wegen ihrer Eltern nicht möglich war. Die Mädchen würden zumindest zeitweise bei Pflegeeltern oder in einem Waisenhaus untergebracht werden müssen. Welch schreckliche Vorstellung!

Das ältere Mädchen schien Francescas Gedanken lesen zu können, denn ihr Gesichtsausdruck wurde mit einem Mal ganz traurig. Sie ergriff die Hand ihrer Schwester und umschlang diese so fest, dass die Kleine einen protestierenden Laut von sich gab.

»Ich werde ein Zuhause für sie finden«, sagte Francesca entschlossen und wandte sich wieder Mrs Jadvic zu. Und sie würde dafür sorgen, dass die Schwestern nicht getrennt wurden. »Wie lange können Sie sie noch hier behalten?«, erkundigte sie sich.

»Ich kann sie nich auch noch füttern. Ich hab ja nich mal genug zu essen für meine eigenen », erwiderte Mrs Jadvic erschöpft. »Als Mary noch lebte, war das anders. Sie hat mir jede Woche fünf Dollar für sie gegeben und ist jeden Samstag spätabends nach Hause gekommen und Montagmorgen wieder zu den Jansons zurückgegangen.«

Francesca zog einen Stift und einen Notizblock aus ihrer Tasche und notierte sich den Namen der Familie darauf. »Wissen Sie die Adresse der Jansons?«, fragte sie.

»Sie wohnen am Madison Square. Nummer vierundzwanzig, glaub ich«, antwortete sie.

Francesca notierte sich auch die Adresse. Auch Bragg wohnte dort. »Waren Sie –«, hob sie an, verstummte dann jedoch, als ihr ein Gedanke durch den Kopf schoss.

Bragg lebte am Madison Square mit seinem Kammerdiener Peter in einem sehr hübschen Stadthaus. Er hatte mehrere Zimmer. Francesca fragte sich, ob er womöglich die beiden Mädchen aufnehmen konnte, bis sie sie irgendwo anders untergebracht hatte. Wahrscheinlich würde er im ersten Moment furchtbar wütend werden, aber Francesca wusste, dass es ihr das Herz brechen würde, wenn die Kinder in ein Waisenhaus gebracht werden müssten.

»Miss?«, fragte Joel neugierig.

Francesca fuhr sich mit der Zunge über die Lippen. »Mrs Jadvic, ist die Polizei schon hier gewesen?«

Die Frau nickte. »Aber ich war nich zu Haus. Die wollten noch mal wiederkommen. Meine Schwiegermutter hat ihnen das mit den Mädchen gesagt. Einer der Detectives meinte, er würde dafür sorgen, dass sie weggeschafft werden, und wollte den zuständigen Leuten Bescheid sagen.«

Als wären die Kinder ein Sack Kartoffeln, dachte Francesca erbost. »Uns bleibt nicht viel Zeit«, murmelte sie.

»Was?«, fragte Joel.

»Mrs Jadvic, könnten Sie bitte die Sachen der Kinder zusammenpacken? Ich werde sie gut unterbringen, bis wir Pflegeeltern für die beiden gefunden haben.« Francesca ging zu dem größeren der Mädchen mit dem hellbraunen Haar hinüber. »Hallo, wie heißt du denn? Ich bin Francesca. Meine Nichte nennt mich Tante Fran.«

Große blaue Augen sahen sie misstrauisch an. Die Sechsjährige gab keinen Ton von sich.

»Das ist Katie, und das da ist ihre Schwester Dot«, half Joel aus. Francesca strich spontan über Katies Kopf, worauf das Mädchen instinktiv zurückwich. Ihr Blick blieb argwöhnisch, sogar feindselig. Francesca lächelte Dot an. Der kleine Blondschopf hatte sie beobachtet und erwiderte ihr Lächeln mit einem breiten Grinsen, das jedes Herz zum Schmelzen gebracht hätte.

Schließlich wandte sich Francesca wieder Mrs Jadvic zu. »Hat Mary vielleicht einmal erwähnt, dass sie Angst vor etwas hat? Wusste sie, dass ihr Leben in Gefahr ist?«

Mrs Jadvic schüttelte den Kopf. »Nein. Sie war so glücklich mit ihrer neuen Arbeit. Sie hat den Mädchen Essen und allerlei Tand mitgebracht und öfter mal vor sich hingesummt.«

Als sie dies hörte, war Francesca entschlossener als jemals zuvor, Marys Mörder seiner gerechten Strafe zuzuführen. »Wann haben Sie sie zum letzten Mal gesehen?«

»Sonntag«, erwiderte Mrs Jadvic ohne zu zögern.

Francesca ging durch den Kopf, dass sie selbst die Frau danach noch gesehen hatte, nämlich am Dienstag zuvor. Vielleicht hatte Mary am Sonntag davor noch nicht gewusst, dass ihr Leben in Gefahr war.

»Und was ist mit ihrem Ehemann?«, fragte Francesca.

»Mir gegenüber hat sie nie einen erwähnt.« Mrs Jadvic zögerte. »Ich glaube nicht, dass die Mädchen denselben Vater haben.«

Francesca nickte und hoffte, dass sie nicht rot wurde. »Wo hat Mary gearbeitet, bevor sie von den Jansons eingestellt wurde? Und für wie lange?«

»Sie hat zusammen mit vier anderen Näherinnen in 'ner kleinen Schneiderei gearbeitet. Irgendwo in der Nähe vom Broadway, vielleicht auf der 18th Street. Sie war erst seit ungefähr fünf oder sechs Wochen bei den Jansons. Die wissen das bestimmt besser als ich«, fügte sie hinzu.

Mrs Jadvics Schwiegermutter hatte inzwischen die Einkäufe ausgepackt, die aus mehreren schrumpeligen Kartoffeln, einem altbackenen Laib Brot, drei Eiern und einer dicken Scheibe Schinken bestanden. Francesca begriff, dass sie das Abendessen vorbereiten wollte. Mrs Jadvic nahm zwei Mäntel von einem Wandhaken und dazu noch einige Schals und reichte Francesca einen kleinen Beutel aus Sackleinen. »Hier ist für jedes Kind Kleidung zum Wechseln und ein Sonntagskleid. Mary war sehr fromm.«

Francesca nahm den Beutel entgegen und reichte ihn an Joel weiter. »Gibt es irgendjemanden sonst, der Mary nahe stand? Jemand, mit dem ich mich unterhalten sollte?«

»Maggie Kennedy war ihre Freundin. Sie könnten auch ein

paar von den Frauen aus der Schneiderei fragen.« Mrs Jadvic zuckte mit den Schultern.

»Sonst gibt es niemanden?«, hakte Francesca nach.

»Na ja, da wäre noch ihr Bruder«, erwiderte Mrs Jadvic. »Mike O'Donnell.«

Francesca betätigte den Türklopfer der Nr. 11 am Madison Square, und beinahe sofort wurde die Tür von Braggs Kammerdiener geöffnet. Peter war gut und gern zwei Meter groß, hatte breite Schultern und eine kräftige Statur, blondes Haar und blaue Augen. Francesca vermutete, dass er Schwede war. Er sprach nicht viel, obgleich er laut Bragg ziemlich gescheit war. Eigentlich war er für Bragg eine Art »Mädchen für alles«. Als Francesca Peter zum ersten Mal begegnet war, hatte sie ihn zunächst für einen Polizisten gehalten.

»Guten Tag, Peter«, sagte sie jetzt fröhlich und umklammerte Katies und Dots Hände ein wenig fester. Sie hatte den beiden Mädchen Lutscher gekauft, und sie waren eifrig damit beschäftigt, daran zu lecken.

Peter nickte und ließ seinen Blick von Francesca zu den beiden Kindern, dann zu der Droschke, die auf der Straße wartete, und schließlich zu dem sackleinenen Beutel in Joels Hand wandern.

»Es handelt sich um einen Notfall, Peter«, erklärte Francesca. Sie nahm all ihren Mut zusammen, marschierte mit den beiden Kindern um den großen Mann herum – was gar nicht so leicht war – und betrat den schmalen Flur von Braggs Stadthaus. »Diese beiden Mädchen hier sind obdachlos. Ich würde sie ja mit nach Hause nehmen, aber ich befinde mich zurzeit leider in einem gewissen Dilemma, was meine Eltern angeht –

sie haben mir jegliche kriminalistischen Tätigkeiten untersagt. Ich werde ein neues Zuhause für diese Kinder finden – binnen einer Woche, das kann ich Ihnen versichern. Aber bis dahin« – sie lächelte Peter strahlend an – »müssen die beiden hier bleiben. Ich werde ein Kindermädchen vorbeischicken.« Peters Gesichtsausdruck veränderte sich nicht. Falls er überrascht oder bestürzt war, so ließ er es sich nicht anmerken, sondern fragte lediglich: »Weiß der Commissioner Bescheid?«

»Ich befinde mich gerade auf dem Weg zum Polizeipräsidium, um ihn darüber in Kenntnis zu setzen«, erwiderte sie betont fröhlich. »Sie kennen doch Bragg. Er würde die beiden Mädchen niemals auf die Straße setzen. Ich bin mir sicher, dass er sie mit offenen Armen willkommen heißen wird.«

Peter sagte: »Bitte rufen Sie ihn an. Das Telefon befindet sich im Arbeitszimmer.« Er machte auf dem Absatz kehrt und ging den Flur entlang voraus in Richtung Arbeitszimmer, dessen Tür sich vor der zum Salon befand. Francesca ließ die beiden Mädchen los, schloss die Eingangstür, damit niemand davonlaufen konnte, und eilte hinter Peter her. »Peter!«

Er stand bereits am Schreibtisch, und als Francesca vor ihn trat, reichte er ihr wortlos den Telefonhörer.

Mit dem Hörer in der Hand blickte sich Francesca in dem kleinen Zimmer um, das intensive Erinnerungen in ihr lebendig werden ließ. Für einen kurzen Moment stand sie nur reglos da.

In dem sparsam möblierten Raum befanden sich lediglich ein Regal, der Schreibtisch, ein Stuhl, ein großer, abgewetzter Lehnstuhl und ein Kamin. Francesca sah, dass Bragg immer noch drei Bücherkisten auszupacken hatte. Als sie das letzte

Mal in diesem Zimmer gewesen war, hatte er sie gegen die Wand gepresst und leidenschaftlich geküsst.

Und am nächsten Tag hatte er sich entschuldigt und ihr von Leigh Anne erzählt.

»Miss Cahill?«

Sie zuckte zusammen und wurde unsanft aus ihren Träumereien gerissen, die schmerzhaft und süß zugleich gewesen waren. Sie legte den Hörer auf und sagte mit leiser Stimme: »Hat Bragg Ihnen von der ermordeten Frau erzählt, die wir gestern Abend gefunden haben?«

Er nickte.

»Ihr Name ist Mary O'Shaunessy, und das da sind ihre Töchter.«

Wenn Peter überrascht war, so ließ sich davon nichts am Blick seiner blauen Augen ablesen.

»Ich werde Bragg überzeugen, dass er die beiden eine Weile lang hier behält. Es ist ja nur für ungefähr eine Woche. Aber ich muss persönlich mit ihm reden.«

Peter reagierte immer noch nicht, zuckte nicht einmal mit der Wimper.

»Bitte, Peter«, flüsterte Francesca, und der flehentliche Tonfall ihrer Stimme war echt.

Schließlich nickte er und schien zu erröten, als er zur Seite blickte. Dann marschierte er aus dem Arbeitszimmer und zur Haustür zurück, wo Dot gerade in die Diele pinkelte, während ihre Schwester ihr dabei mit dem Lutscher im Mund zusah.

»Wir müssen noch einmal Halt machen, bevor wir zum Präsidium fahren und später Mike O'Donnell einen Besuch abstatten«, erklärte Francesca Joel, als die Droschke vom

Bordstein losfuhr. Sie konnte immer noch nicht glauben, dass Dot einfach auf Braggs Boden gepinkelt und gar nicht erst gefragt hatte, ob sie einmal die Toilette benutzen dürfte. Francesca war entsetzt gewesen, aber Peter ließ sich offenbar durch nichts aus der Ruhe bringen, denn er hatte die Schweinerei wortlos aufgewischt, während Francesca dem kleinen Mädchen eine frische Unterhose angezogen hatte.

Francesca hoffte inständig, dass sich ein solcher Vorfall nicht noch einmal wiederholen würde, denn Bragg wäre sicherlich nicht begeistert davon. »Kutscher! Zum Sherry Netherland's, bitte!«, rief sie.

Das Pferd fiel in einen flotten Trab und lief hinter einer elektrischen Straßenbahn her. »Was wollen wir denn da?«, erkundigte sich Joel.

Francesca tätschelte seine Hand, die der Junge zum Schutz gegen die Kälte in einen Lumpen gewickelt hatte. Sie beschloss, ihm später Handschuhe und den beiden Mädchen neue Kleidung zu kaufen. Außerdem musste sie sich dringend um ein Kindermädchen kümmern. Es gab mit einem Mal wieder so viel zu erledigen, dass Francesca der Kopf nur so summte. Und dann fiel ihr zu allem Überfluss auch noch das Biologie-Seminar ein.

Sie hatte versprochen, ihren Essay über die Verdauungssysteme von Säugetieren, der ihr beim ersten Mal gründlich missglückt war, noch einmal neu zu schreiben. Du liebe Güte! Noch ein weiterer Punkt auf der wachsenden Liste mit unerledigten Aufgaben.

Sie lächelte Joel an. »Meine Schwester war im Sherry Netherland's um ein Uhr zum Mittagessen verabredet. Ich werde nur kurz einmal vorbeischauen.« Sie musste einfach wissen, was zwischen Hart und Connie vor sich ging.

»Wir ham drei Uhr, Miss.«

»Es ist durchaus nicht ungewöhnlich, dass sich ein Mittagessen über zwei Stunden erstreckt. Ich würde selbst in einer halben Stunde noch damit rechnen, sie dort anzutreffen.«

Joel blickte sie erstaunt an. »Wie viel esst ihr reichen Leute denn?«

Francesca musste lachen. »Joel, es geht dabei mehr um die Geselligkeit. Wir gehen zum Essen aus, um uns mit Freunden zu treffen, um zu plaudern und einige vergnügliche Stunden zu verbringen. Die Mahlzeit selbst ist dabei eigentlich zweitrangig.«

Der Junge starrte sie ungläubig an. »So was kann auch nur den Reichen einfallen!«, sagte er.

Seine Bemerkung ließ Francesca wieder ernst werden, denn er hatte ja Recht. Sie fragte sich, welche Arbeitsvermittlung sie einschalten sollte, um ein Kindermädchen zu finden. Und wie viel sie ihm wohl bezahlen müsste? Francescas Arbeit als Detektivin war recht kostspielig, und durch die Droschkenfahrten und Bestechungsgelder hatte sich ihr Taschengeld in der letzten Zeit erheblich verringert. Zudem gab es eine ganze Reihe von Dingen, die zu kaufen sie sich während der Arbeit am Randall-Fall geschworen hatte. Dinge, von denen sie erkannt hatte, dass sie bei ihren kriminalistischen Nachforschungen von äußerster Wichtigkeit waren. Ganz oben auf der Liste stand eine kleine Pistole. Es gab einfach zu viele Mörder in der Stadt.

Sie seufzte. Am nächsten Morgen würde sie einen Waffenladen aufsuchen.

Eine Viertelstunde später, als gerade ein Schneegestöber einsetzte, hielt die Mietdroschke vor dem Sherry Netherland's. Da Francesca die Droschke vor Mary O'Shaunessys Haus hatte warten lassen, war der Fahrpreis unerhört hoch: zweieinhalb Dollar. Nachdem sie den Kutscher bezahlt hatte, stieg sie mit Joel aus. Die Türsteher lächelten Francesca an, aber als sie Joel erblickten, verstellten sie ihm in den Weg. Francesca setzte ihr liebenswertestes Lächeln auf. »Einen wunderschönen guten Tag. Dürften wir wohl eintreten?«

»Der Pöbel hat hier keinen Zutritt«, erklärte einer der Türsteher, ein fetter Kerl mit einem Schnauzbart.

»Ich muss doch sehr bitten! Ich bin Francesca Cahill, die Tochter von Andrew Cahill. Und Joel Kennedy ist mein Freund und Gehilfe – er begleitet mich.« Sie zog rasch eine ihrer Visitenkarten aus der Handtasche und klatschte sie dem Mann gegen die Brust. Der griff danach. »Oder sollte ich besser mit dem Direktor dieses vortrefflichen Etablissements reden, in dem ich so häufig mit meiner Familie speise?«

»Sind Sie etwa die junge Dame, die den Randall-Mörder gefasst hat?«, fragte der zweite Türsteher.

Francesca nickte überrascht und stolz zugleich.

»Hey, Joe, die hat den Mörder ganz allein gestellt und dabei 'ne Bratpfanne benutzt. Stand in der Zeitung.« Die Türsteher warfen einander einen Blick zu und traten beiseite.

»Bitte treten Sie nur ein«, sagte der erste Türsteher. »Und ich bitte vielmals um Verzeihung, Miss Cahill.«

Francesca kam sich wie eine Berühmtheit vor. Sie blickte Joel mit hochgezogenen Augenbrauen an, und gemeinsam betraten sie das große Hotelfoyer, das von Säulen umgeben und dessen Marmorboden mit riesigen orientalischen Teppichen bedeckt war. Dann durchquerten sie zielstrebig die Empfangshalle und betraten das Restaurant. Dort kam sogleich ein Oberkellner mit einem entschuldigenden Lächeln auf sie zu. »Ich fürchte, wir servieren kein Mittagessen mehr, Miss.« Francesca antwortete ihm nicht, sondern schaute sich in dem riesigen Speisesaal um. Nur drei Tische waren noch besetzt, und an einem von ihnen entdeckte sie ihre Schwester und Hart.

Er berührte gerade ihre Hand, die auf der weißen Leinendecke lag. Sie lachte und zog die Hand weg. Daraufhin beugte sich Hart vor und sagte etwas. Connie schien ein wenig nervös zu sein und benahm sich eindeutig kokett. Zwischen ihnen stand eine leere Weinflasche. Connies Glas enthielt noch einen Schluck oder zwei, während Harts leer war.

Francesca konnte ihre Augen nicht von dem Tisch in der Ecke abwenden. Selbst aus dieser Entfernung betrachtet war Hart ein Mann, der unwillkürlich die Blicke auf sich zog. Er war ein dunkler Typ mit olivfarbener Haut und dichtem, schwarzen Haar, außerdem war er groß gewachsen und breitschultrig und hatte ein kleines Grübchen in seinem Kinn. An diesem Tag trug er einen schwarzen Anzug und dazu ein schneeweißes Hemd. Francesca wurde bewusst, dass Hart bisher jedes Mal, wenn sie einander begegnet waren, Schwarz getragen hatte.

Es stand ihm sehr gut.

Plötzlich wandte er den Kopf und blickte in ihre Richtung, ganz so, als habe er gespürt, dass er beobachtet wurde.

Und trotz der Entfernung, die sie trennte, spürte Francesca, wie überrascht er war. Und wie erfreut.

Er erhob sich, ohne seinen Blick von ihr zu nehmen.

Endlich wandte sich Francesca dem Oberkellner zu, der immer noch neben ihr stand. »Meine Schwester speist mit Mr Hart. Ich habe eine wichtige Nachricht für sie.«

»Oh, dann gehen Sie doch bitte hinein.« Der Kellner lächelte sie an und wandte sich dann ab, und Francesca schritt mit Joel im Schlepptau mitten durch den geräumigen Speisesaal auf den Tisch zu.

Hart blieb stehen, den Blick fest auf sie gerichtet. Francesca blickte von ihm zu Connie, auf deren Gesicht nicht der Anflug eines Lächelns auszumachen war. Ganz im Gegenteil, sie warf Francesca wütende Blicke zu.

»Welch eine überaus angenehme Überraschung«, sagte Hart leise. Er besaß eine Art zu sprechen, die unglaublich sinnlich war. Beim Klang seiner Stimme schoss Francesca wieder einmal durch den Kopf, dass Hart Stammgast bei zwei angeblichen Schwestern in einem Bordell war. Francesca hatte Daisy und Rose während der Ermittlungen zu ihrem letzten Fall kennen gelernt. Sie vermochte das Bild von Hart, wie er mit diesen beiden umwerfend schönen Frau zusammen war, für einen Moment nicht aus ihren Gedanken zu verbannen.

Dann riss sie sich zusammen und sagte fröhlich: »Wir waren gerade in der Gegend. Du meine Güte, ein Burgunder zum Mittagessen«, fuhr sie dann betont beiläufig fort.

»Rein zufällig, natürlich«, sagte Connie kühl.

»Der Wein war vorzüglich, ebenso wie das Essen – und die Gesellschaft.« Hart lächelte Connie an, die sittsam die Augen niederschlug. Dann grinste er Joel freundlich an. »Hallo, Kleiner«, sagte er.

Joel beäugte ihn feindselig. »Mein Name ist Joel Kennedy.«

»Wie ich sehe, lassen die Manieren Ihres kleinen Ganoven

immer noch zu wünschen übrig«, erklärte Hart gelassen und mit einer gewissen Amüsiertheit. »Jetzt sagen Sie bloß nicht, dass Sie schon wieder hinter irgendwelchen Schurken her sind.«

»Joel hat hervorragende Manieren«, gab Francesca zurück.

»Die ewige Verteidigerin aller vom Schicksal Gebeutelten«, neckte Hart sie. »Das macht Sie so charmant, Francesca.«

Seine Worte freuten sie, denn sie wusste, dass er sie ernst meinte. »Ja, sollte ich mich denn plötzlich über Nacht verändern?«, fragte sie kokett.

»Auf keinen Fall!« Er lachte. »Ich wäre wie vom Donner gerührt. Was sollte ich nur ohne eine so einzigartige Freundin anfangen?«

Sie lächelte. »Sie wüssten nicht mehr aus noch ein, das kann ich Ihnen versichern«, erwiderte sie. Dann blickte sie erneut ihre Schwester an. »Wie war das Essen?«

Auch Harts Blick ruhte jetzt auf Connie, wobei seine Augen einen weicheren Ausdruck annahmen und dann zu funkeln begannen. »Lady Montrose?«

»Das Essen war wundervoll«, erwiderte Connie und blickte Hart dabei tief in die Augen.

»Und *was* hast du gegessen?«, fragte Francesca ein wenig spitz.

»Es freut mich, dass Sie es genossen haben«, sagte Hart leise, als hätte er Francescas Frage gar nicht gehört. »Ich glaube, ein Mittagessen mit mir war genau das, was der Doktor Ihnen verordnet hat.«

»Da bin ich ganz Ihrer Meinung«, stimmte ihm Connie zu. »Ich kann mich nicht erinnern, wann ich das letzte Mal einen so angenehmen Nachmittag verlebt habe.«

»Das Gleiche habe ich auch gedacht«, erklärte Hart.

Francesca bemerkte erst jetzt, dass Connie sich vor ihrem Treffen mit Hart noch einmal umgezogen hatte. Das brave rosafarbene Kleid war verschwunden, und sie trug nun ein stark tailliertes, saphirblaues Kleid mit tiefem Ausschnitt, das ihre fantastische Figur betonte. »Was hast du gegessen?«, wiederholte Francesca noch einmal. Sie bemerkte, wie scharf ihr Ton war.

Connie blickte sie an. »Ich weiß es nicht mehr«, sagte sie und errötete.

Hart lachte herzlich, und sein Blick glitt über Connie hinweg und verweilte für eine Weile auf ihrem Dekolleté. »Ich beende ja nur ungern einen so wundervollen Nachmittag«, sagte er, »aber ich habe um Viertel nach vier noch einen Termin. Glücklicherweise hier in der Innenstadt.« Mit einer Geste bedeutete er dem Kellner, die Rechnung zu bringen.

»Und ich muss zurück nach Hause.« Als Connie sich zu erheben begann, eilte Hart um den Tisch herum zu ihrem Stuhl und half ihr auf. Sie stützte sich auf ihn und sagte mit rauer Stimme: »Vielen Dank, das ist sehr freundlich von Ihnen.«

»Du meine Güte!«, murmelte Francesca in sich hinein.

Connie harte ihre Bemerkung nicht gehört, doch Hart schon. Er sah Francesca an und grinste. Offenbar amüsierte er sich wieder einmal königlich.

Der Kellner trat an den Tisch, und Hart unterschrieb die Rechnung. Dann packte er Joel an der Schulter, der soeben zur Tür gehen wollte, und hielt ihn zurück. »Damen sollte man immer den Vortritt lassen, Kennedy«, erläuterte er dem Jungen. »Meine Damen?«, fügte er dann hinzu und bedeutete Connie und Francesca, dass sie vorgehen sollten.

»Als ob Sie davon 'ne Ahnung hätten«, gab Joel unfreundlich zurück und schüttelte den Kopf.

Connie würdigte ihre jüngere Schwester keines Blickes; ganz offenbar hatte sie Francescas Auftauchen sehr verärgert. Als sie aus dem Hotel traten, beschleunigte Connie ihre Schritte sofort. Francesca entdeckte den eleganten Brougham ihrer Schwester, der vor Harts Kutsche stand. Connies Kutscher, Clark, öffnete umgehend die Tür des geschlossenen, vierrädrigen Wagens, als er seine Herrin auf sich zukommen sah.

Connies Schritte wurden länger, und da Francesca sich beeilte, ihr zu folgen, waren sie beide schneller als Joel und Hart. Mit funkelnden Augen drehte sich Connie zu ihrer Schwester um. »Was glaubst du eigentlich, was du da tust, Fran?«, zischte sie.

Francesca lächelte freundlich. »Dich retten.«

»Wer hat denn jemals behauptet, dass ich der Rettung bedarf?«, erwiderte Connie kühl.

»Jede anständige Frau muss vor Hart gerettet werden.«

Connie hatte ihre Hände, die in blauen Handschuhen steckten, die eine Spur dunkler waren als ihr Kleid und ihr Mantel, zu Fäusten geballt und in ihre Hüften gestemmt. »Wenn ich nicht wüsste, was du für Bragg empfindest, könnte ich glatt vermuten, dass du eifersüchtig bist.«

»Ich bin nicht eifersüchtig«, erwiderte Francesca rasch, obwohl sie tief in ihrem Innern ahnte, dass sie sich diesbezüglich selbst etwas vormachte. »Ich will bloß nicht, dass du Harts beträchtlichem Charme zum Opfer fällst – von seinem Geschick im Umgang mit der Damenwelt ganz zu schweigen.«

»Ich falle nichts und niemandem zum Opfer«, antwortete Connie schnippisch. »Und ich schlage vor, dass du erst einmal über dein eigenes Leben nachdenkst, bevor du ein Urteil über meines abgibst.«

»Darf ich?«, ertönte in diesem Moment Harts Stimme hinter ihnen.

Francesca zuckte zusammen. Sie hoffte inständig, dass er ihr Gespräch nicht belauscht hatte. Sie wich zurück, als Hart Connies Arm ergriff und ihr beim Einsteigen half, bemühte sich aber, ihrer weiteren Unterhaltung zu lauschen und beobachtete mit Argusaugen, wie ihre Schwester ihn anstrahlte.

»Wann werde ich wieder die Gelegenheit haben, Sie auszuführen?«, fragte Hart mit leiser Stimme. Oh, wie verführerisch er sein konnte!

Connie zögerte. »Ich muss erst einen Blick in meinen Terminkalender werfen. Vielleicht nächste Woche?«

»Nächste Woche!«, rief er bestürzt. »Aber das wird mir ja wie eine Ewigkeit vorkommen, liebste Lady Montrose!«

»Das möchte ich bezweifeln«, erwiderte sie lachend.

Er lächelte, ergriff ihre behandschuhte Hand und küsste sie. »Ihr Gatte kann sich glücklich schätzen«, sagte er und schaute ihr dabei tief in die Augen.

Connie blickte verlegen zur Seite. »Ich bin es, die sich glücklich schätzen kann«, murmelte sie.

Hart lächelte verführerisch, und Francesca hätte ihm am liebsten einen Tritt gegen das Schienbein versetzt.

Er schloss die Tür der Kutsche, ohne dabei den Blick von Connie zu lösen. Als Clark auf den Kutschbock hinaufstieg und die Bremsen löste, wich Hart, der Connie immer noch anlächelte, einen Schritt zurück. Sie hob die Hand zum Abschied, ohne Francesca dabei auch nur eines einzigen Blickes zu würdigen.

»Zum Kuckuck, sind denn hier alle liebeskrank?«, hörte sie Joel fragen, der hinter ihr auf dem Bürgersteig stand.

Francesca wandte sich um und warf ihm einen strengen Blick zu, woraufhin er nur angewidert den Kopf schüttelte.

Die Kutsche fuhr davon. Für einen Augenblick hegte Francesca die Hoffnung, dass Montrose von Connies Verabredung zum Mittagessen erfahren und ihr deshalb den Kopf waschen würde, doch im nächsten Moment bedauerte sie ihre Kleinlichkeit auch schon.

Aber irgendjemand musste ihre Schwester doch vor einer Dummheit beschützen, und wer sollte das tun, wenn nicht Neil?

»Kann ich Sie irgendwohin mitnehmen?«, fragte Hart in diesem Moment. »Ich fahre nur ein paar Straßen weit, aber Raoul wird Sie absetzen, wo immer Sie es wünschen.«

Francesca zögerte.

»Was ist? Erscheint Ihnen der Gedanke an meine Gesellschaft etwa nicht verführerisch?« Er schien sich über sie lustig zu machen.

»Was das Verführen angeht, sind Sie eindeutig ein großer Experte, Hart«, erwiderte sie forsch.

Er ergriff ihren Arm und warf Joel einen Blick zu. »Dann mal los, Kleiner. Mein Angebot gilt für euch beide.«

Francesca erhob keinen Einspruch, als er sie weiter die Straße hinauf zu der Stelle führte, wo sein dunkelhäutiger Kutscher in seiner königsblauen Livree bereits neben der geöffneten Tür des großen, ausgesprochen gut ausstaffierten Broughams stand. Das Gespann bestand aus vier prächtigen Rappen mit vergoldeten Namensschildern am Geschirr, die Lederbänke im Inneren der Kutsche waren rot und die Laternen und Leisten aus Bronze. Man hätte glauben können, dass der Besitzer der Kutsche dem Adel angehörte, wäre da nicht Raoul gewesen, der den Eindruck eines Ganoven aus einem üblen Stadtviertel erweckte. Er war von mittlerer Statur und wahrscheinlich mexikanischer Abstammung und wirkte zu ungehobelt und viel zu massig für seine tadellose Uniform. Zudem besaß er weder das Benehmen noch das Auftreten eines geübten Dienstboten.

Hart half Francesca die Stufe hinauf und erlaubte dann Joel, in die Kutsche zu klettern. Der Junge machte es sich auf der Sitzbank entgegen der Fahrtrichtung gemütlich, während schließlich auch Hart einstieg. »Na, is ja 'n tolles Gefährt«, kommentierte Joel mit betont verächtlicher Stimme.

Hart ließ sich neben Francesca nieder, worauf die Kutsche sofort losfuhr, ohne dass Hart irgendwelche Anweisungen gegeben hätte. »Nun, Kennedy, dann erzähl mir doch mal, warum du mich nicht leiden kannst?«, sagte er freundlich zu Joel.

Der Junge warf ihm einen störrischen Blick zu. »Weil Sie nix taugen«, erwiderte er geradeheraus.

Das schien Hart zu amüsieren, denn er lachte und sah Francesca an. »Hat Ihr kleiner Gehilfe da etwa Recht?«

»Nein«, antwortete Francesca kurz angebunden. »Ich bin mir sicher, dass auch in Ihnen ein guter Kern steckt, Hart.«

»Also sind wir heute wieder bei Hart gelandet. Nicht etwa Calder. Hm. Sie sind offenbar immer noch böse auf mich«, bemerkte er, während er seinen Blick über ihre Züge gleiten ließ, als finde er sie wunderschön und faszinierend. »Vielleicht hat Ihre Schwester ja gar nicht so Unrecht.«

Francesca spürte, dass sie errötete. »Wie bitte?«, fragte sie.

»Ich habe es zufällig mit angehört.« Hart grinste.

Sie verschränkte ihre Arme vor der Brust. »Ich habe keine Ahnung, wovon Sie reden.«

Er ergriff ihre Hand. »Sind Sie eifersüchtig, Francesca?«, fragte er leise.

»Nein!«, rief sie viel zu schnell und viel zu laut.

Das schien ihm offenbar zu gefallen.

»Ach, jetzt lassen Sie schon meine Hand los!«, fuhr sie ihn an.

Er lachte und gab sie frei. »Es gibt keinen Grund für Sie, eifersüchtig zu sein«, sagte er immer noch lächelnd, doch sein Gesicht hatte einen nachdenklichen Ausdruck angenommen. »Die Freundschaft, die uns verbindet, ist viel besser als jede Liebelei.«

Francesca blickte ihn an. »Finden Sie, dass Connie und ich uns ähnlich sehen? Viele halten uns für Zwillingsschwestern.«

»Darüber haben wir uns doch schon einmal unterhalten, nicht wahr? Und meine Antwort lautet, nein, das finde ich nicht.«

Francesca war gekränkt, ließ sich aber nichts anmerken. »Ja, Connie ist viel schöner«, sagte sie. »Das habe ich auch schon immer gefunden.«

Seine Augen weiteten sich. »Nein, *Sie* sind die Schönere, Francesca.«

»Wie bitte?«, erwiderte sie fassungslos.

Er blickte rasch zur Seite. War nun etwa er an der Reihe, sich unbehaglich zu fühlen? Und falls ja, warum nur?

»Wieso reden wir eigentlich über Schönheit? Wollen denn ausgerechnet *Sie* aufgrund Ihres Aussehens beurteilt werden?«, fragte Hart schließlich.

»Nein«, brachte sie, nun völlig durcheinander geraten, heraus. Er hielt sie also für schöner als ihre bezaubernde und elegante Schwester?

»Vergessen Sie nicht, dass ich ein Kenner der Kunst und aller anderen schönen Dinge bin. Und ich beurteile ein Gemälde niemals ausschließlich nach der Farbe, der Komposition oder der fachmännischen Ausführung.« Er begegnete kurz ihrem Blick. »Sie und Ihre Schwester haben einige äußerliche Gemeinsamkeiten, aber ansonsten sind Sie derart verschieden, dass es ist, als würde man den Mond mit der Sonne vergleichen.«

Sie starrte ihn ungläubig an. »Sie überraschen mich immer wieder aufs Neue, Calder.«

»Das ist gut.« Ihre Bemerkung schien ihn zu freuen. »Jetzt sind wir also wieder bei Calder angelangt?«, fügte er hinzu.

Francesca errötete. »Es scheint ganz so.« Sie zögerte einen Moment lang, bevor sie fortfuhr: »Meine Schwester liebt ihren Mann wirklich sehr.«

Er blickte sie forschend an. »Ich bin nicht in der Stimmung für eine Strafpredigt, Francesca.«

»Aber Sie werden trotzdem eine zu hören bekommen.«

Er seufzte.

»Calder! Connie liebt Montrose. Sie hat ihn von dem Moment an geliebt, als sie ihm vor fünf Jahren zum ersten Mal begegnet ist.«

»Mag sein«, murmelte er, wobei er aus dem Fenster blickte.

»Können Sie nicht hinter einer anderen herjagen?«

Er wandte sich Francesca wieder zu und sah sie an. »Ihre Schwester hat meine Einladung zum Mittagessen angenommen, Francesca.«

Francesca zögerte. Es gehörte sich nicht, Calder zu viel über Connies Privatangelegenheiten zu erzählen, und sie hatte zudem das ungute Gefühl, dass er dieses Wissen obendrein zu seinem eigenen Vorteil nutzen könnte. »Wenn ich Sie als Ihre Freundin bitten würde, Connie in Ruhe zu lassen, würden Sie es dann tun?«

»Nein.«

Sie war derart schockiert, dass ihr der Mund offen stehen blieb.

»Ihre Schwester ist eine erwachsene Frau, Francesca. Ich glaube, dass sie sehr gut in der Lage ist, ihr Leben zu führen, ohne dass Sie sich einmischen.«

Francesca verschränkte die Arme vor der Brust und gab sich große Mühe, die Beherrschung zu bewahren. »Sie hat eine schwere Zeit hinter sich!«

»Hm. Wie schwer?«

»Als ob ich Ihnen das verraten würde!«, fuhr sie ihn an.

»Sie sind Ihrer Schwester gegenüber äußerst fürsorglich, und ich frage mich warum.«

»Weil sie meine Schwester ist!«, rief sie erbost.

»Aber, aber, wer wird denn gleich so zornig werden!«, neckte Hart sie.

»Sie wollen mir diesen Gefallen also nicht erweisen? Nach allem, was ich für Sie getan habe?«

Er starrte sie eine Weile lang an und sagte dann mit drohendem Tonfall: »Sie sollten vorsichtig mit dem sein, was Sie einfordern. Vielleicht sollten Sie es sich ja lieber für eine andere Gelegenheit aufsparen, denn wenn ich mich einmal revanchiert habe, dann …« Er zuckte mit den Schultern und beendete den Satz nicht.

»Sie sind wirklich skrupellos«, erwiderte sie.

»Das sagt man mir nach.«

»Ich dachte, wir wären Freunde.«

»Das sind wir ja auch. Aber das ändert doch nichts an meiner wahren Natur. Schon vergessen? Ich bin selbstsüchtig, nicht selbstlos.«

»Ach, jetzt hören Sie schon auf!«, antwortete Francesca verärgert. »Ich kenne Sie besser, als Sie glauben. Sie sind nicht durch und durch selbstsüchtig, Ende der Diskussion.«

Ein seltsamer Zug legte sich um seinen Mund, als die Kutsche vor dem imposanten Eingang des Waldorf Astoria zum Stehen kam. »Lassen Sie uns doch ein anderes Mal darüber debattieren.« Er wartete geduldig, bis Raoul vom Kutschbock gestiegen war und ihm die Tür öffnete. Bevor er ausstieg, drehte er sich noch einmal zu Francesca um. »Wo soll Raoul Sie und den kleinen Gauner absetzen?«

Joel machte ein finsteres Gesicht, und Francesca berührte ihn beschwichtigend am Arm. »Vor dem Polizeipräsidium«, sagte sie süßlich.

Sie hatte gewusst, dass das eine Reaktion bei Hart provozieren würde. Seine Augen verdunkelten sich, doch sein Gesicht blieb gelassen, als er Raoul die Adresse nannte: »300 Mulberry Street.«

Der dunkelhäutige Kutscher nickte.

Hart blickte Francesca mit unbewegtem Gesicht an. »Sie befinden sich also auf dem Weg zu meinem hoch geschätzten und ach so angesehenen Bruder. Sind Sie etwa wieder einmal einem Verbrecher auf der Spur? Oder ist dies ein Höflichkeitsbesuch?«

Sie zog die Augenbrauen in die Höhe. »Möglicherweise eine Mischung aus beidem.«

Harts Lächeln war spöttisch und kühl zugleich, als er kurz den Kopf neigte und Raoul erlaubte, die Tür zu schließen.

Francesca beobachtete, wie Hart sich umdrehte und die Straße hinaufschritt. Es gab ihr zu denken, dass sie noch immer verärgert war.

KAPITEL 4

FREITAG, 7. FEBRUAR 1902 – 16 UHR
Bragg stand mit dem Rücken zur Tür, als Francesca auf der Schwelle zu seinem Büro verharrte. Er telefonierte, lauschte konzentriert seinem Gesprächspartner am anderen Ende der Leitung und schien Francesca gar nicht zu bemerken. Sie wollte gerade gegen den Türrahmen klopfen, als sie die Fotografie auf Braggs Schreibtisch erblickte. Sie lag mit der Vorderseite nach oben da, und selbst aus der Entfernung konnte Francesca erkennen, um wen es sich handelte.

Sie zögerte zunächst, doch ehe sie sich versah, eilte sie auch schon quer durch das kleine Zimmer auf den Schreibtisch zu, woraufhin sich Bragg zu ihr umdrehte. Bei dem Foto handelte es sich um die Aufnahme, die Bragg von Mary O'Shaunessy hatte anfertigen lassen; sie lag darauf auf dem Rücken im Schnee, die Hände wie zum Gebet auf der Brust gefaltet. Das blutige Kreuz, das in ihre Kehle hineingeschnitten worden war, ließ sich nicht übersehen.

Francesca musste wohl unwillkürlich einen Laut von sich gegeben haben, denn Bragg drehte die Fotografie um und warf Francesca einen düsteren Blick zu. Doch sie hatte bereits den furchterfüllten Ausdruck, den Mary im Angesicht des Todes auf dem Gesicht gehabt hatte, nur allzu deutlich erkannt. Francesca schloss die Augen, und sofort überkam sie die

104

Erinnerung an jenen Moment, als Mary noch am Leben gewesen war und sie mit einem ähnlich furchterfüllten Blick angeschaut hatte. Warum hatte sie es sich damals nur anders überlegt und war vor Francesca davongelaufen?

Francesca seufzte und öffnete die Augen wieder, als ihr die beiden kleinen Mädchen einfielen, die nun ihre Mutter verloren hatten, die nach allem, was Francesca über sie gehört hatte, ein wundervoller Mensch gewesen sein musste. Nicht zum ersten Mal stieg eine schreckliche Wut auf den unbekannten Mörder in Francesca auf. Warum hatte er diese Tat nur begangen?

»Ich danke Ihnen«, sagte Bragg in diesem Moment, legte den Hörer auf und wandte sich um. »Francesca?«

Sie versuchte sich an einem Lächeln, doch es wollte ihr nicht recht gelingen. »Hallo, Bragg.« Am liebsten wäre sie auf ihn zugetreten, hätte ihren Kopf an seine Brust gelegt und sich in seine Arme geschmiegt, aber das war natürlich unmöglich.

»Es tut mir Leid, dass Sie das gesehen haben.« Mit grimmigem Blick wies er auf die Fotografie. »Sie machen sich doch nicht etwa immer noch Vorwürfe wegen ihres Todes?«

»Ich versuche, es nicht zu tun. Mary war jung und hübsch, und sie hat zwei so süße Töchter, die nun Waisen sind. Wir müssen unbedingt den Wahnsinnigen finden, der das getan hat«, erwiderte Francesca voller Inbrunst.

Bragg kam langsam hinter seinem Schreibtisch hervor. »*Wir?* Sie sind an dieser Ermittlung nicht beteiligt, Francesca. Und woher wissen Sie, dass die Ermordete zwei Töchter hat?« Der Blick aus seinen bernsteinfarbenen Augen war gelassen und geduldig, aber gleichzeitig auch durchdringend.

Sie seufzte. »Maggie Kennedy hat mir heute Morgen einen Besuch abgestattet. Sie wusste vor Kummer nicht ein noch aus.«

»Maggie Kennedy? Ist sie zufällig mit diesem kleinen Strolch verwandt, den Sie so gern haben?«

»Sie ist seine Mutter, Bragg. Und Mary O'Shaunessy war ihre engste Freundin«, erwiderte Francesca. Es hatte wohl wenig Sinn, Bragg zu sagen, dass sie schon allein deshalb in den Fall involviert war, weil sie die Leiche entdeckt hatte.

Seine Augen weiteten sich kaum merklich. »Bitte sagen Sie mir jetzt nicht, dass Mrs Kennedy Ihre Dienste in Anspruch genommen hat!«

»Doch, das hat sie«, erwiderte Francesca mit hochgerecktem Kinn. »O Bragg! Nach allem, was ich bisher erfahren habe, war Mary ein wahrer Sonnenschein, eine wunderbare Mutter und eine fromme Katholikin! Sie hat so etwas nicht verdient – und jetzt sind ihre beiden kleinen Mädchen Waisen!«

Bragg trat auf sie zu hob ihr Kinn mit der Fingerspitze an. Ihre Blicke trafen sich und senkten sich ineinander. »Was führen Sie da wieder im Schilde, Francesca?«, fragte er. Trotz des prüfenden Blicks fürchtete sie sich nicht vor ihm, und ein wohliger Schauer lief ihr den Rücken hinunter.

»Nachdem ich Maggie getröstet hatte, zeigte mir Joel die Wohnung, die sich Mary mit einer anderen Familie teilte«, erläuterte sie ein wenig atemlos. »Ich glaube, die Polizei hat bereits mit den Jadvics gesprochen.«

Er ließ seine Hand fallen und starrte sie an. »Ich werde nicht erlauben, dass Sie sich in einen Fall einmischen, bei dem es um einen geistesgestörten Mörder geht.«

»Ist das die Schlussfolgerung, zu der Sie gelangt sind?«, fragte sie eifrig.

»Kein Kommentar.«

»Bragg!«, rief sie. »Ich bin doch nicht von der Presse!«

»Das weiß ich sehr wohl. Aber übertreiben Sie es nicht wieder einmal ein wenig? Soweit ich weiß, wollten Sie sich Ihrem Studium widmen, und außerdem haben Sie doch diese neue Klientin, Mrs Stuart. Wie geht es denn eigentlich mit diesem Fall voran, Francesca?« Er blickte sie mit zusammengekniffenen Augen an.

»Sie versuchen mich abzulenken, aber das wird Ihnen nicht gelingen«, erwiderte sie mit sanfter Stimme.

»Was soll ich bloß mit Ihnen anfangen?«

»Verfolgen Sie schon irgendwelche Spuren?«, gab sie schnell zurück.

»Ja, aber ich werde Ihnen nichts darüber erzählen«, erwiderte er mit fester Stimme. Seine golden schimmernden Augen blickten Francesca entschlossen an.

»Ich war doch von entscheidender Hilfe bei der Aufklärung des Randall-Mordes, nicht wahr?«, fragte sie listig.

Bragg schwieg.

»Und auch bei der Burton-Entführung, oder?«

»Sind Sie etwa gekommen, um mir damit in den Ohren zu liegen? Für so etwas habe ich keine Zeit, es wartet nämlich eine Menge Arbeit auf mich.«

»Bragg!« Nun war sie aufrichtig schockiert. »Das ist eine Unterstellung!«

Bragg wirkte mit einem Mal sehr müde. Er setzte sich mit einer Gesäßhälfte auf den Schreibtischrand und sagte leise: »Tut mir Leid. Ich bin einfach nur frustriert. Das ist alles.«

»Wegen des Falles?«, erkundigte sie sich verständnisvoll und nahm auf dem Stuhl vor seinem Schreibtisch Platz.

107

»Und auch wegen der Ernennung, die ich ausgesprochen habe. Sie wurde vor einer Stunde im Rathaus verkündet. Ich habe mich im letzten Moment gegen Shea entschieden und stattdessen Inspector Farr ernannt. Ich glaube nicht, dass Sie ihn bereits kennen gelernt haben. Er ist ein echter Plagegeist, klüger als ihm gut tut, und ich traue ihm nicht so recht über den Weg. Aber er scheint darum bemüht, alles richtig zu machen, es *mir* recht zu machen, und ich glaube, dass ich in der Lage sein werde, ihn zu kontrollieren.«

Francesca zuckte unwillkürlich zusammen. »Nun, das will ich auch schwer hoffen«, sagte sie.

»Außerdem ist er einer von Tammany Halls Männern«, fügte Bragg hinzu.

»Dann sollten Sie auf der Hut sein. Achten Sie darauf, dass er auch wirklich *für* Sie arbeitet – und nicht etwa gegen Sie.«

Bragg lächelte sie voller Zuneigung an. »Wie kommt es nur, dass Sie so intelligent sind?«

Sie errötete vor Freude. »Ich bin wohl schon immer ein Freigeist gewesen, und mein Vater hat mich darin bestärkt.«

»Das freut mich.«

Sie lächelte ihn schweigend an.

Nach einer Weile fuhr er fort: »Ich habe Ihren Bruder und Miss Channing eingeladen, uns morgen Abend in die Musical-Vorstellung zu begleiten. Und auch zum anschließenden Abendessen. Ich hoffe, das ist Ihnen recht.«

»Aber gewiss.« Ihr Blick senkte sich in den seinen, woraufhin er ein wenig zu erröten schien.

»Ich hatte das Gefühl, das sei angemessener«, fügte er hinzu.

Francesca nickte. »Ich weiß.«

Als sie gerade auf die beiden Waisenmädchen zu sprechen kommen wollte, sagte Bragg: »Und was haben Sie nun bei den Jadvics herausgefunden?«

»Nicht viel. Sind Ihre Männer schon in der Schneiderei gewesen, wo Mary vor ihrer Beschäftigung bei den Jansons gearbeitet hat?«

»Newman befindet sich gerade mit einem Beamten des Sonderkommandos dort.«

Sie nickte lächelnd. Er spricht mit mir über den Fall!, dachte sie erfreut.

Das war offenbar auch Bragg plötzlich bewusst geworden, denn er erhob sich abrupt. »Francesca –«

»Es tut mir Leid. Ich konnte einfach nicht widerstehen.« Sie hätte ihn gern über die Jansons ausgefragt, wagte es aber nicht. Für einen kurzen Moment herrschte eine bedeutungsvolle Stille, bis Francesca schließlich mit sanfter Stimme fragte: »Haben Sie bereits einen Verdächtigen?«

»Wenn es so wäre, würde ich es Ihnen nicht sagen.«

»Bragg!« Sie war aufrichtig enttäuscht.

»Es tut mir Leid, aber mein Entschluss steht fest.« Er drehte sich um und nahm Marys Fotografie vom Schreibtisch, ohne dass Francesca die Gelegenheit hatte, einen weiteren Blick darauf zu werfen. Doch sie war mit ihren Gedanken ohnehin bei Katie und Dot.

»Bragg?«, sagte sie mit fragender Stimme, der man ihre Nervosität anhörte.

Er blickte auf.

Sie trat von einem Bein aufs andere. »Ich möchte Sie um einen Gefallen bitten.«

Brag sah sie erstaunt an und legte die Fotografie wieder hin.

»Ich kann mir schon vorstellen, was Sie fragen wollen – das ist nicht fair.«

Sie fuhr sich mit der Zunge über die Lippen. »Bitte lassen Sie mich ausreden.«

Er verschränkte die Arme vor der Brust. »Ich wappne mich gerade gegen das, was kommen wird, und Sie können damit rechnen, dass ich Nein sagen werde.«

»Mögen Sie Kinder?«, fragte sie unvermittelt.

»Wie bitte?«

»Sie haben schon richtig verstanden. Mögen Sie Kinder?«

»Natürlich mag ich Kinder. Was soll denn die Frage?«, erkundigte er sich misstrauisch.

Sie atmete tief durch. »Katie und Dot haben ihre Mutter verloren. Mrs Jadvic kann die Kinder nicht bei sich behalten. Die Behörde würde sie aller Wahrscheinlichkeit nach trennen. Das darf ich doch nicht zulassen! Ich habe sie zu Ihnen nach Hause gebracht«, endete sie eilig.

Es dauerte einen Moment, bis Bragg die Bedeutung ihrer Worte begriffen hatte. »Sie haben *was?*«, fragte er entgeistert.

Francesca wich zurück. »Sie haben doch genug Platz in Ihrer Wohnung, und die beiden sind so süß, und sie haben gerade ihre Mutter verloren –«

»Kommt nicht in Frage!«, brüllte er.

»Aber Sie haben doch gesagt, dass Sie Kinder mögen!«, schrie sie zurück.

»Das tue ich ja auch! Aber ich bin ein viel beschäftigter Mann mit nur einem einzigen Dienstboten und kann mich nicht um zwei Kinder kümmern!« Er war immer lauter geworden, und sein Gesicht war mittlerweile dunkelrot.

»Bitte! Ich werde auch ein Kindermädchen besorgen«, flehte Francesca. »Und Sie haben wirklich nur einen einzigen Dienstboten?«, fuhr sie dann fort. Diese Tatsache schockierte sie. Sie hatte angenommen, dass Bragg mindestens noch eine Köchin hatte, die auch für die Wäsche zuständig war.

»Ja, ich habe wirklich nur einen einzigen Dienstboten, und das ist Peter«, erwiderte er steif.

Francesca ahnte den Grund dafür: Weil fast sein gesamtes Einkommen von seiner verwöhnten Frau verprasst wurde, die in Europa in Saus und Braus lebte, während er sich wegen ihrer unerhörten Ausgaben keinen zweiten Dienstboten leisten konnte. »Es tut mir Leid«, flüsterte sie.

»Was tut Ihnen Leid?«, schoss er zurück.

»Ich werde ein Kindermädchen anstellen, und es ist ja auch nur für ein paar Wochen«, sagte Francesca mit flehentlicher Stimme.

»Nein.«

»Bragg – Sie müssen die beiden zumindest einmal kennen lernen!«

»Wer sagt das?«, entgegnete er kühl.

Sie fragte sich, ob sie möglicherweise zu weit gegangen war. Seine Kälte bestürzte sie zutiefst. »Aber es sind doch zwei unschuldige, bedauernswerte kleine Kinder«, flüsterte sie. »Und es wäre wirklich nur für ein oder zwei Wochen, bis ich eine wirklich gute Pflegefamilie für sie gefunden habe. Ich werde auch helfen –«

»Ach, und wie? Sie sind doch schon so damit beschäftigt, Detektivin zu spielen, dass Sie Ihr Studium vernachlässigen und vielleicht vom College geworfen werden!«, erwiderte er, nicht bereit, auch nur einen Zentimeter nachzugeben.

»Ich glaube das einfach nicht«, sagte Francesca leise. »Ich

dachte, Sie wären ein Mensch, dem nicht alles egal ist. Das Schicksal der beiden Mädchen liegt mir so am Herzen, und nun streiten wir uns deshalb.« Sie war völlig fassungslos.

»Mir ist durchaus nicht alles egal«, entgegnete Bragg. »Aber Sie scheinen nicht zu verstehen, unter welchem Druck ich stehe. Bürgermeister Low hat mich angewiesen, dass ich die Schenken an den Sonntagen nicht schließen lassen soll. Aber ich fühle mich moralisch dazu verpflichtet, dafür zu sorgen, dass Recht und Gesetz eingehalten werden, Francesca. Ich werde mich gegen meinen eigenen Bürgermeister stellen müssen – ein Mann, den ich persönlich sehr bewundere und respektiere und an den ich glaube.«

»Das tut mir aufrichtig Leid«, sagte sie, und es war ihr ernst damit. »Aber diese beiden kleinen Mädchen haben nichts mit den Sonntagsschließungsgesetzen zu tun.«

»Wenn die Presse Wind von dem Mord an Mary O'Shaunessy bekommt, wenn die Reporter die Verbindung zu Kathleen O'Donnell erkennen, werden sie mit ihren Artikeln die ganze Stadt in Angst und Schrecken versetzen und eine wahre Hysterie entfachen.«

Francesca schlang die Arme um ihren Körper. Sie hatte Bragg noch nie um einen Gefallen gebeten, und nun war sie durch seine Reaktion gekränkt.

Er seufzte, trat auf sie zu und umfasste ihre Schultern. »Bitte machen Sie mir kein schlechtes Gewissen, weil ich eine Last ablehne, die ich nicht zu tragen vermag.«

»Es tut mir Leid«, sagte sie wieder. »Ich bin der letzte Mensch, der Ihnen noch mehr Sorgen aufhalsen will, und wenn ich könnte, würde ich die Kinder mit zu mir nach Hause nehmen. Aber das kann ich nicht, ohne meine Eltern zu belügen, und

112

das werde ich nicht tun.« Während sie sprach, stiegen ihr die Tränen in die Augen.

Als sie seinen Blick auf sich ruhen spürte, schaute sie auf. Braggs Augen wanderten langsam über ihre Züge hinweg. Plötzlich zog er sie an sich und unversehens lag sie in seinen Armen, die Wange an seiner Brust. Ihr Herz pochte erwartungsvoll, und sie seufzte.

Er war so stark und kräftig, und seine Umarmung fühlte sich so wunderbar, so richtig an.

Seine Hand glitt in ihren Nacken. »Ich bin Wachs in Ihren Händen«, flüsterte er.

Sie blickte zögernd zu ihm auf. »Nein, es ist schon gut. Ich werde jemanden finden, der die Mädchen nimmt –«

Er strich mit seinen Lippen sanft über ihren Mund hinweg. Im selben Moment weiteten sich seine Augen vor Überraschung, und er trat rasch von ihr weg. Sie vermochte sich nicht zu rühren. Seinen Mund auf ihren Lippen zu spüren – wenn auch nur für einen kurzen Moment – hatte wunderbare Dinge mit ihrem Körper angestellt. Ihr Atem ging schneller, und das Blut schien einem tosenden Fluss gleich durch ihre Adern zu jagen.

Bragg trat ans Fenster, zog die Jalousie hoch und blickte auf die braunen Stadthäuser hinaus, die die Mulberry Street säumten. Bis auf eines – ein heruntergekommenes Backsteinhaus, in dem Mietwohnungen untergebracht waren – handelte es sich um Bordelle und Schenken, und Francesca wusste, dass sein wunderschöner Daimler, den sie beim Betreten des Präsidiums am Straßenrand gesehen hatte, von zwei uniformierten Polizisten bewacht wurde.

Plötzlich richtete sie sich kerzengerade auf, denn ihr benebelter Verstand registrierte erst jetzt etwas, das Bragg eine Weile zuvor gesagt hatte. »O'Donnell?«, fragte sie fassungslos.

»Das erste Opfer«, erwiderte er, ohne sich dabei umzudrehen. »Ihr Name war Kathleen O'Donnell.«

»O mein Gott! Bragg!«, rief Francesca, eilte auf ihn zu und ergriff die Aufschläge seines Jacketts.

»Was ist denn los?«

»Ja wissen Sie es denn nicht? Wissen Sie nicht, dass Mary O'Shaunessy einen Bruder hat, dessen Name Mike O'Donnell lautet?«

Als ihr Brougham in die kurze Auffahrt zu ihrem Haus einbog, das an der Ecke Madison Avenue und 62nd Street lag, und durch den gewölbten Torbogen auf den Innenhof fuhr, richtete sich Connie plötzlich kerzengerade auf. Die Kutsche ihres Mannes, die ein wenig kleiner und einige Jahre älter als die ihre war, stand vor dem Haus, und ein Stallknecht führte gerade die beiden Braunen um die Ecke zum Stall. Connie spürte Panik in sich aufsteigen.

In Gedanken sah sie ihren großen, muskulösen, gut aussehenden Ehemann vor sich, doch dieses Bild wurde sofort von Calder Hart überdeckt. Vor ihrem inneren Auge lächelte Hart, und sein Blick war so viel sagend, dass er keinen Zweifel an seiner Bedeutung aufkommen ließ, während Neils türkisfarbene Augen hart wirkten vor Wut. Ihr stockte vor Angst das Herz.

Was hatte sie nur getan?

Warum hatte sie mit Calder Hart, einem bekannten Schürzenjäger, zu Mittag gegessen?

Und warum, oh, warum nur, fühlte sich dieses wunderschöne Haus nicht mehr länger wie ihr Zuhause an?

Aber es ist mein Zuhause, rief sich Connie mit wachsender Panik in Erinnerung. Was Neil getan hatte, würde niemals etwas daran ändern.

»Lady Montrose?«

Connie bemerkte, dass Clark offenbar schon eine ganze Weile lang an der geöffneten Kutschentür gestanden haben musste. Sie sah den Ausdruck in seinen Augen und glaubte, Mitleid darin zu erkennen. Als ihr bewusst wurde, dass er gewiss über die Zwietracht in ihrer Familie Bescheid wusste, errötete sie unwillkürlich. Aber halt – es gab doch jetzt gar keine Zwietracht mehr! Connie hatte eine überaus angenehme Woche verbracht, mit Neil an einer Abendgesellschaft und an einem Wohltätigkeitsball teilgenommen, sich freundlich mit ihm unterhalten und sogar auf dem Ball mit ihm getanzt, als ob nichts geschehen wäre. Und sie wusste aus sicherer Quelle, dass Eliza Burton, die Frau, die ihr Mann sich als Geliebte genommen hatte, den Winter mit ihren beiden Jungen in Frankreich verbringen würde. Sie würde schon in der nächsten Woche abreisen, und ihr Haus stand zum Verkauf.

Eliza fände nun gewiss nicht mehr die Zeit, mit dem Ehemann einer anderen Frau herumzuschäkern, und Neil hatte Connie versprochen, dass er ihr nie wieder untreu sein würde. Und sein Ehrenwort war ihrem Mann heilig, das wusste sie.

Und doch spürte sie noch immer diesen Schmerz in ihrem Inneren.

»Lady Montrose?«

Connie fuhr zusammen. Die Stimme hatte wie aus weiter Ferne geklungen. »Ja, Clark? Ich fürchte, ich habe vor mich hin geträumt«, sagte sie betont fröhlich und lächelte dem Kutscher zu, den sie persönlich kurz vor ihrer Hochzeit eingestellt hatte. Als er seiner Herrin aus der Kutsche half, erwiderte er ihr Lächeln.

Doch der mitleidige Ausdruck in seinen Augen blieb.

Connie legte die kurze Entfernung zwischen der Kutsche und der Haustür mit hoch erhobenem Kopf zurück. Schon als Kind hatte man sie gelehrt, sich unter allen Umständen mit Anmut und Haltung zu bewegen.

Sie musste unwillkürlich lächeln, als ihr einfiel, wie Francesca als kleines Mädchen den Anordnungen der Lehrerin zum Trotz quer durch den Ballsaal gestapft war. Sie, Connie, hatte die Kunst des anmutigen Ganges innerhalb eines Tages erlernt, während ihre Schwester schon immer die Tendenz gehabt hatte, wie ein Mann zu gehen.

Als Connie die Haustür erreichte, wurde sie auch schon für sie geöffnet. »Ich danke Ihnen, Masters«, sagte sie. Doch als sie sah, dass es ihr Mann war, der ihr die Tür geöffnet hatte, stockte ihr der Atem. Neils türkisfarbene Augen musterten seine Frau durchdringend.

Er weiß es!, dachte sie voller Panik. Er weiß, dass ich mit Calder Hart zusammen war!

Im selben Moment verzogen sich seine Lippen zu einem Lächeln. »Ich bin auch gerade nach Hause gekommen«, sagte er und ergriff ihren Arm. »War es ein nettes Essen?«

Connie vermochte sich nicht zu rühren, sondern konnte ihren Mann nur stumm anstarren.

»Connie?« Sein Griff wurde fester. Er war ein großer Mann von über einem Meter neunzig und wog über hundert Kilo, doch es gab kein Gramm Fett an seinem kräftigen, muskulösen Körper. Aber während andere Männer mit einer vergleichbaren Statur wie Hafenarbeiter wirkten, war Neil unzweifelhaft ein Aristokrat. Vielleicht lag es an seinem fein geschnittenen Gesicht – der geraden Nase, den atemberaubenden Augen, dem markanten Kinn und den hohen Wangenknochen –, das ihn zu einem Adligen stempelte. Vielleicht war es aber auch seine stolze Haltung oder die Autorität, mit der er auftrat – andere Männer schenkten seinen Worten Beachtung und blickten zu ihm auf.

Bevor er Connie kennen lernte, war Neil bereits einmal verheiratet gewesen, doch seine Frau war im ersten Jahr ihrer Ehe bei einem Kutschenunfall ums Leben gekommen.

Connie hatte Neil nie danach gefragt, ob er seine erste Frau geliebt hatte oder nicht. Eine solche Frage wäre unschicklich gewesen, ein Eingriff in Neils Privatsphäre. Aber dennoch grübelte sie oft darüber nach.

»Fühlst du dich nicht wohl?«, fragte Neil jetzt. »Du bist so blass.«

Sie zwang sich zu einem Lächeln und entzog sich seinem Griff, denn seine Berührung löste zwar eine freudige Erregung in ihr aus, ließ sie aber zugleich auch ängstlich erschauern.

»Nein, es geht mir gut. Wie war dein Tag?« Connie schritt an ihrem Mann vorbei und reichte dem Dienstboten ihren Mantel und ihren Hut. Während sie so mit dem Rücken zu Neil dastand, fragte sie sich, ob er wohl von ihrer Verabredung mit Calder Hart wusste.

»Gut«, erwiderte Neil. »Unsere Aktien von Midland Rails steigen weiter, da sie sich gerade Basalt, einen wichtigen Kleinbahnhof, einverleibt haben. Und Fontana Ironworks schießt förmlich durch die Decke. Heute habe ich dem Treuhandvermögen der Kinder einiges hinzufügen können.«

Connie wandte sich nicht zu ihm um. »Das freut mich«, sagte sie ein wenig atemlos. Dann warf sie einen Blick auf die beiden weit geöffneten Flügeltüren aus Mahagoni, die von der Eingangshalle aus in den großen, formellen Salon führten. Der Raum war überwiegend in verschiedenen Goldtönen mit smaragdgrünen Akzenten gehalten. Auf einem ebenholzfarben gebeizten Tisch stand eine bronzene Uhr, und Connie sah, dass es bereits beinahe fünf Uhr war. »Ich muss mich für die Feierlichkeit im Waldorf fertig machen. Ich glaube, wir sollen um sieben Uhr dort sein.«

Neil antwortete nicht. Connie hätte ihm gern einen Blick zugeworfen, um festzustellen, wie seine Laune war, doch sie wagte es nicht. Sie musste daran denken, dass sie Francesca gesagt hatte, es sei besser, die Vergangenheit ruhen zu lassen und dass nur noch die Gegenwart und die Zukunft zählten. Aber es fiel Connie schwer, nicht mehr an die Vergangenheit zu denken – sie tat es jedes Mal, wenn Neil in ihrer Nähe war. Er hatte ihr versprochen, niemals wieder vom Pfad der Tugend abzuweichen. In Connies Augen hatte er nur deshalb eine Affäre mit Eliza begonnen, weil er glaubte, dass sie selbst jenen Teil ihrer Ehe, bei dem es um ihre körperlichen Bedürfnisse ging, nicht genießen konnte. Es erschien ihr logisch, dass er zu einer anderen Frau gegangen war, weil Connie ihn enttäuscht und in ihrer Ehe versagt hatte. Dabei war es natürlich nicht ihre Absicht gewesen, aber sie hatte nun einmal nicht die Male gezählt, bei denen sie das Bett mit Neil geteilt hatte, so wie er es ganz offensichtlich getan hatte.

Jetzt eilte sie viel zu schnell durch die Halle. Als sie seine

118

Schritte hinter sich vernahm, drehte sich um und blickte ihn erstaunt an.

Ein Lächeln umspielte seine Lippen, das aber nicht seine Augen erreichte. »Du hast noch über zwei Stunden Zeit. Ich weiß, dass du nicht so lange benötigst. Warum setzen wir uns nicht in den Salon und trinken ein Gläschen Sherry?« Er betrachtete sie mit einem forschenden Blick.

Sie befeuchtete ihre Lippen. Beinahe hätte sie seinem Wunsch nachgegeben, aber natürlich gehörte es sich nicht, vor einer Einladung etwas zu trinken, denn dann lief man Gefahr, einen Schwips zu bekommen, bevor der Abend richtig begonnen hatte. »Ich habe Kopfschmerzen und möchte mich noch eine halbe Stunde hinlegen. Außerdem muss ich nach den Mädchen sehen.«

»Den Mädchen geht es gut. Charlotte ist in der Küche und veranstaltet eine Schweinerei mit ihrem Abendessen. Überall auf dem Tisch liegen Erbsen und Pudding herum. Und Lucy schläft tief und fest.« Neils Blick wich nicht von Connies Gesicht.

»Ich …«, hob sie an und stockte.

»Lass uns ein Glas Sherry trinken«, sagte er, dieses Mal bestimmter, und sie begriff, dass es sich um einen Befehl des Ehemanns an die Ehefrau handelte.

Connie hatte ihrem Mann fast noch nie etwas abgeschlagen. Vor ihrem geistigen Auge sah sie ihn plötzlich wieder in den Armen einer anderen Frau, und mit diesem Bild kam wieder der Gedanke, dass es allein ihre Schuld war. Eine gute Ehefrau musste sich um die Bedürfnisse ihres Mannes kümmern – um all seine Bedürfnisse –, um damit jede Möglichkeit von Untreue, Enttäuschung und Kummer zu umgehen.

»Ich habe Kopfschmerzen«, flüsterte sie, was allerdings eine Lüge war. Dabei erkannte sie sich selbst nicht mehr, denn es lag gar nicht in ihrer Absicht zu lügen oder Neil zu meiden. Enttäuschung spiegelte sich auf seinem Gesicht wider. »Das tut mir Leid«, sagte er eine Spur zu höflich. »Kann ich etwas für dich tun?«

Sie lächelte ebenso höflich, und dieses Lächeln kam ihr selbst verkrampft vor. »Es dürfte genügen, wenn ich mich für eine Weile hinlege, aber danke der Nachfrage.«

Neil trat einen Schritt zurück und verbeugte sich.

Erleichtert und entsetzt zugleich eilte Connie die breite Eichentreppe mit dem orientalischen Läufer und dem bronzenen Geländer hinauf. Tränen stiegen ihr in die Augen. Was tat sie da nur? Warum benahm sie sich auf diese Weise? Auf dem ersten Treppenabsatz blieb sie stehen und blickte noch einmal hinunter in die Halle, wo Neil noch am selben Fleck stand und mit grimmigem Gesicht zu ihr heraufschaute. Ihr Herz begann vor Sorge und Furcht schneller zu klopfen. Eigentlich wollte sie ihm zulächeln, doch stattdessen wandte sie den Blick ab.

»Connie?«, rief er leise.

Sie verharrte auf der Stufe und blickte erneut zu ihm hinunter. Er war ein so gut aussehender Mann, und sie liebte ihn so sehr, dass sie plötzlich einen schmerzhaften Stich im Herzen verspürte. »Ja?«

»Mit wem hast du eigentlich zu Mittag gegessen?«, fragte er.

Hart hatte seinen Termin für den Abend abgesagt und ließ sich stattdessen von Raoul zu Daisy bringen. Mit einem Mal hatte er das Interesse an der Unterstützung einer neuen öffentlichen Bibliothek in der 40th Street verloren. Außerdem leistete er bereits großzügige finanzielle Unterstützung bei einigen ausgewählten wohltätigen Stiftungen, die überwiegend etwas mit Kunst zu tun hatten. Er hatte Alfred bereits in Kenntnis gesetzt, dass er sämtlichen Dienstboten für den Rest des Tages freigab. Die Köchin sollte ihm sein Abendessen zubereiten und es in der Küche warm halten, und Alfred hatte die Anweisung erhalten, eine Flasche 1882er Château Figeac zu öffnen und zu dekantieren.

Hart wusste, dass seine Angestellten ihn für exzentrisch hielten. Er wusste, dass sie hinter seinem Rücken über seine Gewohnheiten, seine Garderobe, seine Frauen, seinen Reichtum und seine Kunst tratschten. Die Hausmädchen schlichen mit großen Augen um ihn herum und schienen offenbar jeden Augenblick damit zu rechnen, dass er sie zu schänden versuchte. Dabei hatte Hart niemals eine Frau verführt, die in seinen Diensten stand, und er würde es auch niemals tun. Einmal war er früher als erwartet nach Hause zurückgekehrt und hatte einige Dienstboten in seinem Schlafzimmer vorgefunden, wo sie schockiert und entrüstet den dort hängenden Akt beäugt hatten, der in der Tat sehr provokant war. Als sie seine Anwesenheit bemerkten, waren sie vor ihm geflüchtet, als wäre er ein Zyklon, der ihnen nach dem Leben trachtete. Hart wunderte sich, dass er so plötzlich schlechte Laune bekommen hatte; immerhin hatte er ein überaus angenehmes Mittagessen mit Lady Montrose verbracht. Für seinen plötzlichen Stimmungswandel gab es eigentlich nur eine Erklärung: Connies Schwester, dieser Blaustrumpf mit der scharfen Zunge. Doch Hart weigerte sich, über Francesca Cahill nachzudenken, da er dann jedes Mal ärgerlich wurde, denn er konnte nicht an sie denken, ohne dabei auch an seinen ach so ehrenwerten Halbbruder Rick Bragg zu denken, diesen Inbegriff der Tugendhaftigkeit. Harts Meinung nach hätten Rick und Francesca einander wirklich verdient, aber leider war sein Halbbruder ja an diese Hexe Leigh Anne gekettet. Während er darüber nachdachte, bemerkte Hart, dass seine Kutsche bereits vor jener Fünfzehn-Zimmer-Villa zum Stehen gekommen war, die er erst kurze Zeit zuvor erworben hatte. Sie war im georgianischen Stil erbaut und nahm die gesamte Ecke 5th Avenue und 18th Street ein. Beim Anblick der Fassade besserte sich Harts Laune ein wenig, und er nickte seinem Kutscher zu, der ihm die Tür geöffnet hatte.

»Ich werde einige Stunden bleiben«, sagte er zu Raoul und warf einen Blick auf seine Taschenuhr. Sie war aus massivem Gold und ringsum mit Diamanten besetzt. »Seien Sie um zehn wieder hier«, wies er den Mann an. Raoul grunzte nur, doch seine Augen funkelten. Er wusste, was sein Dienstherr vorhatte.

Hart beschleunigte seinen Schritt, und ein Lächeln erschien auf seinem Gesicht. Er hatte Daisy wirklich gern, und sie war die schönste Frau, die er jemals gesehen hatte. Zudem war sie überaus fantasievoll im Bett und spielte ihm nichts vor. Nein, er war sich sicher, dass sie genauso viel Spaß an ihrem Zusammensein hatte wie er. Hart war sehr froh, zu einer Vereinbarung mit ihr gelangt zu sein: Daisy würde für die nächsten sechs Monaten seine Mätresse sein – und dabei ausschließlich ihm zur Verfügung stehen. Nach dieser Zeit wartete eine so großzügige Entlohung auf sie, dass sie ihr Leben als Hure beenden konnte. Natürlich gab es auch die Möglichkeit, diese Vereinbarung zu verlängern, und Hart war sich ganz sicher, dass Daisy mit Freuden bei ihm bleiben würde, aber die meisten Frauen langweilten ihn schon nach wenigen Monaten, und so würde eine Verlängerung dieser Abmachung für ihn wohl kaum in Betracht kommen.

Er schritt den hübschen Steinweg zur Vordertreppe der roten Backsteinvilla hinauf und bemerkte, dass er vereist war und mit Salz bestreut werden sollte. Daisy war zwar erst am Tag zuvor eingezogen, doch Hart wusste – auch wenn sie niemals über ihre Vergangenheit redete –, dass sie aus einer guten Familie stammte, und daher verstand er nicht, warum sie keinem der Dienstboten befohlen hatte, den Weg zu fegen und Salz zu streuen. Er klopfte an die Tür.

Sie wurde erst nach einer ganzen Weile geöffnet. »Ja bitte?«, fragte ein Butler, den Hart nicht kannte.

Er trat ein und warf dem Mann einen kühlen Blick zu. »Ich bin der Besitzer dieses Hauses«, sagte er. »Sorgen Sie dafür, dass mir das nächste Mal ein Türsteher zu Diensten ist, wenn ich eintreffe.«

Der Butler erbleichte. »Es tut mir Leid, Sir, Mr Hart«, sagte er und verbeugte sich.

Hart machte sich gar nicht erst die Mühe, den Mann nach seinem Namen zu fragen. »Wo ist Miss Jones?«

»Im Salon, Sir. Sie –« Er verstummte, da Hart bereits seinen Mantel abschüttelte, und griff rasch danach, damit er nicht zu Boden fiel. Hart reichte ihm seinen Gehstock mit der Goldspitze, den er nur zur Schau trug, und durchquerte mit großen Schritten die Eingangshalle mit dem beigefarbenen Marmorboden. An der Tür zum Salon klopfte er einmal an und trat dann ein, ohne Daisys Antwort abzuwarten.

Wie immer hatte ihr Anblick eine unglaubliche Wirkung auf

ihn. Daisy stand in der Mitte des erst halb eingerichteten Salons und trug ein umwerfendes Kleid in einem zarten Rosa, das zu ihren Lippen passte, die sie niemals schminkte, da ihre natürliche Farbe einfach perfekt war. Die junge Frau war von einer geradezu ätherischen Schönheit. Sie war schlank und wirkte fast schon zerbrechlich, ihre Haut hatte einen blassen Elfenbeinton und das Haar die Farbe von Mondlicht. Ihre Schönheit war so atemberaubend, dass es Hart manchmal beinahe schmerzte, ihr Gesicht zu betrachten. Denn letztlich war es ihr Gesicht, das Daisy so unvergleichlich schön machte: Es war dreieckig, die Lippen üppig und voll, die Nase schmal und perfekt geformt, die Augen groß und kindlich. Ihre hohen Wangenknochen deuteten auf slawische Vorfahren hin. Kein Mann vermochte diese Frau anzusehen und gleich wieder wegzublicken – es war einfach unmöglich. Außerdem besaß sie ein gutes Herz.

Als Hart sie nun betrachtete, stellte er mit großer Zufriedenheit fest, dass ihr Kleid überaus anständig war. Er verabscheute Mätressen, die mit ihrer Aufmachung protzten. Daisy hingegen besaß eine natürliche Eleganz. Selbst wenn sie splitternackt war und ihn mit ihrem Mund zur Raserei brachte, hatte sie etwas Hoheitsvolles und Anmutiges an sich.

Bei seinem Eintreten drehte sie sich um und schaute ihn mit ihren großen blauen Augen an. »Calder!«, rief sie mit ihrer sanften, atemlosen Stimme, einer Stimme, die die eines Kindes war und über ihre große Intelligenz hinwegtäuschte.

Hart löste seinen Blick von ihr und schaute die rundliche Frau mittleren Alters an, die in einem goldfarbenen Lehnsessel saß und mit der Daisy offenbar gerade ein Bewerbungsgespräch führte. Die Frau gab sich Mühe, Hart mit ausdruckslosem Gesicht zu betrachten, doch er erkannte den Widerwillen und die Missbilligung in ihrem Blick.

Mit einem erfreuten Lächeln, das offensichtlich echt war, kam Daisy auf ihn zugeschwebt. »Was für eine nette Überraschung«, flüsterte sie.

Er ergriff ihre Hand und küsste sie galant, da er sich grundsätzlich weigerte, seine Zuneigung oder sein Verlangen vor irgendjemandem zur Schau zu stellen – ganz besonders nicht vor einer Dienstbotin.

Daisy blickte ihm lächelnd in die Augen.

Er erwiderte ihr Lächeln kurz, trat dann vor die Frau in dem Lehnstuhl und sagte mit kühler Stimme: »Miss Jones wird Ihre Dienste nicht benötigen. Vielen Dank. Sie können gehen.«

Die Frau erhob sich mit zusammengepressten Lippen und antwortete: »Aber ich habe gute Referenzen, Sir.«

»Bitte gehen Sie!«, sagte er mit Nachdruck und ermahnte sich selbst, ruhig zu bleiben.

Die Frau blieb fassungslos mitten im Salon stehen. »Aber ich verstehe nicht –«, hob sie an.

Daisy trat mit einem entschuldigenden Lächeln auf sie zu. »Es tut mir Leid, Mrs Heller. Offenbar hat Mr Hart schon jemand anderen für diese Stelle vorgesehen. Ich muss mich entschuldigen, dass ich Ihre Zeit verschwendet habe.«

Mrs Heller drückte ihre Handtasche an die Brust. »Sollten Sie es sich noch einmal anders überlegen, dann weiß die Agentur ja, wo ich zu erreichen bin. Natürlich könnte ich dann bereits eine andere Stelle angenommen haben.«

»Ich bin mir sicher, dass Sie sehr schnell Arbeit finden werden«, sagte Daisy mit ihrer leisen, sanften Stimme, während

Hart neben ihr stand und versuchte die Geduld zu bewahren, da er sich der Nähe zu dem schlanken, perfekten Körper seiner Geliebten plötzlich überaus bewusst war.

Mrs Heller gab einen undefinierbaren Laut von sich und eilte aus dem Salon. Hart wusste, dass es die Frau große Überwindung kosten musste, nicht zurückzuschauen und ihn mit einem bösen Blick zu mustern, und es sprach für sie, dass sie es nicht tat.

Daisy ging ihr nach und schloss die Türen des Salons hinter ihr.

Hart beobachtete sie, als sie sich ihm wieder zuwandte, und er hätte sie am liebsten gleich dort an der Tür genommen.

»Warum hast du das getan, Calder?«

»Sie blickt auf dich herab, weil sie dich für eine Hure hält und mich für den Teufel«, antwortete er gelassen.

Daisy schaute ihn mit großen Augen an. »Ich vertraue natürlich deinem Urteilsvermögen«, erwiderte sie und beließ es dabei.

»Ich habe dir ja gesagt, dass ich für dich sorgen werde, aber vielleicht hast du die Bedeutung meiner Worte nicht ganz verstanden.« Er schlenderte auf sie zu. »Ich meinte damit nicht nur Geld und Fleischeslust. Diese Frau hätte dir letztlich nur Kummer bereitet – man konnte ihr nicht trauen.«

Daisy ließ sich mit dem Rücken gegen die Tür sinken. Er spürte, dass sich ihr Interesse ganz wie das seine längst auf andere Dinge richtete. »Ich danke dir.« Sie betrachtete ihn mit ihren ruhigen, blauen Katzenaugen.

Er lehnte sich mit der Schulter gegen die Tür, ganz dicht neben Daisy, ohne sie jedoch zu berühren. »Ein Glas Champagner vielleicht? Ich habe einen Kasten Dom Perignon herschicken lassen. Hast du ihn erhalten?«

Sie nickte mit einem kleinen Lächeln und berührte seine Wange, umfing sie mit ihrer weichen, makellosen Handfläche. »Ich habe sogar schon eine Flasche kalt gestellt.« Zart fuhr sie mit ihrem Daumen über seine Lippen. »Das ist wirklich eine sehr nette Überraschung.«

»Ich habe vergessen, dich vorzuwarnen – aber ich bin nun einmal ein impulsiver Mensch. Wahrscheinlich hätte ich dir zumindest eine Nachricht zukommen lassen sollen, dass ich auf dem Weg bin – es tut mir Leid.« Beim letzten Wort küsste er ihre Handfläche.

»Du musst mich niemals vorwarnen, dass du auf dem Weg zu mir bist«, murmelte sie.

»Ich möchte dich an ganz anderen Stellen küssen«, sagte er, als sie sich an ihn schmiegte. »Du weißt doch an welchen, nicht wahr?«

»O ja«, sagte sie mit erstickter Stimme.

Ihre Blicke senkten sich ineinander. Er ließ seine Hände lächelnd über ihre Schultern gleiten und spürte, wie auch der letzte Rest seines Verdrusses verschwand. »Das Kleid gefällt mir.«

Sie lächelte zufrieden. »Das hatte ich gehofft. Sollte ich jemals etwas tun, das dir nicht gefällt, musst du es mir sagen«, bat sie ihn.

Er drückte sie fester an sich. »Aber wir könnten uns doch streiten und dann wieder vertragen«, schlug er grinsend vor und küsste sie.

Sie konnte ihm schon nicht mehr antworten, denn seine Zunge war in ihrem Mund und erkundete jeden feuchten

Zentimeter dort. »Wir könnten uns zum Beispiel auch jetzt gleich streiten und später wieder vertragen«, sagte er, nachdem er seine Lippen von den ihren gelöst hatte.

»Wieso vertragen wir uns nicht sofort wieder?«, fragte sie atemlos.

Seine Hände glitten über ihren in Satin gekleideten Rücken bis hinunter zu ihren festen, runden Pobacken. »Zuerst der Champagner«, murmelte er. »Und dann erzählst du mir von deinem Tag und von den Fortschritten, die du mit dem Haus machst.«

KAPITEL 5

FREITAG, 7. FEBRUAR 1902 – 17 UHR

Bragg durchquerte mit schnellen Schritten das Polizeirevier und rief dabei Inspector Murphy Befehle zu, während
Francesca mit Joel auf den Fersen aufgeregt neben ihm hereil-
te. Im nächsten Moment kam auch schon ein uniformierter
Polizist auf Murphy zugerannt und wedelte dabei mit einem
Blatt Papier. Der große, stämmige Inspector riss es dem
jungen Mann förmlich aus der Hand. »Ist das die Adresse
von dieser O'Donnell?«

»Jawohl, Sir«, antwortete der junge Streifenpolizist, dessen
Augen hinter seiner Brille, die ihn ein wenig eulenhaft erscheinen ließ, groß und aufgeregt dreinblickten.

»Die Adresse von Kathleen O'Donnell«, sagte Murphy und
reichte das Blatt an Bragg weiter. »Vor ihrem Tod«, fügte er
unnötigerweise hinzu.

Bragg warf einen Blick auf die Adresse und gab Murphy das
Blatt zurück. »Nehmen Sie sich ein Polizei-Fuhrwerk und
zwei Männer und folgen Sie mir in die Innenstadt.«

»Jawohl, Sir«, erwiderte Murphy. Er drehte sich zu dem jungen Polizisten mit der Brille um. »Harold, holen Sie Potter
und die Ausrüstung, und dann geht's los!«

Bragg zog sich bereits den Mantel an, den er über dem
Arm getragen hatte. Als sein Blick auf Francesca fiel, wurde sein grimmiger Gesichtsausdruck ein wenig weicher.

»Das haben Sie wieder einmal sehr gut gemacht, Miss Cahill.«

Francesca brachte vor Aufregung kein Lächeln zustande. »Danke«, erwiderte sie knapp. »Ich werde Sie begleiten, Bragg.« Sie fragte sich, ob Marys Bruder wohl ein Verwandter des ersten Opfers gewesen war. Vielleicht ihr Ehemann? Ein Bruder, ein Cousin? Es musste irgendeine Verbindung geben, da Mike O'Donnell denselben Nachnamen trug wie das erste Mordopfer!

Bei Francescas letzten Worten war Bragg herumgewirbelt, der soeben die breiten Vordertüren des Präsidiums hatte aufstoßen wollen. »Nein, das werden Sie nicht!«, sagte er mit Nachdruck. »Es ist Zeit für Sie, nach Hause zu gehen, und ich muss mich um die Leitung dieser Ermittlung kümmern.«

Seine Worte waren für Francesca wie ein Schlag ins Gesicht. »Aber ich muss Sie unbedingt begleiten!«, rief sie.

Er gab ihr keine Antwort, sondern eilte durch die Tür davon. Francesca verharrte einen Moment lang regungslos und rannte Bragg dann nach. Er konnte sie doch nicht einfach so stehen lassen!

Er drehte bereits energisch an der Kurbel des Automobils, um den Motor anzulassen.

Francesca eilte auf ihn, doch in diesem Augenblick zupfte Joel an ihrem Ärmel.

»Nicht jetzt«, sagte sie. »Bragg –«, hob sie an.

Joel stellte sich auf die Zehenspitzen und flüsterte: »Miss! Haben Sie auf das Blatt geguckt, bevor der Kerl es zerknüllt hat? Haben Sie die Adresse lesen können?«

Sie fuhr zusammen und blickte den Jungen an. »Leider nicht.«

»So'n Mist!«, sagte er und warf ihr einen viel sagenden Blick zu. Der Motor des Automobils begann zu husten, als wolle er nicht richtig anspringen, kam dann aber schließlich doch in Fahrt.

Inzwischen hatte sich eine kleine Menschenmenge aus Gaffern um den Wagen versammelt – einige Prostituierte und mehrere zwielichtige Gestalten, dazu noch das eine oder andere zerlumpte Kind. Bragg schritt rasch zur Fahrertür, öffnete sie, stieg ein und griff nach der Schutzbrille, die er immer in Reichweite hatte. In diesem Moment traf auch schon das Polizei-Fuhrwerk hinter dem Daimler ein, und Murphy, Harold und ein weiterer Polizeibeamter kamen die Eingangsstufen des Präsidiums heruntergeeilt.

Francesca zögerte keine Sekunde. Sie öffnete die Beifahrertür, und nachdem Joel in den schmalen Raum hinter den Vordersitzen geschlüpft war, sprang sie in das Automobil. »Ich bestehe darauf, dass Sie mich mitnehmen, Bragg.« Und mit diesen Worten schlug sie die Tür hinter sich zu.

Bragg starrte sie fassungslos an. »Ich kann Sie unmöglich einer solchen Gefahr aussetzen«, sagte er. »Und das werde ich auch nicht.«

»Was denn für eine Gefahr?«, rief sie. »Wir werden doch lediglich einen Mann über seine Beziehung zu zwei Frauen befragen.«

»Zwei tote Frauen, zwei Frauen, die brutal ermordet wurden«, entgegnete er zornig.

Bei dem Gedanken an das Kreuz, das der Mörder in Marys Kehle geschnitten hatte, überlief Francesca ein kalter Schauer. »Es war nicht die Verletzung an ihrem Hals, durch die sie gestorben ist, nicht wahr?« Der Schnitt war ihr nicht so tief vorgekommen. Die Frage, wie Mary tatsächlich ermordet worden war, machte ihr zu schaffen.

Bragg starrte sie an, und sie sah, dass in seiner Wange ein Muskel zuckte. »Ich wünsche Ihnen einen schönen Abend, Francesca.«

Francesca begriff, dass sie diese Runde ganz offenbar verloren hatte – sie würde wohl oder übel aussteigen müssen. »Ich werde es ja doch irgendwann herausfinden. Die Presse wird bestimmt über jede grausige Einzelheit berichten.«

»Sie wurde erstochen«, sagte er barsch. »Man hat ihr mehrere Male ein Messer in den Rücken gerammt.«

Francesca sah ihn an, und als sie die Bedeutung seiner Worte begriff, erzitterte sie unwillkürlich. »Wie bitte?«

»Verstehen Sie jetzt, warum ich nicht will, dass Sie sich in diesen Fall einmischen? Nach dem brutalen Angriff hat der Mörder die Kleider der Frau wieder sorgfältig zurechtgezogen. Es hat eine Weile gedauert, bis sie gestorben ist, Francesca – aber glücklicherweise dürfte sie vorher das Bewusstsein verloren haben.«

Francesca blickte ihn entsetzt an.

»Bitte gehen Sie nach Hause«, sagte er, und seine Stimme klang mit einem Mal erschöpft. »Ich habe bereits eine Verantwortung gegenüber den Familien dieser beiden Frauen und kann nicht auch noch die Verantwortung für Sie übernehmen.«

Francesca stieg aus dem Automobil. Dann blickte sie Bragg mit ernster Miene an. »Ich möchte Ihnen so gern helfen, Bragg. Kann ich mich nicht irgendwie nützlich machen? Vielleicht auf eine andere Weise? Ich möchte Ihnen nicht noch unnötige Sorgen bereiten.«

»Ich weiß, dass Sie helfen wollen, und Sie werden gewiss noch die Gelegenheit dazu erhalten, aber nicht jetzt.«

Sie nickte niedergeschlagen.

Er schloss für einen kurzen Moment die Augen. Als er sie wieder öffnete, sagte er: »Ich bin bereit, mich in gut zwei Stunden bei mir zu Hause mit Ihnen zu treffen.«

Ihr war klar, was das zu bedeuten hatte. »Sie wollen die Mädchen also kennen lernen?«, fragte sie fassungslos.

»Aber die beiden bleiben nur eine Nacht«, erwiderte er mit warnendem Unterton. »Zu weiteren Zugeständnissen bin ich nicht bereit.«

Francesca hätte ihn am liebsten umarmt, was sie natürlich nicht wagte, und so strahlte sie ihn lediglich an. »Bis in zwei Stunden dann, Bragg.« In diesem Augenblick war ihr völlig gleichgültig, dass sie wegen der Verabredung möglicherweise zu spät zum Abendessen kommen und ihre Mutter zu Hause auf sie warten würde, um zu erfahren, wo sie gewesen war.

Er schenkte ihr ein kleines Lächeln, und sie schaute dem Wagen nach, als er davonfuhr. Das Polizei-Fuhrwerk, das von einem großen Clydesdale gezogen wurde, folgte ihm.

»Und was nun?«, fragte Joel gereizt.

Francesca blickte nachdenklich in die Richtung, wo der Daimler am Ende des Häuserblocks nach rechts abgebogen war. Die kleine Menschenansammlung hatte sich bereits wieder aufgelöst. Francesca drehte sich zu Joel um. »Wir haben jetzt fünf Uhr. Ich werde einen Einkauf tätigen, den ich schon längst hätte erledigen sollen, und dann werde ich noch einmal nach den Mädchen schen, bevor Bragg nach Hause kommt.« Das schien ihr plötzlich eine gute Idee zu sein – für den Fall, dass

133

Peter Schwierigkeiten gehabt haben sollte, mit den beiden fertig zu werden.

Joel lächelte sie verschmitzt an. »Aber wollen Sie denn nich wissen, wo Kathleen O'Donnell gewohnt hat? Wollen Sie nich dort vorbeischauen und den Leuten alle möglichen Fragen stellen?«

Sie blickte den Jungen amüsiert an. »Natürlich will ich das, das weißt du doch! Aber jetzt könnte ich mich ohnehin nicht dort blicken lassen, weil Bragg da ist. Außerdem könnte es eine ganze Weile dauern, bis ich in Erfahrung gebracht habe, wo sie gewohnt hat.«

»Ich weiß, wie ich an die Adresse kommen könnte«, gab Joel mit einem Grinsen zurück.

»Wirklich?«, fragte sie erstaunt. »Und wie?«

»Hätten Sie mal 'nen Fünfer?«

Francesca wollte gerade ihre Handtasche öffnen, verharrte dann aber. »Du hast doch nicht etwa vor, mit dem Geld einen Polizeibeamten zu bestechen?«

»Gibt nix Besseres, um schnell an Informationen zu kommen«, erwiderte Joel fröhlich.

»Joel! Damit machst du dich strafbar!«

»Miss, jeder steckt den Polypen doch was zu, das wissen Sie genauso gut wie ich. Und er da weiß es auch«, fügte der Junge hinzu und nickte mit dem Kopf in die Richtung, in die Bragg soeben verschwunden war.

Francesca starrte Joel an. Für einen Moment war sie tatsächlich versucht, in das Polizeipräsidium hineinzuspazieren, Captain Shea den Fünfer zu reichen und ihn nach Kathleen O'Donnells letzter bekannter Adresse zu fragen. Doch dann schüttelte sie energisch den Kopf. »Nein, ich wer-

134

de keinen Polizeibeamten bestechen«, erklärte sie mit fester Stimme.

Joel streckte seine Hand aus.

»Was ist denn?«, fragte sie, obwohl sie genau wusste, was er wollte.

Er grinste sie an.

Sie reichte ihm den Fünf-Dollar-Schein. »Na schön«, sagte sie seufzend.

»Bin gleich wieder da«, erwiderte Joel und rannte die Eingangstreppe zum Präsidium hinauf.

Joel hatte es tatsächlich geschafft, an Kathleen O'Donnells Adresse zu gelangen. Ihre Wohnung befand sich auf der Avenue C, aber Francesca wollte noch bis zum nächsten Morgen warten, bevor sie dorthin fuhr, da Bragg und seine Männer sicherlich noch in der Wohnung waren und nach Spuren und Beweisen suchten. Außerdem erwartete ihre Mutter sie zum Abendessen. Deshalb stand Francesca jetzt vor dem Waffenladen, der sich zwischen etlichen anderen Geschäften – darunter viele Bekleidungsläden – in dem Häuserblock Ecke 6th Avenue und 45th Street befand. Auf der 6th Avenue ging es geschäftig zu; Männer in Anzügen und Mänteln, die Melonen tief ins Gesicht gezogen, schritten auf dem Weg von ihrem Arbeitsplatz nach Hause eilig den Bürgersteig entlang oder sprangen auf eine der elektrischen Bahnen auf, die zu den nördlichen Stadtteilen fuhren. Schwarze Mietdroschken verstopften die Straße, und alle waren besetzt. Hin und wieder war auch die Equipage oder die Kutsche eines Gentleman zu sehen, und einen Häuserblock weit entfernt donnerte eine Hochbahn in Richtung Stadtmitte.

Francesca warf einen Blick in das Schaufenster, das mit allen nur erdenklichen Schusswaffen gefüllt war, und wandte sich dann mit vor Aufregung pochendem Herzen Joel zu. Sie mochte keine Waffen und hatte auch noch nie eine abgefeuert. »Warte hier draußen und komm unter gar keinen Umständen herein. Wir würden uns nur verdächtig machen, wenn man uns zusammen sähe, also tu so, als würdest du mich gar nicht kennen.«

»Klar«, erwiderte Joel fröhlich.

Sie lächelte ihn an und zog liebevoll an seinem Ohrläppchen. Dann atmete sie einmal tief durch und betrat den kleinen Laden. Schließlich war sie eine Bürgerin dieses Landes und hatte als solche das Recht, eine Waffe zu tragen – warum sollte sie also keine kaufen?

Doch aus irgendeinem Grund stellte sie es sich problematisch vor.

Der Laden war schlecht beleuchtet, doch das mochte damit zu tun haben, dass es beinahe Geschäftsschluss war und draußen schon fast dunkel. In dem Laden gab es drei Ladentheken aus Glas, die in der Form eines U aufgestellt waren. Hinter einem der Tische stand ein dicker, glatzköpfiger Mann mit einem mächtigen, schwarzen Schnurrbart. Er hatte Francesca halb den Rücken zugewandt und legte gerade etwas in die Schublade einer Vitrine. Als er die Glocke über der Tür klingeln hörte, drehte er sich sofort um.

»Guten Tag«, sagte Francesca mit gespielter Fröhlichkeit und drückte dabei ihre Handtasche an sich. Sie verstand selbst nicht, warum sie derart nervös war. Möglicherweise lag es daran, dass sie nicht gern etwas mit Waffen zu tun hatte – es waren Werkzeuge des Todes, mit denen man andere Menschen bestenfalls verletzen konnte. Doch Francesca hatte die bittere Erfahrung machen müssen, dass es in ihrer Branche eine Notwendigkeit war, eine Waffe zu besitzen.

Natürlich würde sie sie nur im schlimmsten Falle benutzen, falls sie sich jemals noch einmal in Lebensgefahr befinden sollte.

Francesca schenkte dem Ladenbesitzer ein zaghaftes Lächeln. »Guten Abend, Sir«, sagte sie noch einmal und trat auf ihn zu. Sie bemerkte, dass der Ladentisch zu ihrer Rechten mit kleinen Pistolen gefüllt war, von denen einige ausgesprochen zierlich waren. Etwa ein halbes Dutzend davon hatten mit Perlmutt besetzte Griffe – diese Waffen waren ganz offensichtlich für Damen bestimmt.

»Kann ich Ihnen behilflich sein, Miss?«, fragte der Mann.

»Ich würde gern eine Pistole kaufen«, sagte sie.

»Nun, da haben Sie sich den richtigen Laden ausgesucht«, erwiderte er. »Wir verkaufen Pistolen.« Er musterte sie forschend. »Aber es kommen nur wenige junge Damen vorbei, um für sich selbst eine Waffe zu erwerben. Darf ich fragen, wie alt Sie sind?«

Francesca zögerte einen Moment lang und dachte rasch nach. »Ich bin einundzwanzig, Sir«, log sie. »Aber diese Pistole ist nicht für mich bestimmt. Meine Schwester möchte schießen lernen, und da ihr Geburtstag bevorsteht, habe ich mich entschieden, ihr eine Pistole zu schenken. Meine Schwester ist übrigens Lady Montrose«, fügte sie hinzu.

Die meisten Amerikaner hatten großen Respekt vor dem Adel, und dieser Mann bildete diesbezüglich offenbar keine Ausnahme. Die Erwähnung von Connies Titel ließ ihn für einen Moment innehalten, bevor er schließlich ehrfürchtig sagte: »Ich habe in der Gesellschaftsspalte über Lord und Lady Montrose gelesen. Sie sind also ihre Schwester?«

Francesca lächelte. »Ich bin Francesca Cahill.«

In mancherlei Hinsicht war New York eine Kleinstadt, und Francesca wusste, dass dem Mann ihr Nachname geläufig sein musste. Ihr Vater war sehr reich, auch wenn das nicht immer so gewesen war – er war auf einer Farm aufgewachsen und hatte später in einer Metzgerei gearbeitet, bevor er diese schließlich erwarb. Dadurch konnte er in der Fleisch verarbeitenden Industrie Fuß fassen, und mit dreiundzwanzig Jahren hatte er bereits seine erste eigene Produktionsanlage in Betrieb genommen.

»Nun, dann lassen Sie uns einmal einen Blick auf einige Waffen werfen«, sagte der Mann.

Sie schritt auf den Ladentisch mit den perlmuttbesetzten Taschenrevolvern und den anderen kleinen Pistolen zu. Er folgte ihr. »Sir? Was ist mit dieser kleinen hier, die mit dem silbernen, perlmuttbesetzten Griff?«

Er lächelte sie an und erwiderte: »Das ist Opal. An welche Art des Schießens hatte Ihre Schwester denn gedacht?« Er schloss den Ladentisch auf und holte die winzige Waffe hervor.

Francesca nahm sie entgegen. Die Pistole war kaum größer als ihre Hand und wog höchstens ein halbes Pfund. Francesca hob sie und zielte damit auf den Spiegel, der an der gegenüberliegenden Wand hing. Diese Pistole würde einfach zu handhaben sein.

»Das ist genau das Richtige«, hauchte sie fasziniert. Die Waffe war wirklich wunderschön und würde zudem problemlos in ihre Handtasche passen. »Ich vermute, meine Schwester möchte einfach eine Waffe für den Fall besitzen, dass sie sie einmal zu ihrem Schutz benötigt«, erläuterte Francesca rasch, als sie den misstrauischen Blick des Ladenbesitzers auf sich ruhen spürte.

Sein Gesichtsausdruck wurde weicher. »Nun, dann wäre diese Derringer gewiss nicht schlecht. Sollte Ihre Schwester allerdings den Wunsch hegen, eine echte Schützin zu werden, so würde ich diese Waffe nicht empfehlen. Aber wenn sie nichts weiter als ein hübsches Spielzeug sucht, dann kann ich Ihnen nur dazu raten. Soll ich sie als Geschenk einpacken?«

»Das wäre sehr freundlich«, erwiderte Francesca. Es würde wohl kaum jemand auf den Gedanken kommen, dass sie eine Waffe mit sich herumtrug, wenn sie sich in einer Geschenkschachtel befand. Francesca fragte sich, wie man eine so gefährliche Waffe nur als hübsches Spielzeug bezeichnen konnte, schob den Gedanken aber schnell wieder beiseite. Dieser Mann war schließlich daran gewöhnt, mit Schießeisen umzugehen, und im Vergleich zu den riesigen, bedrohlich wirkenden Revolvern in den anderen Ladentheken – ganz zu schweigen von den Jagdgewehren, die an den Wänden hingen – musste er solch einen kleinen Taschenrevolver wohl in der Tat für ein Spielzeug halten.

Als Francesca den Laden verließ, ignorierte sie die leise Stimme in ihrem Inneren, die sie warnte, dass der Waffenkauf ein wenig zu problemlos vonstatten gegangen war.

Joel wartete vor der Tür auf sie. Er stand mit dem Rücken an das Schaufenster gelehnt da und beobachtete die Passanten. Francesca strahlte den Jungen an. »Auftrag ausgeführt«, sagte sie erleichtert.

»Lassen Sie mal sehen, was Sie gekauft haben!«, rief er eifrig und stieß sich vom Schaufenster ab.

Sie hielt die Schachtel in die Höhe, die in hübsches rot-weiß-blaues Papier eingepackt war. Sie hatte den Mann gebeten, nicht das Papier mit dem Aufdruck des Geschäfts zu benutzen, damit ihre Schwester nicht schon beim Anblick der Schachtel ihren Inhalt erraten würde, und er hatte ihr anvertraut, dass die meisten seiner Kunden es ohnehin vorzogen, nicht mit einer Schachtel durch die Gegend zu laufen, die die Aufschrift AL'S WAFFENLADEN trug. »So kann ich die Pistole gut nach Hause schmuggeln«, sagte Francesca triumphierend.

Joel war sichtlich enttäuscht, dass er die neue Waffe nicht bewundern durfte. »Darf ich sie mir denn morgen ansehen?«, fragte er.

»Gewiss.« Sie ergriff seinen Arm. »Ich mache mich jetzt auf den Weg zu Bragg. Was hältst du davon, wenn ich dich in eine Droschke setze, die dich nach Hause fährt? Wir treffen uns dann morgen früh wieder und setzen unsere Arbeit fort.«

»Wie viel Uhr?«

»Was hältst du von neun? Direkt vor Kathleen O'Donnells Tür?«

Joel nickte. »Ich nehm aber die Straßenbahn«, sagte er. »Warum die Kohle verschwenden?«

»Bist du dir da auch ganz sicher?«, fragte Francesca gerade, als plötzlich eine Stimme ertönte: »Miss Cahill! Ja, was haben Sie denn in dieser Gegend zu schaffen?«

Sie erkannte die Stimme sofort, obwohl sie ihren Besitzer erst zweimal getroffen hatte. Widerwillig drehte sie sich zu Richard Wiley um, einem groß gewachsenen, dünnen Mann, der es sich in den Kopf gesetzt hatte, ihr den Hof zu machen, und der nun knallrot wurde. »Mr Wiley, was für eine angenehme Überraschung«, sagte Francesca und zwang sich zu einem Lächeln.

Francesca klopfte nun schon zum dritten Mal an die Tür von Braggs Haus. Das war ungewöhnlich. In der Vergangenheit hatte Peter sie immer schon geöffnet, wenn das Klopfen noch nicht einmal ganz verklungen war. Wieso dauerte es dieses Mal so lange?

Doch dann stand er plötzlich mit undurchdringlichem Gesichtsausdruck vor ihr.

»Peter!«, rief sie erleichtert. »Ist alles in Ordnung? Wie geht es den Mädchen?«

»Sie sind wohlauf«, erwiderte er und blickte suchend an ihrem Kopf vorbei. »Sie haben kein Kindermädchen mitgebracht?«, konstatierte er.

Francesca schaute ihn blinzelnd an. Bis zu diesem Moment hatte sie noch nie eine richtige Unterhaltung mit Peter geführt. Bedeutete seine ungewöhnliche Gesprächigkeit etwa, dass er darauf brannte, seine Aushilfstätigkeit als Aufpasser der Kinder wieder aufzugeben? »Ich hatte noch keine Zeit, jemanden zu finden«, sagte sie. »Aber ich treffe mich in Kürze hier mit Bragg. Wo sind die Kinder denn?«, fragte sie und trat ein.

»In der Küche.« Er schloss die Haustür hinter ihr.

Francesca vermutete, dass sich die Küche hinter dem Esszimmer befand. Sie durchschritt den kleinen Raum, der in einem zarten Moosgrün gestrichen war und in dessen Mitte ein dunkler Eichentisch und sechs Stühle standen, öffnete die Küchentür und blieb wie vom Donner gerührt stehen.

Die beiden Mädchen saßen an einem kleinen Holztisch, der sich in einem fürchterlichen Zustand befand. Ganz offenbar hatte Dot mit ihrem Essen gespielt und überall Apfelmus, Erbsen und Kartoffelbrei verschmiert. Katie saß neben ihr. In ihrem Haar klebte Kartoffelbrei, und vor ihr stand ein Teller mit Essen, der noch hoch gefüllt war, was darauf schließen ließ, dass sie nichts davon angerührt hatte.

Das Mädchen saß wie eine Statue da, ohne sich zu bewegen, zu lächeln oder einen Ton von sich zu geben. Sie hätte genauso gut eine Porzellanpuppe sein können.

Als Dot Francesca im Türrahmen stehen sah, kreischte sie fröhlich und schleuderte dann eine Hähnchenkeule in ihre Richtung.

Francesca duckte sich gerade noch rechtzeitig, und die Keule prallte gegen Peters breite Brust.

»Ach herrje!« Sie biss sich auf die Lippe und sah ihn entschuldigend an.

»Die Braunhaarige will nichts essen«, erklärte er.

»Ihr Name ist Katie«, sagte Francesca, die erst jetzt bemerkte, dass der Fußboden mit Milch bekleckert war. Eine Pfütze befand sich neben Katies Stuhl, die andere neben Dots.

Peter hob die Hähnchenkeule auf, schritt an den Mädchen vorbei und warf sie in einen Mülleimer neben der großen Spüle.

»Bragg kommt bald nach Hause, Peter«, sagte Francesca ängstlich. »Wenn er diese Schweinerei sieht, wird er niemals erlauben, dass die Mädchen hier bleiben!« Im selben Moment fiel ihr ein, dass Peter die beiden womöglich auch nicht im Haus haben wollte. Sie warf ihm einen fragenden Blick zu, aber seine Aufmerksamkeit schien ausschließlich auf den

142

Mopp gerichtet zu sein, nach dem er gerade griff. »Peter? Ist bei Ihnen auch wirklich alles in Ordnung?«

Er trat auf die erste Pfütze zu und warf Francesca einen kurzen Blick zu, der aber so distanziert war, dass sie seine Bedeutung nicht zu entziffern vermochte. Während er die Milch aufwischte, wandte sich Francesca lächelnd an die beiden Mädchen. »Hallo, Katie. Hallo, Dot.«

Dot klatschte in die Hände, strahlte Francesca mit ihrem beinahe zahnlosen Mund an und schlug mit der Faust in den Kartoffelbrei ihrer Schwester.

Katie tat dagegen so, als habe sie Francescas Begrüßung gar nicht gehört. Sie runzelte lediglich die Stirn, und Francesca vermochte nicht zu beurteilen, ob dies aus Wut oder aus Trotz geschah.

»Dot, man spielt nicht mit seinem Essen«, sagte Francesca. Sie nahm den Kindern die Teller weg und stellte sie in die Spüle. Als sie mit einem Lappen bewaffnet an den Tisch zurückkehrte, schnipste Dot dort gerade lachend einen Essensrest auf den Boden. »Katie, du hast ja gar nichts gegessen.«

Katie blickte sie mürrisch an, antwortete aber nicht.

»Lassen Sie mich das machen, Miss Cahill«, sagte Peter.

»Nein, nein, das ist schon in Ordnung. Schließlich bin ich mit verantwortlich für dieses Durcheinander und das Verhalten der Kinder.« Sie wischte rasch die Essensreste vom Tisch.

»Miss Cahill, ich schlage vor, ich säubere die Küche und Sie kümmern sich um die Kinder«, sagte Peter.

Francesca wollte ihm schon widersprechen, als ihr bewusst wurde, dass es auf diese Weise schneller vorangehen würde, da auch die Mädchen gewaschen werden mussten. »Na schön. Dann mal los, Dot«, sagte sie und hob die Kleine auf den Arm. Dot schlang ihre dünnen Ärmchen um Francescas Hals und sagte: »Schön. Mmm. Schön.«

Francesca lächelte an Dots verschmierter Wange und drückte das Kind für einen Moment an sich. »Ja, das ist schön, und du bist jetzt ein liebes, kleines Mädchen, nicht wahr?«

Dot kicherte.

»Und du wirst nicht mehr mit Essen werfen. Man spielt nicht mit Essen und wirft es auch nicht durch die Gegend, hast du gehört?« Francesca versuchte ihrer Stimme einen strengen Ton zu verleihen.

»Sch… sch… sch…«, machte Dot.

»Sch?«, erwiderte Francesca.

»Sch!«, stieß Dot hervor, und es klang wie ein Befehl.

»Ich weiß zwar nicht, was ›Sch‹ zu bedeuten hat, aber ich werde es gewiss noch herausfinden. Katie? Lass uns gehen. Mr Bragg wird jeden Moment hier sein, und wir müssen euch vorher noch präsentabel machen.«

Katie rührte sich nicht. Ihre Unterlippe schien sich noch ein Stück weiter vorzuschieben.

»Katie? Ich spreche mit dir«, sagte Francesca, wobei sie sich bemühte, einen Tonfall zu treffen, der streng und freundlich zugleich war.

Mit einem Mal sprang Katie auf und rannte aus dem Zimmer. Francesca starrte ihr verblüfft nach.

»Kay-tie!«, schrie Dot. »Kay-tie!« Sie war ganz offenbar aufgebracht.

»Miss Cahill? Das Automobil«, sagte Peter, der den inzwischen tadellos sauberen Tisch mit einem Handtuch trocken rieb.

»Ist er etwa schon da?«, flüsterte Francesca entsetzt. Ihre

Blicke trafen sich. Francesca wartete Peters Antwort erst gar nicht ab. Sie eilte auf die Spüle zu und öffnete den Wasserhahn. »Jetzt sei ein liebes Mädchen, ein ganz liebes Mädchen«, murmelte sie.

»Kay-tie?«

Francesca befeuchtete mit einer Hand den Lappen unter dem Wasserstrahl und rieb ihn über die Seife. In der Ferne vernahm sie den gedämpften Klang einer zuschlagenden Autotür.

Dot gab ein pfeifendes Geräusch von sich und beschmierte Francescas Wange mit Seife.

Francesca versuchte mit dem feuchten Lappen die Essenreste vom Gesicht des Kindes und aus seinen Haaren zu wischen.

Dot lachte fröhlich, griff nach dem Lappen und zog daran.

»Lass das!«, brachte Francesca hervor und machte sich daran, ihr den Mund abzuwischen. Offenbar hatte sie es in der Eile zu schroff gesagt, denn Dots blaue Augen füllten sich mit Tränen.

»Nicht weinen«, flüsterte Francesca bestürzt, denn sie vernahm Schritte im Esszimmer.

»Peter?«, hörte sie Bragg mit fragender Stimme sagen.

Peter warf Francesca einen Blick zu und eilte, ganz offenbar in der Absicht, seinen Dienstherrn abzufangen, um Francesca etwas mehr Zeit zu verschaffen, aus der Küche.

»Es tut mir Leid. Nicht weinen«, flüsterte Francesca noch einmal und strich über die goldenen Locken des Kindes.

Dot schlug Francescas Hand weg und zog einen Schmollmund.

Francesca blickte sich hektisch um und stellte zu ihrer Überraschung fest, dass die Küche bis auf die klebrigen Teller in der Spüle bereits wieder einwandfrei sauber aussah.

145

In diesem Moment trat Bragg über die Schwelle. »Hier sind Sie also.«

Sie wirbelte herum und lächelte ihn an. Und sobald sich ihre Blicke trafen, verschwand all ihre Anspannung. Mit einem Mal war sie sich des häuslichen Szenarios überaus bewusst: Sie stand mit einem Mann in der Küche und trug ein Kind auf dem Arm. »Wie schön, Sie zu sehen, Bragg.«

Aber eine solche Situation würde für sie beide niemals Wirklichkeit werden.

Er lächelte sie an, und sein Blick wanderte zu Dot, woraufhin ein noch weicherer Ausdruck in seine Augen trat. »Was für ein hübsches Kind«, sagte er.

»Sie ist wirklich sehr ... lieb«, gab Francesca zurück und hoffte inständig, dass sich Dot wieder in das fröhliche, strahlende Mädchen verwandeln würde, das sie kannte.

»Warum weint sie?«

»Ich habe ihr gerade das Gesicht gewaschen«, erklärte Francesca.

»Verstehe.«

»Kay-tie!«, schrie Dot mit einem Mal. Ihre Stimme war so laut, als wäre eine Sirene im Zimmer losgegangen.

Bragg zuckte zusammen. »Was in aller Welt sollte denn das?«

»Sie will mit ihrer Schwester spielen«, erwiderte Francesca. »Wir werden Katie schon finden«, fügte sie an die Kleine gewandt fröhlich hinzu.

Dots Stimmung besserte sich schlagartig, und sie begann zu strahlen. »Finden«, befahl sie. »Finden!«

»Ja, ja, schon gut«, sagte Francesca beruhigend. Als sie mit dem Kind auf dem Arm, das sich an ihrem Hals festhielt, auf

Bragg zutrat, veränderte sich Dots Gesichtsausdruck, und sie starrte den fremden Mann misstrauisch an.

»Das hier ein Freund von mir, Dot. Sein Name ist Rick«, sagte Francesca rasch, da sie Angst hatte, dass das Kind erneut zu weinen beginnen könnte. »Er ist ein netter Mann. Katie?«, rief sie dann.

Doch sie erhielt keine Antwort. Gemeinsam mit Bragg durchschritt sie das Esszimmer, wobei Dot fortfuhr, Bragg mit düsterem Blick zu mustern.

»Ich glaube, sie mag mich nicht«, sagte er.

»Sie mag jeden«, antwortete Francesca rasch. »Sie ist ein ganz entzückendes, kleines Ding. Katie?« Inzwischen hatten sie die Diele erreicht.

»Es ist schon seltsam, Sie so mit dem Kind zu sehen«, sagte Bragg.

Sie sah ihn an, und ihre Blicke begegneten sich. »Wieso?«, brachte sie heraus. Ob er womöglich ebenso empfand wie sie?

»Ich kann mir Sie gut als Mutter vorstellen«, sagte er.

Das Herz wurde ihr schwer. »Wünschen Sie sich Kinder, Bragg?«

»Das habe ich einmal. Jetzt nicht mehr«, erwiderte er.

Seine Antwort kam nicht überraschend für sie. Dabei wäre er ein so wundervolles Vorbild für einen Jungen und ein großartiger Vater für ein kleines Mädchen, da war sich Francesca ganz sicher. Und sie war sich auch sicher, dass er eines Tages doch noch Kinder haben würde. Vielleicht hätte sie sich bis dahin ja an die Tatsache gewöhnt, dass er verheiratet war.

»Wenn sie doch nur aufhören würde, mich derart zornig anzustarren«, sagte Bragg.

Francesca bemerkte, dass Dot ihn in der Tat mit einem wütenden Blick bedachte, und strich der Kleinen übers Haar. »Dot? Bragg ist mein Freund. Und er ist dein Freund. Weißt du, was das heißt?«

»Finden«, rief Dot aufgebracht. »Finden finden finden!«

»Wir sollten wohl besser weiter nach ihrer Schwester suchen«, sagte Bragg.

Sie schritten den Korridor entlang, Richtung Salon. Zwei Wandlampen erhellten ihnen den Weg. »Was haben Sie eigentlich über Kathleen O'Donnell herausgefunden?«, fragte Francesca betont beiläufig.

»Dass sie hart gearbeitet hat, eine gute Mutter für ihr Kind war und jeden Sonntag in die Messe gegangen ist«, erwiderte Bragg. Er öffnete die Tür zum Salon. »Katie?« Der Salon war leer. »Außerdem war sie Näherin von Beruf.«

Francesca blieb wie angewurzelt stehen und sah ihn an. »Zwei Mordopfer, und beide waren Näherinnen? Ist das wohl ein Zufall?«

»Ich weiß es nicht.«

»Haben Sie in Erfahrung bringen können, wer Mike O'Donnell ist?«, fragte Francesca.

»Kathleen und er waren verheiratet«, sagte Bragg.

Francesca riss erstaunt die Augen auf. »Nun, das bringt uns ein Stück weiter.«

»Aber offenbar lebten sie schon seit vielen Jahren nicht mehr als Mann und Frau zusammen«, fügte Bragg hinzu.

Francescas Gedanken überschlugen sich. »Sie war also eine Näherin, die ein Kind allein großzog? Aber genauso war es bei Mary!«

»Ja, es gibt durchaus Parallelen.«

»Wissen Sie denn, wo Mike O'Donnell steckt?«, fragte sie, nachdem sie einen Augenblick lang nachgedacht hatte.

»Nein. Er ist Hafenarbeiter, und niemand weiß, wo er wohnt oder für wen er arbeitet. Ich habe meine Männer bereits darauf angesetzt. Wir werden ihn schon finden, falls er sich irgendwo in der Umgebung des Hafens aufhält.«

Inzwischen waren sie vor der geschlossenen Tür seines Arbeitszimmers angelangt. »Da wird sie bestimmt nicht sein«, sagte Francesca. »Katie?«, rief sie dann laut die Treppe hinauf. Allmählich begann sie sich Sorgen zu machen.

»Kay-tie, Kay-tie, Kay-tie«, sang Dot vor sich hin. Dann begann sie zu schniefen, als stünde sie kurz davor, in Schluchzen auszubrechen.

»Wir werden Katie schon finden«, sagte Francesca rasch und strich beruhigend über Dots Rücken, während Bragg die Tür zu seinem Arbeitszimmer öffnete.

»Niemand hier«, sagte er im ersten Moment, blieb dann aber wie angewurzelt auf der Türschwelle stehen.

Francesca ahnte, dass er Katie entdeckt hatte und spähte an ihm vorbei in den Raum hinein.

Das Arbeitszimmer lag im Dunkeln, da nicht ein einziges Licht eingeschaltet war. In der Ecke neben dem Kamin kauerte eine kleine menschliche Gestalt – es war Katie, die völlig bewegungslos dasaß und die Knie an die Brust gezogen hatte.

»Katie«, sagte Francesca sanft und trat auf das Mädchen zu. Sie war betrübt, es in einem solchen Zustand zu sehen. Bragg folgte ihr und schaltete eine Lampe ein.

»Katie? Geht es dir gut?«, fragte Francesca leise.

»Kay-tie!«, schrie Dot.

Doch Katie schien sie gar nicht zu hören. Sie sagte nichts und rührte sich nicht vom Fleck.

Francesca setzte Dot auf dem Boden ab und hoffte inständig, dass sich Katie wie ein normales Kind benehmen würde – zumindest für den Augenblick. »Hallo, Katie. Du meine Güte, das ist aber dunkel hier. Was machst du denn so ganz allein hier drin? Hättest du gern etwas Gesellschaft?«

Katie hob den Kopf und bedachte sie mit einem kühlen Blick, sagte aber kein Wort.

»Kay-tie!«, jauchzte Dot und watschelte auf ihre Schwester zu.

»Das dürfte keine einfache Nacht werden«, erklärte Bragg nüchtern.

Francesca blickte ihn an. »Die beiden werden Ihnen wirklich keinen Ärger machen, glauben Sie mir.«

»Ich bin kein Narr, Francesca.«

»Die Mädchen brauchen nur etwas Zeit, um sich einzugewöhnen«, behauptete sie.

»Eine Nacht«, erwiderte er mit warnender Stimme. Plötzlich veränderte sich sein Gesichtsausdruck, und er wurde blass. »Was macht sie denn da?«, rief er entgeistert.

Francesca drehte sich um.

Dot hatte sich hingehockt und pinkelte auf den Orientteppich, wobei sie über das ganze Gesicht strahlte.

»Es tut mir ja so Leid«, sagte Francesca eine gute halbe Stunde später. Die beiden Mädchen lagen in Decken gehüllt auf dem Boden eines kleinen, unmöblierten Zimmers. Peter las ihnen eine Geschichte vor – leider handelte es sich dabei um Homers *Ilias*. Doch obgleich Dot kein Wort verstand, schien sie hingerissen zu sein, während Katie immer noch schwieg.

»Mir auch. Ich habe diesen Teppich sehr gemocht«, erwiderte Bragg, als sie die Diele betraten.

»Er ist ja nicht ruiniert«, gab Francesca zurück.

»Nun, es war ein Unfall. Ich bin mir sicher, dass es nicht wieder vorkommen wird.« Er hielt ihren Mantel in den Händen.

Francesca lächelte ihn an. Wie sollte sie ihm nur beibringen, dass Dot offenbar nicht daran gewöhnt war, ein Klosett zu benutzen? Um zukünftige »Unfälle« zu vermeiden, hatte sie heimlich versucht, Dot eine große Serviette als Windel umzubinden, doch die hatte nur einen einzigen Blick auf den weißen Stoff geworfen und direkt wie am Spieß zu schreien begonnen. Dadurch hatte sich Francesca genötigt gesehen aufzugeben.

»Man darf nicht vergessen, dass die beiden gerade erst ihre Mutter verloren haben, Bragg. Katie ist offenbar tief traurig. Aber Dot ist doch trotz des kleinen Unfalls einfach bezaubernd, nicht wahr?«

Bragg seufzte. »Bitte versuchen Sie, sie morgen irgendwo unterzubringen«, sagte er und hielt ihr den Mantel hin, um ihr hineinzuhelfen.

Der nächste Tag war ein Samstag, und Francesca ahnte, dass es mindestens eine Woche dauern würde, bis sie ein gutes Zuhause für die beiden gefunden hätte. »Ich werde mein Bestes tun«, erklärte sie wahrheitsgemäß und schlüpfte in den Mantel. Dabei streifte sie einen Stapel mit Post, der auf einem kleinen Tisch in der Diele lag und daraufhin zu Boden fiel. »Oh, das tut mir Leid«, sagte sie verlegen.

Bragg bückte sich bereits und hob die Umschläge auf, die auf dem Boden verstreut lagen. »Peter ist heute nicht ganz er selbst«, bemerkte er. »Sonst legt er meine Post immer auf den Schreibtisch.«

Francesca lächelte ihn nur an. Plötzlich war sie unendlich dankbar, dass Bragg die Küche nicht in dem verschmutzten Zustand gesehen hatte. Aus dem Augenwinkel heraus bemerkte sie, dass einer der Briefumschläge noch auf dem Boden lag, und bückte sich rasch, um ihn aufzuheben. Dabei fiel ihr Blick auf die Briefmarke auf der Vorderseite – der Brief war in Le Havre, in Frankreich abgestempelt worden.

Ob er von Leigh Anne stammte? Er war an Bragg adressiert und trug eine elegante Handschrift, die von einer Frau stammen konnte. Francesca drehte den Umschlag um, und die Worte auf der Rückseite verschwammen vor ihren Augen:

Mrs Rick Bragg

Der Brief war von Braggs Frau! Francesca starrte ihn an und vermochte keinen klaren Gedanken mehr zu fassen. Sie hatte das Gefühl, als hätte ihr jemand einen heftigen Schlag in die Magengrube versetzt.

»Francesca?«

»Ja?« Sie lächelte und reichte ihm den Umschlag, wobei ihre Hand plötzlich zu zittern begann.

»Was ist denn los?«, fragte er mit scharfer Stimme.

»Nichts«, erwiderte sie und lächelte, doch es fühlte sich an, als sei das Lächeln auf ihrem Gesicht festgefroren. Ihre Gedanken überschlugen sich. Es spielte doch gar keine Rolle, ob er eine Nachricht von seiner Frau erhielt. Leigh Anne schrieb ihm regelmäßig, das hatte er ihr selbst erzählt. Und vielleicht enthielt der Umschlag ja ohnehin nur Rechnungen. Oder die Bitte um mehr Geld. Er hatte gewiss überhaupt keine Bedeutung!

Die beiden verachteten einander und hatten sich bereits seit vier Jahren nicht mehr gesehen.

»Kommen Sie, ich werde Ihnen eine Droschke heranwinken.« Bragg ergriff ihren Arm, und sie verließen gemeinsam das Haus. »Geht es Ihnen auch wirklich gut?«

»Aber ja, mir fehlt nichts«, log sie, obwohl sie in diesem Moment eine schreckliche Vorahnung überkam, die ihr Übelkeit verursachte.

Sie wusste plötzlich, dass dieser Brief eine besondere Bedeutung hatte – und dass er nichts Gutes verhieß.

KAPITEL 6

FREITAG, 7. FEBRUAR 1902 – 19.30 UHR
Julia hatte sich wie üblich für das Abendessen umgezogen und trat in den Salon, als Francesca gerade noch einmal kurz in ihr Zimmer hinaufgehen wollte. An diesem Abend trug Julia ein Kleid aus hellbeigefarbener Seide, das ganz schlicht gehalten war und dennoch unglaublich elegant wirkte. Francesca lächelte, doch insgeheim dachte sie mit einem beklommenen Gefühl an die Pistole, die sie in der Handtasche trug. Sie hatte nicht vor, die Handtasche dem Mädchen zu überlassen, da sie befürchtete, dass sie ihr hinfallen oder aufgehen und ihren Inhalt preisgeben könnte.

Julia blickte ihre Tochter forschend an und sagte: »Du hast es ja gerade noch rechtzeitig geschafft. Ich wage kaum zu fragen, wo du den ganzen Tag über gesteckt hast.«

»Ich habe Pläne geschmiedet für die Damengesellschaft zur Abschaffung der Mietshäuser«, erwiderte Francesca. Diese Ausrede war ihr in diesem Augenblick erst eingefallen. Sie hatte die Gesellschaft einen Monat zuvor gegründet, und derzeit hatte sie erst zwei Mitglieder: sie selbst und Calder Hart.

Julias Gesicht nahm einen weicheren Ausdruck an. »Ich habe gehört, dass Calder Hart dir eine sehr großzügige Spende überreicht hat, Francesca.«

Francesca mochte kaum glauben, dass ihre Mutter von dem

Scheck erfahren hatte, obwohl Julia in der Regel tatsächlich genau wusste, was in den obersten Kreisen der Stadt vor sich ging. Doch dann fiel Francesca ein, dass Connie dabei gewesen war, als Hart ihr diese großzügige Spende überreicht hatte. »Hat Connie dir davon erzählt?«, fragte sie.

»Ja, das hat sie«, erwiderte Julia lächelnd. »Weißt du eigentlich, dass Hart ein großer Kunstmäzen ist? Er hat auch schon einigen städtischen Museen und wohl auch der Stadtbibliothek größere Beträge gespendet. Außerdem hat er der Columbia University im letzten Herbst für einen Studiengang der Schönen Künste ein Stipendium zur Verfügung gestellt. Aber er gibt niemals etwas für Projekte, die einen politischen Hintergrund haben. Er weigert sich auch standhaft, irgendeiner Partei beizutreten oder einen politischen Kandidaten zu unterstützen. Außerdem scheint er kein Befürworter von Reformen zu sein. Er ist schon oft um Spenden für einen guten Zweck gebeten worden – ich selbst habe ihn wegen einer Spende für das Lenox Hill Hospital angesprochen –, aber er hat stets abgelehnt.«

Francesca errötete. »Nun, er scheint sich aber entschieden zu haben, meine Gesellschaft zu unterstützen.«

»Du scheinst es ihm wirklich angetan zu haben, Francesca«, sagte Julia zufrieden.

»Ach, Unsinn!«

»Er hat dir immerhin fünftausend Dollar gegeben. Das ist eine gewaltige Summe.«

»Mama, bitte! Alle Frauen haben es Hart angetan. Er steht nicht nur in dem Ruf, ein Schürzenjäger zu sein, er ist es auch. Das ist doch wohl allgemein bekannt«, sagte Francesca. Sie ließ sich auf das nächstbeste Sofa sinken, wobei sie ihre

Handtasche mit der neuen Pistole darin an sich drückte. Sie hätte ihrer Mutter am liebsten erzählt, dass Calder ein Auge auf Connie geworfen hatte, aber das konnte sie natürlich nicht tun.

»Nun, ich bin jedenfalls froh, dass du ihn getroffen und seine Aufmerksamkeit erregt hast«, sagte Julia zufrieden. »Aber du warst so lange fort. Du hast doch gewiss nicht den ganzen Tag Pläne für deine Damengesellschaft geschmiedet, oder?« Francesca sah Julia blinzelnd an. Beobachtete ihre Mutter sie nun etwa auf Schritt und Tritt? Wenn dies der Fall sein sollte, so steckte Francesca in der Tat in Schwierigkeiten und musste sich etwas einfallen lassen. »Der Commissioner hat zwei Waisenkinder bei sich aufgenommen. Er hat mich gebeten, nach ihnen zu sehen, da er selbst nicht die Zeit erübrigen kann.«

»Zwei Waisenkinder!«, rief Julia. »Rick Bragg hat zwei Waisenkinder aufgenommen?«

»Er hat mich außerdem gebeten, ein Kindermädchen für sie zu suchen. Könntest du mir vielleicht eine Agentur empfehlen, Mama?«

»Aber gewiss, mein Kind. Da gibt es eigentlich nur eine, an die du dich wenden solltest, denn dort haben sie das beste Dienstpersonal der Stadt. Sie nennt sich Mansfield's Butlers and Maids. Die meisten Dienstboten, die dort vermittelt werden, sind Briten und hervorragend geschult.«

»Vielen Dank, Mama«, sagte Francesca. Sie nahm sich vor, am nächsten Morgen als Erstes diese Agentur aufzusuchen, noch bevor sie sich mit Joel traf.

»Gern geschehen. Jetzt lass uns aber deinen Vater rufen und essen. Wie ich höre, gehst du morgen Abend mit deinem

Bruder, Miss Channing, ihrer Cousine und Rick Bragg ins Theater. Das wird gewiss ein amüsanter Abend. Es ist eine nette Gruppe.«

Francesca erhob sich. »Hat Evan dir von unseren Plänen erzählt?«

»Ja, das hat er.«

Francesca hatte nichts von einer Cousine gewusst, die Sarah mitbringen würde, aber es war ihr ohnehin gleichgültig. »Ich freue mich sehr darauf, denn ich wollte mir dieses Musical unbedingt einmal ansehen«, sagte sie und hoffte inständig, dass ihre Mutter keinen Kommentar dazu abgeben würde, dass Bragg dabei sein würde.

»Nur schade, dass du Hart nicht auch dazu eingeladen hast«, bemerkte Julia, als sie den Salon verließen. Noch bevor Francesca etwas erwidern konnte, fügte sie unvermittelt hinzu: »Du klammerst dich an deine Handtasche, als hättest du Gold darin versteckt.«

Francesca holte tief Luft. »Mama, ich muss noch einmal kurz nach oben, aber ich komme sofort wieder.«

»Warum fragst du Hart nicht, ob er Lust hat, sich euch anzuschließen?«, erkundigte sich Julia.

Francesca blickte ihre Mutter mit gespielter Begeisterung an. »Das ist wirklich eine gute Idee«, log sie.

Julia strahlte.

Francesca wandte sich um und eilte mit ihrer Tasche in der Hand aus der Eingangshalle. Natürlich würde sie Hart nicht fragen, ob er Lust hätte, sie zu begleiten; das würde den Abend nur ruinieren. Bragg und er würden sich wahrscheinlich gegenseitig umbringen – oder es zumindest versuchen.

SAMSTAG, 8. FEBRUAR 1902 – 11 UHR

Francesca und Joel gingen langsam in Richtung Water Street. An den Piers vor ihnen ragten drei große Frachtdampfer in die Höhe, die bereits unter Dampf standen. Ein Schlepper mit einem Schoner im Schlepptau, der schon bessere Tage gesehen hatte, tuckerte vorbei. Die Luft war frisch und schmeckte salzig, und auf dem East River schwammen große Eisschollen.

Auch die aus groben Planken bestehenden Gehsteige der schmalen, unbefestigten Seitenstraße, die Francesca und Joel entlanggingen, waren vereist. Unterwegs kamen sie an einer Schenke nach der anderen vorbei.

Plötzlich kamen zwei betrunkene Matrosen aus einer Spelunke gestolpert und taumelten auf Francesca und Joel zu. Sie ergriff die Hand des Jungen und zog ihn zur Seite. Erst als die Matrosen vorbeigegangen und anschließend die Straße überquert hatten – wobei sie beinahe von einem Reiter niedergetrampelt worden wären – gingen sie weiter.

»Ob wir hier wohl richtig sind?«, fragte Francesca zweifelnd. »Kathleens Cousin sagte, die Schenke, die Mike O'Donnell häufig aufsucht, habe keinen Namen.«

»Kann kein Schild entdecken«, sagte Joel und schaute blinzelnd an dem Gebäude hinauf, das mit rohem Holz verkleidet war. Es sah schäbig aus und erweckte den Eindruck, als würde es jeden Moment zusammenbrechen. Sie hatten inzwischen erfahren, dass Mike im Hafen arbeitete, allerdings für wechselnde Auftraggeber tätig war, indem er jede Arbeit annahm, die er bekommen konnte. Kathleens Cousin, ein älterer Mann namens Doug Barrett, hatte ihnen erklärt, dass er nur eines mit Sicherheit über Mike O'Donnell wisse: dass er gerne mal einen hob und dass es rund ein Dutzend Schenken in der Nähe der Water Street gab, in die er und seinesgleichen gern einkehrten.

Doug hatte allerdings nicht gewusst, ob Kathleen vor ihrem Tod den Kontakt zu ihrem Mann aufrechterhalten hatte.

»Sollen wir hineingehen?«, fragte Francesca und versuchte sich einzureden, dass sie nicht im Geringsten ängstlich war.

»Ich werde reingehen und ihn mit rausbringen«, erwiderte Joel.

So hatten sie vergleichbare Situationen bereits zuvor gehandhabt, als sie es mit anderen anrüchigen und potenziell gefährlichen Etablissements zu tun gehabt hatten. Francesca nickte, und als Joel die Schenke betrat, ließ sie ihre Hand instinktiv in die Manteltasche gleiten, wo sich ihre Pistole befand.

Als sie den zierlichen Griff umfasste, fühlt sie sich sogleich besser – wenn auch nur ein wenig.

Sie sah, dass der Reiter, der zuvor beinahe mit den beiden Matrosen zusammengestoßen wäre, das Ende der Straße erreicht hatte. Nach seinem Aussehen zu urteilen, war er eindeutig kein Gentleman, obgleich er ein recht gutes Pferd ritt. Plötzlich wendete der Mann seinen Braunen und kam direkt auf Francesca zu.

Vor Schreck stockte ihr der Atem. Ob der Reiter wohl mit ihr sprechen wollte? Aber warum, um Himmels willen?

Als das Pferd auf gleicher Höhe mit Francesca war, scheute es ein wenig, und sie riss vor Schreck die Augen auf.

Der Reiter grinste sie an, doch dann fiel sein Pferd in einen Kanter, und er ritt an ihr vorbei.

Francesca atmete erleichtert auf. Einen Augenblick lang hatte sie schon geglaubt, der Mann würde sie ansprechen.

Um möglichst wenig Aufmerksamkeit zu erregen, drängte sich Francesca ein wenig dichter an das Gebäude, in dem Joel verschwunden war. Im selben Moment bog ein Mann um die Ecke und kam auf sie zu.

Seine massige Gestalt kam ihr irgendwie bekannt vor, doch sie schob es auf ihre Nervosität. Francesca starrte auf den Boden. Wenn Joel doch nur endlich wieder aus der Schenke herauskommen würde!

»Nun sieh mal einer an! Wer hätte gedacht, dass ich Sie hier treffe, Miss Cahill.«

Francesca zuckte zusammen. Sie hatte die Stimme des Mannes sofort erkannt. Niemals würde sie vergessen, wie er sie einmal angepöbelt und gegen ihren Willen brutal geküsst hatte. Sie blickte auf und schaute geradewegs in Gordinos Augen. Furcht ergriff sie.

Er grinste anzüglich. »So ganz allein unterwegs? Aber ja, das muss wohl so sein – der Polyp, auf den Sie so versessen sind, würde Sie doch nie allein auf der Straße stehen lassen.«

»Guten Tag, Mr Gordino«, hörte sie sich sagen. »Wie geht es Ihnen?«

Er gab ein dreckiges Lachen von sich. »Auf einmal Mr Gordino, wie? Sonst bezeichnen Sie mich doch gerne als Gauner und Dieb und Mörder, Miss Rühr-mich-nich-an.«

Francesca begriff, dass sie dem Mann nicht ausweichen konnte. »Es tut mir sehr Leid. Das war ein Missverständnis«, flüsterte sie. »Wir haben Sie für den Entführer des Burton-Jungen gehalten.«

Er kam mit seinem Gesicht so dicht an das ihre heran, dass sie seinen faulen Atem riechen und jede einzelne Pockennarbe auf seiner Haut erkennen konnte. »Wegen Ihnen und Ihrem Liebhaber hab ich viel zu viele Nächte im Stadtgefängnis schmoren dürfen. Wir ham noch 'ne Rechnung offen, Miss Cahill.« Seine Augen blickten düster und gefährlich drein.

»Es tut mir wirklich Leid«, wiederholte sie kläglich. »Das Leben eines kleinen Jungen war in Gefahr –«

Er schnitt ihr das Wort ab. »Und mit Bragg hab ich auch noch 'ne Rechnung offen, 'ne mächtig große Rechnung. Aber den krieg ich schon noch. O ja! Der wird's noch bedauern, dass er sich mit mir angelegt hat!« Gordino grinste gehässig, fuhr herum und rempelte Francesca dabei derart brutal an, dass sie gegen die Wand geschleudert wurde.

Sie unterdrückte einen Schrei und blieb atemlos vor Angst wie angewurzelt stehen, bis sie sah, dass Gordino in eine andere Schenke verschwunden war. Und selbst dann wollte sich keine Erleichterung bei ihr einstellen.

Du liebe Güte! Da hatte sie sich während der Aufklärung der Burton-Entführung ganz offenbar einen Feind gemacht. Francesca konnte es kaum glauben, immerhin hatte sie noch niemals zuvor einen Menschen zum Feind gehabt – und schon gar nicht einen so gefährlichen Schurken wie Gordino.

»Miss?«

Francesca fiel ein Stein vom Herzen, als sie Joels Stimme erkannte, und sie drehte sich rasch um. Sie fuhr vor Schreck zusammen, als sie sich einem Mann von ungefähr dreißig Jahren gegenübersah, dessen strohblondes Haar von der Sonne und der See gebleicht war und dessen gebräunte Haut wettergegerbt und rau wirkte. »Mr O'Donnell?«

»Der bin ich«, erwiderte er. Francesca hatte nicht den Eindruck, dass er betrunken war, obwohl er bereits vormittags eine Schenke besucht hatte.

»Das mit Ihrer Frau tut mir sehr Leid«, sagte sie und beobachtete die Reaktion des Mannes genau.

Er verschränkte die Arme vor der Brust. »Ach ja? Und warum?«, fragte er herausfordernd, wobei ein bitterer Unterton in seiner Stimme mitschwang.

»Warum? Weil sie ein solches Schicksal nicht verdient hatte, und weil sie ein kleines Mädchen hinterlässt.« Francesca wusste, dass das Kind in ein Waisenhaus gebracht worden war. Der Mord an Kathleen, so hatte Francesca erfahren, war bereits am 10. Januar geschehen.

Damals hatte sie Bragg noch nicht gekannt; sie waren sich erst am 18. Januar begegnet.

Mike O'Donnell zuckte mit den Schultern. »War eben Pech, was will man machen?«

Francesca atmete tief durch. »Dürfen wir Ihnen einige Fragen stellen?«

»Warum?«

Sie hätte ihm am liebsten geantwortet: »Weil Ihre Schwester und Ihre Frau auf genau die gleiche Art und Weise ermordet wurden!« Doch stattdessen sagte sie: »Maggie Kennedy ist eine gute Freundin von mir.«

Mike zeigte bei der Nennung des Namens keine Reaktion.

»Sie stand Ihrer Schwester sehr nahe, Mr O'Donnell.«

»Ach ja? Und was geht mich das an?« Er zuckte erneut mit den Schultern, wandte sich um und schien in die Schenke zurückkehren zu wollen.

»Aber Ihre Schwester und Ihre Frau sind tot – beide innerhalb eines Monats ermordet! Ich muss Ihnen einige Fragen stellen!«, rief Francesca und eilte ihm nach.

»Nur wenn Sie mir was zu trinken ausgeben. Ich hab eine Stunde Zeit, dann muss ich wieder zurück an die Arbeit«, erwiderte er, ohne sich auch nur zu ihr umzudrehen.

Francesca stutzte und blickte Joel an, der sich nicht sicher zu sein schien, was er von der Angelegenheit halten sollte. »Keine Sorge«, sagte sie. »Es wird schon gehen.« Sie tätschelte seine Schulter und eilte O'Donnell nach. Joel heftete sich an ihre Fersen.

Die Schenke war primitiv eingerichtet. Auf einer Seite des großen Raums befand sich eine grob zusammengezimmerte Theke, neben der eine Treppe in die erste Etage führte. Von oben war das Lachen einer Frau zu hören. Die fünf rechteckigen, wackeligen Tische waren alle besetzt. Hinter der Bar stand ein riesiger Kerl, der trotz seines Alters – er musste in den Fünfzigern sein – mit Sicherheit keine Probleme damit hatte, unerwünschte Gäste vor die Tür zu setzen.

O'Donnell stand bereits an der Bar. Francesca ging auf ihn zu und stellte sich neben ihn. Der grauhaarige Mann hinter der Bar starrte sie an, aber es lag keine wirkliche Neugierde in seinem Blick. »Die Dame hier zahlt«, sagte O'Donnell.

Der Mann stellte zwei Gläser vor ihnen ab und füllte sie mit einer Flüssigkeit, bei der es sich augenscheinlich um Whiskey handelte.

O'Donnell hob sein Glas, bedachte Francesca mit einem

säuerlichen Lächeln und stürzte den Whiskey hinunter. Der Barkeeper füllte sein Glas sofort nach.

»Wann haben Sie Ihre Frau zum letzten Mal gesehen, Mr O'Donnell?«, erkundigte sich Francesca und zog einen Notizblock und einen Bleistift aus ihrer Handtasche.

Er beäugte ihr Handwerkszeug und sagte: »Keine Ahnung. Vor 'nem Jahr. Vielleicht auch zwei.« Wieder zuckte er mit den Schultern. »Warum? Glauben Sie etwa, ich hätte was mit ihrem Tod zu tun?«

Sie blinzelte überrascht. »Das habe ich nie behauptet.«

Er grinste und nahm einen großen Schluck von seinem zweiten Glas.

»Sie haben Ihre Tochter also nicht regelmäßig besucht?« Francesca hatte sich bereits notiert, dass beide Mordopfer Töchter hinterlassen hatten, keine Söhne.

»Nee.« O'Donnell sah sie über den Rand seines Glases hinweg an. »Kathleen wollte nichts davon wissen. Hat behauptet, ich hätte 'nen schlechten Einfluss auf die Kleine.«

Francesca fragte sich, ob er sich überhaupt etwas aus seiner Frau gemacht hatte, aber er schien völlig ungerührt zu sein.

»Wann haben Sie Ihre Tochter zum letzten Mal gesehen? Ich glaube, ihr Name ist Margaret?«

»Keine Ahnung.« Er trank das Glas aus.

»Versuchen Sie sich doch bitte zu erinnern.«

»Das ist schon verdammt lange her!«, platzte er heraus. »Irgendwann im Winter. Kurz vor Weihnachten – oder war es Thanksgiving? Letztes Jahr oder vorletztes, ich weiß es wirklich nich mehr!«, fügte er wütend hinzu. Er schob dem Barkeeper sein Glas hinüber, der es auch prompt wieder füllte.

Francesca sagte: »Es liegt nicht in meiner Absicht, Sie aufzuregen. Was ist mit Mary? Wie oft haben Sie Mary gesehen?«
Ohne sie anzusehen antwortete O'Donnell: »Ungefähr einmal pro Woche.«
Sie vermochte nicht zu erkennen, ob er log. »Sie standen sich also nahe?«
Er sah sie an. »Das hab ich nich gesagt.«
Francesca zögerte – wenn dieser Mann sich nichts aus seiner eigenen Tochter machte, wieso sollte er sich dann um seine Nichten scheren? »Dot und Katie brauchen ein neues Zuhause, jetzt, wo ihre Mutter tot ist.«
Er warf ihr einen schiefen Blick zu. »Dann hoffen wir mal, dass sie eins finden.«
Francesca blickte ihm in die Augen. Besaß dieser Mann denn nicht ein Quäntchen Mitgefühl?
Er hielt ihrem Blick stand und seufzte. »Ich hab keine Ahnung, warum die beiden tot sind. Aber versuchen Sie das bloß nich mir anzuhängen! Ich hab nix damit zu tun. Und was die Mädchen angeht – ich bin ein viel beschäftigter Mann und hab keine Zeit für sie.« Offenbar fühlte er sich in die Defensive gedrängt.
»Ich habe nie behauptet, dass Sie etwas mit dem Tod Ihrer Frau oder Ihrer Schwester zu tun haben. So etwas wäre mir niemals in den Sinn gekommen«, sagte Francesca, was eine faustdicke Lüge war.
Mit einem Mal verzerrte sich sein Gesicht. »Es tut mir so wahnsinnig Leid für die beiden!« Er stützte seine Ellbogen auf legte den Kopf in die Hände. »Ich hätte Kathleen nie was antun können. Ich … ich hab sie doch geliebt. Aber sie hat mich gehasst. Ich wollte nie von ihr weg. Sie war diejenige,

die mich loswerden wollte.« Während er sprach, starrte er vor sich auf den Tresen.

»Das tut mir Leid«, sagte Francesca, und dieses Mal sprach sie die Wahrheit. »Hat die Polizei eigentlich schon mit Ihnen gesprochen?«

Sein Kopf fuhr in die Höhe, und er starrte Francesca mit großen Augen an. Dann erlangte er seine Selbstbeherrschung wieder. »Nein.«

Francesca biss sich auf die Lippe. Sie würde Bragg erzählen müssen, dass sie O'Donnell gefunden hatte. Und er wäre sicherlich nicht sehr glücklich darüber, dass sie diejenige war, die den Mann aufgespürt hatte.

»Kein Wort werde ich den verdammten Polypen sagen«, erklärte er schroff. »Die sind doch der letzte Dreck. Allesamt nichts weiter als Abschaum.«

»Möchten Sie denn nicht, dass Kathleens Mörder gefunden wird?«, fragte Francesca. »Und Marys?«

»In dieser Gegend sterben jeden Tag Leute. Jeden Tag, jede Stunde. Und die meisten finden ein gewaltsames Ende. Niemand wird herausfinden, wer Kathleen oder Mary umgebracht hat. Warum sollten sich die Polypen die Mühe machen? Die beiden waren nicht so feine Damen wie Sie.« Er warf ihr einen kalten Blick zu. »Sie waren nur arme Irinnen. Unsere so genannten Gesetzeshüter werden sich bestimmt kein Bein ausreißen, um rauszufinden, wer's getan hat.« Er holte tief Luft und starrte den Mann hinter dem Tresen zornig an, der sogleich das halb leere Whiskeyglas wieder auffüllte.

Doch Mike O'Donnell achtete gar nicht darauf. Francesca hatte den Eindruck, dass es in seinem Inneren brodelte.

»Ich habe nur noch eine Frage«, hob sie an.

Er gab einen abschätzigen Laut von sich, den sie als Zustimmung wertete.

»Haben Sie irgendeine Ahnung, wer Kathleen oder Mary gern tot gesehen hätte?«

Er stieß sich von der Bar ab. »Sie meinen, ob ich weiß, wer sie umgebracht hat? Die Antwort lautet nein. Aber ich weiß, dass es jemanden gab, der meine Frau gehasst hat. O ja, das weiß ich.«

»Wer denn?«

Er grinste. »Ihr Liebhaber, Sam Carter.«

Joel hatte darauf bestanden, trotz der Kälte an der Eingangstreppe vor dem Präsidium zu warten. Francesca kannte ihn gut genug, um zu wissen, dass er die Polizei nicht leiden konnte und deshalb nicht das Bedürfnis hatte, Francesca hineinzubegleiten. Als sie die Vorhalle durchquerte, winkte sie Captain Shea zu. Er und ein weiterer Polizeibeamter in blauer Uniform waren gerade in ein Gespräch mit einem Mann vertieft. Als Shea Francesca erblickte, lächelte er und bedeutete ihr mit einer Geste, dass sie hinaufgehen solle.

Francesca drehte sich um und stieß unversehens mit einem Mann zusammen.

»Entschuldigung, es tut mir Leid –«, hob sie an und trat rasch einen Schritt zurück.

»Ich wünsche einen guten Tag, Miss Cahill«, sagte Arthur Kurland.

Francescas entschuldigendes Lächeln erstarb auf der Stelle.

»Aber, aber! Freuen Sie sich etwa nicht, mich zu sehen?«,

fragte der Reporter der *Sun* breit grinsend. Er war von mittlerer Statur, Anfang dreißig und hatte dunkles Haar. Ein Mann, den man niemals unterschätzen durfte, das hatte die Erfahrung Francesca gelehrt.

»Aber gewiss freue ich mich, Sie zu sehen.« Francesca hatte sich bereits von dem Schreck erholt.

»Besuchen Sie wieder einmal Ihren Freund, den Commissioner?«

»Ist das etwa ein Verbrechen? Oder einen Artikel wert?« Ihre Reaktion war viel kälter, als Francesca beabsichtigt hatte. Sie hatte kein Interesse daran, dass Kurland erfuhr, wie sehr sie ihn verabscheute – aber auch fürchtete.

»Nein, das ist kein Verbrechen und momentan für unsere Leser wohl kaum von Interesse.« Im Gegensatz zu ihr wirkte der Reporter völlig entspannt. »Wissen Sie, Miss Cahill, ich bewundere Sie wirklich. Für Ihre innere Stärke, Ihre Intelligenz und all die Wohltätigkeitsarbeit, die Sie leisten.«

Francesca erstarrte. »Haben Sie etwa Nachforschungen über mich angestellt?«

Er lächelte. »Wie hätte ich meinen Artikel über Sie schreiben können, ohne ein wenig Hintergrundinformationen einzuholen? Sie sind eine überaus interessante Frau. Ich kann sehr gut verstehen, warum ein Mann wie Bragg so viel Wert auf Ihre Freundschaft legt.«

Obwohl er das Wort »Freundschaft« dieses Mal nicht absichtlich betont hatte, war die Bedeutung, die er hineinlegte, dennoch unmissverständlich.

»Bitte entschuldigen Sie mich, ich muss jetzt gehen«, sagte Francesca mit Nachdruck und schritt an Kurland vorbei.

»Sind Sie etwa in Eile?« Er heftete sich an ihre Fersen.

»Ja, das bin ich«, erwiderte sie, ohne sich noch einmal zu ihm umzudrehen.

»Tja, also die größten Neuigkeiten hier in der Stadt sind gewiss die Morde an O'Shaunessy und O'Donnell.«

Francesca wirbelte herum. Sie hätte sich eigentlich denken können, dass Kurland die Verbindung zwischen den beiden Mordfällen entdecken würde.

Er grinste sie an. »Sind Sie der Polizei wieder einmal behilflich, Miss Cahill? Vielleicht haben Sie ja Ihre wahre Berufung im Leben verfehlt und hätten lieber Privatdetektivin anstatt Reformistin werden sollen!«

»Ich bin auf dem Weg zu einem Höflichkeitsbesuch, weiter nichts.«

»Und Bragg hat die O'Shaunessy-Mädchen aufgenommen. Wie eigenartig.«

»Sie sind ein widerwärtiger Mensch!«, rief sie. »Müssen Sie denn immer in der Privatsphäre anderer Leute herumschnüffeln?«

Er blickte ihr geradewegs in die Augen. »Haben Sie denn etwas zu verbergen?«

Francesca atmete tief und vernehmlich durch.

Als Kurland sich nicht von der Stelle rührte, machte sie auf dem Absatz kehrt und eilte die Treppe hinauf. Anschließend hastete sie den Flur entlang bis zu Braggs Büro, dessen Tür an diesem Tag geschlossen war.

Die obere Hälfte der Tür bestand aus blickdichtem Milchglas. Francesca lehnte sich für einen Moment an die Wand und rang nach Atem. Falls Kurland ihre Gefühle für Bragg nicht schon längst erraten hatte, so würde er es gewiss bald tun. Und er war viel zu beharrlich und clever – und, was noch schlimmer war, viel zu skrupellos –, um diese Information nicht eines Tages irgendwie zu verwenden.

Francesca war den Tränen nah. Sie musste ihr Geheimnis unbedingt bewahren!

Plötzlich sah sie wieder den an Bragg gerichteten Brief mit dem Namen seiner Frau auf der Rückseite vor sich. Mit grimmiger Miene wandte sie sich der Bürotür zu und klopfte.

»Herein«, ertönte es prompt von drinnen.

Es tat gut, seine Stimme zu hören. Francesca öffnete die Tür und trat ein. Bragg stand neben seinem Schreibtisch und sprach mit einem großen, stämmigen Mann mit dichtem, grauem Haarschopf. Das Dienstzeichen auf seiner blauen Uniform war nicht zu übersehen – dies war also der neue Polizeichef, Brendan Farr.

Der Mann wirkte in diesem Moment gar nicht wie ein korrupter Beamter. Im Gegenteil, er strahlte Autorität und Macht aus und schien sich Bragg gegenüber mehr als respektvoll zu benehmen.

»Francesca!« Bragg schien überrascht zu sein, sie zu sehen. Doch schnell trat ein warmer Ausdruck in seine bernsteinfarbenen Augen, der ihr Herz zum Schmelzen brachte. »Farr, das ist Miss Cahill. Wie Sie ja sicher wissen, war sie sowohl bei der Aufklärung der Burton-Entführung als auch bei den Ermittlungen zum Randall-Mord unentbehrlich.«

Farr streckte seine Hand aus. »Ich habe in der Zeitung von Ihnen gelesen. Sie sind eine mutige junge Dame, Miss Cahill. Einen Mörder mit einer Bratpfanne zu erledigen! Respekt!« Er lächelte sie an. Francesca hatte ihren langen Wollmantel geöffnet und bemerkte, wie Farrs Blick über ihre Brust hinwegglitt. Obwohl ihre taillierte Jacke bis zum Hals zugeknöpft war, fühlte sie sich in diesem Moment äußerst unwohl.

Auch wenn seine Worte – bis auf den Teil mit der »jungen Dame« – recht nett gewesen waren, spürte Francesca doch die Herablassung, die dahinter steckte. Sie lächelte süßlich und sagte: »Vielen Dank.«

»Sobald wir diese Angelegenheit geklärt haben, werde ich es Sie persönlich wissen lassen, Sir«, sagte Farr an Bragg gewandt.

»Ich danke Ihnen«, erwiderte Bragg.

Farr verließ das Büro. Bragg und Francesca schwiegen, bis er die Tür hinter sich geschlossen hatte, dann wandte sie sich zu ihm um. »Ich habe O'Donnell gefunden«, erklärte sie unvermittelt.

»Wie bitte?« Er riss vor Überraschung die Augen auf. »Ich dachte, wir seien uns einig, dass Sie sich aus diesem Fall heraushalten.«

»So etwas habe ich nie gesagt. Haben Sie etwa vergessen, dass Mary vor ihrer Ermordung noch versucht hat, mit mir Kontakt aufzunehmen? Ganz zu schweigen davon, dass ich Maggie Kennedy versprochen habe, den Mord an ihrer Freundin aufzuklären.« Francesca verschränkte die Arme vor der Brust.

»Was soll ich bloß von Ihnen halten?«, fragte er düster.

»Sie bewundern mich, weil ich intelligent und beharrlich bin. Das haben Sie selbst gesagt.«

Er schwieg für einen Moment, und seine bernsteinfarbenen Augen wanderten über sie hinweg. »Da haben Sie wohl Recht. Aber was haben meine Gefühle mit all dem hier zu tun? Wir haben es mit einem ausgesprochen gefährlichen

Mörder zu tun, Francesca, und das wissen Sie. Ich möchte nicht, dass Ihnen etwas zustößt«, fügte er hinzu.

Eigentlich freute es Francesca immer, wenn sie merkte, dass Bragg sich um sie sorgte, aber in diesem Augenblick war sie ein wenig durcheinander. Das Zusammentreffen mit Kurland hatte sie ebenso verunsichert wie jener Brief, den Bragg von seiner Frau erhalten hatte, und die Tatsache, dass zwei Frauen auf brutale Weise ermordet worden waren und sie immer noch keine Ahnung hatten warum. Sie seufzte.

»Möchten Sie wissen, was O'Donnell gesagt hat?«

Er musterte sie noch einen Augenblick länger, ehe er ein »Ja« knurrte.

Sie lächelte. »Wir haben ihn in einer Schenke in der Nähe der Water Street aufgespürt. Ich habe keine Ahnung, ob er der Mörder ist, aber er behauptet, Kathleen geliebt zu haben, obwohl er angeblich nicht mehr weiß, wann er sie das letzte Mal gesehen hat. Wenn man ihm glauben darf, hatte sie einen Geliebten, Sam Carter, der sie gehasst hat. Er hat mir den Namen des Lagerhauses genannt, wo der Mann arbeitet.«

»Ich habe zwölf meiner Männer auf die Suche nach O'Donnell angesetzt, die seit gestern Nachmittag die Docks nach ihm durchkämmen, und Sie waren erfolgreich, wo die Profis versagt haben. Ich muss mich wohl oder übel geschlagen geben.«

Sie lächelte und legte ihm die Hand auf den Arm. »Menschen wie O'Donnell sprechen lieber mit einer jungen Frau anstatt mit der Polizei. Und wenn jemand mal nicht mit mir sprechen will, dann bestimmt mit Joel, der ja sozusagen einer von ihnen ist.«

Ihre Blicke senkten sich ineinander. Ein langer Moment verging, in dem sich keiner von ihnen rührte. Schließlich ließ Francesca ihre Hand von Braggs Arm gleiten.

»Was soll ich bloß mit Ihnen anfangen?«, murmelte er.

Sie war nur einen Herzschlag weit davon entfernt, ihm in die Arme zu fallen und zu sagen: »Küss mich.« Doch stattdessen blieb sie regungslos stehen, während ein furchtbarer Kampf in ihrem Inneren tobte. Nach einer Weile murmelte sie ebenso leise: »Wir geben ein wundervolles Ermittlergespann ab.«

»Ja, das tun wir.«

»Ich arbeite gern mit Ihnen.«

»Und ich mit Ihnen«, erwiderte er mit finsterem Blick.

»Es muss ja niemand davon erfahren.«

»Francesca …«

»Bragg! Sie mögen mich doch, weil ich so bin. Sie würden doch nicht wollen, dass ich zum Mauerblümchen werde!«

Ein Lächeln schlich sich auf sein Gesicht. »Nun, wir haben wahrlich schon genug Mauerblümchen – und auch Debütantinnen – in dieser Stadt. Ich wünschte in der Tat, dass mehr Einwohnerinnen New Yorks so originell und engagiert wären wie Sie.«

Sie schien den Sieg in der Tasche zu haben.

Er strich ihr eine Strähne ihres goldenen Haares aus der Stirn.

»Wenigstens ist Ihnen bisher nichts Schlimmes zugestoßen.«

»Und ich werde mich auch in Zukunft in Acht nehmen«, versicherte sie ihm mit Nachdruck. Für einen kurzen Moment erwog sie, Bragg von der Pistole zu erzählen, entschied sich dann aber dagegen. Möglicherweise würde er dafür nicht die gleiche Begeisterung aufbringen wie sie selbst.

»Ist das ein Versprechen?«

»Ja.«

Er nickte, und plötzlich ergriff er ihre Hand und presste sie an seine Lippen.

Francesca konnte kaum glauben, was dieser keusche Kuss mit ihr anzurichten vermochte. Sie spürte ihn wie eine Hitzewelle vom Kopf bis zu den Zehenspitzen durch ihren Körper strömen. In diesem Augenblick wurde ihr klar, dass sie es auf Dauer nicht würde ertragen können, diesen Mann nicht besitzen zu dürfen. Sie liebte ihn, und er liebte sie. Es war eine Tragödie, dass er mit dieser schrecklichen Frau verheiratet war, aber sollte sie das davon abhalten, miteinander glücklich zu werden?

»Was ist?«, fragte er.

Sie entzog ihm ihre Hand und trat einen Schritt zurück. Der Gedanke, der ihr soeben durch den Kopf gegangen war, machte sie völlig fassungslos. »Gar nichts. Alles in Ordnung«, flüsterte sie.

So etwas konnte sie doch unmöglich denken!

Bragg glaubte ihr ganz offensichtlich nicht. Er zog die Augenbrauen skeptisch in die Höhe.

Francesca fuhr sich mit der Zunge über die Lippen und lächelte. »Wie geht es den Mädchen?«, zwang sie sich zu fragen.

»Keine Ahnung. Ich bin heute Morgen um halb sieben aus dem Haus gegangen, und da haben sie noch geschlafen.« Seine Augen funkelten. »Ebenso wie Peter, der normalerweise immer um fünf aufsteht.«

Francesca beschlich das ungute Gefühl, dass in der Nacht zuvor in Haus Nummer 11 am Madison Square möglicherweise nicht alles so reibungslos über die Bühne gegangen war, wie sie sich erhofft hatte.

Bragg schritt an ihr vorbei und nahm seinen braunen Mantel vom Wandhaken, ließ aber seinen Hut auf dem Haken daneben hängen. »Sollen wir?«

»Wohin gehen wir denn?«, fragte sie erwartungsvoll.

»Machen wir uns auf die Suche nach Sam Carter.«

KAPITEL 7

SAMSTAG, 8. FEBRUAR 1902 – MITTAG
Das Lagerhaus, in dem Sam Carter arbeitete, befand sich auf der West Side, genauer gesagt, auf der 21st Street. Bragg und Francesca fuhren mit einer Mietdroschke dorthin, da diese weitaus weniger auffällig war als Braggs Automobil. Inspector Murphy begleitete sie, und Francesca erfuhr, dass er der verantwortliche Kriminalbeamte für diesen Fall war.

Am Giebel des Lagerhauses mit dem flach abfallenden, schiefen Dach war ein großes Schild befestigt, auf dem PAULEY & SÖHNE zu lesen stand. Als sie aus der Droschke stiegen, wurde gerade auf dem Hof ein großes Fuhrwerk mit Fässern beladen.

Gefolgt von Murphy und Joel gingen Francesca und Bragg auf die weit geöffnete Tür des Lagerhauses zu und blieben bei den beiden Männern stehen, die das Fuhrwerk beluden. Bragg warf Murphy einen Blick zu.

Dieser trat vor und sagte: »Mein Name ist Inspector Murphy. Wissen Sie, wo ich einen gewissen Sam Carter finden kann?«

Die beiden Männer stellten das Fass, das sie gerade hatten hochheben wollen, wieder auf dem Boden ab. Einer von ihnen stemmte seine Fäuste in die Hüften. »Inspector? Also 'n Polizist?«

Murphy nickte. »Ich muss Sam Carter finden. Man hat mir gesagt, dass er hier arbeitet«, sagte er.

Die beiden Männer sahen sich an. »Nie von ihm gehört«, versicherten sie.

Francesca spürte, wie Ungeduld in ihr aufstieg.

»Wo ist der Aufseher?«, fragte Murphy.

»Das Büro ist da hinten«, sagte der eine Mann und spuckte ein Häufchen Kautabak aus, das nicht weit von Murphys auf Hochglanz polierten Schnürschuhen landete. Dann sah er Francesca an und sagte: »Tut mir Leid, Ma'am.«

Francesca warf Bragg einen flehenden Blick zu und sah, dass er kaum merklich nickte.

»Sir? Ich bin Sams Cousine. Er ist der einzige Verwandte, den ich in der ganzen Stadt habe, und ich bin gerade erst hierher gezogen. Ich hatte so gehofft, dass wir ihn hier finden würden.«

Der Mann sah sie an. Er war klein und rundlich, hatte einen mächtigen Brustkorb, der selbst an ein Fass erinnerte, riesige, kräftige Arme und braunes Haar, das schon ein wenig schütter war. Trotz der Kälte trug er lediglich ein kariertes Flanellhemd, unter dem ein Unterhemd hervorschaute. »Dann ist das wohl heute nich Ihr Glückstag. Carter arbeitet hier nich mehr. Er ist schon seit Monaten verschwunden, und keiner hat ihn mehr gesehen.«

»Ach, wirklich?«, fragte Francesca.

»Ja, so ist das. Aber wenn er noch mal vorbeischauen sollte oder ich ihn sehe, dann werd ich ihm sagen, dass seine Cousine nach ihm sucht.«

»Das wäre sehr freundlich«, erwiderte Francesca. Damit waren sie wohl in einer Sackgasse angelangt. Und sie konnte dem Mann nicht einmal ihre Visitenkarte geben, da ihm dann klar werden würde, dass sie ihn angelogen hatte – niemand würde glauben, dass Carter eine Cousine hatte, die auf der 5th Avenue lebte. »Mein Name ist Francesca Cahill. Die Polizei weiß, wo ich zu finden bin.«

Inspector Murphy fügte hinzu: »Ich bin über das Polizeipräsidium in der Mullberry Street zu erreichen.«

Der Mann ignorierte ihn. Stattdessen griffen er und sein Kollege nach dem Fass und hievten es auf die Ladefläche des Fuhrwerks.

Bragg berührte Francesca am Arm, und sie betraten das große, schwach beleuchtete Lagerhaus, ein riesiger Raum voller Kisten und Ballen. Sie verharrten für einen Moment, um sich umzuschauen und entdeckten schließlich am Ende des Hauptgangs einen kleinen, abgeteilten Raum, der offenbar als Büro diente und in dem ein Mann über einige Bücher gebeugt saß. Sie machten sich auf den Weg dorthin.

»Der Kerl hat gelogen«, sagte Joel.

Francesca sah ihn neugierig an.

»Wie kommst du darauf?«, fragte Bragg und warf dem Jungen einen abweisenden Blick zu.

»Ist so'n Gefühl«, erklärte Joel, wobei er seine Worte ausschließlich an Francesca richtete.

Als die vier das Büro erreicht hatten, hatte der Mann sie bereits bemerkt und war aufgestanden. Er war in Hemdsärmeln und trug eine Kappe auf dem Kopf. »Was kann ich für Sie tun?«, fragte er.

»Sind Sie hier der Aufseher?«, fragte Bragg.

»Ich bin der Besitzer, John Pauley«, sagte der Mann und streckte die Hand aus.

Bragg ergriff sie. »Bragg, Polizei-Commissioner«, erklärte er. Pauley riss überrascht die Augen auf. »Das hier sind

Inspector Murphy, Miss Cahill und Joel«, stellte Bragg die anderen vor.

»Wie kann ich Ihnen helfen, Commissioner?«, fragte Pauley.

»Ich bin auf der Suche nach einem Mann, der für Sie arbeitet – oder es zumindest bis vor kurzem getan hat. Sein Name ist Sam Carter. Wissen Sie, wo er ist?«

Pauley machte einen verwirrten Eindruck, und Francesca glaubte schon, dass er den Mann gar nicht kannte, doch dann sagte er: »Sam Carter ist draußen und belädt gerade ein Fuhrwerk, Commissioner.«

Francesca und Bragg blickten einander an, machten auf dem Absatz kehrt und liefen los.

Aber als sie im Hof ankamen, war Sam Carter bereits verschwunden.

Francesca saß neben Joel und starrte nachdenklich aus dem Fenster der Mietdroschke, die in nördlicher Richtung auf der Madison Avenue geduldig hinter zwei anderen Mietdroschken herzockelte, während zu ihrer Rechten eine Straßenbahn vorüberfuhr. Sie waren auf dem Weg zu Lydia Stuart, während Bragg mit Murphy zum Präsidium zurückgefahren war. Francesca fragte sich, ob Carter wohl in diesem Moment über sie lachte. Er war wirklich äußerst clever gewesen. Francesca spürte, wie sie vor Zorn rot wurde.

Joel tätschelte ihr Knie. »Keine Sorge, Miss, wir werden diesen Schurken schon wiederfinden.«

»Das will ich hoffen. Aber leider ist er jetzt im Vorteil, denn er weiß, dass wir auf der Suche nach ihm sind.« Ein Gefühl der Beklommenheit überkam sie. Wenn Carter unschuldig war, warum rannte er dann vor ihnen davon? Nun gut, sie wusste sehr wohl, dass die meisten Einwohner der Stadt, ob sie nun arm oder reich waren, die Polizei nicht mochten, aber eine solche Vorstellung hinzulegen! Sie hätte nie geglaubt, dass sie bereits mit dem Mann sprachen, den sie suchten.

Der Mann hatte offenbar Nerven wie Drahtseile.

Das Gleiche konnte man auch vom Mörder behaupten, der Kathleen und Mary erstochen hatte. Er hatte seine Opfer kaltblütig ermordet und ihnen anschließend die Hände wie zum Gebet gefaltet und seine Unterschrift auf ihren Kehlen hinterlassen.

Inzwischen hatte Francesca erfahren, dass man auch Kathleen mit Schnee bedeckt gefunden hatte, allerdings in einer Gasse, die unweit von ihrer Wohnung lag.

Francesca seufzte. Als ihr Blick auf die Fußgänger fiel, die auf dem Bürgersteig entlanggingen, meinte sie plötzlich, eine Frau entdeckt zu haben, die sie kannte. Sie blinzelte, schaute noch einmal genauer hin und setzte sich dann plötzlich kerzengerade auf.

Es war Rose Jones, die dort mit einer Einkaufstasche am Arm die Straße entlangging. Sie trug Mantel und Hut aus burgunderfarbener Wolle und hatte sich eine Pelzstola in derselben Farbe um den Hals geschlungen. Zwei Herren, an denen sie soeben vorbeispaziert war, drehten sich neugierig nach ihr um.

Francesca und Joel befanden sich nur zwei Häuserblöcke von der 37th Street entfernt, wo die Droschke rechts abbiegen und sie vor dem Haus der Stuarts absetzen sollte. Einer plötzlichen Eingebung folgend, klopfte Francesca gegen die Trennwand und rief dem Kutscher zu: »Sir! Bitte halten Sie an, wir steigen aus!«

Einen Moment später eilte Francesca bereits mit Joel im Schlepptau die Straße entlang. »Rose! Miss Jones! So warten Sie doch!«

Rose drehte sich um und blickte Francesca erstaunt an, als sie sie erkannte. Dann kniff sie die Augen misstrauisch zusammen.

Francesca verlangsamte ihren Schritt. Das letzte Mal, als sie Rose gesehen hatte, waren sie und ihre »Schwester« Daisy nur ausgesprochen dürftig bekleidet gewesen und wurden in einem Polizei-Fuhrwerk weggebracht. Damals mussten die beiden Frauen die Nacht im Stadtgefängnis verbringen, nachdem Bragg in dem Etablissement, wo sie arbeiteten, eine Razzia hatte durchführen lassen. Francesca konnte sich vorstellen, dass Rose nicht allzu erbaut sein würde, sie zu sehen, wenn man ihre Beziehung zu Bragg und der Polizei in Betracht zog. Sie setzte ein freundliches Lächeln auf und sagte: »Ich habe Sie von der Droschke aus gesehen. Guten Tag, Miss Jones. Francesca Cahill – ich hoffe, Sie erinnern sich an mich.« Sie streckte zur Begrüßung die Hand aus.

Rose setzte die Einkaufstasche ab, machte aber keine Anstalten, die ihr dargebotene Hand zu schütteln. Stattdessen stemmte sie ihre behandschuhten Fäuste in die Hüften. »Und? Was wollen Sie von mir?«, fragte sie herausfordernd. Ihre Aussprache deutete darauf hin, dass sie in einer vornehmen Familie aufgewachsen war.

Rose schien wütend zu sein, doch selbst in ihrer Wut war sie eine wunderschöne Frau – groß, dunkler, makelloser Teint und erstaunlich grüne Augen.

»Es tut mir wirklich Leid, dass Sie und Daisy eine Nacht im Gefängnis verbringen mussten«, hob Francesca an. »Ich hatte

Bragg gebeten, seine Entscheidung noch einmal zu überdenken, aber er ließ sich nicht davon abbringen.«

»Warum hätten Sie uns schon helfen sollen?«, fragte Rose, wobei ihre Stimme bereits etwas weniger scharf klang.

»Warum? Weil ich es nicht mag, wenn jemand ungerecht behandelt wird.«

Rose starrte sie an. Dann sagte sie weitaus weniger feindselig: »Ich habe den Artikel in der *Sun* über Sie gelesen. Warum haben Sie diesen Mörder gejagt?«

Francesca zuckte mit den Schultern. »Ein unschuldiger Mann wurde ermordet. Der Gerechtigkeit musste Genüge getan werden.«

Rose bedachte sie mit einem spöttischen Blick. »Wenn man reich ist, dann ist die Gerechtigkeit eine wunderbare Sache. Leider haben die meisten Menschen nur keine Zeit dafür.«

»Da mögen Sie Recht haben. Aber ich schon«, erwiderte Francesca.

Darauf gab Rose keine Antwort.

»Wie geht es Daisy?«, fragte Francesca. »Grüßen Sie sie doch von mir.« Daisy war in ihren Augen die schönste Frau, die sie jemals gesehen hatte. Sie sprach ebenso kultiviert wie Rose, und es war Francesca nach wie vor ein Rätsel, warum sich diese beiden Frauen ihrer Körper bedienten, um ihren Lebensunterhalt zu verdienen. Sie waren mit Sicherheit keine Schwestern, so viel wusste sie inzwischen, und weitaus mehr als nur Freundinnen.

Rose erstarrte. Ihre Augen verdunkelten sich. »Warum fragen Sie nicht Ihren Freund, wie es ihr geht?«

Einen Moment lang war Francesca verwirrt. »Wie bitte? Ich soll Bragg fragen, wie es Daisy geht?«

»Nicht den Commissioner. Hart. Calder Hart.« Rose spuckte seinen Nachnamen förmlich aus.

Francesca blinzelte. »Sie sind ja furchtbar aufgebracht«, sagte sie und legte spontan den Arm um Roses Schulter, doch Rose schüttelte ihn sogleich wieder ab. »Was ist passiert? Geht es Daisy nicht gut?« Francesca konnte sich gar nicht vorstellen, was Hart getan haben könnte, dass Rose derart erzürnt war.

Rose starrte nur vor sich hin, und Francesca wurde klar, dass sie über alle Maßen verzweifelt war und kein Wort herauszubringen vermochte. »Rose?«, sagte sie leise.

»Hart hat sie zu seiner Mätresse gemacht«, erwiderte Rose schließlich.

»Wie bitte?« Francesca schnappte nach Luft. Plötzlich hatte sie ein Bild vor Augen, wie Hart, Daisy und Rose zusammen im Bett lagen.

»Er hat ihr ein Angebot gemacht, das sie einfach nicht ablehnen konnte. Sie ist in ein Haus gezogen, das er extra für sie gekauft hat«, erklärte Rose. »Stellen Sie sich nur vor, er hat ihr wirklich ein Haus gekauft!«

Francesca war sprachlos. Sie wusste zwar, dass Hart beide Frauen mochte, aber sie wusste auch, dass er bereits eine Mätresse hatte. »Aber ... er hat doch eine Mätresse«, sagte sie. Wie viele Frauen konnte ein Mann denn gleichzeitig aushalten?

»Die ist er losgeworden. Jetzt hat er Daisy!«

Francesca hatte keine Ahnung, was sie davon halten, und noch viel weniger, was sie dazu sagen sollte. »Es tut mir ja so Leid«, flüsterte sie nach einer Weile.

»Sie haben eine Abmachung über sechs Monate getroffen«, sagte Rose. »Ich könnte ihn dafür umbringen!«

»Nun, sechs Monate, das ist ja keine Ewigkeit«, versuchte Francesca sie zu trösten, war aber immer noch wie benommen. Andererseits konnte sie gut verstehen, warum Hart Daisy gebeten hatte, seine Mätresse zu werden. Sie war eine wunderschöne, sinnliche und herzensgute Frau. Natürlich war er ganz vernarrt in sie.

Aber Rose war offenbar mehr als nur aufgebracht, und Francesca hatte bereits bei ihrer ersten Begegnung erkannt, dass sie unberechenbar war. Es bereitete ihr ein wenig Sorgen, dass Rose derart erzürnt war über Hart. Aber was konnte sie schon tun?

Dann dachte sie daran, wie Hart seit kurzem Connie umgarnte.

»In sechs Monaten kann eine Menge passieren«, gab Rose zurück. »Und er ist ein solcher Mistkerl. Er hat Spielregeln aufgestellt!«

Francesca hörte wohl, was Rose sagte, antwortete aber nicht sofort. Wie konnte Hart nur Daisy zu seiner Mätresse machen und dabei in aller Offenheit mit Connie flirten? Natürlich musste sie ihrer Schwester sofort von dieser Neuigkeit berichten. Connie wäre darüber sicherlich aufgebracht – sehr aufgebracht sogar – und würde Hart bei seinem nächsten Annäherungsversuch die kalte Schulter zeigen. Ein Lächeln begann sich auf ihrem Gesicht auszubreiten – diese kleine Liebelei wäre mit Sicherheit in dem Moment zu Ende, wenn Connie von Daisy erfuhr!

Letztendlich war diese Entwicklung ein Segen, und Francesca dankte Gott dafür.

Mit diesen tröstlichen Gedanken wandte Francesca ihre Aufmerksamkeit wieder Rose zu. Ob sie sich wohl in irgendeiner

Weise durch Hart bedroht fühlte? »Sie haben doch sicherlich Gelegenheit gehabt, ausführlich mit Daisy darüber zu reden?«

»Nicht wirklich. Es ging alles so schnell. Mir dreht sich immer noch der Kopf!« Sie blickte zur Seite. Francesca glaubte, eine Träne in Roses langen, schwarzen Wimpern erblickt zu haben.

Francesca ergriff ihre Hand, doch Rose zog sie wieder weg. »Sie beide sind doch so gute Freundinnen. Ganz gleich, was auch im nächsten halben Jahr geschehen mag, Ihre Freundschaft wird es überleben, da bin ich mir sicher.«

Rose sah sie an. Ihr starres Gesicht hatte einen weicheren Ausdruck angenommen. »Ich danke Ihnen, Miss Cahill. Daisy hatte Recht, Sie sind sehr freundlich. Sie mag Sie«, fügte sie hinzu.

Francesca lächelte. »Bitte nennen Sie mich doch Francesca.« Mit einem Mal kam ihr ein Gedanke. »Wissen Sie was, ich hätte Lust, Daisy einen Besuch abzustatten. Warum begleiten Sie mich nicht?«

Rose blinzelte zunächst ungläubig und begann dann zu strahlen.

Francesca beschloss, dass der Besuch bei Mrs Stuart warten konnte – zumal sie ohnehin noch keine neuen Erkenntnisse hinsichtlich der Affäre ihres Mannes gewonnen hatte. Daisys Haus lag nur wenige Straßenzüge Richtung Innenstadt entfernt, und Francesca winkte eilig eine Droschke heran. Als sie ein paar Minuten später vor einem älteren, aber sehr gepflegten Haus hielten, hörte Francesca, wie Rose vernehmlich durchatmete.

Während Francesca ihre Geldbörse hervorzog, um den Fahrpreis zu begleichen – wobei sie der Anblick der kleinen Pistole in ihrer Handtasche wieder einmal überraschte –, musterte sie Rose von der Seite und spürte, wie nervös sie war. Sie fragte sich insgeheim nach dem Grund dafür.

Rose berührte ihre Hand. »Ich habe das Geld schon bereit«, sagte sie und reichte dem Kutscher einen halben Dollar und etwas Kleingeld.

»Vielen Dank«, erwiderte Francesca.

Sie stiegen aus, traten durch ein schmiedeeisernes Tor und schritten den gepflasterten Weg hinauf, der zu dem prächtigen Ziegelsteinhaus führte. Francesca beschloss, ihre Begeisterung Rose gegenüber lieber nicht zu zeigen – das Haus war wunderschön, und Francesca konnte sich vorstellen, wie der Garten im Sommer aussehen musste, wenn alles in voller Blüte stand. Auf ihr Klopfen hin wurde die Tür umgehend von einem Dienstboten geöffnet.

Daisy stand am anderen Ende des geräumigen Eingangsbereichs mit dem beigefarbenen Marmorfußboden, wo eine breite Treppe in die oberen Stockwerke führte. »Rose!«, rief sie und eilte auf ihre Freundin zu. In ihrem hellblauen Seidenkleid war sie eine wahrhaft engelhafte Erscheinung.

Die beiden Frauen umarmten sich innig. Francesca sah ihnen lächelnd dabei zu und erblickte Tränen in Roses Augen, als sie sich schließlich wieder trennten. »Ich vermisse dich so«, sagte Rose.

»Ich vermisse dich auch«, erwiderte Daisy lächelnd und ergriff ihre Hand. Sie schien glücklich zu sein und war schöner als jemals zuvor. Ihre Augen funkelten, und ihre makellose Haut schien von innen heraus zu strahlen.

Francesca fragte sich plötzlich, ob Daisy möglicherweise in Hart verliebt war. Diese überraschende Erkenntnis und ein Gefühl, dem sie nicht weiter auf den Grund gehen wollte, führten dazu, dass sich ihr Rücken versteifte.

Daisy wandte sich Francesca zu. »Was für eine nette Überraschung, Miss Cahill«, sagte sie mit ihrer sanften, warmen Stimme.

Francesca hatte ihre Fassung bereits wiedererlangt. Daisy liebte Rose, da war sie sich ganz sicher. »Ich habe Rose gerade zufällig auf der Straße getroffen. Sie hat mir die Neuigkeit erzählt, und da haben wir uns kurz entschlossen auf den Weg gemacht, um Sie zu besuchen.«

»Mein erster Besuch«, sagte Daisy und errötete. Offenbar dachte sie an Hart, der zweifellos ihr erster Besucher gewesen war – wenn man ihn als solchen bezeichnen konnte.

Rose zog ihre Hand weg und schaute sich um. Francesca folgte ihrem Blick.

Der Eingangsbereich war wunderschön. An der malvenfarbenen Decke befanden sich Zierleisten in einem zarten Rosa. Die Wände, an denen drei Bilder hingen, trugen ein dunkleres Rosa. Eines der Gemälde war ein atemberaubendes Landschaftsbild, das Francescas Ansicht nach der Romantik zuzuordnen war, ein anderes stellte das Porträt eines mittelalterlichen Edelmannes dar und war ganz offensichtlich Jahrhunderte früher angefertigt worden, und bei dem letzten handelte es sich um ein Ölgemälde, das Francesca für eine Meeresansicht hielt, aber da es so impressionistisch war, konnte sie sich nicht absolut sicher sein. An der längsten Wand befand sich ein wunderschöner Mahagonitisch mit Elfenbein-Intarsien, auf dem ein vergoldetes Tablett für

Visitenkarten neben einer Vase mit einem riesigen Strauß frischer Blumen stand.

Francesca war beeindruckt. Calder musste Daisy die Kunstgegenstände überlassen haben – oder zumindest darauf bestanden haben, dass sie seine Gemälde aufhängte –, und sicher waren die Blumen allein schon ausgesprochen kostspielig gewesen. Ganz offenbar wünschte er, dass Daisy in einem überaus eleganten Umfeld lebte.

Daisy folgte ihrem Blick. »Hart möchte, dass ich dort immer frische Blumen hinstelle. Leider sind sie so teuer – ich persönlich hätte Trockenblumen bevorzugt. Aber ich würde mich seinen Wünschen niemals widersetzen.« Sie lächelte. »Warum setzen wir uns nicht?«

»Die Blumen sind wunderschön. Überhaupt ist Ihr neues Heim wunderschön. Haben Sie Freude daran?«, fragte Francesca, während Daisy sie in einen Salon führte, dessen Wände in einem satten Gelbton gestrichen waren. An den Fenstern hingen schwere goldfarbene Samtvorhänge, und die Einrichtung war in warmen Gold-, Rot- und Orangetönen aus Wolle, Satin und Damast gehalten.

»Ich komme mir vor wie in einem Traum«, erwiderte Daisy mit einem versonnenen Lächeln.

Francesca merkte ihr an, dass sie glücklich war. Sie blickte zu Rose hinüber, die ebenso offensichtlich litt. »Und ich habe das Gefühl, in einem Albtraum zu leben«, sagte sie schroff.

Daisy eilte zu ihr hinüber. »Rose, bitte! Es ist doch alles nur zu unserem Besten. Wir haben doch darüber gesprochen. Ich … ich freue mich so sehr, dass du mich besuchen kommst.«

»Na, wenigstens hat er dir das nicht verboten«, erwiderte Rose.

»Und das wird er auch nicht«, erklärte Daisy mit sanfter, aber fester Stimme. »Du weißt, dass ich dem niemals zustimmen würde.«

Roses Gesicht nahm einen weicheren Ausdruck an. Sie legte ihren Arm um Daisys Taille, und die beiden Frauen lehnten ihre Körper aneinander. Francesca war fasziniert und beunruhigt zugleich und wandte verlegen ihren Blick ab.

»Vielleicht vergeht die Zeit ja wie im Flug«, sagte Rose hoffnungsvoll.

»Vielleicht«, gab Daisy zurück und schaute weg.

Rose ließ ihren Arm fallen. Sie warf Francesca einen gequälten Blick zu, trat dann ans Fenster und starrte hinaus. Francesca empfand Mitleid mit ihr. Sie glaubte nicht, dass Daisy sich nach einem baldigen Ende der Vereinbarung zwischen Hart und ihr sehnte.

Und Francesca hatte das Bordell gesehen, in dem die beiden jungen Frauen gewohnt und gearbeitet hatten, bevor Bragg dort eine Razzia durchführen ließ und Hart Daisy in diesem Haus untergebracht hatte. Daisy war auf der gesellschaftlichen Leiter nach oben geklettert, und Francesca freute sich für sie. Allerdings fragte sie sich, wo Rose wohl wohnen mochte und hoffte, dass sie nicht wieder in die Dienste von Mrs Pinke zurückgekehrt war.

Daisy hatte Erfrischungen bestellt, und der Dienstbote schob einen Servierwagen mit Tee und Gebäck zur Tür herein. Als Francesca sah, dass hinter ihm Hart das Zimmer betrat, erstarrte sie unwillkürlich.

Hart wirkte in seinem schwarzen Anzug mit der schwarzen Krawatte und dem schneeweißen Hemd wie immer äußerst schneidig. Seine olivfarbene Haut kam in dem Hemd gut zur Geltung. Mit langen Schritten betrat er den Salon und schenkte als Erster Francesca ein Lächeln, was sie zu ihrer eigenen Überraschung freute.

Dann schaute er zu Daisy hinüber und trat auf sie zu. Seine Mätresse schien erstaunt zu sein, ihn zu sehen. »Hallo«, sagte er. Er gab ihr weder einen Kuss noch machte er Anstalten, sie in irgendeiner Weise zu berühren. Alles in allem verhielt er sich wie ein perfekter Gentleman. Francesca war beeindruckt, fragte sich dann aber sogleich, was sie stattdessen erwartet hatte. Etwa dass er Daisy umarmen und vor aller Augen küssen würde?

Hart wandte sich Francesca zu. »Welch eine willkommene Überraschung«, sagte er, bevor er Joel anschaute, der einen gelangweilten Eindruck machte. »Hallo, Kennedy.«

Joel bedachte ihn mit einem widerwilligen Blick.

Einen Moment lang schwiegen alle.

Francesca sah, dass Hart Rose interessiert anstarrte. Die junge Frau machte den Eindruck, als würde sie ihm am liebsten die Augen auskratzen, während Hart amüsiert zu sein schien.

»Guten Tag, Rose«, grüßte er sie mit sanfter Stimme.

»Hart«, erwiderte sie knapp.

»Ich dachte, du hättest beschlossen, niemals einen Fuß in mein neues Haus zu setzen?«, sagte er und zog seine Brauen fragend in die Höhe.

»Miss Cahill hat mich zu diesem Besuch überredet.«

»Verstehe. Nun, dein Beschluss hat immerhin drei Tage gehalten.« Er lachte.

»Calder!«, protestierte Daisy, doch er ignorierte sie.

»Du bist ein solcher Mistkerl!«, brach es aus Rose hervor. »Ich weiß wirklich nicht, was sie an dir findet.«

»Doch, ich glaube, das weißt du. Zumindest wusstest du es einmal. Denn du hast es mit eigenen Augen gesehen, nicht wahr?«

Francesca spürte, wie sie rot wurde.

»Wie kannst du dich nur mit dieser Arroganz abfinden?«, fragte Rose. »Sechs Monate, das ist doch eine Ewigkeit! Daisy ...« Sie verstummte, aber der flehentliche Tonfall hing noch in der Luft.

Daisy blickte beunruhigt von einem zum anderen. Sie machte Anstalten, auf Rose zuzugehen, doch Hart griff nach ihrer Hand und hielt sie zurück. »Wage es nicht, eine Szene zu machen, Rose. Nicht in meinem Haus«, sagte er leise, aber mit einem warnenden Unterton in der Stimme.

Rose musterte ihn mit einem verkrampften Lächeln. »Weißt du was? Es ist mir vollkommen egal, wie stinkreich du bist! Und du jagst mir auch keine Angst ein, Hart.« Sie schnaubte fast vor Wut.

»Versuchst du mir etwa zu drohen?«, fragte er verächtlich.

Rose machte den Eindruck, als wollte sie sich im nächsten Moment auf ihn stürzen.

»Es reicht!«, mischte sich Daisy ein. »Wir haben Gäste, und ich mag es nicht, wenn ihr beide euch streitet.«

»Versuch niemals, mich zu etwas zu drängen, Rose«, sagte Hart. »Ich schlage vor, du findest dich mit der Realität ab. Ansonsten könnte ich versucht sein, die Spielregeln zu ändern, und dann wärest du in diesem Haus nie wieder erwünscht.«

Rose starrte ihn wütend an, während Daisys Augen einen ungläubigen Ausdruck trugen.

»Joel und ich müssen jetzt gehen«, sagte Francesca forsch.

»Daisy, es hat mich sehr gefreut, Sie wiederzusehen.« Sie konnte einfach nicht glauben, dass sich Hart Rose gegenüber derart hartherzig zeigte. »Benötigen Sie eine Mitfahrgelegenheit?«, fragte sie und blickte zu Rose hinüber. Vor dem Haus wartete zwar kein Fahrzeug auf sie, aber Francesca wusste, dass es das Beste sein würde, wenn Rose ebenfalls ginge. Außerdem hatte Hart zweifellos einen Grund für den Besuch bei seiner Mätresse. Francesca versuchte nicht weiter darüber nachzudenken, aber es wollte ihr nicht so recht gelingen.

»Nein«, erwiderte Rose barsch. »Aber ich bin ganz offensichtlich bereits länger geblieben als erwünscht.«

»Zweifellos«, stimmte ihr Hart zu. Er schritt auf Francesca zu. »Ich werde Sie hinausbegleiten«, sagte er und lächelte sie an, als hätte der feindselige, spannungsgeladene Wortwechsel nie stattgefunden.

Francesca trat auf Daisy zu, und sie reichten einander die Hand. Daisy versuchte fröhlich zu wirken, aber ihre Augen waren furchterfüllt und ihr Lächeln müde. »Vielen Dank für Ihren Besuch«, sagte sie. »Kommen Sie doch wieder einmal vorbei. Wann immer Sie wollen.«

»Das werde ich«, versprach Francesca. »Kopf hoch«, fügte sie dann leise hinzu. »Es wird alles gut – ganz bestimmt.«

»Glauben Sie wirklich?« Daisys Stimme war jetzt beinahe ein Flüstern und kaum zu verstehen. Francescas Worte schienen sie ein wenig zu erleichtern. »Ich ertrage es einfach nicht, wenn sich die beiden streiten.«

»Ich weiß. Rose benötigt nur etwas Zeit, um sich an die neue Situation zu gewöhnen. Und Hart müsste mal jemand auf die Finger klopfen.« Sie warf ihm einen Blick zu und sah, dass er sie angrinste.

Francesca umarmte Daisy spontan. Sie konnte ihr in diesem Augenblick schlecht sagen, dass sie glaubte, dass Daisy das Leben, das ihr Hart nun ermöglichte, verdient hatte. Wahrscheinlich war es zu viel verlangt zu hoffen, dass aus Daisy und Rose eines Tages einmal rechtschaffene und vornehme Frauen werden würden. Francesca hätte sich gewünscht, ein wenig mehr über die beiden zu wissen.

Hart ergriff Francescas Arm, und mit Joel im Schlepptau ließen sie die beiden Frauen im Salon zurück. »Und was treiben Sie und Ihr kleiner Gehilfe dieser Tage denn so in Sachen Verbrechensbekämpfung?« Während sein Blick langsam über ihre Züge hinwegglitt, lag ein warmer Ausdruck in seinen Augen. Francesca erwiderte sein Lächeln spontan und spürte, dass er ihr bereits wieder sympathischer wurde. »Wir sind gerade mit einem Fall beschäftigt. Nein, im Grunde mit zwei Fällen.« Ihr Lächeln vertiefte sich.

Er riss erstaunt die Augen auf. »Ich hatte eigentlich gehofft, dass Sie sich lediglich zu einem Höflichkeitsbesuch in diesem Viertel aufhalten. Um was für Fälle handelt es sich denn?«

Sie zögerte. »Nun, der eine ist Routine. Der andere dagegen ziemlich … schockierend.«

Er blieb stehen und sah sie an. »Sie sind doch wohl nicht schon wieder in irgendeine gefährliche Angelegenheit verstrickt?«

Francesca lächelte süßlich. »Es ist nicht ganz ungefährlich, aber ich bin gewappnet.«

Hart musterte sie forschend. »Was soll das heißen, Sie sind ›gewappnet‹? Das gefällt mir ganz und gar nicht!«

Francesca zögerte zunächst, öffnete dann aber ihre Handtasche und zeigte ihm die Pistole.

»Was zum Teufel ist denn das?«, rief er entgeistert.

Sie ließ den Verschluss wieder zuschnappen. »Das ist eine Pistole.«

Ohne sich um ihre Protestrufe zu scheren, griff er nach ihrer Handtasche, nahm die Waffe heraus und musterte sie.

»Sie dient lediglich zu meinem Schutz«, sagte Francesca, während sie vergeblich versuchte, ihm die Waffe wegzunehmen.

Er starrte sie an wie eine Kreatur von einem anderen Stern. »Francesca, das geht jetzt aber wirklich zu weit! Ich bestehe darauf, dass Sie diese Pistole zurückbringen.«

»Das werde ich ganz gewiss nicht tun. Dürfte ich jetzt bitte meine Handtasche und meine Waffe zurückhaben?«

»Sie wird Sie nur in Schwierigkeiten bringen.« Seine Augen verengten sich. »Weiß Bragg davon?«

»Nein, er weiß es nicht. Und wagen Sie es ja nicht, ihm davon zu erzählen«, fauchte sie. Allmählich wurde sie wütend. »Das ist meine Handtasche, Hart. Und meine Pistole.«

Er reichte ihr die Handtasche und ließ das Magazin der Pistole aufschnappen. Erleichterung spiegelte sich auf seinem Gesicht wider. »Sie ist nicht geladen«, sagte er lächelnd und reichte Francesca auch die Waffe.

Francesca blinzelte. In ihrer Aufregung hatte sie tatsächlich vergessen, die Pistole zu laden! Nein, nicht nur das, sie hatte vergessen, Munition dafür zu kaufen! Wie hatte sie nur so dumm sein können?

»Aber auch ungeladen sollten Sie nicht damit herumlaufen. Waffen sind gefährlich. Sie können tödlich sein. Ich bestehe darauf, dass Sie diese Pistole zurückbringen.«

»Entschuldigen Sie, aber Sie haben mir gar nichts zu befehlen!«, fuhr sie ihn an und schloss die Handtasche.

Seine Augen funkelten. »Ach, nein?«

Allmählich fühlte sich Francesca ein wenig unbehaglich. »Sie würden doch nicht etwa unsere Freundschaft verraten und Bragg von der Waffe erzählen, oder?«

»Doch, das würde ich.«

»Sie sind wirklich skrupellos!«

»Ja, das bin ich.«

Darauf fiel ihr nichts mehr ein. Sie konnte ihn nur noch entgeistert anstarren.

Sein Gesichtausdruck wurde weicher, und er versetzte ihr einen liebevollen Stupser gegen das Kinn. »So begreifen Sie doch, meine Liebe. Sollten Sie jemals wirklich eine Waffe benötigen, dann wird Ihnen dieses Spielzeug da auch nicht helfen.«

»Ich habe Sie nicht nach Ihrem Rat gefragt.« Sie kehrte ihm den Rücken zu. »Joel? Wir sind spät dran. Lass uns gehen.«

Hart kicherte, packte ihren Arm und zog sie wieder zu sich herum. »Francesca, irgendjemand sollte auf Sie Acht geben. Das ist offensichtlich.«

»Aber dieser Jemand sind ganz bestimmt nicht Sie. Außerdem haben Sie im Augenblick ja wohl alle Hände voll zu tun, nicht wahr?«

Seine dunklen Augen blitzten. »Sieh mal einer an! War das etwa ein Seitenhieb auf mein Privatleben?«

Francesca stemmte ihre zu Fäusten geballten Hände in die Hüften. »Und ob es das war! Sie haben den Charme eines tollwütigen Stieres! Und ich bestehe darauf, dass Sie Rose gegenüber etwas Mitgefühl zeigen. Müssen Sie denn so unfreundlich zu ihr sein?«

Er lächelte, ohne etwas zu sagen. Aber es war ein barbarisches Lächeln.

Ihr war beklommen zumute. »Es gefällt mir nicht, wie Sie mich ansehen.«

»Rose hatte einen Wutanfall – und es war nicht ihr erster –, weil ich nicht bereit bin, das zu teilen, was mir gehört.«

Francesca begann zu begreifen und errötete.

»Und solange Daisy in meinem Haus lebt und auf großzügigste Weise von mir versorgt wird, ist es mein Recht, auf einer gewissen Loyalität zu bestehen.«

Ging es hier wirklich um das, was sie vermutete? »Rose ist gewiss nicht wütend, weil Sie« – Francesca stockte –, »weil Sie …« Sie vermochte es einfach nicht auszusprechen.

»Genau das. Daisy gehört nun mir. Und zwar ausschließlich mir. Und sollte Rose sie jemals anfassen, werde ich Daisy hinauswerfen.«

Francesca starrte ihn an. »Gott, sind Sie eiskalt!«

»Finden Sie? Nun, ich bin da anderer Meinung. Daisy und ich haben eine Vereinbarung getroffen, die mich einiges kostet, und dafür erwarte ich ihre ungeteilte Aufmerksamkeit.«

Francesca errötete erneut. »Aber hier geht es doch nicht um … um Erotik. Hier geht es um Liebe.«

»Wie naiv Sie sind!«, erwiderte Hart lachend.

»Nein, wie stumpfsinnig Sie doch sind! Hier geht es um Liebe«, wiederholte Francesca voller Inbrunst.

Er legte die Hand an ihre Wange. »Meine Liebe, hier geht es einzig und allein um Sex.«

Sie wich zurück. In ihren Kreisen sprach niemand dieses Wort laut aus! »Hart, Rose liebt Daisy. Sie hat Angst, dass Daisy sich in Sie verlieben könnte. Sie hat Angst, sie zu verlieren.«

Er lachte laut auf. »Rose ist einfach nur scharf auf meine Mätresse, das ist alles.«

Francesca war sich sehr wohl bewusst, wie unschicklich ihre Unterhaltung war, doch Harts zynische Einstellung schockierte sie noch viel mehr. »Ist das wirklich Ihre ehrliche Meinung?«

»Ja.«

»Dann tun Sie mir Leid, Hart.«

Sein Lächeln erstarb, und er wurde nachdenklich. »Ich beneide Sie um Ihre romantischen Vorstellungen, Francesca, aber ich fürchte, dass Ihnen Ihre reizende Naivität eines Tages genommen werden wird.«

»Es gibt so viel Gutes auf der Welt, Hart, so viel Gutes und so viel Liebe«, versuchte sie es aufs Neue und berührte ihn leicht am Arm.

Er schüttelte den Kopf. »Es gibt nur Begierde, Francesca. Die Menschen gieren nach Reichtum, Macht, Einfluss, Prestige … nach Sex, Trinken, Essen, Besitz. Und nach Rache. Allein darum geht es auf dieser Welt, Francesca.«

Sie schüttelte den Kopf. »Nein, nein. Sie sind ein schrecklicher Zyniker!«

Er zuckte mit den Schultern. »Und Sie eine hoffnungslose Romantikerin. Eine ganz reizende hoffnungslose Romantikerin, wie ich zugeben muss, aber ich fürchte, Sie werden einmal schwer enttäuscht werden.« Ein Lächeln schlich sich auf sein Gesicht zurück. »Gibt es sonst noch irgendetwas, das Sie mir sagen wollen?«

Sie erwiderte das Lächeln, obgleich sie erschüttert war – denn er irrte sich, dessen war sie sich ganz sicher. »Ich bestehe darauf, dass Sie Bragg nichts von meiner Pistole erzählen.«

Er führte sie zur Tür. »Francesca, ich werde ihm davon erzählen, sobald sich die Gelegenheit dazu ergibt. Meiner

Ansicht nach besteht kein Zweifel daran, dass eine junge Dame wie Sie, die eine solche Vorliebe dafür hat, sich in Gefahr zu bringen, auf gar keinen Fall eine Waffe bei sich tragen sollte.«

Francesca war bestürzt. An der Tür wandte sie sich ihm noch einmal zu. »Na schön. Nur zu. Verraten Sie unsere Freundschaft.«

Er zögerte. »Glauben Sie wirklich, dass es ein Verrat an unserer Freundschaft wäre, wenn ich Bragg von der Waffe erzählen würde?«

»Ja, Calder, genau das wäre es.«

In seiner Wange begann ein kleiner Muskel zu zucken, und er blickte seufzend zur Decke.

Sie war überrascht. Sollte er wirklich so leicht zu manipulieren sein? Ein erfreutes Lächeln begann sich auf ihrem Gesicht auszubreiten, doch sie fing sich rasch wieder und setzte eine ernste Miene auf.

Er schaute sie traurig an. »Nun gut. Aber Sie müssen mir versprechen, dass Sie die Waffe zu Hause verstecken werden. Ich werde Bragg nichts erzählen. Es soll unser Geheimnis sein.«

»Versprochen«, erwiderte sie, obwohl sie ihn eigentlich gar nicht anlügen wollte, aber er benahm sich nun einmal so uneinsichtig. Sie hielt ihm die Hand hin. »Abgemacht?«

Er ergriff ihre Hand und küsste ihren Handrücken, und da es nicht bloß ein angedeuteter Kuss war, spürte sie den Druck seiner Lippen auf ihrer Haut. Damit hatte sie nicht gerechnet, und ein Schauer durchlief ihren Körper.

»Abgemacht«, sagte er.

KAPITEL 8

SAMSTAG, 8. FEBRUAR 1902 – 19 UHR
»Möchten Sie etwas trinken?«, fragte Bragg.

Im Foyer wurde es immer voller. Francesca trat näher an Bragg heran. Es fiel ihr schwer, ihn nicht die ganze Zeit über anzustarren, denn in der weißen Smokingjacke, die einen so wundervollen Kontrast zu seiner olivfarbenen Haut und dem golden schimmernden Haar darstellte, sah er einfach umwerfend aus. Die Nähte seiner schwarzen Hose waren mit einer Satinpaspel abgesetzt, und er trug einen dunklen Siegelring.

»Einen Sherry, bitte«, erwiderte sie. Sie konnte nur hoffen, dass sie weitaus gelassener wirkte, als sie es in Wahrheit war.

Sie hatte Schmetterlinge im Bauch. Während sie auf Bragg gewartet hatte, um gemeinsam mit ihm zum Theater zu fahren, war sie sich wie ein Schulmädchen vorgekommen, das auf seine Verabredung für den samstäglichen Tanzabend der Kirchengemeinde wartet. Glücklicherweise waren ihre Eltern bereits vor ihr zu einer anderen Veranstaltung aufgebrochen, so dass abgesehen von den Dienstboten niemand mitbekommen hatte, wie Francesca ihr Aussehen einige Male in den Spiegeln der Eingangshalle überprüft hatte.

Bragg und sie waren übereingekommen, im Foyer auf die anderen zu warten, um dann gemeinsam die Plätze einzunehmen. Evan hatte sich pflichtbewusst und ohne große

Begeisterung auf den Weg gemacht, um Sarah und ihre Cousine abzuholen. Francesca hatte ihm gar nicht erst das Versprechen abgenommen, sich wie ein Gentleman zu benehmen, da sie wusste, dass seine Manieren tadellos sein würden, ganz gleich, wie wenig es ihn interessierte, einen Abend mit seiner Verlobten zu verbringen.

Sie beobachtete, wie Bragg sich über die lange, glänzende Bar aus Eichenholz lehnte, wo bereits mehrere Theaterbesucher an ihren mit Wein oder Cocktails gefüllten Gläsern nippten. Sie konnte nicht umhin, Bragg mit seinem Halbbruder zu vergleichen. Sie waren sich in mancherlei Hinsicht so ähnlich: der olivfarbene Teint, dieselbe Ausstrahlung von Autorität und Macht, die unverhohlene Männlichkeit. Und doch waren sie von ihrem Wesen her verschieden wie Tag und Nacht, was nicht zuletzt an Harts düsteren Ansichten lag. Francesca war froh, dass Bragg zu den Optimisten gehörte – andernfalls hätte sie gewiss anders für ihn empfunden.

Plötzlich warf er ihr über die Schulter hinweg einen ernsten Blick zu und erwischte sie prompt dabei, wie sie ihn anstarrte. Francesca errötete.

Sie dachte schon jetzt an den Moment, wenn er sie später am Abend nach Hause bringen würde. Als sie sich vorstellte, wie er sie in die Arme nahm und küsste, wandte sich Francesca verlegen ab. Sie wusste, dass sie sich solchen Gedanken nicht hingeben sollte, da ihr gewiss eine große Enttäuschung bevorstand, weil er sich anständig benehmen und sie nicht anrühren würde.

Ein Seufzer entschlüpfte ihren Lippen.

In diesem Moment reichte er ihr ein Glas Sherry. »Was ist denn los?«

Sie brachte ein Lächeln zustande. »Ach, nichts. Ich bin einfach froh, dass Sie ein Optimist sind, Bragg.«

Das schien ihn zu amüsieren. »Wie kommen Sie denn jetzt darauf?«

»Ich weiß auch nicht. Aber ohne Hoffnung gibt es nun einmal nicht viel, wofür es sich zu leben lohnt, nicht wahr?«

»Sie sind weiser, als es Ihr jugendliches Alter vermuten ließe, Francesca«, erwiderte er. »Und Sie haben Recht.«

Es freute sie, das zu hören.

Er zögerte einen Moment lang und sagte dann: »Ich kann mich einfach nicht daran gewöhnen, Sie in dieser Garderobe zu sehen – obwohl wir uns zum ersten Mal auf einem Ball begegnet sind.«

Francesca lächelte, als sein Blick von ihrem Gesicht zu ihrem Dekolleté herunterwanderte. Zum ersten Mal in ihrem Leben hatte sie sich für den Abend mit besonderer Sorgfalt gekleidet, um einem Mann zu gefallen. Ihr blassrosafarbenes Kleid im Empirestil hatte schmale Träger, ein eng anliegendes Mieder, das ein Stück ihrer Brust unbedeckt ließ, eine hoch angesetzte Taille und einen Rock, der sich in schwingenden Falten über ihre rosafarbenen Perlenschuhe ergoss. Die Farbe stellte erstaunliche Dinge mit ihrem Teint an, und Francesca hatte zudem ein wenig Lippenrot aufgetragen.

Sie konnte sich gar nicht mehr erinnern, was sie an jenem Abend getragen hatte, als Bragg und sie sich zum ersten Mal begegnet waren, da sie ihrem Aussehen damals wie gewöhnlich wieder einmal überhaupt keine Beachtung geschenkt hatte.

»Gefällt Ihnen mein Kleid?«, fragte sie und blickte ihm dabei geradewegs in die Augen.

»Sehr«, antwortete er.

Sie lächelte und rückte ein wenig näher an ihn heran, bis ihr Rücken den Rand der Bar berührte. »Vielen Dank, Bragg«, sagte sie leise.

Sein Blick ruhte unverwandt auf ihr, so dass ihr Puls schneller zu schlagen begann, doch dann sagte er nur leichthin: »Und wie kommen Sie momentan mit Ihren Eltern zurecht?«

Es fiel ihr schwer, auch nur einen klaren Gedanken zu fassen. Das Theaterfoyer füllte sich zusehends, da immer mehr Besucher zu den Türen hereinströmten. Sie boten Francesca eine wunderbare Gelegenheit, immer dichter an Bragg heranzurücken, bis sich schließlich ihre Hüften berührten. Du liebe Güte, sie sollte sich besser zusammenreißen! Doch dieser Abend hatte bereits jetzt etwas Magisches an sich. Er war einfach perfekt! Hätte sie doch nur nicht diesen verflixten Brief von seiner Frau entdeckt!

Ob sie ihn wohl darauf ansprechen sollte?

Aber sie fürchtete sich davor.

»Francesca?«

Sie zuckte zusammen. »Tut mir Leid? Wie bitte?«

»Ich habe Sie nach Ihren Eltern gefragt, und Sie kamen mir plötzlich so geistesabwesend vor. Stimmt etwas nicht mit den beiden?«

»Doch, doch. Es geht ihnen gut, und ich bemühe mich, mein bestes Benehmen an den Tag zu legen.«

Er verzog das Gesicht. »Das zu glauben fällt mir schwer.«

»Es ist auch wahrlich keine leichte Aufgabe.« Plötzlich schoss ihr das Gespräch mit Julia durch den Kopf. »Mama zieht in Erwägung, mich mit Hart zu verkuppeln«, sagte sie, gespannt darauf, wie Braggs Reaktion ausfallen würde.

Er verschluckte sich vor Schreck beinahe an seinem Whiskey. »Das ist doch hoffentlich ein Scherz!«, erwiderte er mit vor Überraschung weit aufgerissenen Augen.

Als sie seinen Blick sah, wurde ihr klar, dass sie soeben einen schrecklichen Fehler gemacht hatte. Sie sollte der ohnehin bestehenden Rivalität zwischen den beiden Brüdern keinen weiteren Zündstoff liefern. Was war nur in sie gefahren, so etwas zu sagen, selbst wenn es der Wahrheit entsprach? »Leider nicht«, sagte sie. »Und das, obwohl sie sich seines Rufs als Schürzenjäger sehr wohl bewusst ist. Aber wenn es wirklich zum Äußersten kommen sollte, kann ich ihr ja immer noch sagen, dass er offenbar ein Auge auf meine Schwester geworfen hat.«

Bragg setzte sein Glas auf der Bar ab. »Soll ich mich einmal mit ihrem Vater unterhalten?«, fragte er grimmig. »Es gibt keine schlechtere Partie für Sie als mein Halbbruder. Das kann ich einfach nicht zulassen.«

Sie blickten einander tief in die Augen. Francesca wusste, dass Hart ihr niemals einen Heiratsantrag machen würde, weshalb die ganze Angelegenheit ohnehin mehr als fraglich war, aber dennoch tat es ihr gut zu wissen, dass Bragg es nicht zulassen würde. »Würden Sie das wirklich für mich tun?«, fragte sie ein wenig kokett.

»Aber gewiss würde ich das. Auch wenn ich mir an Ihrer Stelle gar nicht erst den Kopf darüber zerbrechen würde, da Hart ohnehin nicht die Absicht hat zu heiraten.« Plötzlich schlich sich ein misstrauischer Ausdruck in sein Gesicht. »Sie versuchen doch nicht etwa, mich zu provozieren?«, fragte er.

Francesca riss die Augen mit gespielter Unschuld auf. »Aber natürlich nicht!«

Er lehnte sich mit dem Rücken an die Bar und verschränkte die Arme vor der Brust. »Sie müssen mich nur fragen, ob ich eifersüchtig sein würde, Francesca«, sagte er leise. »Meine Antwort würde Ja lauten.«

Ein freudiger Schauer durchlief sie, und sie blickte rasch zur Seite, ehe er sehen konnte, wie zufrieden sie war. »Ich hätte nicht gedacht, dass Sie auf Hart eifersüchtig sein könnten, Bragg«, flunkerte sie.

Darauf erwiderte er nichts.

Sie atmete tief durch, um sich wieder zu beruhigen. »Er hat sich sowieso gerade erst Daisy Jones als Mätresse genommen, daher dürfte er für eine Weile beschäftigt sein. Wir müssen uns also über Mamas Vorstellungen und Träume keine Sorgen machen.« Als sie daran dachte, dass Hart es gewiss zum Brüllen komisch finden würde, wenn sie ihm jemals etwas von Julias Idee erzählte, musste Francesca unwillkürlich lächeln. »Ich habe Daisy einen Besuch abgestattet, als er auch zufällig gerade vorbeikam. Er hat ihr ein riesiges Haus gekauft, Bragg.«

Bragg schien sich wieder beruhigt zu haben und schüttelte den Kopf. »Jetzt ist also Daisy an der Reihe. Ich frage mich, ob Calder jemals sein Glück finden wird. Er flattert von einer Frau zur anderen, kauft mehr Kunstwerke als ein Museum, arbeitet viel zu viel und scheint offenbar nie wirklich zufrieden zu sein.«

»Ja, den Eindruck habe ich auch. Er ist wirklich zu bemitleiden.« Es war ihr ernst damit, auch wenn es ihr schwer fiel, jemanden zu bemitleiden, der so arrogant war wie Calder Hart.

»Bedauern Sie ihn nicht zu sehr.«

»Keine Sorge, ich weiß, dass er auch eine echte Plage sein kann. Ich werde mich schon nicht von seinem Charme einwickeln lassen. Außerdem interessiert er sich augenscheinlich für meine Schwester, und je länger ich über ihn und Daisy nachdenke, desto wütender werde ich, dass er glaubt, er könne auch Connie für sich gewinnen.« Die Vorstellung war wirklich unerträglich.

»Er ist unglaublich egoistisch«, erklärte Bragg. »Aber ich werde ihm schon klar machen, dass er die Finger von Ihrer Schwester lassen soll. Ich mag Lady Montrose, und es würde mir gar nicht gefallen, wenn sie etwas täte, was sie nachher bitter bereut.«

Francesca konnte sich gut vorstellen, wie Hart reagieren würde, wenn Bragg ihm erklärte, er solle sich von Connie fern halten. Es würde gewiss zu Handgreiflichkeiten kommen. »Lassen Sie mich lieber mit Hart über Connie reden. Ich glaube, er wird meinen Bitten gegenüber zugänglicher sein.« Sie lächelte ein wenig gequält. »Übrigens wollte ich Neil einmal einen Besuch abstatten, um herauszufinden, wie es um die beiden steht. Connie behauptet ja, es sei alles wieder in Ordnung.«

»Um Himmels willen, Francesca, hören Sie auf herumzuschnüffeln, und lassen Sie die beiden ihre Angelegenheiten bitte allein wieder in Ordnung bringen!«

»Aber ich mache mir Sorgen, Bragg! Und es gefällt mir überhaupt nicht, dass Hart hinter Connie herläuft.« Die Leidenschaft in ihrer Stimme überraschte sie selbst.

Er starrte sie an. »Vielleicht sind Sie ja diejenige, die eifersüchtig ist«, sagte er nach einer Weile.

»Eifersüchtig? Auf was denn? Etwa auf ... Connie und ...

Hart?« Sie vermochte die Worte kaum herauszubringen, so absurd war die Vorstellung.

Mit grimmigem Gesichtsausdruck nahm Bragg einen Schluck von seinem Whiskey.

»Ich bin nicht eifersüchtig«, versicherte sie ihm mit sanfter, aber nachdrücklicher Stimme.

Ein kleines Lächeln schlich sich auf sein Gesicht.

Plötzlich wurde Francesca angerempelt und fiel gegen Bragg, der sofort schützend seinen Arm um sie schlang. Schlagartig war ihre Unterhaltung vergessen. Als Francesca seinen harten, maskulinen Körper spürte, wünschte sie sich nichts sehnlicher, als dass der Abend genau den Ausklang finden würde, den sie sich in Gedanken vorstellte.

Aber die Vernunft sagte ihr, dass dies nicht so sein würde.

Doch für einen Moment hielt Bragg sie fest, um dann widerstrebend seinen Arm wegzuziehen und ein wenig von ihr abzurücken. Sie tauschten einen langen Blick. Francesca zweifelte keine Sekunde daran, dass er das Gleiche empfand wie sie.

Bragg sagte: »Wir hatten bisher noch kein Glück bei der Suche nach Sam Carter.«

Francesca stellte erleichtert fest, dass er auf ein sehr viel unverfänglicheres Gesprächsthema auswich. »Haben Sie denn schon mit Mike O'Donnell gesprochen?«

»Ja. Aber er war nicht im Geringsten kooperativ, Francesca. Er hasst Polizisten und hat mir nur ein paar einsilbige Antworten gegeben.« Er schüttelte den Kopf.

Francesca musste lachen. »Ich hatte mir bereits gedacht, dass sich seine Befragung schwierig gestalten würde.«

»Sie waren wieder einmal eine große Hilfe«, sagte er leise. Er ließ seinen Blick über ihr Gesicht wandern, bis er schließlich auf ihrem Mund verharrte, von wo er ihn scheinbar nur mit großer Mühe losreißen konnte. »Ich traue dem Kerl nicht«, fügte er hinzu und räusperte sich.

»Weil er die Verbindung zwischen den beiden Frauen darstellt?«, fragte sie mit pochendem Herzen. Wie sollte sie nur diesen Abend überstehen, wenn sie an nichts anderes denken konnte als daran, wie sie in Braggs Armen lag? Würde sie überhaupt etwas von dem Musical mitbekommen?

»Zum einen das, und zum anderen, weil ich von verschiedenen Hafenarbeitern erfahren habe, dass er nicht viel von seiner Frau gehalten hat. Er hat sich offenbar des Öfteren sehr abschätzig über sie geäußert und ist nicht einmal zu ihrem Begräbnis erschienen.« Er warf Francesca einen viel sagenden Blick zu.

Diese Information lenkte sie endlich von ihren schamlosen Gedanken ab. »Wie bitte? Er ist nicht zu Kathleens Begräbnis erschienen? Bragg, was ist, wenn es sich bei ihm tatsächlich um den gesuchten Mann handelt?«

Er nahm ihren Arm. »Das wissen wir nicht. Morgen werde ich noch einmal zu den Jadvics gehen. Ich frage mich langsam, was O'Donnell wirklich für seine Schwester empfunden hat.«

»Angeblich hat er sie geliebt«, sagte Francesca aufgeregt. »Aber jetzt frage ich mich auch, ob das stimmt!«

»So etwas ist leicht gesagt«, bemerkte Bragg.

Francesca nahm die Worte in sich auf und fragte dann mit angehaltenem Atem: »Darf ich Sie morgen begleiten?«

»Gern.«

Ihre Augen weiteten sich vor Überraschung, und ein freudiger Schauer durchlief sie. »Sie haben also Ihre Meinung geändert und lassen mich an dem Fall mitarbeiten? Ich kann es gar nicht fassen!«

»Manchmal ist es besser, wenn Sie die Fragen stellen. Ich will diesen Fall unbedingt aufklären, Francesca, und das bedeutet, dass ich schon sehr bald die nötigen Antworten haben muss.«

Sie setzte ihren Sherry ab. »Befürchten Sie, dass es ein drittes Opfer geben könnte?«

»Ich hoffe nicht. Bislang besteht kein Grund zur Sorge. Aber ich möchte diesen Kerl schnappen, damit er nicht mehr die Gelegenheit hat, noch einmal zuzuschlagen. Ich beabsichtige, mich einmal mit O'Donnells Beichtvater zu unterhalten.«

Francesca blickte ihn entgeistert an. »Aber ... aber alles, was man in der Beichte sagt, ist doch –«

»Das weiß ich sehr wohl. Aber hier liegt der Fall anders. Der Geistliche könnte wissen, ob O'Donnell geistig gesund ist oder nicht.«

»Ziehen Sie in Erwägung, ihn zu verhaften?«

»Ich glaube, es ist zu früh, um ihn des Mordes anzuklagen, aber sollte irgendetwas darauf hindeuten, werde ich ihn wegen Trunkenheit und ungebührlichen Benehmens einsperren lassen.«

»Um ihn von der Straße wegzuholen?«

»Genau.« Er lächelte sie an. »Und wie geht es mit Ihrem eigenem Fall voran?«, fragte er und strich ihr eine Haarsträhne aus dem Gesicht.

Es war eine so intime Geste in aller Öffentlichkeit, dass Francesca ihn fassungslos anstarrte. Er ließ seine Hand fallen und schien ein wenig zu erröten. »Nun«, krächzte sie schließlich und räusperte sich. »Ich fürchte, ich werde meine Klientin verlieren. Ich habe Lydia Stuarts Auftrag völlig vernachlässigt. Aber morgen Abend beabsichtige ich herauszufinden, ob ihr Ehemann ein Verhältnis mit Rebecca Hopper hat.«

»Aber klettern Sie bitte nicht wieder auf irgendwelche Bäume«, sagte er mit einem kleinen Lachen.

Francesca errötete und stupste ihm ziemlich undamenhaft den Ellbogen in die Rippen. »Bragg! Erinnern Sie mich doch nicht an dieses Fiasko! Bei der Drecksarbeit werde ich demnächst Joel um Hilfe bitten. Obgleich er eigentlich noch viel zu jung ist, um so etwas mit anzusehen.« Sie spürte, wie ihre Wangen zu brennen begannen.

Plötzlich wurde er wieder ernst. »Sie sind diejenige, die sich so etwas nicht ansehen sollte!«

»Wollen Sie etwa meine Unschuld retten?«

»Ich versuche es zumindest.«

»Ich habe Montrose mit Eliza gesehen, Bragg. Haben Sie das schon vergessen?«

Jetzt trugen seine Wangen tatsächlich einen rötlichen Schimmer. Francesca hätte nie geglaubt, dass sie es je schaffen würde, Bragg zum Erröten zu bringen. »Sie hätten nicht in ihrem Haus herumschleichen dürften, unter welchen Umständen auch immer!«, sagte er. »Das dürfte Ihnen ja nun eine Lektion gewesen sein!«

Das entsprach allerdings den Tatsachen. Francesca hatte die beiden Liebenden bei Dingen beobachtet, von denen sie niemals geglaubt hätte, dass sie zwei Menschen miteinander taten. Schlimmer noch, sie hatte Montrose in all seiner männ-

209

lichen Pracht gesehen. Bei der Erinnerung daran wurde ihr noch wärmer.

»Francesca?«

»Aber natürlich habe ich meine Lektion gelernt«, erklärte sie sittsam, richtete ihren Blick dabei allerdings auf den Boden.

»Aus irgendeinem Grund mag ich das noch nicht so ganz glauben«, murmelte Bragg, woraufhin sie ihm ein Lächeln schenkte.

»Sie sind wirklich eine ganz bezaubernde Frau«, sagte er plötzlich. »Ich kenne keine andere Frau, die eine solche Lebensfreude besitzt. Wenn Sie lachen oder aufgeregt sind, funkeln Ihre Augen wie Juwelen, Francesca.«

Sie sah ihn erstaunt an und sagte blinzelnd: »Bragg, das ist wirklich das Netteste –«

»Ich versuche gar nicht, nett zu sein, und ich versuche auch nicht, Ihnen zu schmeicheln.«

Sie hatte keine Ahnung, wie sie auf diese Äußerung reagieren sollte. Sie zupfte an seinem Ärmel. »Aber Sie sind –«

»Ich bin durstig«, fiel er ihr erneut ins Wort, bevor sie ihm erklären konnte, dass auch sie ihn bewunderte. Er wandte sich dem Tresen zu und bat um ein Glas Wasser, während Francesca atemlos dastand und auf seinen Rücken starrte.

Nachdem der Kellner ihm das Wasser gereicht hatte, drehte sich Bragg wieder zu Francesca um. Offenbar hatte er zu seiner üblichen Gelassenheit zurückgefunden. »Sollen wir uns zu den Plätzen begeben?«, fragte er. »Die anderen scheinen sich zu verspäten, und der Vorhang hebt sich in ein paar Minuten.«

»Ja, lassen Sie uns gehen«, erwiderte Francesca.

Bragg setzte das Glas ab, und sie lächelte ihn an und erlaubte ihm, ihren Arm unterzuhaken. Als sie sich gerade zum Gehen wenden wollten, sahen sie sich plötzlich Julias engster Freundin, Cecilia Thornton von den Bostoner Thorntons gegenüber. Die kleine, rundliche Frau mit dem üppigen Schmuck strahlte sie an.

»Francesca!«, rief sie. »Wie schön, dass wir uns über den Weg laufen. Und du bist mit dem Commissioner hier, das ist aber nett.«

Ihr Blick wanderte zwischen Francesca und Bragg hin und her und verweilte schließlich auf ihren untergehakten Armen.

»Gerade noch rechtzeitig geschafft!«, ertönte Evans Stimme, als Francesca neben Bragg im Zuschauerraum saß. Zu ihrer Linken waren drei Plätze frei, und Bragg erhob sich sofort, damit sich Evan und die beiden Damen auf ihre Plätze begeben konnten. Evan lächelte seine Schwester an, und sie stellte überrascht fest, dass er offenbar guter Laune war. Höflich ließ er den beiden Damen den Vortritt. Mit seinem lockigen, schwarzen Haar, seinen leuchtenden, blauen Augen und seiner recht hellen Haut war Evan ein attraktiver Mann. Er maß gut einen Meter achtzig, und da er gern Tennis, Golf und Football spielte, Ski lief und mit seiner Yacht segelte, war er ein kräftiger, junger Mann.

Jedes Mal, wenn Francesca ihn sah, hoffte sie, dass er sich doch noch in seine Verlobte verlieben oder dass ihr Vater es sich anders überlegen und Evan nicht dazu zwingen würde, sie zu heiraten. Aber da Evan unglaublich hohe Schulden hatte, die ihr Vater nur dann zu zahlen bereit war, wenn Evan Miss Channing heiratete, blieb ihm wohl nichts anderes übrig, als mit ihr vor den Altar zu treten.

Sarah Channing war eine kleine, zierliche Frau mit großen, braunen Augen und schokoladenbraunem Haar. Ihr Gesicht war schmal und eher unauffällig, aber wenn sie lachte, sah sie sehr hübsch aus. Sie nickte Bragg zur Begrüßung kurz zu, doch als sie vor Francesca stand, lächelte sie, und ihre Augen bekamen einen warmen Schimmer. »Hallo, Francesca«, sagte sie leise.

Francesca erwiderte ihr Lächeln, obwohl sie innerlich zusammenzuckte. Sie wusste wohl, dass sich Sarah nicht um Mode scherte und dass ihre Mutter die Garderobe für sie auswählte, aber das dunkelrote Kleid, das Sarah an diesem Abend trug, stand ihr überhaupt nicht. Es war viel zu üppig für Sarahs schmale Gestalt, und die Farbe schien sie förmlich zu erdrücken. »Es tut mir Leid, dass ich bisher noch nicht wieder die Zeit für einen Besuch gefunden habe«, sagte Francesca, ergriff Sarahs Hände und drückte sie herzlich.

Sarah warf ihr einen viel sagenden Blick zu. »Aber du bist doch auch sehr beschäftigt gewesen, Francesca. Ich habe den Artikel über deine Erfolge bei der Verbrechensbekämpfung gelesen. Es ist ja so bewundernswert, dass du Randalls Mörder ganz allein gefasst hast!« Ihre Augen glänzten vor Bewunderung.

»Ich danke dir. Aber ich hatte gar keine andere Wahl, da die Situation ein wenig riskant war.«

»Das kann ich mir vorstellen.« Die beiden jungen Frauen tauschten verschwörerische Blicke. Sarah war Francesca vom Wesen her sehr ähnlich, was ein Außenstehender nie vermutet hätte, wenn er sie zum ersten Mal traf. Aber Francesca kannte inzwischen Sarahs Geheimnis: Sie war Malerin und ihrer Kunst leidenschaftlich zugetan. Francesca fand besonders ihre Porträts ausgesprochen gelungen. Evan hingegen wusste nichts von dem Talent seiner Verlobten und hatte ihr auch bisher noch keinen Besuch in ihrem Atelier abgestattet.

»Darf ich dir und dem Commissioner meine Cousine, die Contessa Benevente vorstellen?«, fragte Sarah.

Francesca blickte Sarah über die Schulter und entdeckte eine atemberaubend schöne Frau, die in eine leise, aber angeregte Unterhaltung mit Evan vertieft war. Er strahlte sie beim Reden an und gestikulierte heftig mit den Händen. Francesca sah, wie Evan über irgendetwas lachte, das die Gräfin gesagt hatte. Ganz offensichtlich fand er Bartolla Benevente attraktiv – was sie auch zweifellos war.

Francesca hatte ein Porträt der jungen Witwe mit dem rotbraunen Haar in Sarahs Atelier gesehen. Offenbar war die Gräfin so etwas wie das schwarze Schaf der Familie Channing.

»Bartolla? Ich möchte dir gern den Polizei-Commissioner von New York und meine liebe neue Freundin, Francesca Cahill vorstellen.«

Bartolla wandte sich lächelnd von Evan ab. Ihr langes, rotbraunes Haar ergoss sich in einer wilden Mähne über ihre nackten Schultern, und sie trug ein tief ausgeschnittenes rotes Kleid, das an ihr einfach wundervoll wirkte – elegant und verführerisch zugleich. Sie war groß und hatte eine hinreißende Figur. Francesca schätzte sie auf Mitte zwanzig. Ihr Dekolleté schmückte eine mit Diamanten besetzte Halskette, die ein kleines Vermögen gekostet haben musste, und sie trug schwarze Handschuhe, die ihr bis über die Ellbogen reichten.

Francesca bemerkte zudem, dass Bartolla an einem Arm über

dem Handschuh ein klotziges Armband mit Diamanten und Rubinen angelegt hatte. Das war ungewöhnlich. Francesca hatte noch nie eine Frau gesehen, die ein Armband über dem Handschuh trug, aber es fiel ins Auge und sah gut aus.

Bartolla reichte Bragg die Hand, der sie sogleich ergriff. Francesca sah, wie er die junge Frau musterte, und obgleich sein Gesichtsausdruck gelassen blieb, verspürte sie ein Gefühl von Eifersucht und hätte ihm am liebsten einen Tritt versetzt. Er murmelte eine höfliche Begrüßung.

»Ich freue mich ja so sehr, Sie kennen zu lernen, Commissioner«, sagte Bartolla. »Ich bin erst seit drei Tagen in der Stadt, aber ich habe bereits so viel über Sie gelesen!« Sie hatte ein ungewöhnlich breites und ansteckendes Lächeln. »Sie sehen in Wirklichkeit noch viel besser aus, als die Zeichnungen des *New York Magazine* es vermuten lassen.«

»Die Freude ist ganz meinerseits«, erwiderte Bragg mit einem kleinen Lächeln. »Ich hoffe, Sie hatten bislang einen angenehmen Aufenthalt?«

Bartolla ließ seine Hand nicht los. »Überaus angenehm.« Sie beugte sich ein wenig vor, was einen noch tieferen Blick in ihr Dekolleté gewährte. »Sagen Sie, ist es eigentlich sehr schwer, einen solchen Polizei-Apparat zu leiten? Wie ist es, für so viele Beamte verantwortlich zu sein? Ich würde Sie ja so gern einmal einen Tag lang begleiten, um zu sehen, was Sie so alles tun. Wie interessant Ihre Arbeit doch sein muss!«

Francesca spürte, wie Wut in ihr aufstieg. Hatte diese Frau etwa vor, Bragg zu verführen? Sie hätte sie am liebsten auf der Stelle an den prächtigen Haaren gezogen!

Bragg lächelte und zog seine Hand weg. »Es wäre mir ein

Vergnügen, Sie zu einem Ihnen angenehmen Zeitpunkt einmal durch das Präsidium zu führen, Gräfin.«

Bartolla strahlte und schlug affektiert ihre behandschuhten Hände zusammen. Dann schob sie sich an ihm vorbei, wobei sie sich wenig Mühe gab, eine Berührung zu vermeiden, sondern mit ihrem Körper dicht an dem seinen entlangstrich.

Francesca verachtete sie dafür.

»Miss Cahill! Ich konnte es kaum erwarten, Sie kennen zu lernen! Sarah lobt Sie in den höchsten Tönen. Sie bewundert Sie, und ich muss sagen, mir geht es ebenso!«, rief Bartolla mit ihrem breiten, gewinnenden Lächeln. Ihre grünen Augen funkelten Francesca an.

Francesca glaubte nicht, dass ihre Worte ehrlich gemeint waren und hatte nicht vor, sich vom Charme dieser Frau einwickeln zu lassen. »Es freut mich ebenfalls, Sie kennen zu lernen«, erwiderte sie ein wenig steif.

»Eine Frau, die es wagt, der Polizei bei ihrer Arbeit zu helfen! Das ist einfach unglaublich!« Bartolla ereiferte sich derart, dass ihre Augen immer größer wurden. »Es sollte mehr Frauen geben wie Sie und meine Cousine, mehr Frauen, die es wagen, das zu tun, wonach ihnen der Sinn steht!« Sie sprach mit großer Leidenschaft.

Francesca spürte, wie ihre Vorbehalte gegen die Gräfin ein wenig nachließen, doch sie weigerte sich, ihre spontan gefasste Meinung über sie zu ändern. »Da bin ich hundertprozentig Ihrer Meinung.« Aber halt dich bloß von Rick Bragg fern!, fügte sie in Gedanken hinzu.

»Obwohl ich nun beinahe schon acht Jahre in Florenz lebe, habe ich nie die europäischen Traditionen angenommen. Dort ist es verpönt, dass Frauen die Initiative ergreifen;

sie sollen brav daheim bleiben und sich nicht ihren Leidenschaften hingeben.« Bartolla schüttelte den Kopf und lächelte. »Außer natürlich ihrer Leidenschaft für die Liebe – Affären sind dort an der Tagesordnung, beinahe jeder hat eine.«

Francesca starrte die junge Frau fassungslos an. Was sollte sie dazu sagen?

Bartolla ergriff für einen Moment ihre Hand. »Es ist wirklich so. In Europa herrscht einfach ein ganz anderer Lebensstil. Mein Mann – möge er in Frieden ruhen – mochte meine selbstbewusste Art, aber der Großteil seiner Familie tat sich damit schwer.« Sie warf Francesca einen verschmitzten Blick zu. »Aber das war mir gleichgültig.«

»Das mit Ihrem Mann tut mir sehr Leid«, erwiderte Francesca und versuchte sich gegen den Gedanken zu wehren, dass diese Frau möglicherweise eine Gleichgesinnte war.

»Das muss es nicht«, erwiderte Bartolla und zuckte mit den Schultern. »Er war fünfundsechzig, als er starb; das war vor zwei Jahren. Er hatte ein langes und erfülltes Leben, hatte fünf Kinder aus seiner ersten Ehe. Was kann ein Mensch mehr verlangen?« Sie verdrehte die Augen, so dass Francesca unwillkürlich lächeln musste. Dann lehnte sich Bartolla vor und flüsterte grinsend: »Und in seinen letzten sechs Jahren hatte er außerdem noch mich.«

Damit war es entschieden – Francesca kam zu dem Schluss, dass ihr diese Frau sympathisch war. Doch wenn sie auch nur noch ein einziges Mal mit Bragg schäkerte, würde sie ihr gehörig auf die Füße treten – oder sie beiseite nehmen und ihre Ansprüche geltend machen. »Wie lange werden Sie in der Stadt bleiben?«

»Ich weiß es noch nicht. Ich liebe Italien nun einmal, und da ich mich bereits seit dem letzten Sommer in Paris aufgehalten habe, zieht es mich wieder zurück nach Florenz. Aber diese Reise in die Heimat war schon lange überfällig. Allerdings hat es meine Familie vorgezogen, meine Rückkehr zu ignorieren«, sagte sie und zuckte ein weiteres Mal mit den Schultern. »Nur Sarah und ihre Mutter nicht.«

Francesca wusste nicht, was sie darauf antworten sollte. »Das tut mir Leid«, sagte sie nur.

»Ach, dazu besteht gar kein Grund. Das sind ohnehin alles hochnäsige Langweiler. Und außerdem hätten sie es gern, wenn ich das Vermögen meines Mannes an sie verteilen würde – was ich aber ganz gewiss nicht tun werde.«

»Oh!«, entfuhr es Francesca, die neugierig geworden war.

Bartolla Benevente schenkte ihr ein weiteres breites Lächeln. »Wenigstens ist mein Leben niemals langweilig. Langeweile ist entsetzlich, finden Sie nicht?«

Francesca musste lachen. »Ja, da stimme ich Ihnen voll und ganz zu.«

Bartolla stimmte in ihr Lachen ein und trat an ihr vorbei, um sich auf den Platz zwischen Francesca und Sarah zu setzen. Als sich Evan an Francesca vorbeischob, flüsterte er ihr ins Ohr: »Ist dir schon jemals ein solch bezauberndes Wesen begegnet?«

Francesca seufzte. Sie weigerte sich, ihrem Bruder zu antworten – zumindest für den Moment –, aber später würde sie ihm klar machen, dass die Gräfin wohl eine lebensfrohe und bezaubernde Frau sein mochte, aber ganz offensichtlich eine Kokotte war – und außerdem Sarah Channings Cousine.

Sarah lehnte sich über Bartollas Schoß hinweg zu Francesca

217

hinüber und lächelte sie an. »Ich habe mir gleich gedacht, dass ihr beide euch gut verstehen werdet«, sagte sie.

Sie hatten einen Tisch im Delmonico's reserviert, einem der besten Restaurants der Stadt. Der Tisch, an dem sie saßen, war rechteckig und für sechs Personen vorgesehen, und irgendwie landete Bartolla an der Kopfseite und Evan und Sarah rechts und links von ihr. Francesca saß neben ihrem Bruder gegenüber von Bragg. Während Evan und Bragg über die Weinkarte diskutierten, unterhielten sich die drei Frauen über das Musical, das überaus unterhaltsam gewesen war, und über den Ball, den die Channings zu Ehren von Bartolla am Dienstag geben wollten.

»Ich bin einfach sprachlos, wie viel Freundlichkeit du und deine Mutter mir entgegenbringen«, sagte Bartolla zu Sarah und griff nach deren Hand. »Meine Familie wird natürlich nicht kommen.«

Sarah lächelte sie an. »Wir lieben dich doch. Das war schon immer so. Und auch wenn die meisten Leute Mutter fälschlicherweise für eine dumme Gans halten, so ist sie doch in Wirklichkeit eine kluge Frau. Und sie tut das, was ihr gefällt und nicht das, was andere von ihr erwarten.«

»Ja, ich weiß.«

»Ich habe für diesen Abend ein neues Kleid bestellt«, gestand Francesca. »So etwas tue ich sonst nie.«

»Du liebe Güte, was ist denn nur in dich gefahren?«, neckte Sarah sie und warf einen viel sagenden Blick auf Bragg.

Bartolla hatte Sarahs Blick bemerkt und schaute Francesca ebenso viel sagend an. »Kennen Sie Rick schon lange?«, fragte sie.

»Nein, erst seit er in die Stadt gekommen ist, um sein Amt anzutreten«, erwiderte Francesca vorsichtig. »Aber wir haben bei zwei Kriminalfällen zusammengearbeitet und sind im Verlauf der Ermittlungen Freunde geworden.«

»Ich bin mit seiner Frau bekannt«, sagte Bartolla und lächelte.

Bei diesen Worten wäre Francesca beinahe vom Stuhl gefallen. Vor Schreck vermochte sie kein Wort herauszubringen.

»Oh! Ich wusste ja gar nicht, dass er verheiratet ist«, sagte Sarah mit weit aufgerissenen Augen und blickte Francesca verlegen an.

Francesca zwang sich zu einem Lächeln. »Wirklich?«, sagte sie an Bartolla gewandt.

»Sie hat für eine Weile in Florenz gelebt, und letzten Sommer, als wir beide in Paris wohnten, sind wir Freundinnen geworden«, erzählte Bartolla im Plauderton. »Sie ist eine außergewöhnliche Frau, die das Leben in vollen Zügen genießt.«

»Dessen bin ich mir sicher«, brachte Francesca heraus.

»Wir haben uns auf einen Wein geeinigt, einen Burgunder«, verkündete Evan, warf Francesca dabei aber einen befremdeten Blick zu, der ihr deutlich machte, dass er die Unterhaltung mit angehört hatte. Auch Evan hatte nicht gewusst, dass Bragg verheiratet war, inzwischen aber begriffen, dass etwas zwischen seiner Schwester und dem Commissioner im Gange war.

»Ein Burgunder ist gewiss eine hervorragende Wahl«, sagte Bartolla und legte ihre Hand auf Evans.

Er sah sie an und schien auf einen Schlag Francesca und ihre verirrten Gefühle vergessen zu haben. »Falls er Ihnen nicht schmecken sollte, werden wir ihn zurückgehen lassen«, sagte er.

»Dazu wird es gewiss nicht kommen«, gab sie leise zurück, wobei ihre Stimme einen verführerischen Klang hatte.

Erst jetzt wagte es Francesca, Bragg anzuschauen, und sie erkannte, dass auch er Bartollas Bemerkung über ihre Freundschaft zu Leigh Anne mit angehört hatte. Sein Gesicht wirkte zwar gelassen, aber Francesca kannte ihn inzwischen gut genug, um zu erkennen, dass der Ausdruck in seinen Augen etwas anderes besagte.

Sie hätte am liebsten seine Hand ergriffen und sie beruhigend gedrückt.

»Lord und Lady Montrose haben gerade das Lokal betreten«, sagte Sarah in diesem Moment. »Sollen wir sie nicht einladen, sich zu uns zu setzen?« In ihrem Tonfall spiegelte sich die Sorge wider, die Francesca in ihrem Blick gelesen hatte.

Francesca drehte sich auf ihrem Stuhl um und sah, dass Connie und Neil sie bereits entdeckt hatten. Sie winkte ihnen zu, worauf die beiden lächelten, ein paar Worte mit dem Oberkellner wechselten und schließlich auf den Tisch zusteuerten. Francesca wandte sich an Bartolla. »Meine Schwester und ihr Mann«, erläuterte sie.

»Oh, es wird mir eine Freude sein, sie kennen zu lernen«, erklärte Bartolla mit einem Lächeln, das ihre seegrünen Augen zum Strahlen brachte.

Francesca fragte sich, wie es Bartolla wohl gefallen würde, sich das Rampenlicht mit Connie zu teilen, die in ihrem cremefarbenen Abendkleid, das über und über mit goldener Spitze besetzt war, einfach atemberaubend aussah. Montrose, der ihr folgte, wirkte in seiner Abendgarderobe ebenso attraktiv und elegant. Einige der weiblichen Gäste hatten sich nach ihm umgedreht, als er an ihnen vorüberging. Francesca fiel auf, dass seine Hand nicht wie sonst auf Connies Rücken lag, um sie durch den Raum zu führen. Das war ungewöhnlich – sie hatte Neil schon Hunderte von Malen dabei beobachtet, wie er Connie durch eine Menschenmenge lenkte, und jedes Mal hatte seine Hand dort gelegen.

Francesca sah wohl, dass Connie lächelte, aber ihre Schwester würde sich in Gesellschaft niemals anmerken lassen, wie es wirklich in ihr aussah – das hatte sie von Julia gelernt. Ihr Lächeln schien eine gewisse Erleichterung widerzuspiegeln, und Francesca fragte sich, ob sie möglicherweise froh darüber war, der Zweisamkeit mit ihrem Mann zu entkommen.

Bragg und Evan erhoben sich zur Begrüßung, und auch Francesca stand auf, um ihre Schwester zu umarmen. »Wie hübsch du aussiehst!«, rief sie.

Connie blickte ihr geradewegs in die Augen, und ihr Blick schien zu fragen: Was um alles in der Welt tust du da?

Francesca begriff. Connie war nicht glücklich darüber, Francesca mit Bragg beim Abendessen zu sehen.

»Wie geht es dir?«, fuhr Francesca fort. »Guten Abend, Neil«, wandte sie sich an ihren Schwager. Sie gab ihm einen Kuss auf die Wange und blickte ihm beim Zurückweichen in die Augen.

Und in diesem Moment wusste sie, dass etwas im Argen lag, denn seine türkisfarbenen Augen waren ohne jeden Glanz und blickten grimmig und resigniert drein. »Guten Abend, Francesca«, sagte er.

Auch die anderen begrüßten die Neuankömmlinge.

»Hätten Sie Lust, sich uns anzuschließen?«, fragte Bragg.

Francesca hoffte, dass die beiden den Vorschlag annehmen würden, doch im selben Moment sah sie, wie Calder Hart das Restaurant betrat, und wäre vor Schreck beinahe in Ohnmacht gefallen.

Er befand sich in Begleitung einer wunderschönen, offenbar vermögenden Frau Anfang dreißig und eines weiteren Paars. In seiner weißen Smokingjacke war Hart wohl der auffallendste Mann im ganzen Raum. Francesca fragte sich, wer die Frau an seiner Seite sein mochte. Ob sie ihn wohl jemals zweimal in Begleitung derselben Frau sehen würde?

»Wir sind bedauerlicherweise verabredet«, sagte Montrose.

Francesca sah, dass auch Calder sie entdeckt hatte. Er grinste ihr quer durch das ganze Restaurant zu, richtete einige Worte an seine Begleiter und löste sich dann von ihnen. Voller Bestürzung sah Francesca, dass er mit langen, unbekümmerten Schritten auf sie zukam.

Wenn er irgendwelchen Ärger anzetteln sollte, werde ich ihn umbringen, dachte sie.

Als Hart sich dem Tisch näherte, drehte sich Montrose zu ihm um, und Francesca glaubte, eine gewisse Anspannung und Wut in den Zügen ihres Schwagers zu erkennen. Doch vielleicht bildete sie sich das ja auch nur ein? Dann schaute sie zu Connie hinüber, die plötzlich einen regelrecht verängstigten Eindruck machte.

Tja, das hast du nun davon!, hätte Francesca am liebsten zu ihr gesagt.

»Ist das Calder Hart?«, flüsterte Sarah ihr aufgeregt zu.

Francesca blickte Evans Verlobte an. Sie wusste, dass Sarah darauf brannte, einmal einen Blick auf Harts Kunstsammlung werfen zu dürfen. »Ja.«

»Bitte stell mich ihm vor – aber erzähl ihm nicht, dass ich Malerin bin!«

»Versprochen«, sagte Francesca nickte lächelnd.

»Rick«, sagte Hart und blieb an ihrem Tisch stehen.

»Calder«, erwiderte Bragg. Keiner der Brüder schien besonders erfreut zu sein, den anderen zu sehen.

Hart wandte sich als Erstes Francesca zu. Er griff nach ihrer Hand und ließ seinen Blick über ihr wunderschönes rosafarbenes Kleid gleiten. »Sieh an, sieh an«, murmelte er, hob ihre Hand an seine Lippen und küsste sie. »Sie überraschen mich immer wieder, Francesca.«

Sie warf ihm einen beinahe verzweifelten Blick zu, der ihm sagen sollte: Bitte lassen Sie Montrose nicht wissen, dass Sie seiner Frau nachstellen!

Hart grinste sie an und wandte sich Connie und Neil zu. »Lady Montrose. Jedes Mal, wenn wir uns begegnen, sind Sie noch ein bisschen schöner geworden.«

»Mr Hart«, erwiderte Connie atemlos.

Francesca ließ ihren Blick von ihrer Schwester zu Hart und dann zu Neil schweifen. Das Gesicht ihres Schwagers war rot angelaufen. Er wusste es. Ja, so musste es sein.

Hart nickte ihm zu. »Montrose. Wie geht es Ihnen?«

Neils Kiefer schien unter einer solchen Anspannung zu stehen, dass sein Lächeln wie ein Blecken der Zähne wirkte. »Finden Sie nicht, dass meine Frau die schönste Dame im ganzen Raum ist?«, fragte er und richtete sich kerzengerade auf, als wolle er sich für einen Kampf bereitmachen.

»Oh, jetzt bringen Sie mich aber in Verlegenheit! Heute Abend sind so viele schöne Damen anwesend, dass ich niemanden beleidigen möchte.« Harts Blick wich nicht von

Montrose, doch das Lächeln, das seine Lippen umspielte, erreichte nicht seine Augen. Die beiden Männer erinnerten Francesca an zwei Stiere in einem Pferch.

Neil trat einen Schritt vor. »Wollen Sie etwa meine Frau beleidigen?«, fragte er mit scharfer Stimme.

Connie schien einer Ohnmacht nahe zu sein. »Neil!«, flüsterte sie.

Francesca begriff, dass Neil darauf aus war, einen Streit vom Zaun zu brechen. »Neil –«, setzte auch sie an.

Doch im selben Moment stellte sich Bragg zwischen die beiden Männer. Er packte Hart am Arm und sagte: »Ich glaube, du hast Evan Cahill und Sarah Channing, seine Verlobte, bereits kennen gelernt.« Hart starrte Montrose noch einen Moment lang mit einem spöttischen Blick an, ehe er sich umdrehte. »Ich hatte leider bisher noch nicht das Vergnügen, Miss Channing zu begegnen.« Er nickte ihr zu.

Sarah errötete. »Mr Hart, ich habe schon so viel über Sie gehört und ich bewundere Ihre Bemühungen, die schönen Künste zu unterstützen.«

Er stutzte und schenkte ihr ein aufrichtiges Lächeln. »Sind Sie etwa auch Kunstsammlerin?«, fragte er und betrachtete sie mit einem interessierteren Blick.

Sarah zögerte. »Ich hoffe, es eines Tages zu sein.«

Er neigte den Kopf. »Ich wünsche Ihnen viel Erfolg dabei.«

»Das hier ist meine Cousine, Gräfin Benevente«, sagte Sarah schüchtern.

Es hatte eine Weile gedauert, bis Bartolla, die unter all den schönen Frauen im Raum sicherlich die auffallendste war, an die Reihe kam. Francesca war erstaunt, dass Hart nicht schnurstracks auf sie zugegangen war, aber das mochte daran liegen, dass er derzeit an Connie interessiert war.

Erst jetzt richtete Hart seinen Blick auf Bartolla. Diese blieb sitzen, was ein bisschen eigenartig war, da mittlerweile alle anderen aufgestanden waren. Zu Francescas Erstaunen vollführte Hart lediglich eine kleine Verbeugung in Bartollas Richtung. »Ich glaube, wir sind uns schon einmal begegnet«, sagte er dann mit einem spöttischen Lächeln.

»Ja, ich glaube, es war in London«, erwiderte sie kühl. Jegliche Koketterie war mit einem Schlag verschwunden.

Hart grinste. »In Lissabon. Ich vergesse niemals einen Abend, der vom Vollmond, dem Meer und romantischem Kerzenlicht bereichert wurde.«

»Ach, wirklich? Dann ist Ihr Gedächtnis besser als das meine.« Bartolla zog selbstbewusst die Augenbrauen in die Höhe.

»Aber vielleicht verwechsle ich Sie ja auch mit einer anderen Dame«, fuhr Hart fort.

Bartolla lächelte, und wenn ein Lächeln hätte töten können, wäre er wohl auf der Stelle tot umgefallen. »Ja, das wird es sein. Sie denken wahrscheinlich an eine ganz andere Frau. Wie nett, Sie wiederzusehen, Mr, äh, Hyde?«

Francesca begriff, dass Hart und Bartolla offenbar ein Verhältnis gehabt hatten. Ich hätte es wissen sollen, dachte sie und seufzte vernehmlich, woraufhin sich alle zu ihr umdrehten.

Hart lachte und machte sich gar nicht erst die Mühe, Bartolla wegen seines Namens zu korrigieren. »Nun, es war mir ein Vergnügen«, sagte er. »Aber jetzt muss ich mich wieder meiner Begleitung widmen.« Sein Blick wanderte zu Francesca hinüber.

Sie atmete erleichtert auf. Zum Glück hatte er nicht vor, an diesem Abend eine Szene zu machen! Sie wünschte ihm eilig einen schönen Abend und konnte kaum erwarten, dass er sich wieder entfernte.

Doch Hart drehte sich noch einmal zu Bragg um. »Hast du eigentlich schon die Neuigkeit gehört?«, fragte er.

»Welche Neuigkeit?«, erkundigte sich Bragg mit ausdrucksloser Stimme.

»Leigh Anne ist in Boston«, sagte Hart.

KAPITEL 9

SONNTAG, 9. FEBRUAR 1902 – KURZ NACH MITTERNACHT
Der Abend war unerträglich gewesen. Connie lief unruhig in ihrem Ankleidezimmer umher und wusste nicht, was sie tun sollte.

Sie trug bereits ihr cremefarbenes, mit Spitze verziertes Seiden-Negligé, musste aber noch ihr Haar herunterlassen. Wenn sie sich in dem Spiegel über der Tansu-Kommode betrachtete, erblickte sie eine bleiche, verängstigte Frau – eine Frau, die ihr völlig fremd war.

Aber die Woche ist doch so friedlich verlaufen, dachte sie verzweifelt. Wie hatte sich das an einem einzigen Abend nur plötzlich so vollkommen ins Gegenteil verkehren können?

Bei dem Gedanken begann sie unwillkürlich zu zittern. Neil hatte den ganzen Abend über nicht ein einziges Mal das Wort an sie gerichtet. Die Spannungen zwischen ihnen waren nicht zu übersehen gewesen. Das Ehepaar, mit dem sie zum Essen verabredet gewesen waren, hatte sie bemerkt. Die Kellner hatten sie bemerkt. Alle hatten sie bemerkt. Und natürlich war es Connies Schuld.

Dabei hatte sie doch nichts Schlimmes getan. Es war doch kein Verbrechen, mit einem anderen Mann – einem Bekannten – zu Mittag zu essen! Und weiter war doch nichts geschehen.

Bis auf einige recht beunruhigende Fantasien, für die sie sich unglaublich schämte, und die ihre Schuldgefühle nur noch verschlimmerten. Aber in ihrer Fantasie war Harts Gesicht am Ende immer wieder zu dem ihres Mannes geworden.

Was tat sie da nur? Und warum tat sie es bloß?

Connie errötete; sie konnte die Hitze in ihren Wangen spüren. Sie durfte sich nicht an all diese verbotenen Dinge erinnern, die sie sich in ihrer Fantasie gewünscht hatte. Was würde Neil nur von ihr denken, wenn er wüsste, dass sie davon geträumt hatte, von ihm auf die schockierendste Art und Weise berührt zu werden?

Sie wusste ganz genau, was er von ihr denken würde. Er würde sie für eine Hure halten.

Die Hitze in ihren Wangen nahm zu. Selbst während ihres Mittagessens mit Hart, als sie gerade heftig miteinander geflirtet hatten, war ihr Neil nie aus dem Kopf gegangen. Sie konnte ihm einfach nicht entkommen, konnte dem Verrat an ihrer Ehe nicht entkommen. Sie wusste nicht, was sie tun sollte.

Und Neil wusste Bescheid.

Er hatte zwar kein Wort gesagt, aber sein Verhalten an diesem Abend und die Art und Weise, wie er sich Hart gegenüber benommen hatte, waren Beweis genug.

Natürlich war es kein Verbrechen, mit einem anderen Mann zu kokettieren. Auch wenn Connie genau wusste, was Hart von ihr wollte, war es für sie dennoch nichts weiter als Kokettieren. Hart besaß einen faszinierenden Charme und war eine angenehme und amüsante Gesellschaft, aber mehr auch nicht. Natürlich gefiel es ihr, mit ihm zu flirten. Aber du liebe Güte – es war tausendmal aufregender gewesen, mit ihrem eigenen Mann zu flirten, bevor er sie betrogen hatte!

Connie bemerkte, dass ihr eine Träne über die Wange lief.

Das Atmen fiel ihr schwer. Ob es sich so anfühlte, wenn man in einem kleinen, stickigen Raum eingesperrt war? Mit einem Mal hatte Connie das schreckliche Gefühl, lebendig in einem Sarg eingeschlossen zu sein.

Das Zittern wurde schlimmer. Sie fühlte sich krank.

Erst wenige Stunde zuvor hatte sie befürchtet, dass es zu Handgreiflichkeiten zwischen Neil und Hart kommen würde – und das mitten im Delmonico's!

Was tat sie da nur?

Ich bestrafe ihn, hörte sie eine kalte, zufriedene Stimme in ihrem Kopf antworten.

Connie hielt sich entsetzt an den mit Eisenbeschlägen versehenen Ecken der Kommode fest und starrte auf ihr Spiegelbild. Wer war diese fremde Frau, die sie da so eiskalt anlächelte? Natürlich bestrafte sie ihn nicht!

Man sollte die Vergangenheit ruhen lassen. Das hatte sie zu Francesca gesagt, und es war ihr damit ernst gewesen. Ihre Mutter hatte ihr sogar einen Vortrag darüber gehalten, wie wichtig es sei loszulassen. Und Julia hatte immer Recht.

Im Übrigen würde sich etwas Derartiges nicht mehr wiederholen. Neil hatte es ihr versprochen, und sie glaubte ihm. Er war ein Mann, der zu seinem Wort stand.

Aber warum herrschten dann diese schrecklichen Spannungen zwischen ihnen?

Und warum hatte er nichts gesagt, wenn er wusste, dass sie mit Hart zu Mittag gegessen hatte?

Was wäre, wenn er doch ahnungslos war?

Wenn sie sich das alles nur einbildete?

Aber sie hatte sich seine Affäre mit Eliza Burton ganz bestimmt nicht eingebildet!

Connie wusste einfach nicht mehr weiter. In ihrem Kopf drehte sich alles, und sie war nicht mehr imstande, einen klaren Gedanken zu fassen. Und wenn sie nicht einmal ihre Gedanken ordnen konnte, wie sollte sie da ihr Leben planen? Oder gar eine glückliche Ehe führen? Ach, sie war eine Versagerin! Was würde Mama wohl an ihrer Stelle tun?

Mama würde alles tun, um ihren Ehemann glücklich zu machen. Mama tat einfach immer das Richtige.

Und sie würde ganz gewiss nicht mit einem anderen Mann flirten.

Widersprich deinem Mann nicht. Streite nicht mit ihm. Sorge immer dafür, dass er seine Zeitung und seine Hausschuhe hat. Enthalte ihm niemals seine Rechte vor. Lache, wenn er versucht amüsant zu sein. Zeige Verständnis, wenn er sich über etwas aufregt. Du bist ebenso sehr seine Gehilfin wie seine Frau … Betrüge ihn niemals …

Connie hielt sich die Ohren zu.

»Connie?«

Tränen stiegen ihr in die Augen, und die Frau im Spiegel wirkte mit einem Mal so zerbrechlich, als sei sie aus Porzellan – eine hübsch bemalte Porzellanpuppe.

»Connie? Ist alles in Ordnung?«

Entsetzt stellte sie fest, dass Neil auf der Schwelle zu ihrem Ankleidezimmer stand. Sie wirbelte herum, ließ die Hände sinken und setzte rasch ein Lächeln auf. »Neil?« Was wollte er wohl? Warum war er hier? Es war schon spät. Sie hatten sich bereits eine gute Nacht gewünscht. Sie hatte geglaubt, er sei längst zu Bett gegangen.

»Was ist los?«, fragte er leise, und es lag echte Besorgnis in seinen leuchtenden blauen Augen. Er machte einen Schritt auf Connie zu, aber als sie zurückwich, blieb er abrupt stehen.

»Nichts.« Sie strahlte ihn an, rührte sich aber nicht. Das letzte Mal, als er zu einer solchen Zeit in ihre Räumlichkeiten gekommen war, hatte er mit ihr schlafen wollen. Aber das war schon lange her.

Und das war jetzt gewiss nicht der Grund für seine Anwesenheit. Oder etwa doch? Sie hatten sich schon seit vielen Monaten nicht mehr geliebt, aber er war erst kürzlich in Eliza Burtons Bett gewesen. Hatte ihm das etwa nicht gereicht? Ihr wurde mit einem Mal schwindelig.

»Bist du krank? Leidest du wieder an Migräne?«, fragte er mit einem Gesichtsaudruck, der beinahe gequält wirkte. Er hatte seine Smokingjacke ausgezogen und durch einen Hausrock mit einem türkischen Muster in Rot, Schwarz und Gold ersetzt. Dazu trug er immer noch seine schwarze Anzughose und schwarze Samthausschuhe, die ein goldenes Monogramm zierte. An der Stelle, wo sein Hausrock ein bisschen aufklaffte, konnte Connie ein Stück von seiner muskulösen, mit dunklen Härchen bewachsenen Brust sehen.

Sie blickte errötend zur Seite, obwohl sie ihren Mann schon einige Male ohne Hemd gesehen hatte. So kräftig und muskulös wie er war, hätte er gut und gern ein Holzarbeiter sein können. »Ja«, sagte sie rasch. Dann: »Nein. Ach, ich weiß auch nicht.« Wenn er doch nur gehen würde! Sie wurde mit dieser Situation einfach nicht fertig!

»Komm ins Wohnzimmer«, sagte er.

Connie rührte sich nicht von der Stelle. Was wollte er denn nur von ihr? Doch die Antwort erschien ihr offensichtlich. Sie dachte an seine Berührung und an seine Küsse. Er war kein gehemmter oder behutsamer Liebhaber, er berührte sie überall, ganz gleich, wie sehr sie auch protestieren oder wie überrascht sie auch reagieren mochte. Aber warum erinnerte sie sich ausgerechnet jetzt an seine Art zu lieben? Und an diese Fantasien, die sie kürzlich gehabt hatte? Sie verspürte ein Kribbeln in ihrem Inneren, doch sie ignorierte es. »Ich bin müde«, sagte sie und stellte zu ihrer eigenen Überraschung fest, dass ihre Stimme sich verändert hatte und seltsam ausdruckslos und hart geworden war.

»Komm ins Wohnzimmer«, wiederholte er.

Connie erstarrte, denn es war ein Befehl, das wussten sie beide.

Genauso wie sie beide wussten, dass sie ihm niemals den Gehorsam verweigern würde, wenn er auf diese Weise mit ihr sprach. Dennoch rührte sie sich nicht, sondern blieb stocksteif stehen. Widersprich nicht. Streite nicht …

Irgendetwas stimmt nicht mit mir, dachte sie verzweifelt. Sie nickte und schaffte es irgendwie, einen Fuß vor den anderen zu setzen. Neil blieb an der Tür stehen und beobachtete sie. Als sie an ihm vorüberging, spürte sie, wie sich sein Blick in ihren Rücken bohrte. Es gefiel ihr überhaupt nicht, dass er sie auf diese Weise anstarrte. Missbilligte er ihr Verhalten etwa? Vielleicht gefiel ihm ja auch ihr Negligé nicht!

Es ärgerte sie bereits, dass sie ihm gehorcht hatte.

Er folgte ihr in das angrenzende Zimmer, das sich zwischen ihrem wunderschönen rosa-weißen Schlafzimmer und dem Ankleidezimmer befand.

Im Kamin loderte ein Feuer, und als Connie zuvor zur Tür hereingekommen war, hatten alle Lampen gebrannt. Neil hatte sie offenbar bis auf eine einzige ausgeschaltet. Connie stellte sich vor das Feuer und faltete die Hände. Wie konnte er nur nach einem so schrecklichen Abend an Leidenschaft denken?

Bisher hatte Connie stets klaglos akzeptiert, dass das Wohl ihres Mannes für sie an erster Stelle zu stehen hatte. Als seine Frau war es ihre wichtigste Aufgabe, dafür zu sorgen, dass er glücklich und zufrieden war.

Der Grund, warum er zu Eliza, dieser Hure, gegangen war, lag auf der Hand: Sie, Connie, hatte in ihren Pflichten versagt.

Sie war eben nicht so vollkommen, wie sie immer geglaubt hatte.

Neil stellte sich hinter sie, was ihre Anspannung nur noch verstärkte. »Wann wirst du mir von deinem Essen heute Mittag erzählen?«, fragte er leise.

Connie wandte sich nicht zu ihm um. Inzwischen war sie derart verkrampft, dass sie wirklich Kopfschmerzen hatte.

»Connie?« Seine Stimme klang hart, und seine Hand legte sich wie eine Schraubzwinge um ihre Schulter.

Sie zitterte, als er sie zu sich herumdrehte, und ihr wurde klar, dass es ihm mitnichten darum ging, mit ihr das Bett zu teilen. Offenbar war er außer sich vor Wut.

»Sieh mich an!«, stieß er hervor.

Sie gehorchte und sah, dass er zornig war, sich aber bemühte, seine Wut im Zaum zu halten.

»Mit wem hast du zu Mittag gegessen?«, fragte er.

Er wusste es doch längst, warum fragte er dann noch? Aber natürlich würde sie ihm jetzt antworten müssen. Sie lächelte, obwohl sie das Gefühl hatte, in zwei Hälften gerissen zu werden. »Wieso fragst du, wo du die Antwort doch schon kennst?«, hörte sie sich sagen. Eine andere Frau schien die Worte gesprochen zu haben – jene Frau aus dem Spiegel, die sie nicht kannte.

Der Griff um ihre Schulter verstärkte sich. »Wie bitte?«

Sie atmete tief durch. »Du tust mir weh.«

Er ließ seine Hand fallen. »Du hast mich angelogen«, stellte er ungläubig fest.

»Nein, das habe ich nicht.« Warum brachte sie die Angelegenheit nicht einfach hinter sich und bat ihn um Verzeihung? Connie bekam es mit der Angst zu tun, denn sie vermochte ihre Reaktionen einfach nicht mehr zu kontrollieren.

»Ich habe dich gefragt, mit wem du zu Mittag gegessen hast, und du hast mich angelogen.«

»Ich habe gesagt, dass ich mit einem Freund gegessen habe, und Hart ist ein Freund.« Sie atmete tief ein. Nun war jegliches Leugnen unmöglich.

Sein Lächeln hatte etwas Bedrohliches. »Nein, das ist er nicht.«

Sie reckte ihr Kinn in die Höhe. »Suchst du jetzt schon meine Freunde für mich aus, Neil?« Was tat sie da nur?

Sie sah, dass er zitterte. »Ich kenne dich. Ich kenne dich besser, als du dich selbst kennst, und du würdest mir nie das antun, was ich dir angetan habe. Und deshalb weiß ich nicht mehr weiter. Ist das die Art, wie du mir wehtun willst? Falls ja, dann kann ich dir sagen, dass es funktioniert hat. Ich bin irrsinnig eifersüchtig, und ich werde dir nicht erlauben, ihn wieder zu sehen.«

Er ist irrsinnig eifersüchtig. Connie starrte ihren Mann an. Sie hatte das Gefühl, neben sich zu stehen und diese eheliche Auseinandersetzung völlig unbewegt zu beobachten. Sollte sie nicht zufrieden sein, dass er eifersüchtig war? »Ich bin eine erwachsene Frau«, sagte sie ruhig. Wie kühl ihre Stimme klang! »Ich kann mir meine Freunde selbst aussuchen.«

Er packte sie erneut an den Schultern und hielt sie fest. »Ich bringe Hart um, sollte er dich angefasst haben!«

»Lass mich los, Neil.«

Er starrte sie an und nahm die Hände von ihren Schultern. »Du versuchst mir wehzutun, mich für das, was ich getan habe, zu bestrafen. Aber ich habe noch niemals in meinem Leben etwas derart bedauert! Meine Schuldgefühle und mein Bedauern sind doch Strafe genug! Ich liebe dich, Connie. Hast du gehört? Ich liebe dich, und ich möchte, dass alles wieder so wird wie früher.«

Es war sonderbar. Connie hatte seine Worte wohl vernommen, doch sie hinterließen nichts weiter als ein Gefühl der Verwirrung – ganz anders als damals in ihrer Hochzeitsnacht, als er sie gesprochen hatte und sie völlig hingerissen gewesen war. »Ich liebe dich auch, Neil«, hörte sie sich sagen, doch die Antwort war ihr rein mechanisch über die Lippen gekommen.

Er starrte sie nur an, und es dauerte einen Moment, bevor er sprach. »Das glaube ich nicht«, erwiderte er schließlich, fuhr auf dem Absatz herum und verließ das Zimmer.

Als Connie sah, wie Neil zur Tür hinauseilte, kam sie wieder zu sich und eine große Angst ergriff von ihr Besitz. Sie liebte ihren Mann doch! Sie liebte ihn von ganzem Herzen und wollte ihn nicht verlieren. Nur allzu gern hätte sie ihn zurückgerufen, aber als sie zu sprechen versuchte, da wollten sich ihre Lippen einfach nicht bewegen, ihre Zunge die Laute nicht formen.

Panik überkam sie.

Die fremde Frau in ihrem Innern schien entschlossen zu sein, ihre Ehe zugrunde zu richten.

Braggs Frau war in Amerika.

Sie war nur eine Eisenbahnfahrt von einem halben Tag entfernt.

Francesca hatte an nichts anderes denken können, als Bragg sie nach Hause fuhr.

»Francesca? Sie haben kein einziges Wort gesagt, seit wir das Restaurant verlassen haben.«

Sie wandte sich ihm langsam zu und brachte irgendwie ein Lächeln zustande. »Es ist schon spät, und ich bin müde. Es war ein schöner Abend.« Das Lächeln war ihr wie ins Gesicht gemeißelt. Der Abend war ganz und gar nicht schön gewesen, da die ganze Zeit über eine unglaubliche Anspannung geherrscht hatte, für die Hart zum größten Teil verantwortlich gewesen war. Doch auch Bartollas andauerndes Kokettieren hatte nicht gerade zum Gelingen des Abends beigetragen. Evan hatte sich ihr gegenüber viel zu charmant verhalten. »Warum versuchen Sie mir etwas vorzumachen?«, fragte er mit gesenkter Stimme und griff nach ihrer Hand. Mittlerweile waren sie vor dem Haus ihrer Eltern angelangt. Der Motor des Daimlers surrte im Leerlauf vor sich hin. Francesca hatte keine Ahnung, was sie darauf antworten sollte. Sie versuchte erneut zu lächeln. »Bragg, ich danke Ihnen für den schönen Abend. Ich habe zwar unsere kleine Wette verloren, aber Sie haben mich dennoch ins Theater ausgeführt. Das bedeutet mir wirklich sehr viel.« Sie zog ihre Hand aus der seinen, während sie den Satz wieder und wieder in ihrem Kopf hörte: Leigh Anne ist in Boston. Francesca fragte sich, ob Bragg sich wohl mit ihr treffen würde.

Sie war aufgewühlter als jemals zuvor. Und sie hatte Angst. Außerdem verstand sie ihre eigenen Gefühle nicht. »Ich sollte besser hineingehen«, erklärte sie schließlich schroff.

»Francesca – bitte! Sie sind aufgebracht. Ich vermute, dass das mit meiner Frau zu tun hat.«

»Da vermuten Sie richtig! Sie haben mir nichts davon erzählt!«

»Wovon denn erzählt?«, erkundigte er sich verwirrt.

»Dass sie hier ist – nur eine halbe Tagesreise weit entfernt!«

Er sah sie mit großen Augen an. »Ihr Vater ist erkrankt. Ihre Mutter ist eine kalte, oberflächliche Frau, und auf ihre Schwester ist kein Verlass, daher ist sie offenbar nach Boston zurückgekehrt, um bei ihrem Vater zu sein. Ich habe das erst gestern aus einem Brief erfahren, den sie aufgegeben hat, bevor sie in Frankreich an Bord gegangen ist.« Er bemühte sich, seine Stimme ruhig klingen zu lassen. »Francesca?« Er wollte sie berühren, doch sie wich zurück.

Am liebsten wäre sie in Tränen ausgebrochen. Braggs Frau war ihr bis zu diesem Zeitpunkt immer irgendwie unwirklich erschienen. Francesca hatte sie nie kennen lernen wollen, doch nun beschlich sie das ungute Gefühl, dass sich ihre Wege früher oder später kreuzen würden. Wie sollten sie nicht? Sie war nur wenige Stunden entfernt, und Bragg war ihr rechtmäßig angetrauter Ehemann.

Das ist der Preis, den man zahlen muss, wenn man einen verheirateten Mann liebt.

»Francesca?«

Sie schaute in seine bernsteinfarbenen Augen. Selbst jetzt, da sie so aufgebracht war, vermochte ihr der Anblick seines attraktiven Gesichts den Atem zu rauben. Selbst jetzt, da sie so aufgebracht und ängstlich war, musste sie nur einen einzigen Blick auf seinen Mund werfen, um sich an seinen Kuss zu erinnern, und sofort war das Bedürfnis, ihm nahe zu sein, beinahe unbezwingbar.

»Hatten Sie jemals vor, mir zu erzählen, dass Leigh Anne in Boston weilt?«, fragte sie steif.

»Nein, das ist mir nicht einmal in den Sinn gekommen. Ehrlich gesagt, habe ich zwischen Katie und Dot und den beiden Mordfällen keinen Gedanken an meine Frau verschwendet.« Er blickte sie überrascht an. »Was macht es denn schon für einen Unterschied, wo sie ist?«

»Sie ist lediglich eine kurze Eisenbahnreise weit entfernt«, erwiderte Francesca. »Ein halber Tag trennt Sie beide – nicht etwa ein ganzer Ozean!«

Er zuckte zusammen, denn sie hatte die Worte beinahe geschrien.

»Tut mir Leid«, flüsterte sie. Ihr Verhalten war unverzeihlich, und sie kam sich plötzlich ganz erbärmlich vor. »Es tut mir wirklich Leid, Bragg. Meine Gefühle haben sich nun einmal nicht verändert. Sie scheinen von Tag zu Tag stärker zu werden. Und jetzt bin ich einfach nur unglücklich.«

Er starrte sie an, doch sie schaute zur Seite. Wollte er denn gar nichts sagen?

Dann wanderte ihr Blick wieder zu ihm zurück. »Ich sollte wohl besser gehen.«

»Nein! Warten Sie!« Sie hatte bereits nach dem Türöffner gegriffen, doch er hielt sie zurück.

Sie wollte auch eigentlich gar nicht gehen, weil sie dieses Problem irgendwie lösen mussten, auch wenn es in gewisser

Weise gar nichts zu lösen gab. Doch Francesca hatte das Gefühl, Bragg bereits wieder zu verlieren, wo sie ihn doch gerade erst gefunden hatte.

Sein Blick wanderte über ihr Gesicht. »Unsere Freundschaft ist eine Qual, nicht wahr?«

Francesca erstarrte. »Wie bitte?«

»Sie leiden darunter, und ich, ehrlich gesagt, auch. Es wird jeden Tag schwerer und nicht etwa leichter. Ich halte mich für einen Ehrenmann, aber in Ihrer Nähe sind meine Gedanken nicht im Mindesten ehrenhaft.«

Sie berührte ihn am Arm. »Was wollen Sie damit sagen?«

»Wir haben viel Zeit miteinander verbracht, und das stellt unseren Entschluss, nur Freunde zu bleiben, auf eine harte Probe. Ich für meinen Teil muss feststellen, dass meine Entschlossenheit immer mehr ins Wanken gerät.«

Francesca vermochte kaum zu atmen. Dachte er vielleicht genau wie sie, dass seine gemeine, grausame und berechnende Frau ihrem Glück im Weg stand? Dass dies aber gar nicht so sein musste? Dass sie trotzdem ihr Glück finden konnten? Wie schnell ihre Angst doch einer Erregung wich, die ihr Herz vor Aufregung höher schlagen ließ! »Aber wir sind doch nichts weiter als Freunde«, erwiderte sie mit erstickter Stimme.

Er schüttelte den Kopf, packte das Lenkrand mit seinen behandschuhten Händen und blickte starr geradeaus. »Wir sind weit mehr als das, und das wissen Sie auch. Diese Spannung, die zwischen uns herrscht und die sich auch niemals löst, ist eine Spannung, wie sie zwischen einem Mann und einer Frau auftritt, die sich zueinander hingezogen fühlen, Francesca. Es fällt mir unglaublich schwer, mit Ihnen allein zu sein. Es tut weh, Ihnen nicht den Hof machen zu dürfen. Aber viel schlimmer noch ist der Gedanke, dass Sie sich eines Tages womöglich einem anderen Mann zuwenden werden, der Ihrer würdig ist und den Sie lieben und heiraten werden.« Er wandte ihr den Kopf zu und schaute sie mit einem durchdringenden Blick an.

Das Atmen fiel ihr zunehmend schwer. »Kommen Sie mir jetzt bloß nicht damit, dass wir keine Freunde mehr sein dürfen! Unsere Freundschaft bedeutet mir mehr als alles andere auf der Welt! Und ich werde mich ganz gewiss nicht einem anderen zuwenden! Ich habe noch niemals zuvor Gefühle für irgendeinen Mann gehegt. Und ich bin eine Frau, die ihr Herz nur einmal in ihrem Leben verschenkt.« Eine Träne kullerte ihr über die Wange.

»Sie jagen mir Angst ein, Francesca, denn Sie sollten mich nicht auf diese Weise lieben. Es ist falsch. Und unsere Freundschaft hat Sie dazu ermutigt.«

»Nein!« Sie umklammerte sein Handgelenk. Sie durfte nicht zulassen, dass er ihre Freundschaft für beendet erklärte. »Ich bin stark genug, um mit der Situation fertig zu werden, das müssen Sie mir glauben, Bragg!«

»Aber ich tue Ihnen weh!«, rief er. »Und es tut mir selbst weh, auf diese Weise mit Ihnen zusammen zu sein, während mir die Hände gebunden sind. Es ist unerträglich, dass ich mich nicht so verhalten kann, wie ich es eigentlich will.«

»Sie sind nicht derjenige, der mir wehtut. Wir sind Freunde – und wir werden immer Freunde sein. Und das wissen Sie auch, Bragg. Das mag jetzt furchtbar romantisch klingen, aber manchmal habe ich das Gefühl, als seien wir füreinander bestimmt. Es fühlt sich so gut und richtig an. Es kommt mir so vor, als seien unsere Seelen eins.«

Als sie geendet hatte, starrte er sie mit einem so gequälten Blick an, dass ihr das Herz bis zum Halse schlug. »Ich empfinde ebenso«, sagte er nach einer Weile. »Und Sie müssen wegen Leigh Anne keine Angst haben. Sie wird nicht nach New York kommen. Die Tatsache, dass ich hier lebe, wird sie veranlassen, einen großen Bogen um diese Stadt zu machen.«

Die Anspannung fiel ein wenig von ihr ab. »Sehen Sie? Sie kannten den Grund für meine Furcht, ohne dass ich es Ihnen sagen musste«, flüsterte sie.

Ein kleines Lächeln schlich sich auf seine Lippen, aber die Traurigkeit wich nicht aus seinen Augen. »Selbst wenn sie nach New York kommen würde, hätten Sie nichts zu befürchten. Sie wissen, was ich ihr gegenüber empfinde – und Sie wissen um meine Gefühle für Sie.«

Sie vermochte ihren Blick nicht von ihm zu wenden. Ob er wohl hören konnte, wie wild ihr Herz schlug? »Bragg?«, sagte sie mit leiser, bittender Stimme.

Aber er schüttelte den Kopf, ignorierte das gefährliche Verlangen, das zwischen ihnen zu knistern schien. Dennoch ruhte sein Blick auf ihrem Mund, als er sprach. »Dieser verdammte Calder! Er findet doch immer wieder einen Weg, auf den Gefühlen anderer herumzutrampeln. Er war schon als Junge so und hat sich überhaupt nicht verändert.«

Ausnahmsweise stand Francesca einmal nicht der Sinn danach, Hart zu verteidigen. »Ich werde ihm schon noch die Leviten lesen und ihm klar machen, was ich von seinem Gebaren halte«, sagte sie.

»Die Mühe können Sie sich sparen, es wird ihm völlig gleichgültig sein, was Sie sagen«, erwiderte Bragg. Er trug seine Autofahrer-Handschuhe, und an den freien Stellen konnte Francesca sehen, dass seine Knöchel weiß waren vor Anspannung, während er das Lenkrand umklammert hielt.

Sie konnte jetzt einfach nicht über Hart sprechen, denn die gefährlichen Gedanken, die sie am Tag zuvor gehegt hatte, überkamen sie jetzt wieder mit aller Macht. Warum sollte Leigh Anne als Hindernis zwischen ihr und Bragg stehen und ihnen Liebe und Glück versagen?

Besaß sie, Francesca, den Mut, den Sittenkodex der Gesellschaft zu ignorieren und die Liebe und das Glück bei Bragg zu suchen, obwohl sie wusste, dass er eine Ehefrau hatte? Besaß sie wohl diesen Mut?

Sie begann zu zittern.

»Was ist los?«, fragte er mit scharfem Ton. Dann fügte er – wohl weil er die Antwort bereits kannte – hinzu: »Sie sollten jetzt besser gehen.«

Sie brachte kein Lächeln zustande und schluckte. Diese verwerflichen Gedanken konnte sie unmöglich mit Bragg diskutieren.

»Irgendetwas geht doch in Ihrem klugen Kopf vor sich«, flüsterte er. »Sie sehen ängstlich und entschlossen zugleich aus.«

Francesca rang sich ein Lächeln ab und nahm all ihren Mut zusammen. »Nicht bewegen«, hörte sie sich sagen, dann lehnte sie sich vor und presste ihren Mund auf den seinen.

Sie hatte damit gerechnet, dass er sie von sich stoßen würde, doch das tat er nicht. Zwar wich er zunächst instinktiv ein wenig zurück, doch als sie den Ausdruck in seinen Augen sah, überkam sie ein Gefühl des Triumphes. Dann legte er seine Arme um sie und zog sie an sich, und ihre Lippen verschmolzen miteinander. Und während er sie küsste und sie seinen Kuss erwiderte, erkundeten sie einander mit den Händen.

Schließlich umfingen seine Hände ihr Gesicht. Sie öffnete die Augen und sah, dass er sie schwer atmend anschaute. »Du bist so wunderschön«, flüsterte er. »Und das Beste ist, dass diese Schönheit nicht nur äußerlich ist, sie kommt von innen, Francesca.«

Tränen stiegen ihr in die Augen. »Küss mich noch einmal, Bragg«, sagte sie mit unsicherer Stimme.

Dieses Mal zögerte er. Es war der Moment, in dem er mit sich zu ringen begann, der Ehrenmann gegen den leidenschaftlichen Mann ankämpfte. Francesca spürte dies und küsste ihn erneut.

Er übernahm sofort die Kontrolle. Seine Zunge schob sich tief in ihren Mund, und seine Hände glitten unter ihren Mantel. Als die Leidenschaft in ihr aufwallte und sich in ihren Lenden sammelte, vermochte Francesca keinen klaren Gedanken mehr zu fassen. Sie wusste nicht, wie lange sie sich geküsst hatten, doch die Glut, die sie entfacht hatten, überwältigte sie, und als er schließlich von ihr abrückte, lag sie bereits halb auf ihrem Sitz.

Ihr erster zusammenhängender Gedanke war, dass Bragg und sie auf jeden Fall ein Liebespaar werden würden – sie hatten gar keine andere Wahl.

Er setzte sich keuchend auf, und es dauerte einen Moment, ehe er in der Lage war zu sprechen. »Ich muss verrückt sein«, flüsterte er. »Was ist, wenn Ihre Eltern noch wach sind und einer von ihnen oben am Fenster steht?«

Furcht überkam Francesca und schlug rasch in Panik um.

243

Er half ihr in eine sitzende Position auf, und ihre Blicke begegneten sich. Es wäre blanke Torheit gewesen zu leugnen, was geschehen war – besonders nach der Unterhaltung, die sie zuvor geführt hatten.

»Selbst wenn einer von ihnen am Fenster stünde, wäre es unmöglich, in das Automobil zu sehen«, sagte Francesca schließlich.

»Aber würden sie sich nicht fragen, was wir so lange hier drin machen?« Sein Gesicht hatte einen grimmigen Ausdruck angenommen, und er fuhr sich mit der Hand durch das dichte Haar, das am späten Abend viel dunkler erschien, als es eigentlich war. »Verdammt!« Er sah sie an. »Ich habe den Kopf verloren. Das Letzte, was ich will, ist, unsere Gefühle füreinander noch weiter zu entfachen!«

Francesca griff nach seiner Hand. »Das macht mir nichts aus.«

Er blickte sie mit großen Augen an und zog seine Hand weg. »Das sollte es aber. Es sollte Ihnen etwas ausmachen, wenn man Sie nicht mit dem Respekt behandelt, den Sie verdient haben!«

Francesca selbst war durch das Geschehene nicht beunruhigt, aber sie sah, wie aufgebracht er darüber war. »Bragg, ich weiß doch, dass Sie mich respektieren.«

»Nein, Francesca. Sollte der Tag jemals kommen, an dem ich mit Ihnen schlafe – was aber niemals geschehen wird –, so hieße dies, dass ich ein egoistischer Mann bin, der eine Frau wie Sie weder respektiert noch verdient hat.«

Sie blickte ihn bestürzt an. »Sagen Sie doch so etwas nicht. Wir –«

»Wir sind Freunde«, fiel er ihr ins Wort und schüttelte den

Kopf. »Weiter nichts.« Er lächelte sie grimmig an. »Und da wir morgen einige Nachforschungen anstellen wollen, sollten wir uns jetzt etwas Schlaf gönnen.«

Francesca brachte kein Lächeln zustande. »Ja, das sollten wir wohl«, sagte sie.

»Gut.« Er stieg aus dem Wagen, und sie sah ihm dabei zu, wie er um die Motorhaube herum zur Beifahrertür kam, wobei sie sich nicht die Mühe machte, ihre Kleidung oder ihr Haar herzurichten. Wenn sie sich dazu entschließen sollte, einen Schritt weiter zu gehen und allen Anstandsregeln zum Trotz seine Geliebte zu werden, so ließe sich dies womöglich gar nicht so leicht in die Tat umsetzen, weil er sich ihr widersetzen könnte. Wenn die Situation nicht so ernst gewesen wäre, hätte sie fast darüber lachen können.

Aber es tat nun einmal so weh, ihn zu lieben, dass ihr das Lachen ohnehin im Halse stecken blieb.

Er öffnete ihre Tür.

Francesca setzte ein tapferes Lächeln auf und ließ sich von Bragg bis zur Haustür begleiten. Dort blieben sie stehen, und er strich ihr eine Haarsträhne aus dem Gesicht, die die abendliche Brise dort hingeweht hatte. »Wir sehen uns dann morgen. Ist zehn Uhr zu früh?«

»Nein, zehn Uhr passt mir sehr gut.«

Er nickte, doch dann erstarrte sein Lächeln und er blickte sich rasch um.

Francesca erstarrte. »Was ist los?«

»Ich hatte so ein eigenartiges Gefühl – als wenn wir beobachtet würden.«

»Ich bin mir sicher, dass meine Eltern bereits schlafen, Bragg«, erwiderte sie.

»Nein, nein, ich spreche nicht von Andrew oder Julia, da war etwas anderes.«

»Sie machen mir Angst.«

»Das war nicht meine Absicht.« Er lächelte und berührte sanft ihre Wange. »Gute Nacht. Und Francesca? Vergessen Sie bitte die Sache mit den Mädchen nicht.«

Das Herz wurde ihr schwer. »Aber haben sich die beiden denn nicht gut bei Ihnen eingelebt? Sie haben sie den ganzen Abend über gar nicht erwähnt!« Sie hatte sich gefürchtet, das Thema von sich aus anzuschneiden.

»Peter hat auch ohne die Kinder genug zu tun. Aber ich bin mir sicher, dass Sie bereits eine Pflegestelle für Montag in Aussicht haben.«

»Gewiss«, erwiderte sie rasch, und es gelang ihr, ihre Bestürzung zu überspielen. Ich muss morgen unbedingt einmal nach den Mädchen sehen, dachte sie, während sie die Tür öffnete.

»Ist die Tür nicht abgeschlossen?«, fragte Bragg überrascht.

»Das Haus ist voller Dienstboten, Bragg. Die Tür wird immer von demjenigen abgeschlossen, der als Letzter abends nach Hause kommt – und das bin heute offenbar ich.«

Er ließ seinen Blick über die Vorderseite des Hauses und über die davor liegende Rasenfläche schweifen. »Na schön«, sagte er. »Aber schließen Sie gut hinter sich ab.«

Er machte sie nervös. Sie schlüpfte ins Haus, ließ die Tür aber noch einen Spalt breit geöffnet und flüsterte: »Süße Träume.«

Er warf ihr einen scharfen Blick zu.

Dann beobachtete sie ihn, wie er mit schnellen Schritten zu seinem Automobil zurückkehrte, und blieb auch dann noch an der Tür stehen, als er die kreisförmige Auffahrt umkurvte und in Richtung Straße davonfuhr. Seufzend schloss sie die Tür. Sie dachte an das, was soeben erst in dem Automobil vorgefallen war, und die Erinnerung daran ließ sie selig lächeln, bis sich Leigh Anne wieder in ihre Gedanken drängte. Was sollte sie nur tun?

Sie wollte gerade die Tür abschließen, als sich plötzlich eine Hand unsanft auf ihren Mund legte und ihren Angstschrei erstickte. Im selben Moment wurde sie auch schon von der Tür weggezerrt.

»Sie sind ganz bestimmt nich meine Cousine«, zischte ihr eine Männerstimme ins Ohr. »Und ich würd gern wissen, warum Sie gelogen haben.«

KAPITEL 10

SONNTAG, 9. FEBRUAR 1902 – 1 UHR

Francesca begriff, dass es Sam Carter war, der im Haus auf sie gewartet hatte, und bei dem Gedanken, dass sie sich in den Händen des Mannes befand, der womöglich Mary und Kathleen auf bestialische Weise ermordet hatte, ergriff eine panische Angst von ihr Besitz.

»Keinen Mucks!«, flüsterte ihr Carter mit drohender Stimme ins Ohr.

Francesca versuchte zu nicken, was beinahe unmöglich war, weil der Mann sie so fest umklammert hielt, dass sie sich kaum rühren konnte.

Er öffnete die Haustür und zerrte Francesca nach draußen, ohne sich die Mühe zu machen, die Tür wieder zu schließen.

Francesca gab keinen Laut von sich. Als Carter sie endlich losließ, taumelte sie ein paar Schritte rückwärts. Instinktiv wischte sie sich dabei mit dem Handrücken über die Lippen, um den schrecklichen Geschmack seiner Hand loszuwerden. Francesca blickte verzweifelt die Auffahrt hinunter, doch Bragg war natürlich längst verschwunden. Von ihm konnte sie keine Hilfe erwarten – sie war mit diesem Wahnsinnigen allein.

»Also, was wollen Sie, Miss Cahill?«, fragte Sam Carter.

In der Dunkelheit konnte sie seinen Gesichtsausdruck nicht

erkennen, aber die Drohung in seiner Stimme war unverkennbar.

»Ich versuche den Mann zu finden, der Kathleen O'Donnell und Mary O'Shaunessy ermordet hat«, erwiderte sie keuchend.

»Oh, ich verstehe. Und Sie glauben, dass ich dieser Mann bin?«

Sie wich zurück und prallte gegen die Hauswand. »Aber nein! Ich hatte lediglich gehofft, dass Sie mir einen Hinweis geben könnten.«

Er trat so dicht an sie heran, dass sie seinen Atem riechen konnte, der abscheulich nach Zahnfäule und Tabak roch. »Es hat mir Spaß gemacht, Kathleen zu vernaschen, und genau das hab ich auch getan – ich hab sie vernascht und nich etwa aufgeschlitzt.«

Francesca erstarrte. Er musste der Mörder sein! Woher sollte er sonst wissen, dass Kathleen mit einem Messer umgebracht worden war?

»Haben Sie sonst noch irgendwelche Fragen an mich?«, fragte er mit wütender Stimme. »Dann ist das hier Ihre einzige Chance, sie zu stellen!«

Sie schüttelte mühsam den Kopf.

»Gut! Ich hab nämlich keine Zeit für solche Luder wie Sie.«

Er machte auf dem Absatz kehrt, drehte sich aber noch einmal um. »Und denken Sie dran, dass Sie abends Ihre schöne Tür immer gut abschließen.« Er lachte und begann die Auffahrt hinunterzustapfen.

Francesca floh ins Haus und rannte ins Arbeitszimmer ihres Vaters. Ihre Hände zitterten furchtbar, als sie Braggs Privatnummer wählte. Sobald es zu läuten begann, fiel ihr ein, dass er noch gar nicht zu Hause sein konnte, und sie legte den Hörer wieder auf.

Sie sollte Sam Carter folgen, damit er ihnen nicht wieder entwischte!

Francesca rannte quer durch die Eingangshalle in den Salon und verfluchte sich unterwegs dafür, dass sie ihre Pistole an diesem Abend daheim gelassen hatte. Aber wie um alles in der Welt hätte sie denn ahnen sollen, dass sie überfallen werden würde? Du liebe Güte, schließlich war sie mit dem Commissioner der Polizei von New York im Theater gewesen!

Sie eilte zum nächstgelegenen Fenster und blickte über den verschneiten Rasen zur Straße hinunter. Sam Carter trat gerade durch das geöffnete Tor am Ende der Auffahrt auf die Straße. Francescas Furcht lieferte sich einen Wettstreit mit den verbliebenen Resten ihres Mutes.

Sie konnte den Mann unmöglich allein verfolgen. Gott allein wusste, was er tun würde, wenn er bemerkte, dass sie sich an seine Fersen geheftet hatte. Sie atmete tief durch, rannte die Treppe hinauf und bog in den Teil des Hauses ab, der ihrem Bruder gehörte. Möglicherweise war er zu dieser Stunde noch gar nicht daheim, aber sie hoffte, dass er Sarah und Bartolla abgesetzt und umgehend nach Hause gefahren war. »Evan!«, rief sie.

Im selben Moment trat er auch schon aus seinem Arbeitszimmer. Er trug immer noch seinen Abendanzug und hielt ein Glas Whiskey in der Hand. Seine Augen weiteten sich, als er Francesca auf sich zueilen sah.

»Da draußen ist ein Mörder! Wir müssen ihn schnappen, bevor er ein weiteres Mal zuschlägt!«, rief sie und packte seine Hand.

Vor Schreck verschüttete Evan seinen Whiskey. »Wovon in Gottes Namen redest du denn da?«, fragte er.

»Ich bin gerade –«, setzte sie an, doch als sie über die Schulter ihres Bruders hinweg einen Blick in das Arbeitszimmer warf, wo er offenbar noch einen Drink vor dem Zubettgehen genommen hatte, verstummte sie unwillkürlich.

Auf dem Sofa saß Bartolla. Sie hatte die Füße hochgelegt, und ihre roten Satin-Pumps standen neben ihr auf dem Boden. Sie hielt ebenfalls ein mit Whiskey gefülltes Glas in der Hand und lächelte Francesca freundlich zu.

Die vermochte sie nur anzustarren.

»Wir genehmigen uns lediglich einen kleinen Drink nach dem Essen«, erklärte Evan steif.

Francesca war entsetzt. Sie blickte ihren Bruder mit großen Augen an.

Bartolla setzte sich auf und strahlte Francesca an. »Francesca! Bitte ziehen Sie keine voreiligen Schlüsse, ich würde meine liebe Cousine niemals in irgendeiner Weise hintergehen. Sarah weiß, dass wir hier sind; sie hat es abgelehnt, sich uns anzuschließen. Hätten Sie auch gern etwas zu trinken?«

Francesca war ein wenig erleichtert, blieb aber dennoch misstrauisch. »Das gehört sich nicht«, entfuhr es ihr.

»Ich kann nicht glauben, dass ausgerechnet du so etwas sagst«, knurrte Evan.

Bartolla zuckte mit den Schultern. »Ich bin Witwe, meine Liebe. Und eine reiche dazu. Ich kann tun und lassen, was ich will, solange es mir egal ist, was man über mich sagt.« Sie zuckte erneut mit den Schultern. »Und es schert mich wirklich nicht im Geringsten, was die Klatschmäuler in dieser Stadt tratschen. Sie beneiden mich doch nur um meine Freiheit.« Sie nahm einen Schluck aus ihrem Glas und seufzte. »Mein guter Evan, dieser Whiskey ist wirklich fabelhaft.«

»Ich habe ihn von meinem letzten Jagdausflug mitgebracht«, antwortete er und lächelte sie an.

Francesca kam zu dem Schluss, dass dies nicht der richtige Augenblick war, um Bartollas liberale Einstellung oder ihre Beziehung zu ihrem Bruder zu analysieren. »Evan, jetzt ist er bestimmt verschwunden!«

»Wer denn?«, fragte er.

Bartolla richtete sich auf, schwang ihre Beine über den Sofarand und stellte die Füße auf den Boden. »Ja, was hat es mit diesem Mörder auf sich?«

»Ach, verflixt!«, rief Francesca und begann wieder zu zittern, während sich ihre Augen vor Enttäuschung mit Tränen füllten.

»Alles in Ordnung?«, erkundigte sich Evan, setzte sein Glas ab und legte einen Arm um sie.

»Nein, es ist nicht alles in Ordnung! Der Mann, der wahrscheinlich für den Mord an zwei unschuldigen jungen Frauen verantwortlich ist, macht sich gerade aus dem Staub!«, schrie sie.

Evans Augen wurden kugelrund. »Großer Gott!«, entfuhr es ihm, doch dann verdüsterte sich sein Blick. »Alles was Recht ist, Fran, was zu viel ist, ist zu viel. Ich schlage vor, du rufst deinen Freund an, das heißt, ich schlage vor, du rufst die Polizei.«

SONNTAG, 9. FEBRUAR 1902 – 9.45 UHR

Francesca traf um Viertel vor zehn vor Braggs Tür ein – bevor er die Gelegenheit hatte, sie abzuholen. Sie war nicht überrascht, dass er ihr, bereits mit einem Mantel bekleidet, eigenhändig die Tür öffnete.

Er blickte sie erstaunt an. »Francesca! Ich wollte mich gerade auf den Weg machen, um Sie abzuholen.«

»Ich möchte nur noch einmal kurz nach den Mädchen sehen, bevor wir gehen.« Sie trat ins Haus und zog ihre Handschuhe aus. »Haben Sie Carter gestern Nacht erwischt?« Francesca hatte Bragg in der Nacht zuvor schließlich telefonisch erreicht, sich dann aber entschieden, ihn nicht zu begleiten, sondern Evan und Bartolla Gesellschaft zu leisten und die Anstandsdame zu spielen. Daher war sie erst gegen zwei Uhr in der Früh im Bett gewesen, so dass sie jetzt noch ziemlich müde war.

»Nein. Wir haben die ganze Upper East Side abgesucht, aber er war wie vom Erdboden verschluckt.« Sein Blick ruhte auf ihr.

»Es tut mir Leid. Ich hätte Sie früher anrufen sollen. Wegen mir hatte Carter einen recht guten Vorsprung.«

»Nein, mir tut es Leid. Ich hatte doch gespürt, dass etwas nicht stimmt, zum Teufel noch mal! Und die Haustür unverschlossen zu lassen ...« Er verstummte kopfschüttelnd.

Francesca berührte seinen Arm. »Er hat mir ja nichts getan, Bragg.«

»Nein, das hat er nicht, und dem Himmel sei Dank dafür.«

Francesca stimmte ihm insgeheim zu. Als sie Bragg gerade nach seiner Meinung zu den Artikeln in den Morgenzeitungen fragen wollte – sowohl die *Sun* als auch die *Tribune* hatten die Morde auf der Titelseite gebracht, und der Fall war nun ein gefundenes Fressen für die Öffentlichkeit –, kam Peter in die Diele gelaufen. Auf seinem Rücken saß Dot und kicherte vor Vergnügen.

Francesca blickte Peter verblüfft an, dessen Hemd aus der Hose gerutscht war und unter seiner kurzen, schwarzen Jacke hervorschaute. Als er Francesca neben Bragg stehen sah, blieb er abrupt stehen und errötete.

»Pi! Pi!«, rief Dot.

Francesca eilte erschrocken auf die beiden zu und sagte: »Ich glaube, wir sollten das Badezimmer aufsuchen, Dot.«

Bragg folgte ihr, während Peter Dot auf dem Boden absetzte. »Ich glaube, sie hat sich entschieden, meinen Diener Pi zu taufen. Was angesichts ihrer schlechten Angewohnheit wohl nur angemessen ist.«

Francesca wagte es nicht, ihn anzusehen. Ob Dot wohl noch einmal eine Schweinerei auf dem Boden veranstaltet hatte? Es klang beinahe so. »Wie geht es den Mädchen, Peter?«, fragte sie.

»Wo ist das Kindermädchen?«, fragte er anstelle einer Antwort.

Sie befeuchtete ihre Lippen, aber Bragg kam ihr zuvor: »Keine Sorge. Die Mädchen sind morgen verschwunden«, sagte er und warf Francesca einen strengen Blick zu.

Dot zeigte mit einem anklagenden Gesichtsausdruck auf Bragg. »Böse!«, kreischte sie. »Böse!«

»Die beiden können mich nicht leiden«, erklärte Bragg.

»Nun, haben Sie sich denn einmal die Mühe gemacht, mit ihnen zu spielen?«, fragte Francesca und nahm Dots Hand. Das Kind schenkte ihr ein glückstrahlendes Lächeln.

»Spielen? Woher soll ich denn die Zeit zum Spielen nehmen?«, erkundigte er sich ungläubig.

Da hatte er natürlich Recht. Sie seufzte. »Bragg, es könnte möglicherweise länger als einen Tag dauern, ein Zuhause für die beiden zu finden«, sagte sie und führte Dot zum Badezimmer.

»Viel Glück«, sagte er.

Francesca war sich nicht ganz darüber im Klaren, ob er sich auf das bevorstehende Ereignis bezog, von dem sie hoffte, dass es auch stattfinden würde, oder auf ihre Suche nach einer Familie für die Mädchen. Sie führte Dot ins Bad und setzte sie auf das Klosett. Dot grinste sie an und begann mit den Türen des Frisiertisches zu spielen, ohne dabei auch nur das geringste Interesse an irgendwelchen biologischen Funktionen zu zeigen.

»Dot, das hier ist der beste Ort, um Pipi zu machen. Bitte, Dot, mach Pipi«, bat Francesca und hockte sich neben sie.

Dot sagte: »Pi! Pi!«

Draußen vor der Tür sagte Bragg: »Peter ist wie verwandelt. Es ist einfach furchtbar! Seit Freitag habe ich keine frischen Hemden und Laken mehr bekommen!«

Francesca fuhr zusammen. »Was halten Sie davon, wenn ich morgen nach einem Kindermädchen suche?« Sie blickte Dot an und nickte ermutigend, doch das Kind lächelte sie nur verträumt an.

»Die Mädchen sind morgen verschwunden«, erklärte Bragg mit fester Stimme. »Sie sind ein ganzes Wochenende lang hier gewesen, Francesca.«

Dot schien sein Tonfall nicht zu gefallen, denn sie starrte mit bösem Blick auf die Tür und rutschte dann vom Klosett.

»Dot, du musst dein Geschäft erledigen«, sagte Francesca und setzte sie wieder hin.

Dot schüttelte den Kopf und versuchte Francesca zu schlagen. »Pi!«, schrie sie. »Pi!«

Francesca kam zu dem Schluss, dass Dot offenbar doch kein dringendes Bedürfnis hatte, und fragte sich, ob Connie und Mrs Partdridge ihr in dieser Angelegenheit wohl einen Rat geben könnten. »Na schön«, sagte sie. »Dann lauf zu Peter.«

Dot watschelte aus dem Badezimmer und steuerte zielstrebig auf den großen Mann zu, der sich in der Zwischenzeit das Hemd wieder in die Hose gesteckt und das dünne, blonde Haar gekämmt hatte.

Peter hob die Kleine hoch und setzte sie auf seine Schultern, worauf Dot vor Freude gluckste und nach seinen Ohren griff.

Francesca blickte den beiden lächelnd nach, als sie die Diele verließen. Konnte es sein, dass sich Peter amüsierte? Bei ihm wusste sie nie so recht, woran sie war.

Als sie sich umdrehte, erstarb ihr Lächeln unwillkürlich.

Auf der Treppe saß Katie und starrte Francesca und Bragg mit einem verschlossenen, harten Gesichtsausdruck an. Als sie bemerkte, dass Francesca sie beobachtete, sprang sie auf und rannte nach oben.

Francesca sah Bragg an.

»Sie ist immer so mürrisch, spricht kein einziges Wort«, sagte er. »Möglicherweise benötigt sie ärztliche Hilfe, Francesca.«

Francesca nickte. »Ich frage mich, ob sie schon vor dem Tod ihrer Mutter so gewesen ist.«

Bragg zuckte mit den Schultern. »Jedenfalls werden weder Sie noch Peter noch ich mit ihr fertig. So viel steht fest.« Er lächelte sie an. »Sollen wir dann? Wir haben viel zu tun.«

Sie erwiderte sein Lächeln, und als sie gerade auf ihn zutrat, rutschte sie plötzlich aus. »Oh!«

Bragg reagierte sofort und fing sie auf, sonst wäre sie wohl gestürzt. »Alles in Ordnung?«, fragte er.

»Ja, ja, mir geht es gut«, erwiderte sie atemlos. »Der Boden ist feucht –« Sie verstummte.

Sie blickten beide auf die Lache zu ihren Füßen.

»Jetzt reicht es mir aber!«, rief Bragg.

»Er war ein sehr frommer Mann«, sagte Vater O'Connor. »Er ist jeden Sonntag zur Messe gekommen und manchmal auch noch unter der Woche.«

Es war nicht schwer gewesen, Mike O'Donnells Priester ausfindig zu machen – die kleine Kirche, wo Vater O'Connor predigte, lag nur wenige Häuserblöcke weit von der Water Street entfernt. Bei ihrem Eintreffen war die Messe gerade zu Ende gegangen, und die letzten Gemeindemitglieder verließen das Gotteshaus. Francesca war überrascht, dass Mike O'Donnell ein Kirchgänger gewesen war, immerhin war er ihr bei ihrer Begegnung nicht besonders gottesfürchtig vorgekommen.

»Wann haben Sie ihn zum letzten Mal gesehen?«, fragte Bragg.

»Letzten Sonntag«, erwiderte O'Connor. Er war ein großer, weißhaariger Mann im fortgeschrittenen Alter. »Erst dieser schreckliche Mord an seiner Frau – und jetzt auch noch seine Schwester.«

»Ja, es ist wirklich furchtbar. Sie haben also beide Frauen gekannt?«

»Eigentlich nur Kathleen. Vor ihrer Trennung ist sie immer mit ihm zum Gottesdienst gekommen. Damals haben sie sich eine Wohnung mit zwei anderen Familien in einem Mietshaus ganz hier in der Nähe geteilt. Aber ich habe sie schon seit zwei oder drei Jahren nicht mehr gesehen«, erwiderte der Geistliche. Sie hatten inzwischen in einem kleinen Raum im hinteren Teil der Kirche Platz genommen. Es war ein schlichtes, rechteckiges Zimmer mit Eichenboden und Steinwänden, einem Bücherregal und einem Schreibtisch, an dem der Geistliche saß. »Sie war so eine sanftmütige Frau, Commissioner. Ruhig und zurückhaltend und ebenfalls sehr fromm. Ich war sehr traurig, als die beiden sich trennten.«

»Sie haben Mary also nie kennen gelernt?«

»Doch, aber nur ein einziges Mal, und das war bei Kathleens Beerdigung.«

»Zu der Mike nicht erschienen ist«, sagte Bragg.

O'Connor zögerte. »Ich bin mir sicher, dass er seine Gründe dafür hatte.«

»Welche Gründe könnten das wohl gewesen sein?«, murmelte Francesca.

Der Geistliche blickte sie an. »Er hat Kathleen geliebt und wollte die Trennung damals gar nicht. Ich glaube, ihr Tod hat ihn zutiefst erschüttert. Seither ist er ein anderer Mensch.«

Francesca blickte Bragg an. Mike O'Donnell war ihr nicht wie ein Mann vorgekommen, der am Boden zerstört war. »Haben Sie jemals Kathleens Bekannten, Sam Carter, kennen gelernt?«

O'Connor blinzelte. Er hatte hellgraue Augen, und mit seinem weißen Haar und der hellen Haut sah er beinahe wie ein Albino aus. »Ich wusste nicht, dass sie sich einen Liebhaber genommen hat. Ich bin sehr enttäuscht von ihr.«

Er spricht von ihr, als ob sie noch am Leben ist, dachte Francesca. Wie seltsam!

»Hat sich Mike Kathleen gegenüber jemals wütend über das Scheitern ihrer Ehe gezeigt? Haben Sie vielleicht einmal gehört, dass er sie in irgendeiner Weise bedroht hat?«, fragte Bragg.

»Falls ja, so ist es mir nicht bekannt. Ich gehe davon aus, dass sie hin und wieder gestritten haben, aber ich habe niemals erlebt, dass er sich Kathleen gegenüber unfreundlich verhalten hat.«

»Also ist er ein Heiliger«, sagte Francesca.

O'Connor warf ihr einen scharfen Blick zu. »Ich habe wohl kaum behauptet, dass er ein Heiliger ist. Unbeherrschtheit ist eine Sünde, junge Dame.«

»Er hat ihr also nie gedroht oder abfällig über sie geredet? Nicht einmal in der Beichte?«

»Commissioner! Sie wissen, dass ich über das, was mir während der Beichte anvertraut wird, nicht reden darf!«

Francesca versuchte ihre Ungeduld zu zügeln.

»Zwei Frauen sind auf brutale Weise ermordet worden, Vater O'Connor«, erwiderte Bragg kühl. »Und falls Sie irgendetwas gehört haben sollten, das mir helfen könnte, den Mörder zu finden, schlage ich vor, dass Sie es mir mitteilen – selbst wenn es während der Beichte geschehen sein sollte.«

»Ich werde niemals meinen heiligen Eid brechen«, erklärte O'Connor schroff. »Wäre das jetzt alles?«

»Mary wird morgen beerdigt. Hat O'Donnell irgendetwas über ihren Tod gesagt? Hat er ihnen gegenüber seine Trauer oder irgendeine andere Empfindung offenbart?«

O'Connor hatte sich bereits erhoben, offenbar um zu zeigen, dass das Gespräch für ihn beendet war. »Nein, das hat er nicht. Nicht wirklich.«

»Was meinen Sie damit?«, fragte Bragg, ohne sich zu rühren, obwohl Francesca ebenfalls aufgestanden war.

O'Connor seufzte. »Mary und er standen sich nicht sehr nahe.«

»Und was soll das nun wieder heißen?«

»Genau das, was ich gesagt habe.«

»Aber dafür muss es doch einen Grund gegeben haben. Sie wissen mehr, als Sie zugeben wollen«, warf ihm Bragg vor.

»Ich kann Ihnen nicht mehr sagen.« Der Geistliche blickte nach oben, als schaue er zum Himmel hinauf und bitte um göttlichen Beistand.

»Nicht einmal, wenn dadurch ein dritter Mord verhindert werden könnte?«, fragte Bragg ebenso kühl wie zuvor.

O'Connor sah ihn mit großen Augen an. »Sie glauben doch wohl nicht etwa, dass dieser Wahnsinnige noch einmal zuschlägt?«

»Doch, das tue ich«, antwortete Bragg.

Francesca musterte den Priester neugierig. Was wusste er, was sie nicht wussten?

»Also gut«, sagte O'Connor. »O'Donnell begehrte seine eigene Schwester.«

Draußen sagte Francesca zu Bragg: »Ich glaube zwar immer noch, dass Carter der Mörder ist, aber, großer Gott, Bragg,

O'Donnell hat gebeichtet, dass es ihn nach seiner Schwester gelüstete!« Sie spürte, dass sie rot wurde. »Das kann doch nur das Verlangen eines Wahnsinnigen sein.«

»Behauptet O'Connor«, bemerkte Bragg.

»Was soll das heißen?«

»Nun, für meinen Geschmack hat er diese vertrauliche Information viel zu schnell preisgegeben. Ich traue ihm nicht. Tatsache ist, dass O'Donnell nicht zum Begräbnis seiner Frau erschienen ist. Warten wir einmal ab, ob er morgen bei Marys Beerdigung auftaucht.« Er schritt zu der Kutsche hinüber, in der sie ein Polizist ins Stadtzentrum gefahren hatte. Seltsamerweise hatte sich der Motor von Braggs Automobil geweigert anzuspringen.

»Aber warum sollte O'Connor etwas behaupten, das nicht stimmt?«

»Ich weiß es nicht. Aber er hat sich um hundertachtzig Grad gedreht. Erst erzählt er uns, wie fromm O'Donnell ist, und dann erfahren wir, dass er seine eigene Schwester begehrt hat, was ja wohl nicht so ganz dem Gebaren eines gottesfürchtigen Menschen entspricht.« Er öffnete Francesca die Kutschentür. »Der Täter hat ein Kreuz in die Kehlen der Frauen geritzt, Francesca.«

Francesca wäre vor Schreck beinahe vom Trittbrett abgerutscht. Sie drehte sich entsetzt zu Bragg um. »Sie glauben doch wohl nicht … Sie verdächtigen doch wohl nicht O'Connor?«

»Nun, sein Verhalten erscheint mir zumindest verdächtig«, war alles, was er darauf erwiderte.

»Aber was ist mit Carter? Er wusste, dass die Frauen erstochen worden sind!«, rief sie.

»Das stand in sämtlichen Zeitungen«, antwortete er und stieg ebenfalls in die Kutsche ein. »Wo soll ich Sie absetzen?«

»Vor Lydia Stuarts Haus«, sagte sie und nannte ihm die Adresse. »Ich habe die Schlagzeilen in der *Sun* und der *Tribune* gesehen. Sie haben den Verbrecher den ›Kreuzmörder‹ genannt. Diese Zeitungen werden erst seit dem frühen Morgen verkauft, und sie sind frühestens gegen fünf oder sechs aus der Druckerpresse gekommen! Aber ich bin Carter gestern Nacht gegen ein Uhr begegnet, und da wusste er bereits, dass ein Messer als Mordwaffe gedient hatte, denn er sagte, er habe niemanden ›aufgeschlitzt‹.«

»Auf der Straße wird viel geredet. Er könnte die Details über die beiden Morde irgendwo erfahren habe«, sagte Bragg. »Hören Sie, Francesca, ich habe ja nicht behauptet, dass O'Connor ein Verdächtiger ist, aber er hat für meinen Geschmack einfach zu schnell nachgegeben. Meine Intuition sagt mir, dass er nicht ehrlich ist – oder zumindest uns gegenüber nicht ehrlich war.«

»Dann haben wir jetzt also drei Verdächtige?«, fragte Francesca mit zittriger Stimme.

»Auf jeden Fall haben wir zwei«, sagte Bragg, als ihre Kutsche in die Bowery einbog.

»Da wäre Carter, der sich äußerst feindselig verhält und wusste, dass beide Frauen erstochen wurden. Aber kannte er auch beide Frauen?«

»Das ist eine gute Frage, und die werde ich ihm auch sofort stellen, sobald wir ihn aufspüren«, sagte Bragg.

»O'Donnell kannte beide Frauen, da er der Ehemann der einen und der Bruder der anderen war. Er ist ›fromm‹ – und das Kreuz, das den Opfern in den Hals geschnitten wurde, zeugt von religiösem Fanatismus. Er hat nicht an der Beerdigung seiner Frau teilgenommen und dennoch hat er mir gegenüber behauptet, sie geliebt zu haben und gegen die Trennung gewesen zu sein.« Francesca sah Bragg an. »Er sprach auch abfällig über Carter. Und laut O'Connor begehrte er seine Schwester. Bragg, dieser Kerl könnte in der Tat unser Mann sein.«

Bragg lächelte. »Vor einer Minute noch waren Sie der Meinung, Carter sei der Mörder!«

»Er hat mir letzte Nacht Angst eingejagt.«

Sein Lächeln erstarb. »Ich weiß.«

Sie schüttelte die Erinnerung an die bangen Minuten schnell ab, in denen Carter sie in seiner Gewalt gehabt hatte. »O'Connor ist ein Mann Gottes, was zu der Religiosität des Täters passt, und er hat beide Frauen gekannt.«

»Er behauptet, Mary nur einmal getroffen zu haben«, sagte Bragg.

»Glauben Sie ihm nicht?«

»Ich vermag nicht zu sagen, ob ich ihm glaube oder nicht. Warten wir einmal ab, ob er morgen zu Marys Beerdigung erscheint. Sie findet um zwölf Uhr statt. Das dürfte ein interessanter Tag werden.«

Francesca zögerte. »Sollen wir zusammen hingehen?«

Er warf ihr einen Blick zu. »Warum nicht?«

Sie atmete erleichtert auf. »Ich dachte schon, dass Sie es nach allem, was Sie mir letzte Nacht gesagt haben, ablehnen würden.«

»Ich habe seitdem über einiges nachgedacht«, sagte Bragg. Er senkte die Stimme, obwohl sich die Trennwand zwischen ihnen und dem Kutscher befand. »Unsere Freundschaft ist mir ebenfalls sehr wichtig, und ich möchte sie auf keinen Fall aufgeben – auch wenn das bedeutet, dass sich mein Diener in ein Kindermädchen verwandelt hat.«

Francescas Herz vollführte einen Freudensprung. »Sehr schön«, sagte sie. »Dann bleiben wir also Freunde und ein Ermittlergespann – ich könnte mir nichts Schöneres vorstellen!«

Bragg warf ihr einen sonderbaren Blick zu.

In diesem Moment wurde ihr bewusst, dass ihre Wortwahl ein wenig unglücklich gewesen war, und sie errötete unter Braggs Blick. »Unter den gegebenen Umständen«, ergänzte sie.

»Ich hoffe, ich störe nicht«, sagte Francesca, nachdem sie Lydia Stuart begrüßt hatte. Es war früher Nachmittag und sie befanden sich in einem kleinen, heiter wirkenden Salon.

»Aber nicht im Mindesten«, erwiderte Lydia mit einem Lächeln, das ein wenig gezwungen wirkte. Sie wandte sich ihrem Diener zu, der an der Tür stand. »Das wäre dann alles, Thomas. Bitte schließen Sie die Tür, wenn Sie gehen.« Sobald der Mann die Tür hinter sich zugezogen hatte, wandte sich Lydia an Francesca. »Mr Stuart ist nicht zu Hause, aber ich kann mir vorstellen, wo er ist und auch mit wem er zusammen ist«, sagte sie.

»Mrs Stuart –«, hob Francesa an, die ein schlechtes Gewissen plagte, da sie bisher noch nicht die Zeit gefunden hatte, sich dem Problem ihrer Klientin zu widmen.

»Bitte nennen Sie mich doch Lydia!«, fiel Mrs Stuart ihr ins Wort. »Haben Sie herausfinden können, ob mein Mann das tut, was ich befürchte?«

»Nein, bisher leider noch nicht«, erwiderte Francesca.

»Wie bitte?«, fragte ihre Auftraggeberin fassungslos.

»Es tut mir Leid, aber zwei unschuldige junge Frauen sind auf brutale Weise ermordet worden, und ich muss der Polizei bei der Aufklärung dieser Verbrechen helfen.«

Lydia blinzelte. »Oh. Ich verstehe.«

»Aber ich werde Sie nicht im Stich lassen«, fuhr Francesca mit fester Stimme fort. »Es ist nur alles so plötzlich geschehen.«

Lydia, die immer noch schrecklich aufgebracht wirkte, nickte. Doch mit einem Mal erstarrte sie und ihre Augen wurden kugelrund. »Ach du meine Güte!«, entfuhr es ihr.

»Was ist denn?«, erkundigte sich Francesca, und im selben Moment öffnete sich bereits die Tür des Salons.

Lydia setzte ein gekünsteltes Lächeln auf und drehte sich um. »Ich hatte dich gar nicht so früh zurückerwartet, Liebling«, sagte sie betont heiter, doch ihre Stimme klang angespannt.

Ein Herr von mittlerer Größe und Statur mit grauem Haar und Bart betrat den Raum. Sein Blick wanderte lächelnd von seiner Frau zu Francesca. »Hallo, Liebste«, sagte er, küsste Lydia herzlich und wandte sich dann Francesca zu.

»Das ist Miss Francesca Cahill«, erklärte Lydia. »Wir haben uns kürzlich bei dieser Soiree kennen gelernt und Freundschaft geschlossen! Ich freue mich ja so sehr über Ihren Besuch.« Sie ergriff Francescas Hände. »Es ist nicht so leicht, Anschluss zu finden, wissen Sie, denn wir sind erst vor einigen Monaten von Philadelphia hierher gezogen. Aber das hatte ich Ihnen ja bereits erzählt. Mein Mann scheint Gott und die Welt zu kennen, aber ich kenne niemanden hier.«

Francesca hatte gar nicht gewusst, dass die Stuarts noch nicht lange in der Stadt weilten.

Lincoln Stuart hatte ein angenehmes Äußeres und machte einen freundlichen Eindruck. »Ich freue mich, dass meine Frau hier eine Freundin gefunden hat.« Er kniff die Augen zusammen. »Wieso kommt mir Ihr Name nur so bekannt vor?«

»Vielleicht kennen Sie meinen Vater«, erwiderte Francesca rasch. »Andrew Cahill?«

»Nein, ich glaube nicht.«

Francesca konnte sich vorstellen, woher Mr Stuart ihren Namen kannte – wahrscheinlich hatte er am Donnerstag Kurlands Artikel in der *Sun* gelesen. Sie lächelte ihn an. »Dann sind wir einander vielleicht bei der Soiree vorgestellt worden? Obgleich ich gestehen muss, dass ich mir Gesichter sehr gut merken kann, und an das Ihre erinnere ich mich gar nicht.«

»Bei den Haverfords?«, fragte er.

Francesca zögerte und warf Lydia einen fragenden Blick zu. »Nein, Liebling, die Musik-Soiree bei den Bleddings. Erinnerst du dich nicht mehr an dieses fantastische Trio aus Sankt Petersburg? Dieser junge Geigenspieler war einfach fantastisch!«

Lydia schwitzte auffallend stark, doch Lincoln schien gar nicht zu bemerken, wie angespannt seine Frau war. Er musterte Francesca noch immer nachdenklich. »Wie seltsam, dass ich Sie nicht einzuordnen vermag«, sagte er.

»Nun, es wird uns sicherlich wieder einfallen, wo wir uns begegnet sind«, erklärte Francesca leichthin.

»Aber gewiss.« Er lächelte und sagte dann an seine Frau gewandt: »Ich hatte meine Zigarren vergessen. Aber jetzt mache ich mich auf den Weg und werde dann zum Abendessen wieder zurück sein. Wäre dir sieben Uhr recht?«

»Sieben Uhr passt wunderbar«, erwiderte Lydia rasch.

Lincoln verbeugte sich vor Francesca, sie verabschiedeten sich voneinander, und dann verließ er das Zimmer.

Für einen Moment herrschte Schweigen. »Er weiß es«, flüsterte Lydia. »Er weiß, dass ich Ihre Dienste in Anspruch nehme, um ihn bespitzeln zu lassen.«

Sie hatte ganz offensichtlich Angst. Francesca ergriff ihre Hand. »Das glaube ich nicht«, erwiderte sie. »Aber das hier ist eine perfekte Gelegenheit. Glauben Sie, dass er auf dem Weg zu Mrs Hopper ist?«

Lydia nickte ängstlich.

Francesca drückte ihre Hand. »Dann werde ich ihm folgen!«, rief sie.

»Jetzt?«, stieß Lydia ungläubig hervor.

»Jetzt«, bestätigte Francesca.

Sie erkannte schon bald, dass Lincoln Stuart nicht auf dem Weg zu Rebecca Hopper war. Seine Kutsche fuhr in nördlicher Richtung, was Francesca verwunderte, ganz besonders, nachdem er den Central Park hinter sich gelassen hatte und immer noch weiterfuhr. Wohin mochte er wohl fahren? In dieser Gegend im Norden der Stadt gab es noch viel ungenutztes Land, hauptsächlich Viehweiden. Auf der 103rd Street bog seine Kutsche auf eine einsame Straße ab, an der nur hin und wieder ein Farmhaus lag. Francescas Kutsche folgte der seinen, hielt aber einen ausreichenden Abstand ein. Nach einer guten Stunde Fahrt hielt Lincoln Stuarts Kutsche dann endlich an.

Westlich der Straße lag offenes Weideland, auf dem einige Eichen standen. Auf der anderen Seite befand sich ein Friedhof.

Francesca sah ungläubig zu, wie Lincoln aus der Kutsche stieg, und fragte sich im selben Moment, ob wohl Kathleen O'Donnell hier begraben lag.

Francesca beobachtete, wie er langsam durch das große Eisentor trat, das auf das Friedhofsgelände führte. Ihre Gedanken überschlugen sich. Zwar gab es keine Verbindung zwischen Stuart und den Morden, aber die Tatsache, dass er zu einem Friedhof gefahren war, überraschte sie. Plötzlich bemerkte sie, dass ihre Kutsche immer langsamer wurde.

Sie hämmerte gegen die Trennwand. »Nicht anhalten«, rief sie ihrem Kutscher zu. »Fahren Sie weiter. Fahren Sie bitte an dieser Kutsche vorbei!«

»Was immer Sie sagen, Miss«, erwiderte der Mann, und die schwarze Droschke, die von einem Braunen gezogen wurde, zog langsam an Stuarts Kutsche vorbei.

Francesca hatte sich rechtzeitig in den Sitz gepresst, damit Stuart sie nicht sehen konnte, falls er sich zu dem einzigen anderen Gefährt umwandte, das auf dieser Straße entlangfuhr. Einen Augenblick später wagte sie, einen Blick aus dem Fenster zum Friedhof zurückzuwerfen. Stuart schien die andere Droschke gar nicht zu beachten, sondern schritt gemächlich einen kleinen Weg inmitten von Grabsteinen entlang.

Für den Moment hatte Francesca genug gesehen. »Jennings! Fahren Sie bitte wieder in die Stadt zurück«, rief sie dem Kutscher zu.

Als sie nach Hause zurückkehrte, lag auf dem Schreibtisch in ihrem Zimmer ein Brief.

Francesca war eigentlich ein recht ordentlicher Mensch, was man beim Anblick ihres Schreibtisches, auf dem für gewöhnlich ein heilloses Durcheinander von Büchern und Blättern herrschte, nicht vermutet hätte. An diesem Tag war er allerdings aufgeräumt – offenbar hatte ihn eines der Mädchen im Laufe des Tages gesäubert –, und nun lagen Francescas Bücher und Notizbücher derart ordentlich da, dass ihr der tadellos weiße Umschlag, der mitten auf dem Schreibtisch an einem Stapel Bücher lehnte, sofort ins Auge fiel.

Obwohl sie in Gedanken noch bei Lincoln Stuart war, nahm sie den Brief sogleich neugierig in die Hand und stellte fest, dass er nicht gestempelt war. Offenbar war er persönlich überbracht worden. Francesca fragte sich, ob er wohl überhaupt für sie bestimmt war, da kein Name auf dem Umschlag stand.

Sie öffnete ihn und zog ein Blatt Papier hervor.

Das Gedicht war mit einer Schreibmaschine in Großbuchstaben geschrieben worden. Es lautete:

EIN SEUFZEN

EIN FLÜSTERN

SCHWINDELEI

DREI MÄDCHEN

DEN TOD WERDEN

FINDEN DABEI

KAPITEL 11

SONNTAG, 9. FEBRUAR 1902 – 18 UHR
Peter öffnete mit Dot an der Hand die Tür.

Francesca vermochte sich kaum auf das Kind zu konzentrieren, das vor Freude zu kreischen begann, als es sie sah. »Fraka, Fraka!«, rief es.

Francesca hob die Kleine geistesabwesend auf den Arm, woraufhin sich Dot sofort zu wehren begann, weil sie wieder auf den Boden gesetzt werden wollte. »Wo ist er?«, fragte Francesca atemlos. Sie hatte im Polizeipräsidium angerufen, wo man ihr gesagt hatte, dass sich Bragg auf dem Nachhauseweg befände. Doch als sie versucht hatte, ihn dort telefonisch zu erreichen, war der Anschluss besetzt gewesen. Jennings hatte sie daraufhin in einem halsbrecherischen Tempo zum Madison Square gefahren. Sie hatten die Strecke in nur zehn Minuten zurückgelegt – glücklicherweise herrschte sonntags zu dieser Stunde nicht besonders viel Verkehr.

»Er befindet sich im Arbeitszimmer«, antwortete Peter.

Francesca drückte ihm Dot in den Arm und rannte den Flur entlang. Sie machte sich gar nicht erst die Mühe anzuklopfen. Bragg zuckte zusammen, als sie in das kleine Zimmer stürmte, in dem ein Feuer im Kamin loderte. Er stand an seinem Schreibtisch. »Francesca!«, rief er überrascht.

Sie reichte ihm den Briefumschlag mit dem Gedicht.

Er zog das Blatt heraus, überflog die Zeilen und erbleichte.
»Woher haben Sie das?«

Sie schloss bereits die Tür und lehnte sich dagegen.

»Es lag auf meinem Schreibtisch.«

»Auf Ihrem Schreibtisch?« Seine Augen weiteten sich.

»In meinem Zimmer. Ich war gerade von der Verfolgung des Ehemannes meiner Klientin zurückgekehrt, der einen Friedhof besucht hat«, sagte sie. »Bragg, es wird ein weiteres Opfer geben.«

Bragg starrte sie an. Es dauerte einen Augenblick, bevor er sprach. »Der Mörder hat seine Warnung an Sie geschickt. Nicht an mich oder an die Polizei, sondern an Sie! Das war's. Der Fall ist für Sie abgeschlossen!«

»Aber das geht doch nicht!«, rief sie.

»Ach, wirklich? Haben Sie etwa noch irgendwelche Zweifel, dass wir es mit einem Wahnsinnigen zu tun haben?« Er griff zum Telefonhörer, und Francesca hörte, wie er Inspector Murphy bat, sich mit ihm in seinem Büro zu treffen. Dann fragte er: »Ist es Ihnen gelungen, Sam Carter aufzuspüren? Verstehe … Verhaften Sie Mike O'Donnell, und bringen Sie ihn ins Präsidium. Legen Sie ihm irgendein Vergehen zur Last. Trunkenheit und Erregung öffentlichen Ärgernisses sollten reichen. Ich bin in Kürze da.« Er legte auf.

Francesca hatte die Arme vor der Brust verschränkt. »Haben Ihre Leute Sam Carter schon gefunden?«

»Nein.«

»Dann müssen wir hoffen, dass Mike O'Donnell unser Mann ist. Bragg? Ich weiß, dass es höchst unwahrscheinlich ist, aber könnte es sein, dass Kathleen auf dem Greenlawn Cemetery auf der 103rd Street beerdigt wurde?«

»Nein. Ihr Grab befindet sich auf einem Friedhof in der Innenstadt. Sie haben doch wohl keinen Grund anzunehmen, dass der Mann Ihrer Klientin in diese Morde verwickelt ist?«

»Nein.« Francesca atmete erleichtert auf. Ihr ging durch den Kopf, dass sie Lydia fragen musste, was ihr Mann wohl auf diesem Friedhof zu schaffen gehabt hatte, aber das konnte sie ein anderes Mal erledigen. »Wie kann ich Ihnen helfen?«, fragte sie leise. »Und bitte sagen Sie mir nicht, dass ich mich aus allem heraushalten soll!«

»Francesca« – Bragg zog sein Jackett an –, »jemand hat Ihnen eine Morddrohung geschickt. Carter, O'Donnell und O'Connor wissen alle, dass Sie an diesem Fall arbeiten. Wer weiß sonst noch davon?«

Sie zögerte. »Mein Bruder.«

»Wer noch?«

»Niemand«, sagte sie. »Außer Ihren Leute.« Plötzlich fiel ihr Bartolla wieder ein, die am Abend zuvor noch so spät bei Evan gewesen war. »Und Bartolla Benevente.«

»Sie können wir wohl getrost ausschließen. Aber vielleicht hat Maggie Kennedy irgendjemandem davon erzählt, dass sie Sie um Hilfe gebeten hat.«

»Ich könnte sie einmal fragen«, erwiderte Francesca nachdenklich.

»Sehen Sie, dann haben Sie ja schon etwas zu tun«, sagte er. »Aber es muss nicht mehr heute Abend sein. Ich nehme an, dass Mrs Kennedy morgen zu der Beerdigung kommen wird. Welcher Ihrer Dienstboten hat Ihnen das Gedicht auf den Schreibtisch gelegt?« Er ergriff ihren Arm und führte sie zur Tür.

»Ich hatte noch keine Zeit, mich danach zu erkundigen.« Sie

blieb wie angewurzelt stehen. »Bragg, meine Eltern sind zu Hause! Sie können nicht einfach vorbeikommen und Fragen stellen.«

»Leider werde ich genau das tun müssen, es sei denn, Sie bringen selbst in Erfahrung, welcher Ihrer Dienstboten den Briefumschlag auf Ihren Schreibtisch gelegt hat. Ich muss diese Person befragen – je eher, desto besser.«

»Ich werde es noch heute Abend in Erfahrung bringen«, erwiderte sie erleichtert. »Soll ich Sie anrufen, sobald ich etwas weiß?«

»Hinterlassen Sie eine Nachricht bei Peter. Es könnte noch eine Weile dauern, bis ich wieder zu Hause bin«, entgegnete er. Sie folgte ihm den Flur entlang. »Glauben Sie, dass O'Donnell ein Geständnis ablegen wird?«

»Nein. Aber ich werde ihn unter Druck setzen und zusehen, wie er sich windet.« Dann rief er: »Peter! Ich muss los. Wo ist Katie?« Seine Stimme klang ein wenig gereizt.

Peter erschien mit Dot an der Hand im Türrahmen des Esszimmers. Das kleine Mädchen strahlte Francesca an, aber sie vermochte sich nicht zu einem Lächeln aufzuraffen. »Sie ist in der Küche und will wieder mal nichts essen«, sagte Peter.

Zu Francescas Erstaunen machte sich Bragg sofort auf den Weg in die Küche, und sie folgte ihm neugierig. Er blieb vor Katie stehen, die ihn mit einem mürrischen Gesichtsausdruck anschaute. »Willst du etwa verhungern?«, herrschte er das Mädchen an.

Sie antwortete nicht.

»Ehrlich gesagt, es ist mir völlig egal, ob du isst oder nicht«, sagte er. »Ich bin kein reicher Mann, und auf diese Weise bleibt mehr für mich übrig.«

Sie warf ihm einen finsteren Blick zu.

»Ich habe nicht darum gebeten, dass du und deine Schwester hierher gebracht werdet, und ich werde dafür sorgen, dass ihr beide morgen dieses Haus verlasst.«

Sie blickte ihn unverwandt an – oder hatte sie gerade etwa einmal geblinzelt?

»Ich freue mich schon auf diesen Moment«, fuhr Bragg fort. »Wer will schon ein so missmutiges Kind in seinem Haus haben, das obendrein versucht, sich zu Tode zu hungern? Ganz zu schweigen von deiner Schwester und ihren unschönen Angewohnheiten. Also gut, lass das Essen stehen. Dann gehst du morgen eben mit hungrigem Bauch zu deinen neuen Pflegeeltern. Die sind vielleicht noch ärmer als ich.« Er blickte Peter an. »Sorgen Sie dafür, dass sie morgen früh um neun fertig sind, um das Haus zu verlassen.«

»Bragg?«, sagte Francesca mit ungläubiger Stimme.

»Ich habe die Nase gestrichen voll«, erwiderte er und marschierte hinaus.

Francesca rührte sich nicht. Sie konnte einfach nicht glauben, was sie soeben gehört hatte.

Katies Augen füllten sich mit Tränen.

»Ist ja schon gut«, versuchte Francesca das Kind zu beruhigen. Doch Katie griff nach ihrer Gabel, spießte ein Stück Fleisch auf und starrte zornig auf die Tür, durch die Bragg gerade verschwunden war.

Francesca sah das Kind verblüfft an.

Katie stopfte sich das Stück Fleisch in den Mund, machte aber keine Anstalten, darauf zu kauen und richtete ihren zornigen Blick nun auf Francesca.

Sie bemerkte, dass Peter ihr einen verschwörerischen Blick

zuwarf und begriff, dass er sie zum Gehen veranlassen wollte. Sie trat zur Tür, warf von der Schwelle aus aber noch einmal einen kurzen Blick über ihre Schulter zurück und sah, wie Katie schluckte und dabei das Gesicht verzog, als nehme sie bittere Medizin.

»Das war ein wenig hart, finden Sie nicht auch?«, sagte Francesca in der Diele zu Bragg.

»Ich bin auch nicht gerade bester Stimmung«, erwiderte er.

»Dot kann mich nicht leiden, und ich vermute, dass sie dabei dem Beispiel ihrer Schwester folgt. Es reicht mir einfach. Isst sie denn jetzt?« Sie traten aus dem Haus. Die Temperatur war gefallen, und Francesca erschauerte.

»Ja, das tut sie. Zumindest hat sie einen Bissen genommen.« Braggs Arm schoss in die Höhe um eine Droschke heranzuwinken, und Francesca sah, dass er in sich hineinlächelte. Dann setzte er sogleich wieder eine grimmige Miene auf und sagte: »Sie hat seit zwei Tagen nichts mehr gegessen. Ich habe Dr. Byrnes rufen lassen.«

»Ach du meine Güte!«, sagte Francesca. »Ich hatte ja keine Ahnung, dass es so ernst ist.«

»Doch, das ist es.« Die Droschke näherte sich. Sie wurde von einem kastanienbraunen Pferd gezogen, dessen Hufe über das vereiste Kopfsteinpflaster klapperten. »Es gibt noch ein Gedicht, Francesca«, sagte Bragg.

»Wie bitte?«, entfuhr es ihr, und dann verlor sie das Gleichgewicht, denn seine Worte hatten sie derart überrascht, dass sie auf einer vereisten Pfütze ausgerutscht war. Sie konnte sich gerade noch an ihm festhalten, um nicht hinzufallen.

Er half ihr beim Aufrichten, und im nächsten Moment hielt auch schon die Droschke am Randstein. »Wir haben ein

Gedicht in Mary O'Shaunessys Zimmer bei den Jansons gefunden.«

Einen Herzschlag lang vermochte Francesca ihn nur anzustarren. »O mein Gott! Wie lautete es?«

Er warf ihr einen ernsten Blick zu und sagte: »Ein Seufzen, ein Flüstern, Schwindelei. Zwei Mädchen für immer Abschied nehmen dabei.«

MONTAG, 10. FEBRUAR 1902 – MITTAG

Damit sie an dem Begräbnis von Mary O'Shaunessy teilnehmen konnte, musste Francesca eines ihrer nachmittäglichen Seminare ausfallen lassen. Es war unmöglich, von St. Mary's in der Stadtmitte, wo der Trauergottesdienst abgehalten wurde, rechtzeitig zum College zu gelangen. Während sie in der eilends herbeigerufenen Mietdroschke quer durch die Stadt fuhr, kam Francesca die ernüchternde Erkenntnis, dass sie inzwischen in all ihren Fächern hoffnungslos hinterherhinkte und sich wohl für das laufende Semester würde beurlauben lassen müssen. Andernfalls würde sie ihre Karriere als Kriminalistin beenden müssen, um nicht durchzufallen.

Aber andererseits hatte das Semester gerade erst begonnen, und obgleich sich Francesca noch nicht lange als Kriminalistin betätigte, hatten sie ihre Erfahrungen bei der Burton-Entführung und dem Mordfall Randall doch gelehrt, dass Fälle auch rasch aufgeklärt werden konnten. Man benötigte nur eine einzige heiße Spur. Vielleicht würde es ihnen ja gelingen, den Wahnsinnigen, der hinter den Kreuzmorden steckte, schon bald dingfest zu machen, und dann konnte sie sich darauf konzentrieren, ihre Noten aufzubessern.

Vorausgesetzt, es käme ihr nicht wieder ein anderer Fall in die Quere.

Als Francescas Droschke vor der grauen Steinkirche auf der East 16th Street hielt, ging ihr durch den Kopf, dass es ihr eigenes Mädchen, Bessie, gewesen war, das den Briefumschlag mit dem Gedicht darin auf dem Tablett in der Eingangshalle gefunden hatte, auf dem Besucher normalerweise ihre Visitenkarten ablegten. Wer auch immer ihn dort zurückgelassen hatte – und Francesca ging davon aus, dass es sich dabei um den Mörder handelte –, war also einfach ins Haus hineinspaziert, und diese Dreistigkeit jagte ihr Angst ein.

Zwei Männer in groben Wollmänteln und schwarzen Wollmützen betraten gerade die St. Mary's Chapel. Francesca bezahlte ihren Kutscher und stieg aus.

Sie betrat die Kirche, in der die Messe bereits begonnen hatte, und suchte sich einen Platz in der letzten Reihe. Ihr Blick wanderte über die wenigen Trauergäste hinweg. Sie konnte Mike O'Donnell nirgendwo entdecken, aber vielleicht war er bereits am Abend zuvor aufgegriffen worden und befand sich nun in Polizeigewahrsam. Bragg saß mit Peter und den beiden Mädchen in der ersten Reihe. Im ersten Moment war Francesca überrascht, die Kinder dort zu sehen, doch dann fiel ihr ein, dass es nur natürlich war, dass sie am Begräbnis ihrer Mutter teilnahmen. Es war so viel auf einmal passiert, dass Francesca darüber gar nicht nachgedacht hatte. Selbst aus der Entfernung konnte sie erkennen, dass die kleine Katie stocksteif dasaß. Ob sie wohl weinte? Ob sie seit dem Tod ihrer Mutter überhaupt ein einziges Mal geweint hatte? Francesca tat es in der Seele weh, die beiden Mädchen so zu sehen, und eine tiefe Traurigkeit überkam sie.

Die Jadvics waren ebenfalls anwesend. Mrs Jadvic und ihre ältliche Mutter saßen zusammen mit einem Mann – von dem

Francesca annahm, dass es sich dabei um Mrs Jadvics Ehemann handelte – in der zweiten Reihe.

Francesca erblickte einige junge Frauen in den mittleren Reihen, bei denen es sich wohl um Marys Freundinnen und Arbeitskolleginnen handelte. Ihre Augen verengten sich misstrauisch, als sie einen schwarz gekleideten Mann mit weißem Haarschopf entdeckte. War das etwa Vater O'Connor? Ja, tatsächlich, er schien es zu sein. Aber was hatte er hier verloren? Er hatte doch behauptet, Mary nur ein einziges Mal begegnet zu sein.

In diesem Moment drehte sich eine Frau mit schwarzem Hut und Schleier in der Reihe vor Francesca um und schenkte ihr ein kleines Lächeln. »Hallo«, flüsterte sie.

Es war Maggie Kennedy. Ihre Augen waren ebenso wie ihre Nasenspitze gerötet. Offenbar hatte sie geweint. Die beiden Frauen reichten einander zur Begrüßung die Hand. »Ich muss nach der Messe kurz mit Ihnen sprechen«, sagte Francesca leise.

Maggie nickte und drehte sich wieder nach vorn um.

Plötzlich hatte Francesca das Gefühl, beobachtet zu werden. Möglicherweise hatte ihr Flüstern während des Gottesdienstes Aufmerksamkeit erregt. Sie sah sich um und erblickte eine Frau in einem gut geschneiderten marineblauen Mantel und einem passenden, tief ins Gesicht gezogenen Hut, dessen Halbschleier ihre Züge verbarg. Als die Frau zu ihr herüberschaute, erstarrte Francesca. Sie kam ihr irgendwie bekannt vor. Doch im selben Moment wandte sich die Frau auch schon wieder ab.

Francesca zermarterte sich den Kopf, woher sie die Fremde wohl kannte, aber wer immer diese Frau auch war, sie passte nicht zu der übrigen Trauergesellschaft, denn ihre Kleidung war die einer Dame von Stand.

Francesca und Maggie blieben vor der Kirche stehen, während die anderen Trauergäste an ihnen vorbeischritten. Es hatte zu schneien begonnen, und wenn man den Zeitungsberichten glauben durfte, so würde im Laufe des Abends schwerer Schneefall einsetzen. »Wie geht es Ihnen?«, fragte Francesca, während um sie herum dicke Flocken zu Boden schwebten. »Es geht mir gut, danke«, erwiderte Maggie, aber sie machte ganz und gar keinen gefassten Eindruck, und ihre Stimme klang heiser. »Vielen Dank, dass Sie sich um die Kinder gekümmert haben«, fügte sie hinzu. »Ich hatte mir solche Sorgen um sie gemacht.«

»Das war doch das Mindeste, was ich tun konnte. Leider konnte ich die beiden nicht mit zu mir nach Hause nehmen.« Sie lächelte bedauernd, fügte aber keine Erklärung hinzu. »Maggie, ich mache mir Sorgen um Katie. Ist sie schon immer so mürrisch, ja sogar feindselig gewesen?«

Maggie nickte. »Sie ist schon immer etwas schwierig gewesen, aber als Mary die Arbeit bei den Jansons annahm, da wurde sie richtig aufsässig. Mary hat mit mir darüber gesprochen – sie hat sich solche Sorgen um sie gemacht. Offenbar wollte Katie nich begreifen, dass Mary woanders schlafen musste. Sie fing an, ihre Mutter und ihre Schwester zu ignorieren oder schlug vor Wut nach ihnen und auch nach anderen. Sie verlor den Appetit und wurde immer dünner. Mary hat sich wirklich furchtbare Sorgen gemacht. Sie hat der Kleinen sonntags, wenn sie nach Hause kam, immer was Leckeres mitgebracht, um sie dazu zu bringen zu essen. Was haben wir über dieses Kind geredet! Mary dachte, Katie würde glauben, dass Mary sie und Dot verlassen wollte. Mary hat ihr immer und immer wieder zu erklären versucht, dass sie nirgendwohin gehen würde und jeden Sonntag nach Hause käme, aber Katie konnte oder wollte das einfach nicht begreifen.« Maggies Augen füllten sich mit Tränen. »Jetzt kommt sie nie wieder nach Hause, weder an diesem Sonntag noch an irgendeinem anderen«, sagte sie mit rauer Stimme.

Francesca brachte im ersten Moment kein Wort heraus. »Was sollen wir nur tun?«, fragte sie nach einer Weile. »Bragg hat es gestern Abend geschafft, sie zum Essen zu bewegen … glaube ich zumindest.«

»Vielleicht dürfte ich einmal kurz mit ihr sprechen? Und vielleicht darf ich die Mädchen nächsten Sonntag einmal besuchen? Ich könnte mit ihnen und meinen eigenen Kindern in den Zoo gehen oder irgendwas unternehmen.« Bei diesen Worten hellte sich Maggies Gesicht ein wenig auf.

»Das ist eine ganz wundervolle Idee«, sagte Francesca, die sich daran erinnerte, dass Maggies Sohn Paddy ungefähr in Katies Alter war. »Hätten Sie etwas dagegen, wenn ich auch mitkomme?«

»Aber natürlich nich, Miss Cahill. Kommen Sie nur mit«, erwiderte Maggie.

»Hören Sie, Maggie, haben Sie irgendjemandem erzählt, dass Sie mich gefragt haben, ob ich bei der Aufklärung des Mordes an Mary helfen könnte?«

Die Frage schien Maggie zu überraschen, und sie nahm sich Zeit, darüber nachzudenken, bevor sie antwortete. »Nein, soweit ich mich erinnern kann, hab ich das nich getan«, erwiderte sie langsam.

In diesem Moment eilte die Frau in dem marineblauen Mantel mit gesenktem Kopf an ihnen vorbei, so dass es unmöglich war, einen genaueren Blick auf ihr Gesicht zu werfen. Francesca starrte ihr nach. Sie war sich sicher, dass sie die Frau kannte. Diese strebte auf den Randstein zu, wo drei Kutschen und Braggs Automobil hintereinander standen.

»Ist das Lizzie O'Brien?«, fragte Maggie leise.

»Wer?«, hakte Francesca rasch nach. »Kennen Sie diese Frau etwa?«

Doch Maggie schüttelte den Kopf. »Nein, das kann nich sein. Wenn das Lizzie gewesen wäre, hätte sie mit mir gesprochen.« Ihre Augen füllten sich erneut mit Tränen. »Außerdem steigt sie in diese Kutsche da.«

Francesca drehte sich gerade noch rechtzeitig um, um zu sehen, wie ein Kutscher in einer hellbraunen Hose und einer langen, schwarzen Jacke der Frau in einen recht eleganten Einspänner half. Der Dienstbote kletterte auf den Kutschbock, griff nach den Zügeln und löste die Bremse.

Francesca wandte sich wieder Maggie zu und ergriff ihre Hand. »Das alles nimmt Sie furchtbar mit, nicht wahr? Möchten Sie sich setzen?«

Maggie schüttelte den Kopf, aber es dauerte einen Moment, ehe sie wieder zu sprechen vermochte. »Ich komme einfach nich über das weg, was ich gestern in der Zeitung gelesen habe«, sagte sie.

»Und was stand da?«

Maggie blickte sie mit ihren blauen, schmerzerfüllten Augen an. »Als ich zu Ihnen kam, um Sie um Hilfe zu bitten, Miss Cahill, da hatte ich keine Ahnung, dass derselbe Mann auch Kathleen umgebracht hat.«

Es dauerte einen Augenblick, bis Francesca die Bedeutung von Maggies Worten begriff. »Moment mal – Sie haben Kathleen O'Donnell gekannt?«

Maggie nickte. »Mary, Kathleen und ich waren gute Freundinnen.« Sie lächelte, als sei ihr gerade eine schöne Erinnerung in den Sinn gekommen, dann fuhr sie fort: »Und Lizzie gehörte auch dazu. Aber Lizzie ist vor zwei Jahren weggezogen. Niemand hat im letzten halben Jahr mehr etwas von ihr gehört.«

Francesca blickte sie mit großen Augen an. Maggie war eine gute Freundin beider Mordopfer gewesen? Und alle drei waren arme, allein stehende, fleißige Frauen irischer Abstammung? Ein schrecklicher Verdacht stieg in ihr auf. Womöglich war Maggie Kennedy das nächste Ziel des Wahnsinnigen!

»Ich muss ihr nicht die Wahrheit sagen«, erklärte Francesca trotzig.

Bragg verschränkte die Arme vor der Brust. »Falls Ihre Theorie richtig ist, könnte es der Mörder in der Tat als Nächstes auf Maggie Kennedy abgesehen haben, und daher haben Ihre Eltern das Recht zu erfahren, was unter ihrem Dach geschieht.«

Sie stritten mit gedämpften Stimmen vor der Tür zu Andrews Arbeitszimmer. Da es Montag war, befand sich Andrew schon längst in seinem Büro im Süden Manhattans, und Julia hatte das Haus zu einer Essensverabredung verlassen. Francesca hatte darauf bestanden, dass Maggie mit ihr nach Hause kam, und sie in Andrews Arbeitszimmer geführt.

»Mama wird einen hysterischen Anfall bekommen, wenn sie

erfährt, dass ich an den Ermittlungen beteiligt bin. Warum kann ich meinen Eltern nicht sagen, dass Maggie hier bleibt, um die Garderobe fertig zu stellen, die ich bei ihr geordert habe?«

»Francesca, ich habe zwei Beamte vor dem Haus postiert!«, rief Bragg verzweifelt.

»Miss Cahill? Commissioner?« Maggie tauchte im Türrahmen auf. »Sie sagten, Sie wünschten mich zu sprechen. Es ist schon spät. Ich muss zur Arbeit.« Ihre kornblumenblauen Augen blickten besorgt drein.

Francesca und Bragg schauten sich an. Bisher hatten sie Maggie noch nicht erklärt, dass ihr Leben möglicherweise in Gefahr war und nicht alles wie gewohnt weitergehen konnte.

Bragg seufzte, ergriff Maggies Arm und führte sie ins Arbeitszimmer zurück. »Mrs Kennedy, es wäre das Beste, wenn Sie für eine Weile hier bei Miss Cahill bleiben würden. Wir glauben, dass durch Ihre Bekanntschaft mit Kathleen O'Donnell und Mary O'Shaunessy möglicherweise Ihr eigenes Leben in Gefahr ist.«

Maggie benötigte einen Moment, um die Tragweite seiner Worte zu begreifen. »Was? Aber wie kann denn mein Leben in Gefahr sein? Ich hab doch nich die geringste Ahnung, wer dahinter steckt!«, rief sie.

Francesca fragte sich, was Bragg wohl als Nächstes sagen würde und bewegte sich langsam auf die beiden zu.

»Könnte Mike O'Donnell der Täter sein? Hat er seine Frau gehasst, weil sie sich von ihm getrennt hat?«, fragte Bragg.

Maggie blinzelte. »Möglich, dass er Kathleen gehasst hat, aber ich kann mir nich vorstellen, dass er fähig wäre, sie umzubringen!«

»Wie war sein Verhältnis zu Mary?«

Maggie wurde noch eine Spur blasser. »Glauben Sie wirklich, dass Mike der Mörder ist?«, keuchte sie.

»Bitte«, sagte Bragg mit sanfter Stimme. »Ich frage Sie, was Sie glauben.«

Sie ließ sich auf das Sofa sinken. »Ich … ich weiß es nich. Mary war ein so warmherziger, liebenswerter Mensch. Sie hat nie ein böses Wort über jemanden verloren. Außer …«

»Außer über ihren Bruder?«

Maggie errötete. »Über den hat sie nie gesprochen, und das sagt doch schon 'ne Menge.«

»Inwiefern?«

Sie fuhr sich mit der Zunge über die Lippen. »Na ja, dass sie sich nichts aus ihm machte, Mr Bragg. Und …« Sie verstummte erneut, und das Rot ihrer Wangen vertiefte sich.

»Bitte! Jedes noch so kleine Detail könnte wichtig sein«, sagte Bragg leise.

Maggie machte jetzt einen aufgebrachten Eindruck, und Francesca setzte sich neben sie und ergriff ihre Hand. »Wir haben allen Grund zu glauben, dass der Mörder wieder zuschlagen wird«, flüsterte sie.

Maggie sah sie an und nickte mit Tränen in den Augen. »Ich mochte Mike nich. Aber … eines Abends, als er noch mit Kathleen zusammen war, hatte er mal zu viel getrunken, und da hat er sich mir auf unschickliche Weise genähert.«

Francesca sah Bragg an. Der nickte Maggie aufmunternd zu. »Und?«, fragte er.

Maggie blickte auf ihre Knie. »Er war recht hartnäckig, aber ich bin ihm entwischt, und seither hab ich ihn immer gemieden. Kathleen hat's nie erfahren«, schluchzte sie. »Ich hab's immer für mich behalten.«

Francesca legte den Arm um sie.

Maggie atmete tief durch. »Ich muss jetzt zur Arbeit«, sagte sie. »Wenn ich noch mal fehle, werde ich gefeuert, und ich hab vier Kinder durchzubringen.« Sie machte Anstalten, sich zu erheben, aber als sie an Bragg vorbei zur Tür schaute, ließ sie sich sogleich wieder auf das Sofa sinken.

Francesca folgte ihrem Blick, denn sie befürchtete, Julia sei zurückgekehrt und stehe nun dort im Türrahmen. Doch es war Evan, der in seinem braunen Anzug und mit der schief sitzenden Krawatte den Eindruck machte, als sei er gerade erst aufgestanden, was durchaus zutreffen konnte. Doch selbst in diesem Zustand wirkte er irgendwie verwegen.

»Was ist denn hier los? Ich wollte eigentlich telefonieren«, sagte er, während sein Blick von Bragg über Francesca zu Maggie wanderte.

Francesca erhob sich. »Guten Morgen. Oder sollte ich lieber ›Guten Tag‹ sagen?« Ihre Stimme war kühl. Sie hatte ihren Bruder seit Samstagnacht nicht mehr gesehen, als sie eine geschlagene Stunde bei ihm und Bartolla ausgeharrt hatte. Sie billigte seine Bewunderung für Sarah Channings Cousine nicht im Geringsten.

»Du meine Güte, da ist aber heute jemand schnippisch.« Evan lächelte, doch das Lächeln galt Maggie. »Guten Tag, Mrs Kennedy. Welch eine angenehme Überraschung.«

Maggie senkte die Augen. »Mr Cahill.«

Evan warf Bragg einen kühlen Blick zu. »Sie sind doch gewiss nicht in einer Polizeiangelegenheit hier?«

»Doch, das bin ich«, gab Bragg zurück. »Aber wir sind beinahe fertig.«

Evan sah ihn an, ohne eine Miene zu verziehen. »Meine Schwester ist doch nicht etwa in einen weiteren Fall verwickelt?«

»Ihre Schwester hat ihren eigenen Kopf«, entgegnete Bragg gelassen.

Evan warf Francesca einen fragenden Blick zu. »Wir müssen uns offenbar unterhalten, Fran.«

»Hat das nicht Zeit?«, gab sie ungehalten zurück. Sie wusste, was Evan in Wahrheit zu schaffen machte. Es störte ihn nicht im Geringsten, dass sie an einem weiteren Fall arbeitete, sondern er versuchte sie und Bragg nun, da er wusste, dass der Commissioner verheiratet war, voneinander fern zu halten.

»Nein, hat es nicht«, sagte Evan ausdruckslos.

»Ich kann hier jetzt nicht weg«, erwiderte Francesca.

Bragg gab einen gereizten Laut von sich. »Mrs Kennedy, ich werde persönlich mit Ihrem Aufseher reden, aber für den Moment dürfen Sie nicht zur Arbeit gehen.«

Sie blickte ihn mit flehentlicher Miene an. »Selbst wenn Sie mit ihm reden sollten, wird man mich ersetzen, denn wir müssen jeden Tag ein bestimmtes Pensum erfüllen!«, sagte sie verzweifelt.

Er setzte sich neben sie und ergriff ihre Hände. »Sie werden nicht mehr imstande sein, Ihre Kinder zu ernähren, wenn Sie das gleiche Schicksal wie Ihre Freundinnen erleiden«, erwiderte er ruhig.

Maggie stieß einen Schrei aus.

»Was zum Teufel geht hier eigentlich vor?«, fragte Evan, doch niemand antwortete ihm. Maggie begann zu weinen.

287

Francesca trat vor. »Ich werde zu Ihrer Wohnung fahren und die Kinder hierher holen. Wir haben schließlich genug Zimmer.«

Maggie sah sie an. »Aber was werden Ihre Eltern dazu sagen?«

Auch Bragg blickte sie nun an. »Ja, Francesca. Ihre Eltern müssen davon erfahren.«

Francesca spürte einen beginnenden Kopfschmerz. »Na schön«, sagte sie unwirsch. »Und du«, fügte sie hinzu und drehte sich zu Evan um, »du kannst mir dabei den Rücken stärken.«

»Und wieso sollte ich das tun?«, erkundigte er sich misstrauisch.

»Weil Mrs Kennedy möglicherweise das nächste Ziel des Wahnsinnigen ist, der hinter den Kreuzmorden steckt. Sie hat vier Kinder und muss zu ihrer Sicherheit hier bleiben.«

Evan riss überrascht die Augen auf. »Natürlich müssen Sie hier bleiben«, wandte er sich an Maggie. »Hier wird Ihnen niemand etwas tun.«

Sie hob kurz den Blick, um ihn anzusehen. »Danke, das ist sehr freundlich von Ihnen«, flüsterte sie kaum hörbar.

»Fran? Ich bin dir gern dabei behilflich, die Kinder hierher zu holen, wenn du möchtest.«

Francesca blickte ihn mit einem sanfteren Ausdruck an. »Würdest du das tun?«

»Aber gewiss. Im Übrigen täuschst du dich, was die Gräfin und mich angeht«, sagte er.

Francesa errötete. »Wenn es so sein sollte, dann entschuldige ich mich.«

»Entschuldigung angenommen«, erwiderte Evan.

Bragg musterte sie beide. »Dürfte ich meine Befragung jetzt vielleicht beenden? Falls möglich, in einer gewissen Privatsphäre?«

»Ich werde dafür sorgen, dass meine Kutsche bereit gemacht wird«, sagte Evan. Er lächelte Maggie zu. »Keine Angst, Mrs Kennedy. Hier sind Sie in guten Händen.«

Sie nickte, ohne ihn anzusehen.

Das schien ihn ein wenig zu verwundern, doch er zuckte mit den Schultern. »Wir treffen uns dann in zehn Minuten draußen vor dem Haus«, sagte er zu Francesca und verließ das Zimmer.

Bragg wandte sich erneut Maggie zu, während Francesca neben ihr Platz nahm. »Was ist mit Ihrer Freundin, Lizzie O'Brien? Sie sagten doch, Sie vier wären gute Freundinnen gewesen, nicht wahr?«

Maggie nickte. »O ja, das waren wir. Beinahe zehn Jahre lang. Aber Lizzie ist vor ungefähr anderthalb Jahren weggezogen. Ich glaube, sie lebt jetzt in Philadelphia, aber ursprünglich ist sie nach Pittsburgh gezogen. Vielleicht war es auch andersrum, ich weiß es nich mehr. Jedenfalls hat Mary als Letzte was von ihr gehört und das war vor 'nem guten halben Jahr, wenn nich noch länger.«

Bragg nahm ihre Worte in sich auf. Schließlich sagte er: »Hat Mike O'Donnell sie ebenfalls gekannt?«

Maggie blickte überrascht auf. »Sie kennen sich seit Kindertagen. Die beiden waren ein Paar, bevor er Kathleen traf«, sagte sie.

KAPITEL 12

MONTAG, 10. FEBRUAR 1902 – 15 UHR

Francesca hegte die Befürchtung, dass Lydia Stuart zum Essen ausgegangen sein könnte, doch glücklicherweise war sie zu Hause und empfing Francesca auch umgehend in demselben kleinen Salon wie am Tag zuvor. Francesca und Evan hatten Maggies Kinder bereits zur Cahill-Villa gebracht, wo sie sie zusammen mit ihrer Mutter in zwei benachbarten Zimmern im zweiten Stock einquartiert hatten. Maggie war von der Gastfreundschaft überwältigt gewesen und hatte sich gleich darangemacht, die Kinder zu belehren, wie sie sich zu verhalten hatten. Bevor Francesca zu Lydia Stuart aufgebrochen war, hatte sie gesehen, wie Evan bereits von Maggies Jüngster, der dunkelhaarigen Lizzie, ausgekitzelt wurde.

Als Lydia Francesca jetzt begrüßte, bemerkte diese sogleich die Schatten unter den Augen ihrer Klientin, die auf eine große Müdigkeit hinwiesen. Lydia kam ihr ebenso ängstlich und besorgt vor wie am Tag zuvor.

»Ich hatte gar nicht mit Ihnen gerechnet, Miss Cahill«, sagte Lydia mit einem gezwungenen Lächeln und bedeutete Francesca, Platz zu nehmen.

»Ich hoffe, ich störe nicht, aber ich muss noch einmal mit Ihnen sprechen«, erwiderte Francesca. »Ist Mr Stuart zu Hause?«

Lydia schien über die Frage erst nachdenken zu müssen. »Nein. Mein Mann ist im Geschäft, und ich erwarte ihn vor heute Abend nicht zurück.« Sie zögerte. »Obgleich seine Arbeitszeiten in der jüngsten Zeit recht eigenartig gewesen sind. Miss Cahill, vielleicht ist das Ganze doch keine so gute Idee!«

Francesca stutzte. »Heißt das, Sie möchten nicht, dass ich mit meinen Nachforschungen fortfahre?«

Lydia schien den Tränen nahe zu sein. »Ja, genauso ist es. Ich muss mich wohl geirrt haben, soweit es Lincoln betrifft.«

Francesca war überrascht und vermochte im ersten Moment kein Wort herauszubringen, doch dann sagte sie: »Möglicherweise haben Sie sich tatsächlich geirrt, Lydia, denn als ich Ihrem Mann gestern gefolgt bin, fuhr er zu einem Friedhof und nicht etwa zu Mrs Hopper.«

Lydia blickte sie erstaunt an. »Wie bitte?«

»Es war der Greenlawn Cemetery, der ein ganzes Stück weit entfernt im Norden der Stadt liegt. Ich war ebenso überrascht wie Sie. Auf jeden Fall hat er Mrs Hopper keinen Besuch abgestattet.«

Lydia schien ein Stein vom Herzen zu fallen, und sie ließ sich in einen großen, gelben Sessel sinken. »Da bin ich aber froh«, sagte sie schließlich. »Ich habe mir einfach keinen Reim darauf machen können.«

Francesca nahm auf einer rot-weiß gepolsterten Truhe Platz. Lydias Reaktion hatte sie überrascht, denn immerhin war sie an jenem Donnerstag, an dem sie zum ersten Mal an Francesca herangetreten war, noch davon überzeugt gewesen, dass ihr Mann sie betrog. »Wissen Sie, wessen Grab Ihr Mann dort besucht hat, Lydia?«

»Das seiner Mutter. Sie ist vor vier Monaten gestorben. Nur einen Monat nach unserer Hochzeit.«

»Das tut mir Leid.« Irgendetwas stimmte nicht, das spürte

Francesca, aber sie war müde und machte sich Sorgen um Maggie, und daher vermochte ihr Verstand ihr ungutes Gefühl nicht zu deuten. »Ich wusste gar nicht, dass Sie beide frisch vermählt sind.«

»Wir haben im September geheiratet.« Lydia schenkte Francesca ein Lächeln. »Mit fünfundzwanzig Jahren zum ersten Mal zu heiraten, ist schon recht spät für eine Frau. Ich habe sehr viel Glück gehabt.« Ihre Stimme wurde zum Ende hin immer leiser.

Ganz offenbar war sie unglücklich und beunruhigt, konstatierte Francesca. »Sind Sie sich auch ganz sicher, dass ich den Fall abschließen soll?«, fragte sie.

Lydia zögerte erneut. »Er wird sehr aufgebracht sein, wenn er jemals davon erfahren sollte, dass ich Sie beauftragt habe«, sagte sie rasch. »Er hat uns gestern hier überrascht. Ich glaube, er ist misstrauisch!«

»Aber wir haben doch das Recht darauf, Freundinnen zu sein«, erwiderte Francesca.

»Miss Cahill, wir sind wohlhabende, aber recht einfache Leute. Sie dagegen sind die Tochter eines Millionärs, ihre Schwester ist eine Baronin, ihr Bruder der Erbe eines riesigen Vermögens. Unsere Wege werden sich gewiss hin und wieder bei gesellschaftlichen Anlässen kreuzen, aber wohl kaum allzu häufig. Ich bin mir sicher, dass Ihre Freundinnen besser gestellt sind als ich.«

»Aber es ist mir immer schon völlig gleichgültig gewesen, ob jemand reich ist oder Einfluss hat oder ob blaues Blut in seinen Adern fließt«, erwiderte Francesca lächelnd. »Und ich würde mich wirklich sehr freuen, wenn wir richtige Freundinnen werden könnten.«

Lydias Augen füllten sich mit Tränen. »Das ist wirklich unglaublich nett von Ihnen«, flüsterte sie.

»Warum zweifeln Sie an der Zuneigung Ihres Mannes?«

Lydia seufzte. »Er ist in letzter Zeit so distanziert. Und ich habe nichts unternommen, um seine Zuneigung zurückzugewinnen!«, fügte sie verzweifelt hinzu.

»Möglicherweise trauert er ja um seine Mutter, und es steckt nichts weiter dahinter.«

Lydia nickte widerstrebend. »Ja, das mag sein. Lincoln betete seine Mutter an. In meinen Augen war sie eine ziemlich schwierige Frau, aber seine Gefühle für sie waren sicherlich angemessen.« Sie seufzte erneut. »Und Rebecca Hopper ist so wunderschön und so leicht zu durchschauen. Ganz offensichtlich versucht sie mir meinen Mann abspenstig zu machen.« Lydia sprang auf, und in ihrem Gesicht spiegelten sich Wut und Angst wider. Sie hatte die Fäuste geballt.

Francesca erhob sich ebenfalls. »Geben Sie mir noch ein oder zwei Tage, bevor ich den Fall abschließe«, sagte sie leise.

»Na schön«, erwiderte Lydia. Im selben Moment wurde die Salontür geöffnet, und Lydia schien vor Überraschung und Furcht zu erstarren.

Lincoln steckte den Kopf zur Tür herein und lächelte amüsiert. »Guten Tag, meine Damen«, sagte er. »Störe ich?«, fragte er, öffnete die Tür weit und trat auf seine Frau zu. Er trug ein in Geschenkpapier eingeschlagenes Päckchen bei sich und gab Lydia einen Kuss. Falls er ihr Gespräch zufällig mit angehört hatte, so ließ er sich nichts anmerken. »Wie ich sehe, hast du wieder einmal Miss Cahill zu Gast. Wie schön, Liebste.«

Lydia nickte. »Ich freue mich auch darüber. Fühlst du dich

nicht wohl, Liebling? Du bist schon ungewöhnlich früh zu Hause.« Ihre Lippen bewegten sich kaum beim Sprechen.

»Ich wollte einfach in deiner Nähe sein, Liebste«, sagte er. »Bist du aus gewesen?«

»Nein, nein. Ich leide an einer leichten Migräne und bin den ganzen Tag zu Hause geblieben«, erwiderte Lydia rasch. Sie war kreidebleich.

»Miss Cahill, ich freue mich, dass meine schöne, junge Frau Freundschaften schließt«, sagte Lincoln an Francesca gewandt und lächelte sie an.

Diese bemerkte zum ersten Mal, wie scharf und durchdringend der Blick aus seinen blauen Augen war. Sie empfand ihn beinahe schon als beunruhigend, als er von Kopf bis Fuß über sie hinwegglitt. »Tja, wir Frauen plaudern und klatschen nun einmal gern«, erwiderte sie leichthin. »Ich hatte gehofft, dass Lydia Lust auf einen Spaziergang hat.«

»Es schneit«, bemerkte Lincoln daraufhin trocken.

Francesca zuckte innerlich zusammen. Natürlich hatte er Recht; auf den Straßen lag bereits eine Schneeschicht von gut und gern drei Zentimetern. »Oder zu einer Schlittenfahrt im Park?«, fuhr sie an Lydia gewandt fort. »Der Central Park hat so etwas Magisches im Winter.«

»Ein anderes Mal«, sagte Lydia mit rauer Stimme. »Vielleicht morgen? Ich habe gehört, dass es über Nacht kräftig schneien soll.«

Francesca fragte sich, wie es Lincoln Stuarts Aufmerksamkeit entgehen konnte, dass seine Frau furchtbar ängstlich und bedrückt wirkte.

»Liebes? Das hier ist für dich«, sagte er in diesem Augenblick und reichte seiner Frau das Päckchen. Es war in hellrotes

Papier eingeschlagen und mit einem dunkelroten Geschenkband zugebunden.

»O Lincoln, wie aufmerksam von dir.«

»Mach es nur auf. Und dann werde ich euch wieder eurer Plauderei überlassen.«

Francesca hatte eigentlich vorgehabt zu gehen, aber sie war neugierig auf den Inhalt des Päckchens, da er womöglich etwas über Lincolns Gefühle für seine Frau auszusagen vermochte. Und so drängte sie nicht darauf, sich verabschieden zu wollen, sondern beobachtete, wie Lydia mit leicht zitternden Händen das Band und das Papier entfernte und ein in Leder gebundenes Buch mit einem in Gold geprägten Titel zum Vorschein kam.

Francesca war überrascht, denn sie schätzte Lydia eher als eine Frau ein, die Schmuck von Tiffany oder französische Unterwäsche bevorzugte.

Sie fragte sich, um was für ein Buch es sich wohl handeln mochte.

»Dieser Band wurde von einem Freund von mir herausgegeben, der für *Harper's Weekly* arbeitet. Lydia liebt Gedichte, nicht wahr, Liebes?« Lincoln blickte von Francesca zu seiner Frau.

Francesca erstarrte vor Überraschung. Lincoln schenkte seiner Frau einen Gedichtband? Aber natürlich musste das nichts zu bedeuten haben. Wahrscheinlich war es nur ein Zufall und hatte nicht das Geringste mit dem bedrohlichen Gedicht zu tun, das sie selbst am Abend zuvor erhalten hatte.

Lydia, die immer noch auffallend bleich war, umklammerte das Buch. Francesca hätte schwören können, dass die Frau Angst hatte. »Du hast mir so viel beigebracht«, flüsterte sie.

Ihre Worte schienen Lincoln zu gefallen, und er drehte sich zu Francesca um und sah diese herausfordernd an, ohne etwas zu sagen.

Francesca fand ihre Stimme wieder. »Was für ein wunderbares Geschenk«, sagte sie. Eine sonderbare innere Anspannung machte sich in ihr breit, es fühlte sich an, als sei nichts von dem richtig, was in diesem Zimmer geschah und gesagt wurde. Oder bildete sie sich etwa nur ein, dass Gefahr in der Luft lag? »Ich glaube, ich sollte nun gehen, damit Sie den Nachmittag in Ruhe mit Ihrer Frau verbringen können.« Sie lächelte Lincoln an und bemerkte, dass seine hellblauen Augen immer noch unverwandt auf sie gerichtet waren.

»Ich habe Sie doch hoffentlich nicht verjagt?«, fragte er, während er sie zur Tür des Salons begleitete. »Das war nicht meine Absicht.«

»Aber nein«, versicherte sie ihm und blickte lächelnd zu Lydia zurück. »Sollen wir morgen gemeinsam zu Mittag essen? Oder eine Ausfahrt in den Park unternehmen?«

Lydia nickte nur, ohne ein Wort zu sagen.

»Henry, bitte begleiten Sie Miss Cahill hinaus!«, rief Lincoln. Als der Dienstbote auftauchte, lächelte er Francesca ein letztes Mal an und kehrte dann in den Salon zurück, wo seine Frau regungslos in der Mitte des Zimmers stand.

Nachdem er die Tür geschlossen hatte, rührte sich Francesca einen Moment lang nicht von der Stelle. Ihre Gedanken überschlugen sich. Neigte sie jetzt etwa schon zur Hysterie? Es war doch gewiss nichts weiter als ein Zufall, dass Lincoln Stuart seiner Frau einen Gedichtband geschenkt hatte.

Aber dennoch wünschte sie, sie hätte einen Blick auf die Gedichte werfen können.

Francesca wurde zur Haustür geleitet, wo ihr der Dienstbote den Mantel reichte. Ihr ging durch den Kopf, dass sie Lydia hätte fragen sollen, ob sie in Philadelphia die Bekanntschaft einer gewissen Lizzie O'Brien gemacht hatte. Doch dann sagte sie sich, dass die Chancen ohnehin überaus gering waren.

Als sie vor das Haus trat, sah sie, dass neben der Cahill'schen Kutsche, in der Jennings auf sie wartete, ein hübscher Einspänner mit einer kastanienbraunen Stute stand, der ihr irgendwie bekannt vorkam.

Fracesca starrte das Gefährt nachdenklich an, als plötzlich der Kutscher in einer hellbraunen Hose und einer langen, schwarzen Jacke hinter dem Einspänner auftauchte. Francesca rührte sich vor Überraschung nicht von der Stelle. Diese Kutsche und diesen Kutscher hatte sie erst wenige Stunden zuvor vor der St. Mary's Chapel gesehen!

In Gedanken sah sie auch wieder jene geheimnisvolle Frau in dem marineblauen Mantel vor sich, die mit gebeugtem Kopf an Francesca und Maggie Kennedy vorübergeeilt war.

Und dann dachte sie an Lydia, wie sie in ihrem gelb-weißen Kleid wie angewurzelt im Salon gestanden hatte.

Lydia war bei Mary O'Shaunessys Beerdigung gewesen!

Francesca war sich beinahe sicher, dass es so gewesen sein musste. Sie rannte zu dem Kutscher hinüber. »Junger Mann! Warten Sie! Ich muss mit Ihnen reden!«

Er stand mit den Händen in den Jackentaschen da – offenbar wartete er darauf, dass sein Herr oder seine Herrin erschien – und sah Francesca erschrocken an. »Ja, Ma'am?«

»Für wen arbeiten Sie?«

Die Frage schien ihn noch mehr zu verwirren. »Für Mr Stuart. Darf ich fragen, warum Sie das wissen möchten?«

Sie fuhr sich mit der Zunge über die Lippen. Sie war ganz außer sich. »Haben Sie Mrs Stuart heute zur St. Mary's Chapel gefahren?«

Der Mann schien unwillkürlich die Schultern zu straffen. Seine Haut war so hell, dass sich unmöglich sagen ließ, ob er erbleichte oder nicht. »Wie bitte?«

»Ich muss wissen, ob Mrs Stuart heute in der St. Mary's Chapel war!«, rief Francesca.

Der Kutscher zögerte einen Moment lang und blickte über Francescas Schulter hinweg auf etwas, das sich hinter ihr befand.

Sie drehte sich um.

Lincoln Stuart stand auf der Eingangstreppe des Hauses. »Tom!«, rief er. »Sie können die Kutsche wegfahren. Wir brauchen sie bis heute Abend nicht mehr.«

»Sehr wohl, Sir«, erwiderte der Kutscher, ergriff die Stute am Zaum und führte sie weg.

Lincoln Stuart warf Francesca einen grimmigen Blick zu.

»Kann ich Ihnen helfen?«, fragte er mit eisiger Stimme.

Sie schüttelte den Kopf und eilte zu ihrer Kutsche.

Francescas Gedanken drehten sich im Kreis. Es ergab einfach alles keinen Sinn. Warum sollte Lydia zu Mary O'Shaunessys Begräbnis gegangen sein?

Ihr Mann hatte ihr einen Gedichtband geschenkt.

Vielleicht hatte er ja das Begräbnis besucht?

Aber eine Frau in einem marineblauen Mantel war in die Kutsche gestiegen. Konnte es jemand anders gewesen sein? Hatte sich möglicherweise jemand die Kutsche der Stuarts ausgeliehen? Vielleicht Rebecca Hopper? Hatte

298

Stuart in der Kutsche gesessen, als die Frau eingestiegen war?

Lydia hatte behauptet, wegen ihrer Migräne den ganzen Tag über daheim geblieben zu sein. Aber anderseits war sie klein und schlank – genau wie die Frau aus der Kirche.

Während Francesca ihren Gedanken nachhing, wurde ihr mit einem Mal bewusst, was es war, das sie an Lincoln Stuart so störte: Seine Augen waren völlig leidenschaftslos – mehr noch, sie wirkten regelrecht kalt.

»Was tust du da, Francesca?«

Beim Klang der Stimme ihrer Mutter zuckte Francesca zusammen. Sie war so in Gedanken versunken gewesen, dass sie gar nicht bemerkt hatte, dass sie aus der Kutsche gestiegen war und das Haus betreten hatte. Jetzt stand sie in der Eingangshalle und trug immer noch Mantel, Hut und Handschuhe.

»Du stehst da wie eine Statue«, fuhr Julia ein wenig besorgt fort. Sie musterte ihre Tochter genauer.

Francesca riss sich zusammen. »Hat Evan schon mit dir geredet?«, fragte sie.

Julia stemmte die Hände in ihre schlanken Hüften. Sie trug eine moosgrüne Seidenjacke und einen dazu passenden Rock. »Du möchtest wahrscheinlich wissen, ob er erwähnt hat, dass du einen Gast hast – eine Näherin mit vier Kindern! Nun, er hat mir eine hanebüchene Geschichte aufgetischt, dass du eine umfangreiche Garderobe geordert hast und diese Frau hier wohnen bleiben wird, bis diese fertig gestellt ist.« Ihr Gesichtsausdruck ließ erkennen, dass sie kein einziges Wort davon glaubte und erwartete, von ihrer Tochter die Wahrheit zu erfahren.

Francesca seufzte. Sie war viel zu aufgewühlt, um zu lügen. Während sie einem Dienstboten ihren Mantel und die Handschuhe reichte, sagte sie: »Mama, Maggie Kennedys Freundinnen wurden auf brutale Weise ermordet. Wir fürchten um ihr Leben.«

Julia erbleichte. »Ich dachte, du hättest versprochen, mit dem Detektivspielen aufzuhören!«

»Und es war mir auch ernst damit. Aber dann kam Maggie zu mir und bat mich, den Wahnsinnigen zu finden, der ihre Freundin Mary getötet hat – und, wie sich herausstellte, auch ihre Freundin Kathleen.«

Julia blickte sich um, und Francesca begriff, dass sie sich setzen wollte. Ihre Mutter wirkte plötzlich sehr blass. »Mama? Ist alles in Ordnung?«

»Nein, mir ist gerade das Herz stehen geblieben.«

Francesca griff nach Julias Arm, doch sie schüttelte die Hand ab. Dann betraten sie das am nächsten gelegene Zimmer – den größten der drei Salons im Erdgeschoss –, und Julia nahm auf dem erstbesten Sofa Platz. Sie nahm einen zierlichen silbernen Aschenbecher in die Hand und fächelte sich damit Luft zu.

»Wir glauben, dass Maggie das nächste Ziel des wahnsinnigen Mörders sein könnte«, sagte Francesca. »Und deshalb habe ich ihr unsere Gastfreundschaft angeboten.«

»Also, das ist einfach zu viel des Guten, Francesca!«

Francesca setzte sich neben ihre Mutter. »Maggie ist eine gute Frau, Mama. Sie ist im Augenblick tief traurig, und sie hat vier Kinder, die von ihr abhängig sind –«

»Und von denen eines mein Tafelsilber gestohlen hat«, knurrte Julia und spielte damit wieder einmal auf einen nur wenige

Wochen zurückliegenden Vorfall an, als das Tafelsilber der Cahills auf mysteriöse Weise verschwunden war. »Sie können nicht hier bleiben. Was ist, wenn sich der Mörder in unser Haus schleicht? Wenn er unserer Familie etwas antut?«

»Mama, bitte«, flehte Francesca. Insgeheim ärgerte sie sich über Evan, weil er die ganze Angelegenheit nicht etwas glaubwürdiger dargestellt hatte. »Und Joel hat das Silber nicht gestohlen. Einer unserer Angestellten muss der Dieb sein, Mama. Ich hatte bisher noch nicht die Gelegenheit, mich darum zu kümmern, aber ich werde dem Gauner schon bald eine Falle stellen.«

Julia richtete ihren Blick an die Decke und streckte in einer hilflosen Geste die Hände empor.

»Mama, wenn du Maggie und ihre Kinder in ihre Wohnung zurückschickst, ist das vielleicht ihr Todesurteil!«, flehte Francesca.

»Wage es ja nicht, mich als herzlos hinzustellen!«, fuhr Julia ihre Tochter an. »Aber ich mache mir nun einmal viel mehr Sorgen um dein Wohlergehen, Francesca. Ich dulde nicht, dass du in Gefahr gerätst.«

Francesca zögerte. »Was wäre, wenn ich dir verspreche, den Mann, den du für mich aussuchst, zumindest in Betracht zu ziehen?«

Julia setzte sich auf. »Wie bitte?«

Francesca spielte ihre letzte Trumpfkarte aus, wobei ihr Herz wie wild pochte. »Mama, wenn du Maggie und ihre Kinder bei uns wohnen lässt, bis der Kreuzmörder gefasst ist, dann werde ich den Verehrer deiner Wahl höflich empfangen.« Bei diesen Worten zog sich ihr Inneres unwillkürlich zusammen. Aber sie würde schon mit einem Mann wie Richard Wiley fertig werden – zumindest für eine Weile. Es wäre ein Leichtes, ihn zu manipulieren und seine Hoffnungen im Keim zu ersticken. »Ich darf wohl davon ausgehen, dass du kürzlich Mr Wiley begegnet bist?« Sie lächelte fröhlich.

Julia starrte sie mit zusammengekniffenen Augen an.

»Mama?«

»Du scheinst ja sehr motiviert zu sein, Francesca«, bemerkte Julia.

Francesca beschlich umgehend ein Gefühl der Beklommenheit. Beging sie möglicherweise einen Fehler? Sie hatte in den Auseinandersetzungen mit ihrer Mutter – ob heimlich oder offen – bislang noch niemals den Sieg davongetragen. Julia war viel gerissener als sie. Francesca schluckte. »Ja, das bin ich.«

»Nun gut. Dann darf Mrs Kennedy mit ihren Kindern bleiben. Und du wirst den Verehrer meiner Wahl empfangen.«

»Ja, das werde ich«, erwiderte Francesca voller Unbehagen.

»Also wirst du wohl schon sehr bald Mr Wiley zum Abendessen einladen, nicht wahr?«

Julia erhob sich. »Nein, das werde ich nicht«, sagte sie lächelnd.

Francesca misstraute diesem Lächeln.

»Ich hatte ganz vergessen zu erwähnen, dass du einen Besucher hast, der nebenan wartet. Und ich glaube, ich werde ihn zum Abendessen einladen. Was hältst du von Sonntag?«

Francesca schaute ihre Mutter an, die den Blick ungerührt erwiderte. »Wer ist es denn?«, fragte Francesca ängstlich. Eine düstere Vorahnung beschlich sie.

»Calder Hart«, antwortete Julia.

Hart gab sich nicht die geringste Mühe, seine Ungeduld zu verbergen. Als Francesca auf der Schwelle des kleinen, in Goldtönen gehaltenen Salons verharrte, in dem er wartete, sah sie, dass er unruhig auf und ab lief und immer wieder auf seine Uhr blickte. Er musste Francescas Anwesenheit gespürt haben, denn er drehte sich um und lächelte. Sie erwiderte sein Lächeln nicht.

Hart trug wie gewöhnlich ein schneeweißes Hemd zu einem schwarzen Anzug mit schwarzer Weste und Krawatte. Sein atemberaubender Anblick versetzte Francesca einen kleinen Schock. Sie starrten einander an, und sein Lächeln schwand. Dann trat er auf sie zu. »Hallo, Francesca«, begrüßte er sie und blieb vor ihr stehen, nahm aber nicht ihre Hand.

»Calder«, brachte sie mit gepresster Stimme hervor. In diesem Moment hätte sie ihre Mutter am liebsten umgebracht. Es würde nicht so leicht sein, Hart zu manipulieren; jedoch hatte dieser ohnehin kein Interesse daran, einer Frau ernsthaft den Hof zu machen, und damit wäre sie möglicherweise aus dem Schneider.

»Wie ich sehe, haben Sie sich nach meiner Gesellschaft verzehrt«, bemerkte er mit einem Aufblitzen seiner weißen Zähne, das kein Lächeln war. Francesca reagiert nicht. »Was ist geschehen?«, fragte er.

»Nichts.« Sie zwang sich zu einem Lächeln. »Welch ein unerwarteter Besuch! Nehmen Sie doch Platz. Kann ich Ihnen eine Erfrischung anbieten?« Sie bemerkte erst jetzt, dass auf dem kleinen Tisch bereits eine Kaffeekanne nebst Tasse stand, die Hart aber offenbar nicht angerührt hatte.

»Nein, vielen Dank«, erwiderte er, wobei seine Stimme einen angespannten Tonfall annahm. »Wo haben Sie gesteckt? Ich habe Ihre Kutsche bereits vor einer Viertelstunde vorfahren sehen.«

»Ich hatte noch etwas mit meiner Mutter zu klären«, sagte Francesca scharf und wandte sich ab. Während sie ihm den Rücken zukehrte, spürte sie seinen Blick auf sich ruhen.

»Oh, ich verstehe. Aber müssen Sie Ihre Verärgerung an mir auslassen?«, fragte er.

Sie drehte sich halb zu ihm um. »Hart, meine Mutter möchte mich unter die Haube bringen. Und sie hat sich in den Kopf gesetzt, dass Sie eine gute Partie für mich wären.« Nun schenkte sie ihm ein breites Lächeln. »Ist das nicht absurd?«

Er erwiderte ihr Lächeln nicht. »Ich fürchte, die meisten Mütter in dieser Stadt hätten mich gern zum Schwiegersohn. Ich gelte allgemein als eine sehr gute Partie.«

»Hart! Sie wissen sehr wohl, dass Sie es bei mir nicht mit einer dieser kleinen Debütantinnen zu tun haben.« Sie blickte ihn mit einem plötzlichen Unbehagen an. »Finden Sie die Angelegenheit denn gar nicht amüsant?«

»Ich versuche es gerade herauszufinden. Ich nehme an, Sie halten mich für einen unwürdigen Kandidaten, weil ich nicht die Tugendhaftigkeit meines Halbbruders besitze?« Seine linke Augenbraue wanderte in die Höhe.

Francesca starrte ihn ungläubig an. »Worüber reden wir denn hier eigentlich? Sie sind doch nicht gekommen, um mir den Hof zu machen!«

»Ich mache niemals einer Frau den Hof«, erwiderte er und entspannte sich sichtlich. »Ich habe kein Interesse an der Ehe, und es wird mir ein Vergnügen sein, Ihrer Mutter dies begreiflich zu machen.«

Francesca frohlockte innerlich. Damit war sie in der Tat aus dem Schneider!

»Warum freut Sie das jetzt so?«, fragte er misstrauisch.

»Bitte erzählen Sie Mama nichts davon! Und bitte, bitte kommen Sie zum Essen, wenn sie Sie einlädt!« Francesca eilte auf ihn zu und ergriff seine Hände. »Ich habe zugestimmt, dass sie einen Verehrer für mich aussucht, und ihre Wahl ist auf Sie gefallen. Aber da Sie kein Interesse an einer Ehe haben, wird alles ganz wunderbar funktionieren!« Sie war plötzlich geradezu in Jubelstimmung.

Er hielt ihre Hände fest und ließ seinen dunklen Blick langsam über ihr Gesicht wandern. »Ich glaube, dieses Spiel könnte mir gefallen. Was springt denn für mich dabei heraus?«

Sie erstarrte, aber er ließ ihre Hände nicht los, und daher vermochte sie sie nicht wegzuziehen. »Ich verstehe nicht ganz.«

Er lächelte. Es war ein schiefes Lächeln, gefährlich und beunruhigend. »Kommen Sie schon, Francesca! Irgendetwas muss doch dabei auch für mich herausspringen.«

»Wir sind Freunde«, antwortete sie mit Nachdruck. »Und Freunde tun einander Gefallen, ohne etwas dafür zu fordern.«

»Aber ich bin nun einmal durch und durch Geschäftsmann.« Er grinste. »Ich werde einmal gründlich darüber nachdenken. Ich bin mir sicher, dass es etwas gibt, das Sie mir geben könnten.« Sein Lächeln vertiefte sich.

Sie entzog ihm ihre Hände mit Gewalt. »Wenn wir nicht Freunde wären, könnte ich auf die Idee kommen, dass Sie nun Jagd auf mich machen, wie Sie ja Jagd auf alle Frauen machen!«

Sein Lächeln verschwand.

»Hart?«

Schließlich sagte er ohne jegliche Amüsiertheit in der Stimme: »Francesca, mein Interesse gilt nicht der Unschuld, also sind Sie – so interessant Sie als Frau auch sein mögen – leider außen vor.«

Francesca blinzelte, und es dauerte einen Moment, ehe sie begriff.

»Ich verstehe. Deshalb sind also verheiratete Frauen – und Prostituierte – Ihre Spezialität.«

Sein Mund verzog sich zu einem Grinsen. Anstatt ihn zu verärgern, hatte sie mit ihren Worten lediglich erreicht, dass sie nun selbst verstimmt war. »Ja«, sagte er.

»Sie streiten es also nicht einmal ab?«

»Ich genieße das Leben, Francesca. Ich genieße den Reichtum, die Kunst und die Frauen – in genau dieser Reihenfolge.«

»Ihr Reichtum steht an erster Stelle?«, entfuhr es ihr. Wie widerwärtig und faszinierend zugleich er doch war!

»Wäre ich noch ein armer Mann und würde in einer Mietwohnung leben und Säcke auf einen Frachter verladen, um mir meinen Lebensunterhalt zu verdienen, dann gäbe es keine Schönheit in meinem Leben, nicht wahr? In keiner Form.«

Er hatte Recht. Dann besäße er keine weltberühmte Kunstsammlung, und die Frauen, mit denen er schlief, würden wohl kaum der Kategorie einer Daisy Jones oder Bartolla Benevente angehören. Oder auch einer Connie. »Wo wir gerade beim Thema sind: Ich möchte, dass Sie meine Schwester in Ruhe lassen.«

»Ach, wirklich?« Er schien amüsiert zu sein. Seine Augen funkelten.

»Ja, wirklich. Ich finde es unerträglich, ja geradezu unerhört,

306

dass Sie ihr nur aus dem einen einzigen Grund nachstellen – um sie in Ihr Bett zu bekommen.« Sie spürte, wie die Wut in ihr aufstieg.

Er starrte sie an, ohne ein Wort zu sagen.

Francesca begann sich ein wenig unbehaglich zu fühlen.

»Ich werde darüber nachdenken«, sagte Hart nach einer Weile.

Mit dieser Antwort hatte sie nicht gerechnet. »Was gibt es da nachzudenken? Ich liebe Connie. Sie ist im Moment verstört und sehr verletzbar. Ich bitte Sie, nicht ihre Ehe, ihr Glück oder sie selbst zu zerstören! Wenn wir wirklich Freunde sind, werden Sie sie mir zuliebe in Ruhe lassen.«

»Abgemacht«, erwiderte er.

Sie starrte ihn ungläubig an. »Abgemacht? Einfach so?«

Er legte seine Hand auf ihre Wange. »Ja, abgemacht, einfach so. Unsere Freundschaft ist mir wichtiger als einige Nächte im Bett mit Ihrer Schwester. Im Übrigen vermute ich, dass es ohnehin nicht leicht werden würde, sie zu verführen. Und ich strenge mich nur ungern an«, fügte er mit einem frechen Grinsen hinzu.

Francesca war ungeheuer erleichtert. Sie umschlang seine Hand, doch als sie bemerkte, was sie getan hatte, ließ sie sie sogleich wieder los. Doch seine Handfläche verweilte immer noch an ihrer Wange. Sie trat einen Schritt zurück und sagte mit heiserer Stimme: »Vielen Dank, Calder. Ich danke Ihnen sehr.«

Er schüttelte den Kopf und schaute sie unverwandt an, doch plötzlich war sämtliche Heiterkeit aus seinem Blick verschwunden.

Francesca wurde es erneut unbehaglich zumute. »Calder? Was führt Sie eigentlich hierher?«

»Sie.«

Sie spürte, wie sie errötete. »Ich bitte Sie!«

»Aber das ist die Wahrheit.« Er fuhr sich mit der Hand durch das dichte, schwarze Haar, das modisch geschnitten war. Mit seinen dunklen Locken, der geraden Nase, den hohen Wangenknochen, dem festen Mund und dem Grübchen im Kinn erinnerte er ein wenig an einen Gott aus der griechischen Mythologie. Francesca beobachtete, wie er im Zimmer umherging und vor einem ziemlich langweiligen Porträt stehen blieb, das drei Kinder und einen Spaniel zeigte. Sie konnte sehen, dass es ihn nicht interessierte. Es ließ sich nicht abstreiten, dass er ein ausgesprochen interessanter Mann war – vielleicht gerade weil er so kompliziert und nicht durch und durch schlecht war.

Er wandte sich ihr wieder zu. »Ich war erstaunt, Sie am Samstagabend in Begleitung von Rick in der Stadt zu sehen.«

Francesca fuhr zusammen. »Es ging um eine Wette«, sagte sie. »Ich hatte verloren, und er hat mich dennoch ins Theater und zum Essen ausgeführt«, fügte sie lächelnd hinzu.

»Sie sind immer noch in ihn verliebt, nicht wahr?«

Sie erstarrte. Während der Ermittlungen wegen des Mordes an seinem Vater hatte Hart herausgefunden, welche Gefühle Francesca und sein Halbbruder füreinander hegten.

»Calder, ich bin keine Frau, die ihr Herz leichtfertig verschenkt, aber wenn ich es tue, dann gehört es nur diesem einen Mann.«

Es dauerte einen Moment, ehe Hart sprach. Er warf ihr einen forschenden Blick zu, der sie heftig erröten ließ. »Francesca, Rick ist verheiratet. Es war eine Sache, dass Sie in ihn vernarrt waren, bevor Sie wussten, dass er eine Ehefrau hat, aber mittlerweile ist es etwas völlig anderes. Ich kann Ihr Verhalten nur missbilligen.«

»Entschuldigen Sie, aber Sie haben wohl kaum das Recht, irgendetwas, das ich tue, zu billigen oder zu missbilligen!«

»Ach, das heißt also, dass die beiden tugendhaftesten Menschen dieser Stadt glauben, dass es völlig in Ordnung sei, einander zu begehren, während die Ehefrau des Mannes in Boston ist, um ihre Familie zu trösten?«

Francesca spürte, wie eine grenzenlose Wut in ihr aufflammte. »Sie sind wirklich der letzte Mensch auf dieser Welt, der sich anmaßen sollte, über uns zu richten!«, rief sie und trat auf ihn zu.

»Da stimme ich Ihnen zu, aber wir leben nun einmal in einem freien Land, und es steht mir zu, eine eigene Meinung zu haben. Was zum Teufel ist denn bloß los mit ihm? Mein Bruder ist doch sonst so ein Moralapostel.« Hart schien ernsthaft erzürnt zu sein. »Sie kann ich ja noch verstehen. Sie sind jung, haben bisher noch nie ein Auge auf einen Mann geworfen, und deshalb halten Sie das jetzt für die große, einzige, wahre Liebe. Was es übrigens gar nicht ist.«

»Ach, und woher wollen Sie das wissen? Sie glauben doch überhaupt nicht an die Liebe«, höhnte sie.

Er lachte. »Gerade deshalb weiß ich es ja. Es ist Begehren und nicht etwa Liebe, was Sie empfinden. Wie oft hat er Sie eigentlich schon geküsst?«

Francesca hätte ihm am liebsten eine Ohrfeige gegeben. Sie hob instinktiv die Hand, besann sich dann aber noch rechtzeitig. Er packte sie dennoch am Handgelenk, um ihr zuvorzukommen.

»Das ist nun wirklich nicht nötig.«

Sie riss sich los. »Ja, da mögen Sie Recht haben, aber Ihre unerbetenen Kommentare sind ebenso unnötig.«

»Wenn Sie sich nicht von ihm fern halten wollen, dann sollte er es tun.« Sein Blick war düster und kühl.

»Wollen Sie jetzt etwa meinen Aufpasser spielen?«

»Möglicherweise.«

»Oh, bitte!«

»Francesca, es kann nichts Gutes dabei herauskommen, wenn Sie sich einreden, dass Sie in meinen Bruder verliebt sind. Er wird sich niemals von seiner Frau scheiden lassen. Und auch wenn er sich gelegentlich eine Mätresse nimmt, so wird er Sie oder Ihren guten Ruf doch niemals ruinieren. Daran hege ich nicht den geringsten Zweifel.«

Sie fuhr instinktiv zurück, denn seine Worte waren wie ein Schlag ins Gesicht gewesen, nein, wie ein Messerstich ins Herz. »Wie bitte?«

»Er wird Sie niemals ruinieren, denn –«

»Er hat eine Mätresse?«, fiel sie ihm ins Wort. Calders Gesicht verschwamm vor ihren Augen. Fiel sie etwa in Ohnmacht?

»Das glaube ich nicht. Geht es Ihnen nicht gut?«, fragte er besorgt.

Sie bemerkte, dass er ihren Arm festhielt und sie sich auf ihn stützte. »Was wollten Sie damit sagen?«, rief sie. »Gibt es etwa eine andere Frau?«

»Du meine Güte, im Augenblick wohl nicht. Aber glauben Sie ernsthaft, dass mein Bruder vier Jahre lang enthaltsam leben würde? Er ist schließlich ein Mann, Francesca, und er hat bestimmt Frauen gehabt, seit er von Leigh Anne verlassen wurde.«

310

Darüber hatte Francesca noch nie nachgedacht. Sie machte sich von Hart los, sank zitternd auf das Sofa und vergrub das Gesicht in den Händen.

Hart hatte natürlich Recht.

Es musste andere Frauen seit Leigh Anne gegeben haben.

Ob auch die Liebe dabei eine Rolle gespielt hatte?

Francesca konnte sich nicht vorstellen, dass Bragg mit einer Frau zusammen war, die er nicht liebte.

»Grundgütiger!«, sagte Hart, und sie spürte, dass er sie anstarrte.

Sie blickte auf und rief trotzig: »Ich werde ihn danach fragen.«

»Ich wollte Sie nicht aufregen.« Er nahm neben ihr Platz, worauf sie zum anderen Ende des Sofas rückte. Hart seufzte. »Francesca, der Mann, von dem Sie glauben, dass Sie ihn lieben, ist ein normaler Mann, und als solcher benötigt er von Zeit zu Zeit eine Frau. Das ist nun einmal eine Tatsache.«

»Aber zurzeit hat er keine Mätresse?«

»Wie könnte er? Er steht in der Öffentlichkeit.«

»Sind Sie jemals einer dieser Frauen begegnet?«

Hart verschränkte die Arme vor seiner breiten Brust, und sein Gesicht nahm einen verschlossen Ausdruck an. »Diese Fragen sollten Sie meinem Halbbruder lieber selbst stellen, Francesca.«

»Oh, Sie sind einer begegnet, das sehe ich Ihnen doch an!«, rief sie und sprang auf. »Wieso plötzlich so unwillig? Am Samstag hat es Ihnen doch noch große Freude bereitet, mir unter die Nase zu reiben, dass seine Frau nur zwei Bundesstaaten weit entfernt ist!«

Er erhob sich langsam. »Sie schienen so glücklich zu sein. Ich dachte, es sei angebracht, Sie auf den Boden der Tatsachen zurückzuholen.«

»O nein, das war nicht der Grund. Sie sind genau so, wie Bragg Sie beschrieben hat! Sie waren offenbar schon als Kind eine Plage, und jetzt sind Sie auch noch gefährlich dazu!«

Er starrte sie an, und das Blut stieg ihm in die Wangen.

Francesca spürte, dass sie zu weit gegangen war. »Hart, es tut mir Leid.«

»Ich sollte jetzt wohl besser gehen.«

»Nein.« Sie packte ihn am Ellbogen. »Ich hätte das nicht sagen dürfen.«

»Warum nicht? Wie ich schon sagte, wir leben in einem freien Land. Offenbar bin ich Ihnen lästig. Und ich dachte, Sie könnten unserer Freundschaft etwas abgewinnen«, fügte er kühl hinzu.

»Aber das tue ich doch auch!«, sagte sie verzweifelt, und es war ehrlich gemeint. Panik stieg in ihr auf.

»Das glaube ich nicht. Sie sind besessen von Rick. Viel Glück, Francesca. Vielleicht bekommen Sie ja, wonach Sie sich sehnen. Vielleicht ist es falsch von mir zu glauben, ich müsse Sie vor dem Ruin und der Schande bewahren. Eine oder zwei Nächte in seinem Bett werden sicherlich hilfreich sein, damit Sie sich wieder beruhigen.«

Dieses Mal versetzte sie ihm wirklich eine schallende Ohrfeige.

Hart verließ wortlos den Raum.

Es war beinahe zehn Uhr abends, und Francesca hatte den Esstisch eine halbe Stunde zuvor unter dem Vorwand der Müdigkeit verlassen. Aber sie war so bekümmert, dass ihr wohl jeder am Tisch angesehen haben musste, wie es um sie bestellt war. Irgendwie hatten Evan und ihr Vater die Unterhaltung in Gang gehalten, während Julia ihre Tochter nachdenklich gemustert und Francesca selbst meist auf ihren Teller gestarrt hatte. Noch während des Desserts hatte sie sich entschuldigt, war aufgestanden, hatte in der Eingangshalle um ihren Mantel gebeten und anschließend das Haus verlassen.

Nachdem sie eine Mietdroschke herangewinkt hatte, war sie zu Braggs Haus gefahren, vor dem sie nun auf dem Bürgersteig stand. Die Fenster in der oberen Etage waren dunkel, doch in dem Fenster im Erdgeschoss, das zur Straße hinausging, brannte Licht. Francesca wusste, dass es zum Esszimmer gehörte.

Immer wieder beschwor sie sich selbst, dass Bragg keine Mätresse hatte, dass er sie liebte und dass Hart sie nur deshalb beunruhigt hatte, weil er Vergnügen daran fand.

Mittlerweile bedauerte sie es, dass Hart ihr diesen Besuch abgestattet hatte, und sie war immer noch furchtbar durcheinander, obgleich sie sich sagte, dass sie eigentlich gar kein Recht dazu hatte.

Francesca schritt den kurzen Weg zu Braggs Eingangstreppe hinauf, der mit einer frischen Schneeschicht von einigen Zentimetern bedeckt war, und läutete die Türglocke.

Es dauerte einige Minuten, bis Peter die Tür öffnete. Der große, kräftige Mann stand in Hemdsärmeln da, und sein Hemd war mit Flecken übersät, die nach Tomatensoße aussahen. Francesca fragte sich, was wohl geschehen sein mochte.

»Miss Cahill.« Er ließ sie eintreten und schien nicht im Geringsten überrascht, sie zu dieser späten Stunde zu sehen.

»Bragg ist doch daheim?«, fragte sie und schlüpfte aus ihrem Mantel.

»Er ist im Arbeitszimmer.« Peter legte sich ihren nerzgefütterten Mantel über den Arm und führte sie zur Tür des Arbeitszimmers. Er klopfte leise an, dann öffnete er die Tür und sagte: »Miss Cahill, Sir.«

Francesca betrat das Zimmer, und Peter zog sich zurück. Bragg stand vor dem Kamin, in dem ein helles Feuer knisterte, und hatte seine Hand auf dem darüber befindlichen Sims abgestützt, auf dem rund ein Dutzend Familienfotografien standen. Francesca fragte sich, ob er wohl auch irgendwo eine Fotografie von seiner Frau versteckt hatte, eine, die bittersüße Erinnerungen in ihm wachrief. Als er sich umdrehte, nahm er die Hand vom Kaminsims. »Francesca?«, fragte er überrascht.

Ach, es war so schwer, sich nicht sofort in seine Arme zu werfen! »Ich musste einfach vorbeikommen«, sagte sie.

Er trat rasch auf sie zu und legte ihr die Hände auf die Schultern. »Ist etwas passiert?«, fragte er.

»Nein, nicht wirklich. Allerdings habe ich einige Neuigkeiten, von denen ich glaube, dass Sie sie erfahren sollten.« Francesca mied seinen Blick. Zum wiederholten Male ging ihr durch den Kopf, dass Bragg bestimmt eine Liebebeziehung angefangen hatte, nachdem ihn seine Frau verlassen hatte. Er war ein viel zu leidenschaftlicher Mann, um lange allein zu bleiben. Dennoch wünschte Francesca, Hart hätte niemals davon gesprochen.

»Was denn für Neuigkeiten?«, fragte er, während sein Blick langsam über ihr Gesicht wanderte.

Ihr Herz vollführte einen Hüpfer. Das Arbeitszimmer lag im

314

Dunkeln, nur die Stelle, wo sie standen, war in den warmen Lichtschein des Feuers getaucht. »Ich hatte eine seltsame Begegnung mit meiner Klientin, Lydia Stuart.« Francesca hört selbst, wie belegt ihre Stimme klang. Sie vermochte ihren Kummer einfach nicht abzuschütteln und fragte sich, ob es nicht vielleicht doch Eifersucht war. Sie war völlig verwirrt. »Bragg, ich habe ihre Kutsche beim Begräbnis von Mary O'Shaunessy gesehen, und möglicherweise war sie auch dort und vielleicht auch ihr Mann.«

»Wie bitte?«, rief er.

Francesca erzählte ihm von der Frau in dem marineblauen Mantel und von Stuarts Geschenk, der Gedichtsammlung.

Er war sehr überrascht. »Nun, sollte Ihre Klientin oder ihr Mann in die Mordfälle verwickelt sein, wäre das in der Tat eine ungewöhnliche Wendung. Ich werde den beiden direkt morgen einen zwanglosen Besuch abstatten.«

»Ich glaube, das sollten Sie tun. Sie sind von Philadelphia hierher gezogen, Bragg. Vielleicht kennen sie Lizzie O'Brien.«

»Das erscheint mir ein wenig zu weit hergeholt. Und ich vermute, dass es sich bei der Gedichtsammlung auch nur um einen Zufall handelt«, sagte Bragg nachdenklich. »Doch es lohnt sich gewiss, der Sache auf den Grund zu gehen. Aber warum sollte sie – oder er oder eine Freundin – bei Marys Beerdigung gewesen sein? Das ist doch die entscheidende Frage.«

»Da stimme ich Ihnen zu.« Je länger Francesca Braggs Gesicht betrachtete, desto schwerer wurde ihr ums Herz. »Und ein Irrtum ist ausgeschlossen, denn ich habe in ihrem Kutscher sofort den jungen Mann wiedererkannt, der vor der Kirche neben der Kutsche stand.«

»Nun, und wir haben endlich Mike O'Donnell und Sam Carter aufgespürt. Sie befinden sich beide in Gewahrsam. Ich habe die beiden jeweils eine ganze Stunde lang befragt.«

»Und?«, fragte sie eifrig. Das waren doch einmal gute Neuigkeiten, und für einen Moment war alles, was Hart gesagt und getan hatte, vergessen.

»Tja, falls O'Donnell seine Frau und seine Schwester wirklich gehasst haben sollte, so vermag er es sehr gut zu verbergen. Carter ist ein zorniger Mann, was er auch gar nicht zu verbergen versucht. Aber er behauptet, Mary nicht gekannt zu haben und auch Maggie Kennedy nie begegnet zu sein, und ich glaube ihm.«

»Haben Sie Mike nach Maggie gefragt?«, fragte Francesca.

»Ja, das habe ich, und er scheint eine sehr hohe Meinung von ihr zu haben. Der Mann wirkt wie ein gottesfürchtiger Heiliger.«

Sie berührte ihn am Ärmel. »Nun, wir haben ihn beide kennen gelernt, und ein Heiliger ist er gewiss nicht.«

»Nein, da stimme ich Ihnen zu. Hören Sie, Francesca, ich sehe doch, dass Sie versuchen, Ihre Gefühle vor mir zu verbergen. Was ist geschehen?«

Sie zögerte und wich seinem fragenden Blick aus. »Ich mache mir große Sorgen um Maggie. Ich möchte, dass dieser Fall so schnell wie möglich gelöst wird.« Und das entsprach der Wahrheit, wenn es auch nicht die ganze Wahrheit war.

»Das möchte ich auch.« Er strich mit der Hand über ihre Schulter. »Aber da ist doch noch mehr.«

Francesca sah ihn an. »Es ist nur …« Sie brach ab, denn eigentlich war sie zu stolz, um ihn nach seinem Privatleben zu fragen, zumal es obendrein höchst unpassend gewesen

wäre. Im Übrigen gehörte diese Angelegenheit schon längst
der Vergangenheit an, da war sie sich ganz sicher.

»Es ist nur was?«

Sie schüttelte den Kopf und murmelte: »Ihr verflixter Bruder
hat mir einen Besuch abgestattet, und ich habe mich furchtbar über ihn aufgeregt.«

Er ließ seine Hand fallen. »Wie es scheint, fühlt er sich
magisch von Ihnen angezogen.«

»Das möchte ich bezweifeln«, erwiderte sie.

»Was hat er denn gewollt?«

Francesca zögerte. »Er wollte wissen, warum wir beide Samstagabend zusammen gegessen haben.«

Bragg sah sie an und wandte sich dann dem Kaminfeuer zu.
Sie berührte seinen Rücken. Unter ihren Fingerspitzen fühlte
sie seine festen Muskeln. Er war, ebenso wie Peter, leger
gekleidet und hatte die Hemdsärmel aufgerollt. Francesca
bildete sich ein, seine Haut durch den dünnen Stoff seines
Hemds spüren zu können.

»Und was haben Sie ihm darauf geantwortet?«

»Ich habe ihm von unserer Wette erzählt«, murmelte sie und
zog ihre Hand weg. Dabei strich sie versehentlich über seinen
Rücken.

Bragg drehte sich um und ihre Blicke senkten sich ineinander.
Francesca Herz begann unwillkürlich schneller zu klopfen.

»Aber es ist ja auch nicht so wichtig«, flüsterte sie.

»Ist es das nicht? Zum Teufel mit meinem lästigen Bruder!«,
erwiderte Bragg mit scharfer Stimme. »Ich muss gestehen,
dass ich eifersüchtig bin. Ich werde ihm eine gehörige Abrei-
bung verpassen, wenn er sich nicht von Ihnen fern hält.«

Er sprach die Worte mit einer solchen Inbrunst aus, dass es

Francesca für einen Moment die Sprache verschlug. »Aber es gibt doch gar keinen Grund für eine Rivalität, Bragg«, brachte sie schließlich heraus. »Er ist lediglich ein Freund – das habe ich Ihnen doch bereits versichert. Wie können Sie nur auf ihn eifersüchtig sein! Du meine Güte, er kann sich doch gar nicht mit Ihnen messen!«

»Sie sind heute Abend hierher gekommen, weil Sie aufgebracht sind und nicht etwa, weil Sie mir Neuigkeiten über die Stuarts erzählen wollen«, erklärte er nüchtern. »Sie sind hierher gekommen, weil Sie sich über Calder aufgeregt haben.«

Sie nickte und fühlte sich dabei seltsamerweise den Tränen nah. »Sie haben Recht«, flüsterte sie.

Er umfing ihr Gesicht mit seiner Hand. »Bitte weinen Sie nicht.«

»Ich weiß nicht, was mit mir los ist«, erwiderte sie, obwohl sie wusste, dass es nicht stimmte. Bragg war der erste Mann, den sie jemals geliebt hatte, aber er hatte schon mehrere Frauen geliebt, und das konnte sie einfach nicht verwinden. Sie schloss die Augen, drehte ihr Gesicht zur Seite und gab ihm, ohne es zu wollen, einen Kuss mitten in die Handfläche.

Vor lauter Schreck über das, was sie da getan hatte, riss sie die Augen auf und blickte geradewegs in seine erstaunten Augen. Einen Moment lang sahen sie einander nur an, und keiner wagte eine Entscheidung zu treffen, keiner wagte, dem Verlangen nachzugeben.

Doch dann trat Francesca einen Schritt vor, und seine Arme umfingen sie in einer kräftigen Umarmung. Er zog sie an sich und legte seinen Mund auf den ihren.

Als sich ihre Lippen erst berührten und dann öffneten, hatte Francesca das Gefühl, als wolle ihr Herz einen Hüpfer vollführen, der bis in den Himmel reichte. Bragg hielt sie fest umschlungen, und sie spürte jeden einzelnen Zentimeter seines muskulösen Körpers. Schließlich fand seine Zunge die ihre, und Francesca stöhnte leise auf.

Er drückte sie mit dem Rücken gegen die Wand, wobei er mit einer Hand ihr Kinn umschloss, während sich sein Körper so fest gegen sie presste, dass sie sich nicht mehr zu rühren vermochte. Der Kuss wurde leidenschaftlicher.

Eine halbe Ewigkeit verging, bis er seinen Mund schließlich von dem ihren losriss und sie einander in die Augen schauten. Sie waren beide außer Atem und brachten kein Lächeln zustande. Braggs Augen hatten sich verdunkelt, und Francesca konnte das Verlangen darin ablesen. Mit zitternden Fingern öffnete er die beiden obersten Knöpfe an ihrer Bluse und küsste die Vertiefung an ihrem Hals, liebkoste sie mit seiner Zungenspitze.

Francesca hatte das Gefühl, sterben zu müssen, wenn sie sich nicht noch an diesem Abend ganz ihrer Leidenschaft hingeben könnte.

Und das schon sehr bald.

Plötzlich umschlang er sie erneut mit seinen Armen, vergrub sein Gesicht an ihrem Hals und presste seine Lenden immer wieder gegen die ihren, so dass sie seine Erregung spüren konnte.

Francesca wusste nicht, was sie tun sollte. Ihr Körper verlangte danach, mit diesem Mann zum Abschluss zu bringen, was sie angefangen hatten; an etwas anderes vermochte sie nicht zu denken. Sie fuhr mit der Hand über seinen festen Rücken bis hinunter zu seinem Hinterteil. »Lass uns nach oben gehen!«, stieß sie hervor.

»Gott!« Er zuckte wie von der Tarantel gestochen zurück. »Bragg!«

Er starrte sie schwer atmend an. Irgendwie hatte sich sein Hemd ein Stück weit geöffnet, und sie erblickte seine harte, muskulöse Brust mit den dunklen Härchen. »So etwas sollten Sie nicht einmal denken!«, rief er.

Sie rührte sich nicht von der Stelle. Ihr Körper fühlte sich an, als sei er zu Gelee geworden. »Aber ich denke es nun einmal. Genauso wie du. Wir sind erwachsen. Lass uns nach oben gehen«, sagte sie wieder.

Er schloss die Augen und fuhr sich mit einer bebenden Hand durchs Haar. »Nein«, sagte er und warf ihr einen verzweifelten Blick zu.

In diesem Moment läutete das Telefon.

Francesca wäre um ein Haar in Tränen ausgebrochen. Sie schloss die Augen und kämpfte gegen das Gefühl des nicht erfüllten Verlangens an – ein Gefühl, das sie bisher noch nicht gekannt hatte. Und im selben Augenblick fragte sie sich, ob Hart nicht vielleicht doch Recht hatte. Zwischen Bragg und ihr mochte vielleicht Liebe sein, aber es war ganz gewiss auch Begierde.

Sie hasste Hart dafür, dass er ihr ausgerechnet jetzt in den Sinn kam.

Das Telefon läutete weiter.

»Sie sollten jetzt gehen«, sagte Bragg schroff.

Sie öffnete die Augen gerade noch rechtzeitig, um zu sehen, wie er sich dem Telefon zuwandte. Doch als sie sich bewegen wollte, versagte ihr ihr Körper den Dienst. Sie versuchte ein wenig ruhiger zu atmen. Dieses frustrierte Verlangen fühlte sich schrecklich an.

Bragg nahm den Hörer ab. »Ja?«, meldete er sich und erstarrte bei dem, was er hörte. Einen Augenblick später knallte er den Hörer auf die Gabel zurück und drehte sich mit konzentriertem, klarem Blick zu ihr um.

Irgendetwas war passiert.

»Was ist los?«, fragte Francesca.

»Maggie hat gerade einen Brief von Mary O'Shaunessy geöffnet, den diese an ihrem Todestag geschrieben hat.«

KAPITEL 13

MONTAG, 10. FEBRUAR 1902 – 23 UHR

Als Francesca und Bragg in Francescas Elternhaus eintrafen, teilte ihnen ein Dienstbote mit, dass Mr Cahill junior sie in Mrs Kennedys Zimmer erwarte. Francesca hatte im Stillen gehofft, dass ihre Eltern sich um diese Uhrzeit bereits in ihre Räumlichkeiten zurückgezogen hätten, und da weder Andrew noch Julia an der Tür auf sie – und auf eine Erklärung – warteten, ging sie davon aus, dass ihre Gebete erhört worden waren.

Sie eilten die Treppe hinauf und sahen, dass Maggies Tür weit offen stand. Maggie saß stocksteif auf einem moosgrünen Samtsofa vor dem Kamin, hatte die Arme um ihren Körper geschlungen und starrte wie hypnotisiert in die Flammen. Evan hatte neben ihr Platz genommen, und Joel verschwand beinahe in einem mächtigen, dunkelgrün und blau gestreiften Ohrensessel. Von den anderen Kindern war nichts zu sehen, und Francesca nahm an, dass sie in dem benachbarten Zimmer schliefen.

Als Francesca und Bragg den Raum betraten, sprangen Evan und Joel auf. Evan musterte seine Schwester mit einem finsteren Blick. Ganz offenbar passte es ihm nicht, dass sie zu einer so späten Stunde bei Bragg gewesen war. Francesca ignorierte ihn und ging rasch auf Maggie zu, setzte sich neben sie und ergriff ihre Hände. »Wie geht es Ihnen?«

Maggie sah sie an. »Es ist, als würde man von den Toten hören.«

»Ich weiß.«

Bragg war Francesca gefolgt. »Dürfte ich den Brief einmal sehen?«, fragte er.

Maggie nickte zu dem niedrigen Tisch vor dem Sofa hinüber, auf dem der Brief lag.

Während Bragg ihn überflog, fragte Francesca: »Hat Mary darin erwähnt, dass sie um ihr Leben fürchtet?«

Maggie schüttelte den Kopf. »Es ist ein völlig harmloser Brief. Wir hatten uns schon seit einigen Monaten nich mehr gesehen – seit sie bei den Jansons angefangen hatte. Sie erzählt darin von ihrer Arbeit, ihrer Herrin, dem Haus. Sie klingt so glücklich«, fügte sie mit tränenerstickter Stimme hinzu.

Evan nahm ein Glas Whiskey vom Tisch und hielt es Maggie hin. »Nehmen Sie einen Schluck. Das wird helfen, glauben Sie mir.«

Maggie sah ihn nicht an. Sie biss sich auf die Unterlippe und errötete. »Ich trinke keinen Alkohol, Mr Cahill.«

Evan seufzte. »Dies sind besondere Umstände, Mrs Kennedy.«

Sie starrte auf ihre Knie hinunter.

»Mr Cahill versucht doch bloß nett zu sein, Mama«, sagte Joel, der mittlerweile hinter dem Sofa stand.

Maggie drehte sich um und blickte ihren Sohn an. »Ich weiß.« Dann seufzte sie, schaute kurz zu Evan hinüber und sagte: »Ich danke Ihnen.« Anschließend senkte sie den Blick wieder verschämt auf ihre Knie.

»Irgendwie scheine ich nie etwas richtig zu machen«, sagte Evan verdrießlich. »Dabei wollte ich doch nur helfen.«

323

»Sie sind sehr freundlich … Sir«, murmelte Maggie.

»Evan? Warum gehst du nicht mit Joel in die Küche hinunter und gibst ihm ein Plätzchen?«

Sofort hellte sich Joels Gesicht auf. Er warf Evan einen schüchternen und zugleich bewundernden Seitenblick zu.

Evan schlug dem Jungen freundschaftlich auf die Schulter. »Hervorragende Idee. Ich könnte selbst ein Plätzchen vertragen. Und wir bringen deiner Mutter auch eins mit. Was hältst du davon, mein Junge?«

Joel grinste. »Prima. Hab mich nämlich beim Abendessen mächtig zurückgehalten«, sagte er.

Die beiden marschierten hinaus, wobei Evans Hand noch immer auf der Schulter des Jungen lag. Francesca schaute ihnen nach, bis sie verschwunden waren. Es freute sie zu sehen, dass die beiden gut miteinander auskamen. Dann bemerkte sie, dass Maggie Evan und ihrem Sohn ebenfalls nachgeschaut hatte.

»Es sieht ganz so aus, als hätten wir Lizzie O'Brien gefunden«, sagte Bragg in diesem Moment.

»Haben wir das?«, fragte Francesca aufgeregt.

»Mary erwähnt, dass sie von Lizzie, die in Philadelphia wohnt, gehört hat. Offenbar hat sie einen Brief von ihr erhalten. Meine Männer haben ihre Wohnung zwar bereits durchsucht, aber sie haben natürlich nicht nach diesem Brief Ausschau gehalten.«

Francesca erhob sich. »Die meisten Menschen heben ihre Briefe auf. Insbesondere, wenn sie von einer engen Freundin stammen, die fortgezogen ist.«

»Ich werde diesen Brief noch heute Abend finden«, kündigte Bragg an und sah Francesca dabei in die Augen. »Je eher wir

324

die Adresse dieser Lizzie herausfinden, desto besser. Newman kann nach Philadelphia reisen, um sie zu befragen und sie unter Umständen auch mit nach New York bringen.« Sein Blick wurde weicher, als er zu Maggie hinüberwanderte. »Es tut mir sehr Leid, dass Sie diesen Brief ausgerechnet jetzt erhalten haben. Wie ist er eigentlich in Ihren Besitz gelangt?«

»Als Francesca – ich meine Miss Cahill – und ihr Bruder die Kinder geholt haben, hat Joel mir die Post mitgebracht. Ich krieg sehr wenig Post, müssen Sie wissen, und ein Brief ist schon was ganz Besonderes. Aber in der Aufregung um den Umzug hier ins Haus hat Joel ihn mir erst vor 'ner halben Stunde gegeben.« Bei der Erinnerung daran erbleichte sie. »Ich war so erschrocken, als ich sah, von wem er ist.«

Bragg sah Francesca an. »Der Brief ist harmlos. Mary war sehr glücklich über ihre neue Anstellung, ja über ihr Leben überhaupt. Sie machte sich einzig und allein Sorgen um Katie, die sie als missmutig und unversöhnlich beschreibt. Allerdings bleibt eine Frage offen.«

»Ich weiß. Ich war auch überrascht«, sagte Maggie.

Bragg blickte sie forschend an. »Mary schreibt: ›Und als ob mir das Schicksal nicht schon genug Glück geschickt hätte, habe ich jetzt auch noch einen Mann kennen gelernt. Drück mir die Daumen.‹ Und damit endet der Brief«, sagte er. »Haben Sie irgendeine Ahnung, wer dieser Mann sein könnte?«

Maggie schüttelte den Kopf. »Ich wusste gar nicht, dass sie jemanden kennen gelernt hatte.«

»Wir müssen diesen Mann finden. Er könnte der Mörder

sein!«, rief Francesca. »Wir müssen ihn finden, und am besten fangen wir mit der Liste an, die Newman von den Trauergästen bei Marys Beerdigung erstellt hat.«

»Ich bin ganz Ihrer Meinung«, sagte Bragg.

DIENSTAG, 11. FEBRUAR 1902 – 10 UHR
Francesca hatte verschlafen. Sie hatte geträumt, sie läge
in Braggs Armen, in seinem Bett. Sie waren nackt, und ihre
Leidenschaft war grenzenlos. Francesca konnte seine Haut,
seine Muskeln, seine Männlichkeit spüren. Und sie hatte das
Gefühl, das Richtige zu tun.

Doch als sie erwacht war, hatte sie sich zunächst einmal von
dem Schock über diesen so real erscheinenden Traum erho-
len müssen. Plötzlich hatte sie das Gefühl gehabt, alles sei
falsch, und sie hatte sich krank und ängstlich gefühlt.

Möglicherweise waren ihre Moralvorstellungen doch zu tief
verwurzelt, um sich darüber hinwegzusetzen, dass Bragg
verheiratet war.

Oder hatte es einen anderen Grund?

Als sie jetzt die Treppe zum Frühstückszimmer hinunterging,
war sie froh, dass sie erst mittags ein Seminar hatte. Sie war sich
plötzlich gar nicht mehr sicher, ob sie wirklich ein Urlaubs-
semester nehmen sollte. Es wäre viel besser, den Kreuzmörder
zu stellen und sich dann ganz dem Studium zu widmen und zu
versuchen, ein halbwegs normales Leben zu führen.

Aus dem Frühstückszimmer vernahm sie das Geplapper von
Frauenstimmen.

Francesca blieb überrascht stehen. Sie meinte, Sarah Channings Stimme ausmachen zu können.

Als sie in das Zimmer eilte, fand sie dort Sarah und Bartolla mit ihrem Bruder am Tisch sitzend vor. Evan grinste seine Schwester an. »Guten Morgen, du Schlafmütze.«

Sie funkelte ihn mit gespieltem Unmut an. Dann wandte sie sich den beiden Frauen zu. Sarah sah in ihrem schlichten, blauen Kleid recht hübsch aus, und Bartolla bot einen atemberaubenden Anblick in dem kräftigen, dunklen Rosa, das sie trug. »Was für eine nette Überraschung am frühen Morgen«, sagte Francesca.

»Wir hatten gehofft, wir könnten Sie überreden, an unserem heutigen Abenteuer teilzunehmen«, erklärte Bartolla mit ihrem breiten, ansteckenden Lächeln. »Wir wollten einen Einkaufsbummel machen, ein schickes Mittagessen zu uns nehmen, möglicherweise einen guten Tropfen dabei trinken und dann – wer weiß? Ich hätte Lust, auf Skiern den Cherry Hill im Park hinunterzusausen.«

Francesca konnte sich ein Lächeln nicht verkneifen. »Einkaufsbummel gehören nicht gerade zu meinen Lieblingsbeschäftigungen. Ehrlich gesagt, verabscheue ich sie.«

Evan erhob sich. »Und das aus dem Munde einer Frau, die gerade zehn neue Kleider bei ihrer Schneiderin bestellt hat!«, sagte er lachend. Dann wandte er sich Bartolla zu. »Vermutlich bin ich nicht eingeladen?«, fragte er mit einem Funkeln in den Augen.

»Der Tag ist ausschließlich für Damen reserviert«, erwiderte Bartolla, und ihre grünen Augen strahlten.

»Ich hatte ja keine Ahnung, dass Sie Ski laufen. Ich kenne keine Frau, die das tut«, sagte er.

»Ich liebe es«, erwiderte sie lächelnd.

»Ich auch. Ich bin ein begeisterter Skiläufer. Hätten Sie nicht

Lust, einige Tage mit nach Vermont zu kommen? Dort kann man ganz hervorragend Ski laufen.«

»Gern«, erwiderte Bartolla und strahlte ihn an. »Laufen Sie schnell?«

»Nicht, wenn ich eine so wundervolle Begleitung hätte.«

»Ich laufe sehr schnell«, sagte sie warnend. »Dann macht es doch erst richtig Spaß.«

Evan blickte sie freudig überrascht an. »Jetzt sagen Sie bloß noch, dass Sie gern Rennen fahren!«

»Aber gewiss tue ich das!«

Er lachte und wandte sich dann seiner Verlobten zu. »Würdest du gern Skifahren lernen, Sarah?«

Sarah zögerte. Francesca wusste, dass ihre zukünftige Schwägerin nicht das geringste Interesse für sportliche Betätigungen hegte, und sie empfand Mitleid mit ihr. Ganz offensichtlich fühlten sich Bartolla und Evan zueinander hingezogen, aber Sarah machte nicht den Eindruck, als ob sie dies bemerken würde.

Auch Evan wusste genau, dass Sarah kein Interesse daran hatte, Skilaufen zu lernen. »Du könntest heißen Kakao in der Hütte trinken«, sagte er. »Es ist sehr idyllisch in den Bergen.«

Sarah fuhr sich mit der Zunge über die Lippen. »Warum fahrt ihr nicht ohne mich? Ich würde mich lieber für einige Tage in meinem Atelier einschließen und arbeiten, Evan.«

Sein Gesichtsausdruck blieb unvermindert freundlich. »Ich fände es sehr schade, wenn du nicht mit uns kommen würdest«, erwiderte er, aber Francesca wusste, dass er es nur aus Höflichkeit sagte.

»Ich glaube, du und Bartolla werdet mehr Spaß haben, wenn ich nicht dabei bin«, fügte Sarah leise hinzu. »Ihr habt die gleichen Interessen, den gleichen Geschmack. Ich würde dem Vergnügen nur einen Dämpfer verpassen, wenn ich dasitzen und darauf warten würde, dass ihr zurückkommt. Nein, wirklich, ich würde lieber in meinem Atelier arbeiten, während ihr fort seid.« Während der letzten Worte hatte ihre Stimme sich verändert und einen entschlossenen Tonfall angekommen.

»Nun, wenn du es vorziehst zu malen …«, sagte Evan und zuckte mit den Schultern.

Sarahs Augen begannen vor Begeisterung zu funkeln. »O ja, das wäre mir wirklich lieber. Aber ich würde mich freuen, wenn ihr zwei zusammen fahrt. Ihr werdet gewiss sehr viel Spaß haben!«

Francesca hätte Sarah am liebsten an ihrem langen, braunen Haar gezogen. Wollte sie die beiden etwa noch ermutigen? Bartolla mochte Sarah wohl sehr zugetan sein, aber Francesca hegte die Befürchtung, dass die Gräfin und Evan, die beide temperamentvoll, leidenschaftlich und erfahren waren, zwangsläufig zueinander finden würden. »Ich werde mitfahren«, verkündete sie plötzlich. »Ich wollte immer schon einmal Skilaufen lernen.«

»Ach ja? Seit wann denn?«, fragte Evan und warf seiner Schwester einen verärgerten Blick zu. Dann erhob er sich, verbeugte sich kurz und sagte: »Ich muss leider los. Wir sollten noch einmal genauer über unsere Reise reden«, fuhr er fort, wobei seine letzten Worte ausschließlich an Bartolla gerichtet waren.

»Das Skilaufen könnte Ihnen gefallen, Francesca«, sagte Bartolla, nachdem Evan den Raum verlassen hatte. »Es ist eine aufregende Angelegenheit.«

»Das mag wohl sein«, erwiderte Francesca. »Aber ich kann

erst abreisen, wenn wir den Mörder gefunden haben, der die Kreuzmorde begangen hat.«

Bartolla musterte sie nachdenklich und mit einem gewissen Interesse, während Sarah beeindruckt und bestürzt zugleich zu sein schien. »Bartolla hat mir erzählt, dass du auf der Suche nach einem Mörder bist, der hier war, im Haus!«, rief sie. »Francesca, es wäre furchtbar, wenn dir etwas zustoßen würde!«

Francesca lächelte sie an. »Danke, Sarah. Aber es wird mir schon nichts passieren.« Das hoffte sie zumindest.

»Hoffentlich«, sagte Sarah besorgt.

»Hm«, machte Bartolla nachdenklich.

Francesca war zur Anrichte hinübergegangen, um sich ein wenig Gebäck zu nehmen.

»Wie weit sind Sie denn mit Ihren Ermittlungen?«, fragte Bartolla.

»Ich hoffe, wir stehen kurz vor der Aufklärung des Falles«, antwortete Francesca. »Ehrlich gesagt, kann ich nicht zum Einkaufsbummel oder zum Essen mitkommen, weil ich noch Arbeit erledigen muss, die den Fall betrifft.« In Wahrheit hatte sie ein Seminar, an dem sie teilnehmen musste, aber das konnte sie Sarah und Bartolla natürlich nicht erzählen. Und hinterher beabsichtigte sie, Lydia Stuart einen weiteren Besuch abzustatten und sie geradeheraus zu fragen, ob sie bei Mary O'Shaunessys Beerdigung gewesen war.

Sarah sah sie mit großen Augen an.

»Wissen Sie was?«, sagte Bartolla strahlend. »Wir helfen Ihnen. Wir werden Sie begleiten«, erklärte sie und lächelte Sarah zu. »Und wir werden alles in unserer Macht Stehende tun, um den Fall zu lösen. Also, das wird ein echtes Abenteuer werden!«

Francesca blickte die Gräfin entgeistert an.

Als sie vor dem Haus der Stuarts aus der Kutsche der Channings stiegen, sagte Francesca leise: »Mrs Stuart ist zwar meine Klientin, aber ich bitte darum, diese Information vertraulich zu behandeln. Wir sind hier, um ihr einen Höflichkeitsbesuch abzustatten. Sie wird sich bestimmt über Gesellschaft freuen, da sie gerade erst hierher gezogen ist. Und wenn sich die Gelegenheit bietet, werde ich ihr unter vier Augen einige Fragen stellen.«

»Es ist ein wenig langweilig, nicht zu wissen, wonach genau man eigentlich sucht«, bemerkte Bartolla, die die Hände in die Hüften gestemmt hatte. Sie trug einen prächtigen Zobelmantel, aber keine Handschuhe. Ein Diamantenarmband schmückte ihr Handgelenk, und an ihren Fingern steckten mehrere große Ringe. »Und ich hatte gehofft, dass wir versuchen würden, diese grausigen Kreuzmorde aufzuklären.«

Francesca seufzte. »Es ist sehr wichtig, dass ich mir eine Klientel aufbaue, um mir als Kriminalistin einen Namen zu machen«, erklärte sie.

»Ich finde es bewundernswert, dass du den Mut hast, deiner Berufung zu folgen und als Privatdetektivin zu arbeiten«, bemerkte Sarah.

Francesca lächelte. »Wir sind uns sehr ähnlich, nicht wahr? Nur, dass dein Talent dich zur Malerei geführt hat«, sagte sie.

»Ich bin wohl kaum wie du, Francesca«, erwiderte Sarah und seufzte. »Bis auf die Tatsache, dass wir unseren Leidenschaften frönen. Außer dir und meiner Cousine scheint übrigens niemand zu verstehen, wie viel mir die Kunst bedeutet.«

Trotz ihres marineblauen Mantels schien Sarah zu frieren, denn sie zitterte.

»Aber natürlich verstehe ich das«, erwiderte Francesca. »Lasst uns hineingehen.«

»Du bist sehr begabt«, fügte Bartolla hinzu, als sie sich auf den Weg zum Haus machten.

»Ich mag recht geschickt sein, aber wohl kaum begabt«, widersprach Sarah. Dann hellte sich ihr Gesicht auf. »Stellt euch vor, Calder Hart hat zugesagt, heute Abend zu unserer Party zu kommen. Ich bin ja so aufgeregt!« Sie sah Bartolla an. »Ich hoffe, das ist dir nicht unangenehm.«

Bartolla blieb stehen und lachte. »Über Hart mache ich mir keine Gedanken. Großer Gott, dieser Mann ist derart von sich eingenommen!« Sie schüttelte den Kopf.

Francesca stellte sich Hart und Bartolla zusammen im Bett vor. Der Gedanke war beunruhigend und faszinierend zugleich. »Wie gut kennen Sie ihn eigentlich?«, konnte sie sich nicht verkneifen zu fragen.

»Ich glaube, das ahnen Sie bereits«, erwiderte Bartolla lachend. »Wir haben eine Nacht miteinander verbracht. Er ist übrigens ein umwerfender Liebhaber.«

Francesca hatte nicht damit gerechnet, dass sie eine derart offene Antwort erhalten würde, und errötete. »Wirklich?«

»Ach, jetzt kommen Sie schon, Francesca! Sie mögen noch Jungfrau sein, aber Sie sind eine intelligente und weltmännische Frau. Es ist doch offensichtlich, dass Hart vor Männlichkeit nur so strotzt, oder etwa nicht? Aber leider ist er nun einmal furchtbar von sich eingenommen. Allerdings« – ihre Augen funkelten – »wird gewiss auch ihn irgendwann einmal eine Frau an die Kandare nehme, und ich hoffe sehr, dass ich dann das Glück haben werde, in der Nähe zu sein, um es mit anzusehen!«

Francesca wusste nicht, was sie darauf sagen sollte, aber sie glaubte kaum, dass es irgendwo auf der Welt eine Frau gäbe, die imstande wäre, Hart an die Kandare zu nehmen.

Sarah war ebenfalls rot geworden. »Du gehst so offen mit diesen Themen um. Ich wünschte nur, ich hätte den Mut, niemals zu heiraten und mir einen Geliebten zu nehmen, wann immer mir der Sinn danach steht.«

Francesca starrte Sarah mit offenem Mund an.

»Du solltest tun und lassen, was dir gefällt. Diese ganzen gesellschaftlichen Regeln sind doch nichts weiter als ein Haufen Unsinn. Im Übrigen sind Regeln dazu da, gebrochen zu werden, oder etwa nicht? Ganz besonders von dir, Sarah, da du doch tief in deinem Herzen ein Bohemien bist«, sagte Bartolla.

»Ich bin kein Bohemien«, murmelte Sarah.

Francesca mochte ihren Ohren kaum trauen. Sollte Bartolla jemals in Evans Bett landen, würde Francesca natürlich nie wieder ein Wort mit ihr wechseln. Aber dennoch mochte sie die Gräfin – wie sollte sie einen so offenen Menschen auch nicht mögen? »Willst du allen Ernstes unverheiratet bleiben, Sarah?«, fragte sie.

Sarah blickte sie erschrocken an. »Francesca! Ich hoffe nicht, dass du glaubst, ich wolle deinen Bruder beleidigen! Ich mag Evan. Ich mag ihn wirklich!«

»Aber du liebst ihn nicht«, konstatierte Francesca. Das war offensichtlich, so unglaublich es auch scheinen mochte. Eine junge, schüchterne Frau wie Sarah sollte doch eigentlich außer sich sein vor Freude, einen Mann wie Francescas Bruder gefunden zu haben. Aber hinter Sarahs unscheinbarer Fassade steckte nun einmal mehr, als man auf den ersten Blick vermutet hätte.

Sarah errötete. »Nein, ich liebe ihn nicht. Aber ich werde ihn mit der Zeit gewiss lieben lernen.« Eine Spur von Verzweiflung in ihrer Stimme war unüberhörbar.

Bartolla gab ein wenig damenhaftes, verächtliches Schnauben von sich. »Ihr zwei passt einfach nicht zueinander. Es ist die unmöglichste Partie, die ich jemals gesehen habe.«

Francesca blinzelte.

»Habe ich nicht Recht?«, fragte Bartolla.

»Ja«, musste Francesca zugeben. »Sie haben Recht. Ich war von Anfang an der gleichen Ansicht.«

Sarah sagte: »Unsere Eltern sind aber entschlossen, dass wir heiraten sollen, und ich bin nicht stark genug, um mich gegen meine Mutter zu stellen.«

»Natürlich bist du das. Du musst einfach auf deine Künstlerseele hören, die wird dir schon sagen, was du tun sollst«, riet ihr Bartolla.

»Sarah? War es wirklich dein Ernst, als du sagtest, du würdest am liebsten niemals heiraten?« Es war Francesca ein Bedürfnis, diese Frage zu stellen, denn auch wenn sie die gleiche Meinung geäußert hatte, so war es ihr doch nicht wirklich ernst damit gewesen. Eines Tages wollte sie schon heiraten. Eines Tages wollte sie mit der anderen Hälfte ihres Herzens vereint sein. Mit Bragg.

Sie würden gemeinsam auf Verbrecherjagd gehen, für Reformen kämpfen und zusammen alt werden. Eine perfekte Beziehung.

Sarah antwortete: »Ich bin nicht romantisch veranlagt, Francesca. Meine Liebe gehört allein meiner Kunst. Ich habe Angst davor zu heiraten.«

»Angst?«

»Ich habe Angst, dass mir mein Ehemann meine wahre Leidenschaft verwehren wird. Im Augenblick kann ich den ganzen Tag malen, wenn mir der Sinn danach steht. Oder zumindest war es vor meiner Verlobung so.« Sie machte einen bedrückten Eindruck.

Francesca und Bartolla sahen sich an. »Das ist einfach ungerecht«, sagte Francesca schließlich.

»Ja, das ist es«, stimmte Bartolla zu. »Sarah besitzt eine besondere Gabe, die Gott ihr aus einem bestimmten Grund gegeben hat. Und so sehr ich Evan auch mag, er hat dafür einfach kein Verständnis.«

»Da haben Sie wohl Recht«, stimmte Francesca ihr zu. »Können wir Sarahs Mutter nicht dazu überreden, die Verlobung zu lösen?«

»Wir könnten es versuchen«, sagte Bartolla und schenkte Francesca ein verschwörerisches Grinsen. »Es wäre die Sache wert, nicht wahr?«

Francesca zögerte keine Sekunde. »Ja, das wäre es«, antwortete sie.

Sarah blickte mit großen Augen von ihrer Cousine zu ihrer zukünftigen Schwägerin und sagte schließlich: »Ich wäre wirklich froh, wenn ich nicht heiraten müsste.«

Dieses Mal gab es keine Unterbrechung durch Lincoln Stuart. Lydia war zunächst überrascht gewesen, hatte ihre Besucherinnen dann aber gern empfangen und innerhalb kürzester Zeit Tee und Frühstückskuchen auftragen lassen. Die Unterhaltung kreiste um Bartollas Erlebnisse seit ihrer Ankunft und um den Ball, der abends bei den Channings stattfinden sollte. Sarah und ihre Cousine luden Lydia und ihren Mann ein, ebenfalls zu kommen, was Lydia dankend ablehnte. Doch Francesca hatte ihre glänzenden Augen gesehen und wusste, dass sie sehr gern an dem Ball teilgenommen hätte.

Als sich Lydia für einen Augenblick entschuldigte und das Zimmer verließ, um dem Dienstmädchen aufzutragen, mehr Zitrone für den Tee zu bringen, stand Francesca auf und folgte ihr in den Flur. »Lydia?«

Lydia drehte sich überrascht um. »Ja?«

»Können wir uns vielleicht einen Moment lang unter vier Augen unterhalten?«

Plötzlich veränderte sich Lydias Gesichtsausdruck. Sie hatte sich den ganzen Morgen über amüsiert, doch nun blitzte Angst in ihren Augen auf. »Francesca, ich bin Ihnen wirklich sehr dankbar für alles, was Sie für mich getan haben, aber ich bin zu dem Schluss gekommen, dass Sie Recht haben«, sagte sie mit gesenkter Stimme. »Lincoln hat keine Affäre mit Rebecca Hopper. Sein Verhalten in der letzten Zeit muss andere Gründe haben. Ich benötige Ihre Dienste nicht mehr. Lassen Sie mich doch wissen, was ich Ihnen schuldig bin.«

Offenbar wollte Lydia tatsächlich nicht, dass Francesca weiter für sie ermittelte, doch Francesca hatte ein ungutes Gefühl dabei. »Hat Ihnen das Buch gefallen, das Ihnen Ihr Mann geschenkt hat?«, hörte sie sich fragen.

Lydia fuhr zusammen. »Ich hatte noch keine Zeit, es zu lesen«, antwortete sie.

»Sammeln Sie Gedichte?«

Die Frage schien Lydia zu verblüffen. »Nein. Im Grunde mag ich Gedichte überhaupt nicht. Mein Mann ist ein eifriger Leser, er liest Werke sämtlicher literarischer Gattungen, und es ist sein Wunsch, dass ich seinem Beispiel folge.«

Francesca starrte sie an. Unzählige Fragen schossen ihr durch den Kopf. »Als Sie in Philadelphia gelebt haben, haben Sie da vielleicht die Bekanntschaft einer jungen Frau namens Lizzie O'Brien gemacht? Sie war eine Arbeiterin – eine Näherin, soweit ich weiß.«

Lydias Verwirrung nahm offenbar zu. Vor Aufregung hatte sie einen roten Kopf bekommen. »Was für eine seltsame Frage«, sagte sie. »Ich habe keine Ahnung. Lassen Sie mich einmal nachdenken. Nein, die Näherin, die dort für mich gearbeitet hat, hieß Matilde Lacroix«, sagte sie.

Nun, einen Versuch ist es wert gewesen, dachte Francesca. »Waren Sie bei Mary O'Shaunessys Beerdigung?«, fragte sie unvermittelt.

Lydia blinzelte kaum merklich. »Wie bitte?«, fragte sie entgeistert. Francesca bemerkte, dass Lydias Wangen mittlerweile hochrot waren. Sie war sich sicher, dass ihre Klientin etwas verbarg.

»Haben Sie von den Kreuzmorden gehört?«, fragte Francesca mit leiser Stimme.

Lydia erstarrte. »Was soll das?«, fragte sie.

»Ich arbeite gemeinsam mit Commissioner Bragg an der Aufklärung der Fälle«, erwiderte Francesca.

»Und was hat das mit mir zu tun?«, rief Lydia.

»Ihre Kutsche stand vor der Kirche, als dort der Trauergottesdienst für eines der Opfer stattfand. Mary O'Shaunessy wurde Montagnachmittag beerdigt, und der Gottesdienst fand am selben Tag um zwölf Uhr in der St. Mary's Chapel statt. Ich habe eine Frau von Ihrer Statur in einem marineblauen Mantel dabei beobachtet, wie sie den Gottesdienst verließ. Sie ist in Ihre Kutsche gestiegen.«

Lydia musterte sie mit einem kühlen Blick. »Das war ich nicht.«

Francesca war davon überzeugt, dass sie log. »Sind Sie sich da auch ganz sicher?«

Lydias Lächeln glich einer Grimasse. »Ich bin mir sehr sicher, dass ich nicht dort gewesen bin, und was meine Kutsche angeht, so müssen Sie sich geirrt haben. Lincoln war an jenem Tag damit unterwegs. Wir besitzen nur diese eine Kutsche, und am Montag hat er sie mit zum Laden genommen.«

»Ich verstehe«, murmelte Francesca. Vielleicht sagte Lydia ja tatsächlich die Wahrheit, obwohl sich Francesca da gar nicht sicher war. Sie musste unbedingt herausfinden, wer die Frau in der Kirche gewesen war.

»Werfen Sie mir irgendetwas vor?«, fragte Lydia schließlich mit angespannter Miene.

»Nun, es ist kein Verbrechen, zu einer Beerdigung zu gehen«, gab Francesca zurück.

»Das einzige Begräbnis, das ich in letzter Zeit besucht habe, war das meiner Schwiegermutter.«

»Es tut mir sehr Leid, dass Sie sie verloren haben«, sagte Francesca.

»Ja, mir auch. Vor allem, weil es ein so sinnloser Mord gewesen ist.«

Francesca schluckte. »Ihre Schwiegermutter wurde ermordet?«

Lydia blickte sie erstaunt an. »Aber ja. Ich dachte, das wüssten Sie.«

»Ich hatte keine Ahnung«, erwiderte Francesca.

KAPITEL 14

DIENSTAG, 11. FEBRUAR 1902 – MITTAG
Francesca mochte ihren Ohren kaum trauen. »Wie wurde sie umgebracht?«, fragte sie. »Und vor allem: warum?«

Lydia warf einen Blick zu dem Zimmer hinüber, in dem Sarah und Bartolla warteten. »Wie ich schon sagte, es war ein sinnloser Mord. Sie war eine ältere Dame, und die Polizei glaubt, dass sie einen Einbrecher in ihrem Schlafzimmer überrascht hat, als er versuchte, ihren Schmuck zu stehlen. Leider hat ihr der Gauner vor seiner Flucht ein Messer in den Rücken gestoßen. Er wurde nie gefasst.«

Francesca starrte sie an. »Das ist ungewöhnlich. Die meisten Einbrecher sind auf die Beute aus und noch nicht einmal bewaffnet. Warum sollte man eine alte Dame umbringen, wenn man einfach davonlaufen kann, ohne befürchten zu müssen, verfolgt zu werden?«

»Ich weiß es nicht«, erwiderte Lydia. »Der arme Lincoln war völlig außer sich. Wir haben nicht einmal unsere Hochzeitsreise zu den Niagarafällen machen können.«

»Das tut mir Leid«, sagte Francesca, der das Blut in den Ohren dröhnte. Sie musste unbedingt das Haus durchsuchen. Sie hatte keine Ahnung, wonach sie suchte, aber irgendetwas stimmte nicht. »Sie müssen ebenfalls verzweifelt gewesen sein.«

»Ich habe mich immer noch nicht richtig von dem Schock

erholt«, erklärte Lydia. »Meine Schwiegermutter war eine so liebe Frau. Ich habe meine eigene Mutter bereits als Kind verloren und genoss es, Dorothea um mich zu haben. Wäre das jetzt alles? Ich möchte dem Dienstmädchen sagen, dass wir noch Zitrone für unseren Tee benötigen.«

Francesca lächelte, aber es war ein aufgesetztes Lächeln. Noch kurze Zeit zuvor hatte Lydia den Eindruck erweckt, als habe sie ihre Schwiegermutter nicht besonders gemocht. »Ich wollte wirklich nicht neugierig sein«, sagte Francesca. Sie konnte es kaum erwarten, Bragg von den Neuigkeiten zu erzählen.

»Und?«, fragte Maggie Kennedy erwartungsvoll. »Wie finden Sie's?«

Francesca stand vor dem großen Spiegel im Ankleidezimmer und starrte ihr Spiegelbild mit offenem Mund an.

»Miss Cahill? Gefällt's Ihnen?«, fragte Maggie besorgt.

Francesca schaute weiter ungläubig in den Spiegel. »Das bin ich nicht«, brachte sie schließlich heraus. Die Frau, die ihr aus dem Spiegel entgegenblickte, war eine Vision, eine kühne, eine wagemutige Vision in Dunkelrot. Sie war eine Verführerin, keine Intellektuelle. Auch keine Reformistin oder ein Blaustrumpf – sie war eine Frau, die nur eines im Sinn hatte: den Männern den Kopf zu verdrehen.

»Sie sind so wunderschön in dem Kleid«, flüsterte Maggie.

Das Kleid war schlicht geschnitten, aber auf Taille gearbeitet. Francesca kam sich ausgesprochen nackt darin vor, denn das mit Spitze unterlegte Mieder war tief ausgeschnitten und der Stoff des Oberteils und der kurzen Ärmel hauchdünn. Die rote Seide des Rocks, der sich um ihre Hüften und Oberschenkel schmiegte und erst zum Saum hin ausgestellt war,

zierte ein schlangenähnliches Muster. Die meisten Abend-
kleider hatten viel fülligere Röcke. »Ich sehe aus wie meine
Schwester«, flüsterte Francesca.

»Tun Sie nich.« Maggie begegnete ihrem Blick im Spiegel.
»Ihre Schwester ist zwar immer elegant, aber sie wirkt so
kühl. Da sind Sie ganz anders.«

Francesca sagte mit zittriger Stimme: »Alle werden mich
anstarren.«

»Ja, das werden sie.«

Francesca war sich sicher, dass Bragg in Ohnmacht fallen
würde, wenn er sie so sähe, doch im selben Moment verspürte sie tief in ihrem Inneren eine freudige Erregung. Nein, er
würde nicht in Ohnmacht fallen, aber er würde sich ihr nicht
mehr verweigern können, wenn sie erst in seinen Armen lag.

Und auch Hart würde sie bewundern.

Sie hatte ihn seit seinem Besuch, als sie ihm eine Ohrfeige gegeben hatte, nicht mehr gesehen. Ob er wohl immer noch
wütend war? Francesca hatte das ungute Gefühl, dass er ein
nachtragender Mensch war, und die Vorstellung, dass sie ihm
abends auf dem Ball begegnen würde, begeisterte sie nicht
gerade.

»Darf ich Ihr Haar öffnen? Es ist so streng zurückgebunden«, sagte Maggie.

Francesca zögerte einen Moment lang, stimmte dann aber zu.
Im Gegensatz zu den meisten Frauen hasste sie es, sich fri-
sieren zu lassen, und daher band sie ihr langes Haar immer
zu einem engen Nackenknoten zurück. Die Mode diktierte
einen viel weicheren Stil, wobei das Haar gekräuselt oder in
Wellen gelegt und zu einem lockeren Nackenknoten oder
einer weichen Rolle gesteckt wurde.

»Ich könnte Ihnen Locken machen«, schlug Maggie vor und trat hinter Francesca. »Wir haben noch genug Zeit. Es ist erst halb sechs.«

Die Feierlichkeiten bei den Channings sollten um neunzehn Uhr beginnen, und Maggie hatte Francesca gebeten, das Kleid rechtzeitig anzuprobieren, falls es noch einer kleinen Änderung bedurft hätte. Aber es saß wie angegossen. »Na schön. Für diesen einen Abend lege ich mich ausnahmsweise einmal ins Zeug«, sagte Francesca.

Maggie lächelte sie an.

Plötzlich klopfte es an der Tür, und im selben Moment wurde sie auch schon geöffnet und Evan steckte den Kopf ins Zimmer. »Fran, hast du vielleicht –« Er verstummte und blickte seine Schwester ungläubig an.

»Wenn du irgendetwas zu sagen hast, dann sag etwas Nettes!«, rief Francesca und drehte sich zu ihm um. »Ich fühle mich wie ein kleines Mädchen, das sich herausputzt, um Erwachsene zu spielen!«

Evan musterte sie mit bewunderndem Gesichtsausdruck von Kopf bis Fuß und stieß einen anerkennenden Pfiff aus. »Ich hätte nie gedacht, dass du so aussehen kannst. Du wirst heute Abend alle Männerherzen brechen.«

Francesca musste unwillkürlich lächeln. »Glaubst du wirklich?« Es gab nur ein Herz, an dem sie interessiert war, und es lag nicht in ihrer Absicht, es zu brechen.

»Ich weiß es«, sagte er. »Ist das Ihr Werk?«, fragte er an Maggie gewandt.

Sie nickte und errötete vor Freude. »Ja, Sir, das ist es.«

»Bitte, Mrs Kennedy, würden Sie mich bitte Evan nennen?«, fragte er.

Sie erwiderte sein Lächeln schüchtern und senkte dann rasch den Kopf. »Ich will's versuchen«, sagte sie.

»Mrs Kennedy, dürfte ich die Jungen vielleicht morgen noch einmal zu einer Schlittenfahrt mitnehmen? Sie hatten heute so viel Spaß dabei.« Er lächelte sie an.

»Sie sind sehr freundlich zu den Kindern. Nein, ich hab nichts dagegen«, erwiderte Maggie.

»Hätten Sie vielleicht Lust, sich uns anzuschließen? Sagen wir gegen zwölf?«

»Oh!« Maggie blickte ihn überrascht an. »Aber das geht doch nich. Ich muss noch Miss Cahills Garderobe fertig nähen und –«

Wenn Francesca es nicht besser gewusst hätte, wäre ihr der Verdacht gekommen, dass sich zwischen ihrem Bruder und Maggie etwas anbahnte. Aber Evan genoss bekanntermaßen die Aufmerksamkeit der schönsten und elegantesten Frauen – Frauen wie Bartolla Benevente und seiner Mätresse, der Schauspielerin Grace Conway. Maggie war hübsch, aber sie war eine Näherin, und Evan würde sich niemals ernsthaft für sie interessieren.

Francesca unterbrach die beiden. »Maggie, ich fände es sehr schön, wenn Sie mit meinem Bruder und den Kindern eine Schlittenfahrt unternehmen würden. Das wäre einmal eine schöne Abwechslung für Sie nach allem, was geschehen ist. Es wird bestimmt ein großer Spaß, und wenn man mich eingeladen hätte, würde ich wohl auch mitkommen.«

Evan grinste seine Schwester an und drückte sie in einer ungestümen Umarmung so fest an sich, dass sie Angst um ihre Rippen hatte.

»Evan!«, protestierte sie. »Mein Kleid!«

»Sieh mal einer an!«, rief er lachend. »Jetzt sorgst du dich also schon um deine Kleidung!« Er zwinkerte Maggie zu. »Gut gemacht! Wir werden noch eine richtige Dame aus meiner Schwester machen. Bis morgen Mittag dann.« Und mit diesen Worten spazierte er lächelnd aus dem Zimmer, ohne die Tür hinter sich zu schließen.

Francesca lachte nervös. Doch sie wusste, dass Evan sie eigentlich nie anlog, und wenn er ihr Kleid guthieß, dann durfte sie getrost annehmen, dass es gelungen war.

Francesca betrat den Ballsaal an Evans Arm, gemeinsam mit ihren Eltern. Er grinste stolz, als er seine Schwester hineinführte, und Francesca wurde sich bewusst, dass sie sich bei einem solchen Anlass noch nie so gut gefühlt hatte. Julia war ebenfalls ausgesprochen zufrieden mit ihr. Als sie Francesca zum ersten Mal in dem zinnoberroten Ballkleid gesehen hatte, mit einer schmalen Kette um den Hals, an dem ein mit Perlen und Diamanten besetzter Anhänger hing, das Haar modisch weich aufgesteckt, da hatte sie ihre Tochter angesehen, als stünde eine Fremde vor ihr, und ungläubig geflüstert: »Francesca? Bist du das?«

Ausnahmsweise genoss es Francesca einmal, die Anerkennung ihrer Mutter zu haben. Es war ein eigenartiges Gefühl.

Sie kamen einige Minuten zu spät, und während sie jetzt Sarah, ihre Mutter und Bartolla begrüßten, sah Francesca aus dem Augenwinkel, dass der Ballsaal bereits gut gefüllt war. Nicht weit von der Stelle entfernt, wo sie standen, erblickte sie Connie und Montrose im Kreis einiger Freunde. Connie lächelte und plauderte, aber Neil machte einen steifen und unzufriedenen Eindruck.

Francesca bekam sogleich ein schlechtes Gewissen. Sie hatte völlig vergessen, dass sie bei ihm hatte vorbeischauen wollen. Ganz offenbar waren Connies und seine Probleme noch nicht gelöst, und Francesca beschloss, dafür sorgen zu wollen, dass sich die beiden wieder versöhnten.

»Du meine Güte, Francesca, das ist ja ein wirklich atemberaubendes Kleid!«, sagte Bartolla.

Sie musterte Francesca von Kopf bis Fuß, und ihre Miene ließ darauf schließen, dass es ihr gar nicht gefiel, ihre neue Freundin in einer solchen Aufmachung zu sehen.

»Vielen Dank«, erwiderte Francesca lächelnd.

»Sie müssen mir unbedingt den Namen Ihrer Näherin geben«, fuhr Bartolla fort, und schon tauchte wieder dieses ansteckende Lächeln auf ihrem Gesicht auf. Sie trug an diesem Abend ein gewagtes, goldfarbenes Kleid aus Satin und Spitze, das mit mehr Diamanten besetzt war, als Julia angelegt hatte. Gold war nicht gerade die vorteilhafteste Farbe für Bartolla, aber sie sah trotzdem wunderschön aus, und viele Köpfe drehten sich nach ihr um.

Francesca erwischte einen Mann dabei, wie er neugierig zu Bartolla herüberstarrte, doch plötzlich kam es ihr beinahe so vor, als starre er sie selbst an.

Aber da musste sie sich wohl getäuscht haben.

»Ist das etwa meine Schwägerin?«, ertönte plötzlich Montroses Stimme in ihrem Ohr.

Francesca fuhr vor Schreck zusammen. Sie hatte gar nicht bemerkt, dass Neil hinter sie getreten war. Connie stand immer noch bei ihren Freunden, schaute aber in diesem Moment zu Francesca herüber und winkte. Francesca sah, dass das Gesicht ihrer Schwester ebenfalls einen ungläubigen Ausdruck trug. »Guten Abend, Neil«, sagte sie, ergriff spontan seine Hände und küsste ihn auf die Wange.

Er wich überrascht zurück. Aber wer konnte es ihm verdenken? Seit Jahren hatte sie sich in seiner Gegenwart immer nur in ein stotterndes, stammelndes Etwas verwandelt, und erst wenige Wochen zuvor hatte sie ihn und seine Geliebte in flagranti erwischt. »Sollte das wirklich meine Schwägerin Francesca sein?«, fragte er und lächelte amüsiert.

»Ich bin immer noch ganz die Alte. Lass dich bloß nicht von diesem Kleid täuschen. Wie geht es dir, Neil?«

Bei dieser Frage wich der amüsierte Ausdruck aus seinem Gesicht. »Ausgezeichnet. Danke der Nachfrage«, erwiderte er.

Sie hakte sich bei ihm unter, und sie spazierten gemeinsam durch den Raum. Kellner in weißen Jacken servierten mit Champagner oder Punsch gefüllte Gläser, andere reichten Platten mit Horsd'oeuvres herum. Das Abendessen war für zwanzig Uhr vorgesehen und sollte im angrenzenden Raum serviert werden, wo fünfzig Tische mit weißen Decken, Blumen, Tafelsilber und Gläsern darauf auf die Gäste warteten. Einige Männer riefen Neil Begrüßungsworte zu, als sie vorübergingen, und Francesca wurde sich der Blicke bewusst, die auf sie gerichtet waren. »Du machst aber nicht den Eindruck, als ginge es dir gut«, erklärte sie rundheraus. »Neil, sag, starren die Leute mich etwa an?«, fuhr sie dann fort.

Sie blieben stehen, und er schenkte ihr ein Lächeln. »Natürlich starren sie dich an. Du bist heute Abend die schönste Frau in diesem Raum, Francesca.«

Francesca bemerkte den bewundernden Blick, mit dem auch ihr Schwager sie musterte, und in diesem Augenblick wurde ihr bewusst, wie sehr sie sich verändert hatte. Vor gar nicht allzu langer Zeit noch war sie hoffnungslos vernarrt in Neil gewesen. Tatsächlich war sie seit ihrer ersten Begegnung – die nur Minuten nach seinem ersten Zusammentreffen mit Connie stattgefunden hatte – in ihn verliebt gewesen. Jahrelang hatte Francesca ihn angebetet. Und das bis einige Wochen zuvor, als sie hinter sein niederträchtiges und unerhörtes Geheimnis gekommen war.

»Weißt du, vor einem Monat noch hätte ich mich darum gerissen, solch bewundernde Worte von dir zu hören.«

»Du hast dich verändert«, stimmte er ihr zu. »Aus dem kleinen Mädchen ist eine reife und selbstbewusste Frau geworden.«

Francesca errötete. »Vielen Dank, Neil. Aber ich würde lieber über dich sprechen.«

Seine Augen verdunkelten sich. »Du hast dich offenbar doch nicht verändert. Ich habe keine Lust, mit dir über mich oder meine persönlichen Angelegenheiten zu reden. Bitte mische dich dieses eine Mal nicht ein!«

»Ich möchte doch nur helfen, Neil.«

Er warf ihr einen düsteren Blick zu, und Francesca ahnte, dass er daran dachte, dass sie diejenige gewesen war, die Connie von seiner Affäre erzählt hatte – auch wenn diese es bereits vermutet und Francesca aufgefordert hatte, ihr alles zu enthüllen, was sie wusste. Aber er schwieg.

»Gibt es irgendetwas, das ich tun kann?«, drängte sie.

»Eigentlich nicht«, erwiderte er. Plötzlich erstarrte er, und ein grimmiger Ausdruck erschien auf seinem Gesicht.

Francesca drehte sich um, um herauszufinden, was der Grund dafür war, und erblickte Hart, der gerade bei Connie und ihrer Gruppe stehen blieb.

Hart küsste Connie die Hand und brachte sie mit irgendetwas, das er gesagt hatte, zum Lächeln. Neil setzte sich sofort in Bewegung.

Francesca ergriff seinen Arm und hielt ihn zurück. »Neil, du musst dir um Hart keine Sorgen machen.«

»Ach nein? Wir werden das heute Abend klären, dafür werde ich sorgen.«

»Neil! Hör mir zu«, sagte Francesca mit leiser, flehentlicher Stimme. »Ich habe mit Hart gesprochen. Er wird Connie nicht nachstellen; da bin ich mir ganz sicher.«

Neil wandte den Blick von seiner Frau und Hart ab und blickte Francesca verständnislos an. »Wie bitte?«, fragte er. Francesca wiederholte, was sie gesagt hatte.

»Und du glaubst ihm? Dieser Mann weiß doch gar nicht, was das Wort Moral bedeutet. Er ist ein Lügner durch und durch. Er spürt, dass Connie zurzeit anfällig ist für seine Avancen, und stellt ihr rücksichtslos nach«, erwiderte er mit funkelnden Augen.

Francesca, die noch immer seinen Arm festhielt, fühlte, wie ein Zittern durch seinen Körper lief. »Du liebst Connie wirklich, nicht wahr?«

Er blickte sie an. »Ja, das tue ich. Und Gott steh mir bei – ich habe sie verloren.«

Seine Worte und, schlimmer noch, sein Tonfall, ließen sie erschrecken. »Connie liebt dich auch, Neil. Aber sie benötigt etwas Zeit, um ihre Gefühle wieder zu entdecken. Sie ist sehr verletzt.«

»Glaubst du, ich wüsste das nicht? Gott, ich wünschte, ich könnte das, was ich getan habe, ungeschehen machen!«, rief er voller Verzweiflung.

Francesca konnte nicht anders, sie musste die Frage einfach stellen, als sie sein gequältes Gesicht sah. »Warum bist du zu einer anderen Frau gegangen, Neil?«

Sofort nahm sein Gesicht einen verschlossenen Ausdruck an. »Das geht dich nichts an«, sagte er, befreite seinen Arm aus ihrem Griff und machte sich auf den Weg zu seiner Frau, die noch immer bei Hart und den anderen stand.

Francesca schaute ihm nach und bemerkte, dass Hart sie anstarrte. Als sich ihre Blicke trafen, drehte er ihr den Rücken zu. Ihr Herz klopfte unwillkürlich schneller.

Sie versuchte sich zusammenzureißen. Hart war wirklich der letzte Mensch, dem sie in diesem Moment begegnen wollte. Aber sie musste ihre Entschuldigung hinter sich bringen und – was viel wichtiger war – verhindern, dass es zu einer Auseinandersetzung zwischen ihm und Montrose kam. Mit diesem Gedanken eilte Francesca ihrem Schwager nach.

Sie sah, wie Montrose zu Connie hinüberging und ein wenig grob den Arm um sie legte, woraufhin Connie scharf den Atem einsog. »Hart«, grüßte er kühl.

Hart seufzte mit gespielter Resignation. »Montrose.« Er hatte Francesca immer noch halb den Rücken zugekehrt.

Als Francesca die Gruppe erreichte, rief sie: »Connie!« und trat genau zwischen die beiden Männer, die beide sehr groß und kräftig waren, so dass sie sich vorkam, als habe sie sich zwei Zügen in den Weg gestellt, die aufeinander zurasten. »Du siehst heute Abend ganz hinreißend aus!«, fuhr sie betont fröhlich fort. In Wahrheit hatte sich Francesca noch nicht einmal die Mühe gemacht, von der Farbe ihres Kleids Notiz zu nehmen. Jetzt sah sie, dass es türkisfarben war, genau wie Neils Augen.

Francesca spürte, dass Connie besorgt war, aber sie lächelte und ließ die Welt wieder einmal nicht merken, was wirklich in ihr vorging. »Francesca, bist du das?«, fragte sie lächelnd.

Sie hatte genau die gleichen Worte wie Julia benutzt. »Ja, ich bin es«, antwortete Francesca. Sie war sich sehr wohl bewusst, dass Hart hinter ihr stand und sich seine Augen in ihren Rücken bohrten. Obwohl sie sich eigentlich bereits ein wenig an das gewagte Kleid gewöhnt hatte, fühlte sie sich jetzt wieder halb nackt. Sie nahm einen tiefen Atemzug und drehte sich um. »Guten Abend, Calder.«

Er warf ihr einen kühlen Blick zu und musterte sie auf eine unhöfliche und desinteressierte Weise von Kopf bis Fuß.

Francesca war schockiert.

Nicht so sehr von seiner Kälte, sondern von seinem unhöflichen Blick – es war der Blick eines Mannes, der an Sex interessiert war und dann zu dem Schluss kam, dass das, was er sah, der Mühe nicht wert war. Es war ganz so, als begutachte er ein Stück Fleisch, um sich dann dagegen zu entscheiden.

»Miss Cahill.« Er nickte kurz, ohne sich ein Lächeln abzuringen, drehte sich dann um und schritt davon.

Francesca blickte ihm mit offenem Mund nach.

Eine der Damen kicherte nervös, jemand anderes raunte: »Du liebe Zeit!«

»Fran? Was sollte das?«, fragte Connie erstaunt.

Zu ihrer eigenen Überraschung traten Francesca die Tränen in die Augen. Sie hörte kaum, was ihre Schwester sagte und eilte Hart nach. »Warten Sie!«

Er schien einen Moment lang zu zögern, ging dann aber einfach weiter.

»Hart! So warten Sie doch, verflixt noch mal!«, rief sie.

Endlich blieb er stehen und drehte sich um. Die Muskeln in seinem Kiefer bewegten sich rhythmisch, als versuche er seine eigenen Zähne zu zermahlen.

Sie war ganz außer Atem, als sie ihn erreichte. »Es tut mir Leid.«

Er starrte sie an. »Wirklich?«

»Ja, es tut mir Leid«, wiederholte Francesca und bemerkte, dass sie vor Aufregung schwitzte. »Aber Sie haben sich auch wirklich anmaßend benommen.«

Schweigend wandte er sich zum Gehen.

Sie packte ihn am Arm. »Sie haben sich aufgeführt, als ob –«

»Ich habe lediglich versucht, Ihre Tugendhaftigkeit zu verteidigen«, unterbrach Hart sie mit scharfer Stimme. »Töricht von mir, nicht wahr?«

»Meine Tugendhaftigkeit muss nicht verteidigt werden«, erwiderte sie trotzig und nervös zu gleich.

»Meiner Ansicht nach schon«, sagte er. »Und dummerweise wollte ich Sie auch noch davor bewahren, einen riesigen Fehler zu begehen, der nur mit einem gebrochenen Herzen enden kann.«

Francesca biss sich auf die Unterlippe. »Ich bin eine erwachsene Frau.«

»Nein, das sind Sie nicht.«

Sie starrte ihn an und wollte protestieren.

»Ein rotes Kleid macht noch lange keine erwachsene Frau, Francesca«, sagte er.

Seine Worte verletzten sie.

Und er schien es zu bemerken, denn sein Gesichtsausdruck wurde weicher. »Sie sehen heute Abend wunderschön aus, aber Sie sind keine erwachsene Frau.«

352

»Ich bin zwanzig Jahre alt«, sagte sie.

»Und stecken Ihre Nase in Bücher und schweben in höheren Regionen.«

»Sie sind ein Skeptiker!«

»Ja, das bin ich.«

Sie starrten einander an.

»Calder, ich bin Ihnen sehr dankbar, dass Sie mich beschützen wollen. Ich habe übertrieben reagiert. Können wir bitte vergessen, was geschehen ist?« Sie verstummte.

Sein Blick wanderte über das Mieder ihres Kleides hinweg.

Francesca stand ganz still da. Auf diese Weise hatte er sie noch nie angesehen! Es lag nichts Abschätziges mehr in seinem Verhalten, und wahrscheinlich wusste er nicht einmal, dass sich seine Augen wie von einem Magneten angezogen auf ihr Dekolleté richteten. Sie hätte am liebsten die Arme vor der Brust verschränkt, aber das wäre unreif und kindisch gewesen, und nach allem, was er ihr an den Kopf geworfen hatte, widerstand sie dieser Versuchung.

Stattdessen blieb sie bewegungslos stehen. »Bitte, Calder.« Das Sprechen fiel ihr schwer. Sein Blick wanderte zu ihren Augen hinauf. »Wir sind doch Freunde. Und unsere Freundschaft ist mir wichtig. Ich weiß auch nicht, welcher Teufel mich da geritten hat. Ich habe noch niemals zuvor irgendjemanden geschlagen. Können wir bitte vergessen, was geschehen ist?«

Er schaute sie an, und es schien eine halbe Ewigkeit zu dauern, bis er antwortete. Schließlich sagte er: »Ich möchte Ihre Freundschaft nicht verlieren, aber wagen Sie es ja nicht, mich noch einmal zu schlagen, Francesca, sonst werden Sie es bereuen.«

Francesca bekam eine Gänsehaut, denn die Drohung in seiner

Stimme war nicht zu überhören gewesen. Sie starrte ihn an. Was würde er wohl tun, wenn sie ihm eine weitere Ohrfeige gab? Obwohl sie es natürlich nicht zu tun gedachte. Sie schüttelte den Kopf in der Hoffnung, dass sich ihre Verwirrung dadurch legen würde. »Calder, ich werde Sie niemals wieder schlagen«, versprach sie.

»Das wäre auch besser so.«

»Und ...« Sie zögerte einen Moment lang, gab dann aber ihrem Impuls nach und berührte ihn am Ärmel. »Ich weiß, dass Sie es gut gemeint haben. Ich –« Sie verstummte.

Hart hörte ihr gar nicht zu. Er blickte auf ihre Beine, und es schien beinahe so, als könne er durch den Stoff hindurchsehen, der sich eng um ihren Körper schmiegte.

Was hatte sie sich nur dabei gedacht, ein solches Kleid zu tragen?

»Hart?«

Sein Blick wanderte wieder zu ihrem Gesicht hinauf, und Francesca hätte schwören können, dass er errötete. »Ja?«

»Also sind wir Freunde?«, fragte sie mit heiserer Stimme.

»Ja, wir sind Freunde.«

Ihre Blicke senkten sich ineinander. Plötzlich verspürte Francesca den Drang, sich vor ihm zu drehen und ihn zu fragen, wie ihm ihr Kleid gefiel. Sie wäre so gern kokett gewesen und wollte ihn aufziehen, wollte mit den Hüften schwingen und die Verführerin spielen, aber ihr zweites Ich, ihr wahres Ich, der Blaustrumpf, die Reformistin, wusste, dass sie es niemals wagen würde. Denn sie hätte schon eine ziemliche Närrin sein müssen, um nicht zu bemerken, dass sich etwas zwischen ihnen verändert hatte und plötzlich etwas Dunkles, Furcht Einflößendes zwischen ihnen stand.

Und Hart war kein Mann, mit dem man spielte.

Wer sich in Gefahr begibt, kommt darin um – genau das hatte Francesca Connie bereits zu erklären versucht.

Plötzlich veränderte sich Harts Blick, und jegliches Gefühl, das er möglicherweise empfand, verschwand daraus. Es war beinahe so, als hätte sich seine Seele in einen Schleier gehüllt. »Nun, dies könnte Ihr Glücksabend werden«, sagte er, schaute ihr über die Schulter und lächelte verkrampft.

Sein Tonfall gefiel Francesca ganz und gar nicht. Zögernd drehte sie sich um.

Hinter ihr stand Bragg und starrte sie an. Wie viel von ihrem Gespräch mochte er wohl mitbekommen haben?

KAPITEL 15

DIENSTAG, 11. FEBRUAR 1902 – 19.30 UHR
Francesca vergaß Hart sogleich, der sich mit schnellen Schritten entfernte. Sie lächelte Bragg an, doch er erwiderte ihr Lächeln nicht. »Ich habe den ganzen Tag über versucht, Sie zu erreichen«, sagte sie nervös. Sie rief sich in Erinnerung, dass sie nicht Böses getan hatte – aber warum fühlte sie sich dann wie ein Dieb, den man in flagranti vor dem geöffneten Banktresor erwischt hatte?

Sein Blick wanderte von ihrem Gesicht über ihr Kleid und wieder zurück zu ihren Augen. »Was geht da zwischen Ihnen und Hart vor sich?«

Francesca erstarrte. »Nichts«, antwortete sie. »Wie lange sind Sie schon da?«

»Lange genug, um zu erkennen, dass er Sie mit diesem gewissen Blick ansieht, den er für Frauen reserviert hat, die ihm reizvoll erscheinen«, erwiderte Bragg wütend. Seine Augen hatten sich verdunkelt und wirkten jetzt beinahe schwarz. »Wenn Sie glauben, dass auch er ein Freund für Sie sein kann, dann unterschätzen Sie ihn gewaltig.«

Francesca starrte ihn bestürzt und wütend zugleich an. Sie fühlte sich in die Defensive gedrängt.

»Bragg, wir sind wirklich nur Freunde!«, rief sie. Doch nachdem sie die Worte ausgesprochen hatte, kam sie sich nun auch noch wie eine Lügnerin vor. »Außerdem hat er mir

356

gerade erklärt, dass ein rotes Kleid noch keine erwachsene Frau aus mir macht.«

Bei dem Gedanken daran errötete sie. Aber natürlich war sie nicht die Art von Frau, die einen Mann mit Harts Vergangenheit zu beeindrucken vermochte.

»Und er benimmt sich Ihnen gegenüber obendrein unhöflich und beleidigend«, sagte Bragg, doch sein Gesicht nahm einen etwas weicheren Ausdruck an. »Sie sind ganz offensichtlich eine erwachsene Frau, Francesca.« Jetzt war es an ihm zu erröten, wie Francesca zu ihrer Überraschung feststellte. »Als ich diesen Raum betrat, wurden meine Augen magisch von Ihnen angezogen. Im ersten Moment habe ich Sie gar nicht erkannt.« Er lächelte, aber es war ein grimmiges Lächeln.

Sie trat näher auf ihn zu. Bei der Wahl des Kleides hatte sie nur an ihn gedacht, hatte sich vorgestellt, wie er reagieren würde, wenn er sie darin sah, und nun war sie furchtbar enttäuscht. »Sie mögen mich nicht in diesem Kleid«, konstatierte sie, denn genau zu dieser Erkenntnis war sie in diesem Augenblick gekommen.

»Aber nein, so ist das nicht«, erwiderte er rasch.

»Ich kann es an Ihren Augen ablesen«, beharrte sie bestürzt.

Bragg zögerte. »Wie sollte ich Sie in einem solchen Kleid nicht mögen? Jeder Mann in diesem Raum schaut sich nach Ihnen um, weil er Sie bewundert.«

Plötzlich begriff sie, welchen Fehler sie begangen hatte, begriff es nur zu gut. »Sie sind nicht eifersüchtig.« Es war keine Frage, sondern eine Feststellung.

»Nein.«

Sie begann zu zittern. »Sie bewundern die Reformistin in mir, den Blaustrumpf, sogar die Kriminalistin.«

Ein kleines Lächeln umspielte seine Lippen. »Francesca, bitte missverstehen Sie mich nicht.«

»O nein, das tue ich nicht«, flüsterte sie. »In diesem Kleid bin ich nicht ich selbst – und wir beide sind die Einzigen, die das wissen.«

Ihre Blicke senkten sich ineinander. »Ja«, sagte er schließlich mit leiser Stimme. »Sie sind kein Vamp.«

Sie starrte ihn fassungslos an. Er hatte ja so Recht – sie war kein Vamp und würde auch nie einer sein. Aber das war ihm gleichgültig, denn er liebte die Frau, die sie wirklich war. Wie kam es nur, dass er sie so gut kannte? Wie kam es nur, dass sie in Momenten wie diesen seine Gedanken zu lesen vermochte? »Es ist schon eigenartig«, sagte sie schließlich mit bedächtiger Stimme. »Als ich mir den Schnitt, den Stoff und die Farbe dieses Kleides aussuchte, da habe ich mir den Ausdruck in Ihren Augen vorgestellt, wenn Sie mich zum ersten Mal darin sehen würden. Aber ich habe mich nie darin wohl gefühlt, weder bei den Anproben noch als es dann fertig war.«

»Der Ausdruck in meinen Augen wird immer der gleiche sein, wenn es um Sie geht«, antwortete er ruhig. »Sie könnten Lumpen tragen, und er würde sich nicht ändern.«

Das war wieder einmal ganz und gar nicht die Reaktion, auf die sie eigentlich gehofft hatte, doch andererseits war sie viel besser. In diesem Augenblick schämte sich Francesca schrecklich, weil sie Hart auch nur für einen einzigen Augenblick verführerisch gefunden hatte. »Wie konnte das nur geschehen, Bragg? Meine Welt hat sich über Nacht verändert. Ich war eine Reformistin und eine Studentin, und nun ist nichts mehr, wie es einmal war.«

Er lächelte. »Das Leben nimmt nun einmal ohne Vorwarnung die seltsamsten Wendungen. Aber es gibt nichts, was Sie davon abhalten sollte, wieder einzig und allein eine Reformistin und eine Studentin zu sein, Francesca.«

Sie stemmte die Hände auf die Hüften. »Hören Sie, Bragg, was halten Sie von einem kleinen Spaziergang? Ich habe nämlich den ganzen Tag über versucht Sie zu erreichen, da ich eine Entdeckung gemacht habe, die für unsere Ermittlungen von Bedeutung sein könnte.« Bei diesem Thema fühlte sie sich sogleich sehr viel wohler.

Er seufzte und verdrehte die Augen, aber er lächelte – ganz offenbar war er ebenfalls erleichtert, über weniger persönliche Dinge reden zu können. »Ich bin froh, dass die Frau, die ich so mag, selbst in diesem Kleid wieder zum Vorschein kommt!«

»Sie war nie verschwunden, Bragg.«

Er nahm ihren Arm, und als sie gemeinsam den Raum durchquerten, bemerkte Francesca, dass sich einige Köpfe in ihre Richtung drehten. Sie ignorierte die Blicke und sagte: »Bragg, vielleicht hat es ja gar nichts zu bedeuten, aber meine Klientin, Lydia Stuart, ist gerade frisch verheiratet. Und einen Monat nach ihrer Hochzeit wurde ihre Schwiegermutter ermordet. Da sie in New York begraben wurde, vermute ich, dass sie auch hier ermordet wurde. Aber bis vor kurzem lebten die Stuarts noch in Philadelphia, also könnte ich mich in diesem Punkt auch täuschen.«

Er blieb stehen und schaute sie mit großen Augen an. »Auf welche Art wurde sie denn ermordet?«

»Es geschah angeblich bei einem Einbruch. Sie hat einen Dieb auf frischer Tat ertappt, und er hat sie erstochen. Offenbar hat er Schmuck gestohlen, ist aber bisher noch nicht gefasst worden.«

»Nun, ich bezweifle, dass die Morde etwas miteinander zu tun haben. Allerdings flüchten die meisten Diebe ohne die Beute, wenn sie überrascht werden, und begehen keinen Mord. Merkwürdig ist allerdings, dass Sie die Kutsche der Stuarts nach der Beerdigung vor der Kirche gesehen haben. Lincoln Stuart war den ganzen Tag über in Besprechungen, so dass ich bisher noch nicht die Gelegenheit hatte, mich mit ihm zu unterhalten. Ich habe aber Mrs Stuart einen Besuch abgestattet. Sie behauptet, dass sie gestern unter Migräne gelitten habe und zu Hause geblieben sei und dass ihr Mann die Kutsche benutzt habe.« Er schwieg für einen Augenblick und fügte dann hinzu: »Ich habe die beiden übrigens eben hier gesehen.«

»Sie sind hier?«, fragte Francesca überrascht.

»Ja, das sind sie, und Mrs Stuart sprudelt förmlich über vor Glück, dass sie eingeladen wurde. Ich habe es zufällig mit angehört.«

»Ja, Sarah und Bartolla haben sie während unseres Besuchs heute Nachmittag eingeladen. Aber ich hätte nicht gedacht, dass Mrs Stuart der Einladung Folge leisten würde. Sie hatte mir eigentlich zu verstehen gegeben, dass sie nicht zu dem Ball kommen wollte, Bragg.« Als Francesca einen Blick über seine Schulter warf, begegnete sie dem Blick eines gut aussehenden, blonden Herrn, der sie anlächelte. Sie schaute weg, ohne sein Lächeln zu erwidern.

Dabei fiel ihr Blick auf Bartolla, die inmitten einer Gruppe von sechs Herren stand, die mit ihr scherzten und sie bewundernd anblickten. Francesca war nicht überrascht, dass auch Evan zu dieser Gruppe gehörte. Als dann allerdings zwei dieser Herren zu ihr herüberblickten, obwohl sie ein ganzes Stück weit entfernt stand, war Francesca doch sprachlos.

Im selben Moment drehte sich Bartolla um, als wolle sie nachschauen, wodurch ihre Bewunderer abgelenkt wurden, und lächelte Francesca ebenfalls zu.

Sie erwiderte das Lächeln und schaute dann wieder Bragg an.

»Ob ich wohl heute Abend die Blicke auf mich ziehe, weil jeder vermutet, dass die echte Francesca Cahill lieber ihre Nase in ein Buch stecken würde, als an einer solchen Abendgesellschaft teilzunehmen?«, fragte sie nachdenklich. Oder lieber in höheren Regionen schweben würde, fügte sie in Erinnerung an Harts Worte in Gedanken hinzu. »Vielleicht machen sich die Leute über mich lustig, weil ich mich wie eine Verführerin gekleidet habe. Ich mache mich doch hoffentlich nicht zum Narren?«

»Aber nein.« Er nahm erneut ihren Arm und hakte ihn fest bei sich unter. »Francesca, wie sollten Sie sich jemals zum Narren machen? Ist Ihnen übrigens schon aufgefallen, dass Sie auf gewisse Weise doppeltes Aufsehen erregen? Zum einen sind da all die Junggesellen, die gern wissen möchten, wer Sie sind und warum sie Sie bisher noch nicht entdeckt hatten, und zum anderen die Frauen, die furchtbar eifersüchtig sind.« Untergehakt verließen sie den Ballsaal. »Ihre neue Freundin, Bartolla Benevente, hat ihre Krallen auch schon ausgefahren.«

Francesca blinzelte. Sie konnte nicht anders, sie musste sich einfach umdrehen. Bartolla stand immer noch plaudernd und kokettierend inmitten ihrer Bewunderer da; Francesca konnte ihr ansteckendes Lachen quer durch den Raum hören. Doch aus dem Augenwinkel blickte die Gräfin immer noch zu Francesca und Bragg hinüber. »Ich hoffe, Sie täuschen sich«, sagte Francesca. »Das hoffe ich wirklich. Ich mag Bartolla irgendwie, wir sind uns in gewisser Weise recht ähnlich. Und außerdem sind wir jetzt Verbündete – wir beide wollen Sarah und meinen Bruder aus den Ketten ihrer Verlobung befreien.«

»›Den Ketten ihrer Verlobung?‹ Übertreiben sie da nicht ein wenig? Sarah könnte das Beste sein, das Ihrem Bruder jemals zugestoßen ist.«

Ehe sie mit Bragg die Bibliothek betrat, wo bereits zwei Herren in ein leises Gespräch vertieft waren, schaute Francesca ein letztes Mal über ihre Schulter zurück in den Ballsaal. Sie sah, dass Hart mit unbewegtem Gesicht zu ihr und Bragg herüberstarrte. Als sich ihre Blicke begegneten, wandte er sich ab und schritt davon.

»Sollte Hart jemals einen unschicklichen Annäherungsversuch bei Ihnen wagen, werde ich ihm eigenhändig das Genick brechen«, erklärte Bragg mit scharfer Stimme, der seinen Bruder ebenfalls gesehen hatte.

Francesca, die einen Augenblick lang wie erstarrt dagestanden hatte, wirbelte herum. »Bitte reden Sie nicht so! Er ist Ihr Bruder.«

»Mein Halbbruder, und er hat nichts als Schwierigkeiten bereitet, seit …« Er verstummte erbost.

»Seit wann, Bragg? Seit er auf der Welt ist?«

»Lassen wir das.«

»Ich möchte, dass Sie beide Freunde werden.«

»Das wird niemals geschehen.«

»Sie wollten doch aber nicht, dass er wegen des Mordes an Randall angeklagt und verurteilt wird!«, rief sie.

362

Bragg seufzte. In diesem Augenblick verließen die beiden Herren die Bibliothek und warfen ihnen ein freundliches Lächeln zu. »Wenn er schuldig gewesen wäre –«, hob Bragg an.

Sie schnitt ihm das Wort ab. »Er war es aber nicht.«

Sie blieben in der Mitte des großen Raumes stehen, in dem es mehrere Sitzbereiche und eine Bücherwand gab. »Warum verteidigen Sie ihn immer?«, fragte Bragg zu Francescas Überraschung.

Sie zögerte und fragte dann: »Sind Sie etwa eifersüchtig auf ihn?«

»Ja, das bin ich«, erwiderte er nach einer Weile. »Weil er ungebunden ist und ich nicht, wie Sie wissen.«

Francesca musste unwillkürlich lächeln.

»Es scheint Sie ja zu freuen, dass ich eifersüchtig bin.« Seine Brauen wanderten in die Höhe, aber sie erkannte, dass seine gute Laune die Oberhand gewann.

»Allerdings«, erwiderte sie. »Wo haben Sie eigentlich den ganzen Tag gesteckt?«

»Ich hatte mehrere Besprechungen, Francesca. Die Ermittlungsarbeit gehört nämlich normalerweise nicht zu meinen täglichen Pflichten. Wir haben übrigens heute Morgen den Brief gefunden, den Lizzie O'Brien kurz vor Marys Tod an sie geschrieben hat. Ich habe Newman nach Philadelphia geschickt. Wenn sie immer noch unter dieser Adresse zu finden ist, könnte es sein, dass wir noch heute Abend von ihm hören werden.«

Francesca sah ihn aufgeregt an. »Wird er sie mit nach New York bringen?«

»Nur wenn ein zwingender Grund vorliegt. Er hat den Auftrag, sie sorgfältig zu befragen, falls er sie findet, und er weiß, wo er mich erreichen kann.«

Francesca nickte. In diesem Moment ging draußen im Flur eine Frau an der geöffneten Bibliothekstür vorbei, und Bragg stand plötzlich wie vom Donner gerührt da. Dann ließ er Francesca einfach stehen und eilte in den Flur hinaus, um der Frau nachzublicken.

Francesca überkam ein unbehagliches Gefühl. Sie folgte Bragg rasch, blieb im Türrahmen stehen und blickte um die Ecke. Am Ende des Flurs sah sie eine sehr zierliche Frau mit tiefschwarzem Haar, die soeben um die Ecke bog.

Das Unbehagen verwandelte sich in Angst. »Bragg? Kennen Sie diese Frau?«

Er schüttelte den Kopf, aber auf seinen Wangen hatten sich zwei unübersehbare rote Flecken gebildet.

»Sie sind ja ganz durcheinander«, flüsterte sie besorgt. Wer mochte diese Frau bloß sein?

»Nein, nein, alles in Ordnung.« Er schenkte ihr ein Lächeln, aber es wirkte gezwungen. »Einen Moment lang dachte ich, es sei Leigh Anne. Auf den ersten Blick sah ihr diese Frau wirklich sehr ähnlich.«

Francesca starrte ihn an und sagte mit gepresster Stimme: »Aber Sie haben sie doch nur ganz kurz gesehen und das auch bloß von hinten. Sind Sie sich auch ganz sicher, dass sie es nicht war?«

»Leigh Anne ist noch kleiner und hat hellere Haut. Und ich konnte das Profil dieser Frau sehen. Nein, sie war es nicht, und außerdem würde sie ja auch nicht nach New York kommen.«

Seine Frau war nur eine Zugfahrt weit entfernt.

Sie war in einen verheirateten Mann verliebt.

Wieso vergaß sie das nur immer wieder? Francesca fuhr sich mit der Zunge über die Lippen. »Was hätten Sie getan, wenn sie es gewesen wäre?«

»Wie bitte?« Obwohl seine Stimme recht ruhig geklungen hatte, machte Bragg einen verzweifelten Eindruck – Francesca konnte sich nicht daran erinnern, ihn jemals so gesehen zu haben.

»Was hätten Sie getan, wenn sie es gewesen wäre?«, wiederholte sie.

»Ich verstehe nicht ganz, worauf Sie mit dieser Frage hinauswollen«, erwiderte er kurz angebunden.

Sein Ton war wie ein Schlag ins Gesicht. Sie blickte ihn fassungslos an. So hatte er noch nie mit ihr gesprochen.

Er wandte sich ab und fuhr sich mit der Hand durch das dichte Haar.

»Ist sie denn immer noch in Boston?«, fragte sie mit zitternder Stimme.

Bragg drehte sich wieder um und musterte sie mit einem langen, nicht besonders glücklichen Blick. Dann trat er an ihr vorbei, zog sie in die Bibliothek zurück und schloss die Tür.

»Es tut mir Leid«, sagte er und ergriff ihre Hände. »Ich wollte nicht auf diese Weise mit Ihnen reden. Bitte vergeben Sie mir, Francesca.«

Sie zog ihre Hände weg. »Man könnte meinen, Sie liebten Ihre Frau noch immer.« Ihre Stimme klang selbst in ihren eigenen Ohren pikiert.

»Ich habe sie nie geliebt!«, rief er.

»Aber Sie haben es mir doch selbst gesagt – dass Sie sich Hals über Kopf in sie verliebten, als Sie ihr zum ersten Mal begegneten«, erwiderte sie, und zu ihrer großen Bestürzung stellte sie fest, dass sie den Tränen nahe war.

»Das war nur Begierde«, erklärte er. »Nichts weiter.«

Das war ein weiterer Schlag für sie. »Als Sie mir das erste Mal begegnet sind, wurden Sie aber nicht gerade von Begierde verzehrt«, sagte sie bitter.

Er starrte sie an. »Woher wollen Sie das wissen?«

Francesca erstarrte. »Sie haben mir ja kaum einen Blick geschenkt.«

»Als ich Sie das erste Mal sah, hat das meine ganze Welt auf den Kopf gestellt. Ich habe Sie von der anderen Seite des Raumes aus gesehen, bevor wir einander vorgestellt wurden. Sie sahen wunderschön aus und todunglücklich, als wäre Ihnen dieser ganze gesellschaftliche Firlefanz zuwider. Und nachdem Andrew uns einander vorgestellt hatte, haben Sie mich gleich in eine politische Debatte verwickelt, Francesca.« Für einen kurzen Moment huschte ein Lächeln über sein Gesicht. »Ich erinnere mich an jedes einzelne Wort. Ich habe nichts vergessen. Sie trugen ein überaus schlichtes und züchtiges Kleid, das die Farbe Ihrer Augen hatte.«

Francesca zitterte. »Ist das etwa Begierde?« Sie wusste, dass es nicht so war.

Er presste die Lippen zusammen. »Nein, das ist keine Begierde.«

Sie wandte sich ab.

Er ergriff ihren Arm und zog sie zu sich herum. »Aber das hier ist Begierde, Francesca, zum Teufel noch mal!«

Bevor sie überhaupt richtig begriff, was er tat, riss er sie in seine Arme, legte seinen Mund auf den ihren und zwang ihre Lippen auseinander. Eine Hand glitt an ihrem Rücken hinauf und verharrte in ihrem Nacken, wo sie ihren Kopf festhielt, so dass sie ihn nicht mehr zu drehen vermochte. Sein Kuss wurde immer leidenschaftlicher, und Francesca spürte, wie sie ein Verlangen durchfuhr, das einem Blitzschlag ähnelte. Es ging durch ihren ganzen Körper und entfachte eine glühende Leidenschaft. Als er sich gegen sie drängte, stieß sie rückwärts gegen ein Möbelstück. Einen Augenblick später sanken sie auf ein Sofa.

Sie spürte jeden Zentimeter seiner Erregung an ihrer Hüfte und vor Bestürzung schrie sie leise auf. Dabei vermochte sie nur den einen klaren Gedanken zu fassen: Möge dieser Moment niemals enden!

Bragg umschlang sie mit seinen Armen, legte sich mit seinem ganzen Gewicht auf sie und hob den Kopf. Ihre Blicke senkten sich ineinander, und Francesca sah, dass seine Augen vor Verlangen glühten.

Sie tat einen tiefen, zittrigen Atemzug.

»Versuch nicht noch einmal, mir einzureden, was ich empfinde«, sagte er mit rauer Stimme. »Es ist einzig und allein der große Respekt, den ich für dich empfinde, der mich zurückhält.«

Sie nickte, brachte keinen Ton hervor.

Er bewegte seine Lenden, und Francesca hatte keinerlei Zweifel daran, was diese Bewegung zu bedeuten hatte – er war überaus erregt. Als er auf sie herabstarrte, erwiderte sie seinen Blick, unfähig, sich zu rühren oder an irgendetwas anderes zu denken als an das, was sie fühlte: unbändiges Verlangen, unbezähmbare Erregung.

»Ich habe dich vom ersten Augenblick an begehrt, Francesca, aber ich bin ein Gentleman, und deshalb habe ich es nicht gezeigt.«

Sie nickte und begriff, dass er sich von ihr lösen wollte. Aber das war doch viel zu früh! Rasch legte sie ihre Hand um seinen Hinterkopf. Seine Augen weiteten sich, als Francesca den Kopf hob und mit ihrer Zunge seine Lippen koste.

Er stöhnte leise auf, als sie seinen Mund zunächst ganz sanft mit dem ihren berührte, den Umriss seiner Lippen mit ihrer Zunge nachzeichnete. Als Francesca spürte, wie seine Männlichkeit erneut anschwoll, keuchte sie auf, und als er sich gegen sie presste, drohte sie ihre Erregung zu verschlingen. Sie stöhnte leise auf. Sie brauchte ihn, sie wollte, sie musste ihn jetzt und hier besitzen. Er packte ihr Haar im Nacken und verschlang sie mit seinem Kuss, schob seine Zunge tief in ihren Mund.

Wie aus weiter Ferne nahm Francesca wahr, dass die Tür geöffnet wurde.

Bragg streichelte ihre Brust und liebkoste sie mit den Lippen durch die dünne rote Seide, während sich sein Becken gegen ihren Unterleib drängte. Plötzlich hörte Francesca Schritte, und in ihrem Kopf begannen Alarmglocken zu läuten.

»Bragg –« Sie schob ihn von sich weg.

Er erstarrte und sprang dann wie von der Tarantel gestochen auf.

Francesca drehte den Kopf und erblickte Bartolla, die mitten im Raum stand und sie anblickte. Die Gräfin lächelte, drehte sich um und schritt aus dem Zimmer.

Francesca setzte sich auf. Ihr Haar ergoss sich wie ein Umhang über ihre Schultern.

Bragg blickte von der Tür, die Bartolla wieder hinter sich geschlossen hatte, mit großen Augen zu Francesca, als sei er erstaunt, sie zu sehen. Dann wurden seine Augen noch größer, als er registrierte, wie zerzaust sie aussah – oder lag es vielleicht daran, dass ihm klar wurde, was sie soeben getan hatten?

»Verflucht!«, sagte er.

Es war der schlimmste Kraftausdruck, den er in ihrer Gegenwart jemals benutzt hatte, und doch wurde er den Umständen wohl kaum gerecht. Francesca begann hysterisch zu lachen.

Leider war es ihr nicht gelungen, unentdeckt ins Badezimmer zu schlüpfen. Ein Herr und eine Dame, die Francesca nicht kannte, hatten ihr mit offenen Mündern nachgestarrt, als sie Hals über Kopf den Flur entlangrannte. Ihre Frisur war ruiniert, aber viel schlimmer war, dass ihre Wangen ganz gerötet und fleckig waren – wahrscheinlich von Braggs Bartstoppeln. Zum Glück hatte sie die Geistesgegenwart besessen, einige Haarnadeln aufzusammeln, bevor sie aus der Bibliothek geflüchtet war, und als sie jetzt vor dem Spiegel stand, gelang es ihr, das Haar mit den Fingern durchzukämmen und es dann zu einem straffen Nackenknoten zusammenzustecken. Vielleicht würde Connie es ja schaffen, etwas an ihrem unmöglichen Aussehen zu verbessern.

Schwer atmend hielt sie bei ihren Bemühungen inne, starrte sich im Spiegel an und ließ die Arme sinken. Sie erkannte sich selbst kaum wieder.

Zwar lag sie nicht mehr in Braggs Armen, aber sie vermochte an nichts anderes mehr zu denken. Ihr Herz raste, und sie schien nicht normal atmen zu können. Ihre Haut kribbelte, ihr Körper bebte. Die Frau, die ihr aus dem Spiegel entgegenblickte, war ganz augenscheinlich höchst erregt.

Was sollte sie nur tun?

Ein Schauer durchlief sie, aber es war ein köstliches Gefühl. Francesca versuchte, ihr Mieder zurechtzurücken, doch es wollte einfach nicht mehr richtig sitzen, und schließlich gab sie auf. Dann strich sie über ihren Rock, atmete einmal tief durch, um Mut zu schöpfen und verließ das Badezimmer. Sie musste unbedingt Bartolla finden und sie um Diskretion bitten.

Zugleich fürchtete sie sich vor dem, was sie erwartete.

Der Ballsaal war inzwischen bis zum Bersten gefüllt; sicher würde man schon bald die Gäste bitten, ihre Plätze für das Abendessen im Nebenraum einzunehmen. Da die Cocktail-Stunde noch nicht vorüber war, tranken die Leute Champagner, knabberten Leckereien und unterhielten sich in kleinen und großen Gruppen miteinander. Dennoch war es nicht schwer, Bartolla ausfindig zu machen. Wie immer war sie umringt von mehreren Herren.

Als Francesca sich ihr näherte, spürte sie, wir ihr die Hitze in die Wangen stieg. Evan stand so dicht neben der Gräfin, dass sich ihre Hüften zu berühren schienen. Als er Francesca erblickte, begann er zu lächeln, doch dann schienen ihm fast die Augen aus dem Kopf zu fallen, und er starrte sie ungläubig an. Francesca straffte unwillkürlich die Schultern.

Ihr Bruder trat ihr entgegen. »Was ist denn mit dir passiert?«, fragte er. »Du siehst aus, als kämst du geradewegs aus dem Heu!«

»Nichts ist passiert«, log Francesca nervös. »Bitte, Evan, nicht jetzt!«

»Ich werde den Kerl umbringen, der dich in diesen Zustand versetzt hat«, drohte er.

Sie ergriff seine Hand. »Nein. Du wirst dich um deine eigenen Angelegenheiten kümmern, Evan, und endlich einsehen, dass deine kleine Schwester erwachsen ist.«

Er erstarrte.

»Tu mir bitte den Gefallen«, fügte sie hinzu.

Er zögerte. »Sag mir nur, wer es gewesen ist.«

Sie ignorierte ihn und ging auf Bartolla zu. »Hätten Sie wohl einen Moment Zeit für mich?«

Bartolla strahlte, als hätte sie Francesca nicht erst wenige Minuten zuvor in einer überaus kompromittierenden Situation erwischt. »Gewiss.« Sie entschuldigte sich und entfernte sich mit Francesca von der Gruppe der Herren.

»Bartolla, ich flehe Sie an, nichts von dem, was Sie gesehen haben, weiterzuerzählen!«, flüsterte Francesca.

Bartolla lächelte. »Es freut mich, dass Sie sich amüsieren, Francesca, es freut mich wirklich.«

»Aber Ihre Lippen sind versiegelt?«, fragte Francesca.

»Aber natürlich sind sie das, meine Liebe. Wir sind doch jetzt Freundinnen, und meine Freundinnen verrate ich nie.«

Francesca war unendlich erleichtert. »Ich danke Ihnen.«

Bartolla nahm ihre Hand und drückte sie. »Aber ich hoffe, dass Sie bereit sind für das, was Sie da tun. Sich mit einem verheirateten Mann einzulassen, ist ein sehr gefährliches Unterfangen für eine junge, unverheiratete und unerfahrene Frau wie Sie.«

Francesa spürte, dass sie errötete. »Ich mache doch gar nichts.«

»Wirklich? Da habe ich aber eben etwas anderes gesehen«, erwiderte Bartolla amüsiert.

Francesca fühlte sich immer unbehaglicher. Sie hoffte nur, dass sie dieser Frau, die sie eigentlich noch kaum kannte, vertrauen konnte. »Ich meinte damit, dass ich mit ihm befreundet bin, mehr nicht.«

»Sie sind verliebt. Und ihm geht es ebenso. Sie beide werden niemals nur Freunde sein.«

Francesca begann zu zittern und rang die Hände. Aber sie wollte doch in Wirklichkeit ohnehin mehr als nur Freundschaft, warum war sie also so besorgt und ängstlich?

Bartolla tätschelte ihr den Rücken. »Denken Sie nicht zu viel darüber nach, meine Liebe. Aber es wäre schon besser, wenn Sie sich in einen Junggesellen verliebt hätten, einen Mann, der nicht ganz so erfahren ist wie Bragg.«

Francesca wich zurück. Sie spürte, wie die Anspannung ihren Körper ganz starr werden ließ. »Was meinen Sie mit ›erfahren‹? Was hat das zu bedeuten?«

»Es bedeutet, dass er älter ist als Sie, seine Affären gehabt hat und verheiratet ist. Sie sind Jungfrau, was Sie ein wenig zu einem Schulmädchen macht.«

»Was für Affären?«, rief Francesca.

»Ich weiß es nicht genau«, erwiderte Bartolla und zuckte die Schultern. »Ein Mann Ende zwanzig mit einer so erotischen Ausstrahlung hat seine Erfahrungen gemacht, Francesca, das ist alles, was ich damit sagen will.«

Sie sah Bartolla blinzelnd an und wollte ihren Ohren nicht trauen. »Erotische Ausstrahlung?«, flüsterte sie.

Bartolla grinste sie an. »Nun, die hat er doch, nicht wahr? Ich würde es auch einmal gern mit ihm versuchen, wenn Sie Ihren Spaß gehabt haben.«

Francesca starrte die Gräfin ungläubig an.

»Aber natürlich kann ich das nicht – schließlich bin ich mit Leigh Anne befreundet«, fuhr diese lächelnd fort.

»Erzählen Sie mir von ihr«, sagte Francesca zu ihrer eigenen Überraschung. Und plötzlich hörte sie eine innere Stimme, die ihr riet, dieser Frau nicht zu trauen.

»Was möchten Sie denn wissen?«, fragte Bartolla ganz offensichtlich amüsiert.

»Wie ist sie so?«

»Oh, sie ist eine ausgesprochene Schönheit. Hundertmal schöner als ich … oder Sie. Vielleicht liegt es daran, dass sie so klein und zierlich ist. Die Männer umschwärmen sie wie Motten das Licht.«

Francesca war sich sehr wohl bewusst, dass Bartolla versuchte, sie eifersüchtig zu machen, aber sie hatte damit Erfolg.

»Fahren Sie fort.«

»Aber ich glaube, es ist ihr Gesicht, das die Männer am meisten fasziniert. Es ist ein so unschuldiges Gesicht. Herzförmig, mit großen blauen Augen und einem Schmollmund. Männer lieben volle Lippen.« Bartolla zuckte mit den Schultern. »Und dabei besitzt sie nicht den kleinsten Funken Unschuld, aber wenn man sie so ansieht, könnte man meinen, sie sei ein Engel.«

Wundervoll, dachte Francesca, einfach wundervoll! »Wie konnte sie Bragg nur verlassen?«

»Ich weiß es nicht. Sie redet nicht über ihn. Niemals. Und das sagt doch wohl alles, nicht wahr?«

»Was meinen Sie damit, Bartolla?«

»Nun, dass die Leidenschaft noch nicht vorbei ist. Wenn Leigh Anne jetzt, nach all den Jahren, immer noch wütend auf ihn ist, muss da doch noch etwas sein, meinen Sie nicht auch?«

Francesca dachte daran, wie Bragg reagiert hatte, als die

kleine, dunkelhaarige Frau den Flur entlanggegangen war. Plötzlich fühlte sie sich ganz krank. »Ja«, hörte sie sich flüstern. »Es ist wohl immer noch Leidenschaft vorhanden.« Und sie hoffte inständig, dass es leidenschaftlicher Hass war. Bartolla tätschelte ihr erneut den Rücken. »Die beiden haben sich seit vier Jahren nicht mehr gesehen. Ich würde mir an Ihrer Stelle keine Gedanken darüber machen.«

Francesca zwang sich zu einem Lächeln. Dann sah sie, wie sich hinter Bartolla Sarah mit raschen Schritten näherte. Sie lächelte und befand sich zu Francescas Bestürzung in Begleitung von – Calder Hart. Gewiss würde er sofort erkennen, wie aufgewühlt Francesca war, und er würde mit Sicherheit auch sofort den Grund für ihren Zustand ahnen.

»Francesca! Bartolla! Mr Hart hat uns eingeladen, einen Blick auf seine Kunstsammlung zu werfen. Wann immer wir wollen!«, rief Sarah mit einem breiten Lächeln.

Francesca vermochte nicht das kleinste Lächeln zustande zu bringen, als sie von Sarah zu Hart schaute.

Sein Blick wanderte langsam über ihre Züge, um anschließend über ihre Schultern, ihre Brust und ihre Hüften zu gleiten, bis er schließlich ihre Füße erreichte.

Francesca hätte nicht bestürzter sein können. »Aber das ist ja wundervoll, Sarah«, zwang sie sich zu antworten. Ihr war zum Weinen zumute. Aber wohin sollte sie sich zurückziehen, um den Tränen nachzugeben?

»Ihre Schuhe sind schwarz«, verkündete Hart mit gelassener Stimme, als er von ihren Füßen aufschaute.

Francesca hatte keine Gelegenheit mehr gehabt, passende Schuhe zu ihrem Kleid zu bestellen. Ihre schwarzen Pumps waren viel zu schwer für den feinen Stoff, aber sie hatte gehofft, dass es niemand bemerken würde und es inzwischen ganz vergessen. Sie begegnete Harts Blick. »Ja, das sind sie«, erwiderte sie, und ihre Stimme klang ganz heiser von den ungeweinten Tränen. »Sarah ist übrigens ebenso kunstbesessen wie Sie.«

»Das hat sie mir bereits erzählt«, sagte er mit undurchdringlichem Gesichtsausdruck.

Sein Blick wich nicht von Francesca, und sie starrten einander nach wie vor an. Wenn sie nun zu allem Überfluss auch noch in Tränen ausbrach, würde sie ganz gewiss vor Scham sterben. Sie durfte Hart nicht zeigen, wie aufgewühlt sie war.

Schließlich seufzte Bartolla ungeduldig. »Sarah? Gibt es da nicht noch etwas, das du Mr Hart erzählen möchtest?«

Sarah errötete. Sie blickte voller Bewunderung zu Hart auf. »Ich male selbst ein wenig.«

Er wandte sich ihr zu und lächelte. »Ich weiß.«

»Aber … aber woher denn?«, fragte Sarah überrascht.

Sein Gesicht nahm endlich einen weicheren Ausdruck an. »Ein interessantes Porträt dreier Kinder, die unter der Hochbahn spielen, hat in der Galerie Hague meine Aufmerksamkeit geweckt. Ich habe mich danach erkundigt, und man sagte mir, dass die Künstlerin eine gewisse Miss Sarah Channing sei.«

Sarah starrte ihn verblüfft an.

»Sie haben Talent, Miss Channing«, sagte Hart. »In ein paar Jahren würde ich eine gewisse Reife in Ihrer Arbeit erwarten, die Sie augenblicklich aufgrund Ihres Alters und Ihrer Unerfahrenheit unmöglich besitzen können.«

Sarah errötete vor Freude. »Ich würde Ihnen das Bild gern

schenken, Mr Hart. Das heißt, falls Sie es überhaupt haben möchten.«

»Die Galerie beabsichtigt es zu verkaufen. Ich weiß Ihr Angebot sehr wohl zu schätzen, und das Bild hat mir in der Tat gefallen, aber ich schlage vor, Sie lassen Hague Ihren ersten Verkauf tätigen.«

Sarah nickte, obwohl sie ein wenig bestürzt zu sein schien, dass er ihr Geschenk nicht annehmen wollte.

Francesca hätte Hart am liebsten geraten, das Bild anzunehmen, aber stattdessen schweiften ihre Gedanken wieder einmal zu Leigh Anne. Sollte sie sich entschließen, New York einen Besuch abzustatten, so würde nichts Gutes dabei herauskommen, so viel war sicher. Wie auch immer, Bragg war nicht in seine Frau verliebt, sondern sein Herz gehört allein ihr.

»Sarah ist großartig«, sagte Bartolla in diesem Moment. »Ihre Porträts sind einfach fantastisch.«

»Ja, das sind sie wirklich«, stimmte Francesca ihr zu. Zu ihrem Leidwesen stellte sie fest, dass Harts Blick bereits wieder auf ihr ruhte. »Ihr Porträt von Bartolla ist sehr gelungen. Sie hat es meiner Ansicht nach geschafft, ihr Wesen auf der Leinwand einzufangen.« Wie zittrig ihre Stimme doch klang!

»Tatsächlich«, sagte Hart, wobei er sie weiter unverwandt anblickte.

»Ja«, gab Francesca unsicher zurück, reckte aber das Kinn in die Höhe.

»Frauenporträts sind mein Lieblingsthema«, sagte Sarah eifrig. »Ich weiß nicht warum, aber ich bemühe mich immer, das Wesen der Person, die ich male, und nicht bloß die äußere

Hülle einzufangen. Das kann eine wirkliche Herausforderung sein.«

Hart wandte sich ihr erneut zu. »Vielleicht sollte ich ein Porträt bei Ihnen in Auftrag geben«, sagte er nachdenklich.

Sarah erstarrte und schaute ihn mit großen Augen an.

»Ja, das sollten Sie, Hart«, bestätigte Bartolla. »Sie werden nicht enttäuscht sein.«

Francesca vergaß ihr Dilemma für einen kurzen Augenblick. Sarah hatte es vor Freude und Aufregung offenbar die Sprache verschlagen. Francesca war klar, was es für die Karriere der jungen Frau bedeuten würde, wenn Hart ein Porträt bei ihr in Auftrag gäbe. Er war ein berühmter Kunstsammler, und seine Anerkennung allein würde ihr über Nacht zu Ruhm und Erfolg verhelfen können.

»Würden Sie ein Porträt für mich malen?«, fragte Hart.

»Aber gewiss«, erwiderte Sarah atemlos.

»Wir können uns ein anderes Mal über den Preis unterhalten.«

»Ich würde es Ihnen schenken!«, rief Sarah, die mittlerweile vor Aufregung zitterte.

Hart schenkte ihr ein freundliches Lächeln. »Miss Channing, ich werde selbstverständlich für das Porträt bezahlen.«

Sarah brachte keinen Ton mehr heraus.

Francesca schloss sie spontan in die Arme. »Das ist ja wundervoll.« Sie sah Hart an. »Sie sind wirklich sehr freundlich.«

Er warf ihr einen kühlen Blick zu. »Nein, bin ich nicht.«

Seine Worte, sein Tonfall und sein Gesichtsausdruck alarmierten Francesca. Ihr Instinkt warnte sie, dass ihr ein vernichtender Schlag bevorstand.

Bartolla lachte. »Oha! Und wer wird das Sujet des Bildes sein, Hart?«

Hart schenkte ihr ein schmallippiges Lächeln und richtete dann seinen dunklen Blick auf Francesca. »Miss Cahill.«

Francesca erstarrte.

»So, wie sie jetzt aussieht. In diesem roten Kleid, das Haar hastig aufgesteckt, das Mieder verrutscht. Ja, genau so soll es sein.«

Francesca war derart fassungslos, dass sie ihm nur mit großen Augen nachstarren konnte, als er hoch erhobenen Hauptes davonstolzierte.

KAPITEL 16

DIENSTAG, 11. FEBRUAR 1902 – 21 UHR
Francesca saß an einem Tisch mit Bartolla, Sarah und ihrem Bruder. Außerdem hatte dort ein junges, seit kurzem verheiratetes Paar namens John und Lisa Blackwell Platz genommen. Es schmerzte Francesca, die beiden zu beobachten, da sie ganz offensichtlich schrecklich ineinander verliebt waren. Zwei Herren rundeten die Tischgesellschaft ab, und einer von ihnen war Hart. Francesca wusste, dass ihre Mutter dahinter steckte.

Eine halbe Stunde zuvor hatte man die Gäste aufgefordert, Platz zu nehmen, und inzwischen waren der erste Gang mit Kaviar und Blini serviert und dazu weitere Gläser mit eiskaltem Champagner gereicht worden. Hart hatte Francesca nicht ein einziges Mal angesehen oder das Wort an sie gewandt. Er diskutierte mit John Blackwell über die politischen Verhältnisse in den Regionen, aus denen ihre Firmen Waren bezogen und in denen sie Niederlassungen unterhielten.

Francesca litt unter schrecklichen Kopfschmerzen. Dennoch war es interessant zu erfahren, dass Hart häufig Orte wie Hongkong oder Konstantinopel besuchte. Doch sie hatte nicht vor, sich an der Unterhaltung zu beteiligen, o nein! Es war ihr klar, dass Hart nicht wirklich die Absicht hatte, ein Porträt von ihr bei Sarah in Auftrag zu geben. Auf diese Art und Weise hatte er ihr lediglich mitteilen wollen, dass er wusste, warum sie sich in einem solch aufgelösten Zustand befand, und dass er es missbilligte. Als ob sie sich darum scherte, was Hart von ihrem Verhalten hielt! Aber sein Verhalten war ausgesprochen gefühllos gewesen – die arme Sarah glühte immer noch vor Freude. Wahrscheinlich überlegte sie bereits, in welcher Pose sie Francesca auf die Leinwand bannen wollte. Dabei würde sie unter gar keinen Umständen für irgendein von Hart in Auftrag gegebenes Porträt Modell sitzen.

Bartolla begegnete ihrem Blick und lächelte, doch Francesca vermochte das Lächeln nicht zu erwidern.

Sie fragte sich, ob sie eine Entschuldigung erfinden und nach Hause gehen sollte. Was zwischen ihr und Bragg geschehen war, hatte sie zutiefst erschüttert, und sie konnte nicht vergessen, wie es gewesen war, in seinen Armen zu liegen. Zudem war sie noch sehr mitgenommen von Braggs Reaktion, als er jene Frau gesehen hatte, die seiner Ehefrau ähnelte. Wenn dies doch nicht ausgerechnet an diesem Abend passiert wäre!

»Du bist so still, Fran«, bemerkte Evan, als John Blackwell und Hart für einen Moment verstummten und jeder von seinem Champagner trank. Sie hatten sich zuvor über die Möglichkeit eines Krieges zwischen den verschiedenen Stämmen Arabiens unterhalten und darüber, wie sich dies auf ihre Geschäfte auswirken würde.

»Ich hatte einen langen Tag«, erwiderte Francesca.

Bei diesen Worten blickte auch Hart sie endlich an.

Es ließ sich unmöglich feststellen, was er dachte, aber die Anspannung zwischen ihnen war wirklich unerträglich. Es ging eine solch negative Energie von ihm aus, dass Francesca es kaum wagte, sich ein wenig nach rechts, in seine Richtung zu lehnen, aus Angst, ihn zu berühren. Und da Sarah zu ihrer Linken saß, konnte sie ihn wegen seines Verhaltens nicht ins Gebet nehmen oder sich erkundigen, warum er ihr offenbar noch immer grollte.

In ihren Augen hatte sie sich für die Ohrfeige, die sie ihm am Tag zuvor gegeben hatte, gebührend entschuldigt.

»Also, wann werden Sie denn für Harts Porträt Modell sitzen, Francesca?«, fragte Bartolla plötzlich.

Hart lehnte sich lächelnd zurück und verschränkte die Arme vor der Brust.

Francesca hätte Bartolla am liebsten erwürgt. »Ich habe keine Ahnung.«

»Wir könnten schon morgen beginnen«, sagte Sarah eifrig.

»Sind Sie Malerin?«, fragte Lisa Blackwell und riss ihre braunen Augen weit auf. Sie war eine hübsche Frau mit honigfarbenem Haar, die einen sehr offenen Eindruck machte. Francesca war noch niemals zwei Menschen begegnet, die so ineinander verliebt gewesen waren wie Lisa und John. Blackwell schenkte seiner Frau immer wieder ein zärtliches Lächeln, das sie dann erwiderte.

»Ja«, sagte Sarah leise.

»Und eine großartige dazu«, erklärte Bartolla mit fester Stimme. »Mr Hart hat ein Porträt von Francesca bei ihr in Auftrag gegeben.«

»Wie wundervoll«, flötete Lisa und blickte mit noch größeren Augen von Hart zu Francesca. Offenbar hörte sie bereits die Hochzeitsglocken läuten.

»Sieh an, sieh an«, brummte auch John Blackwell. Er war ein Stück größer als Hart, hatte wie dieser schwarzes Haar, aber hellere Haut und grüne Augen. »Soll das etwa heißen, dass wir endlich Zeugen werden, wie der begehrteste Junggeselle der Stadt unter die Haube kommt?«, fügte er schmunzelnd hinzu.

»Nennen Sie es, wie Sie wollen. Ich hatte lediglich das plötzliche Bedürfnis nach einem Porträt von Miss Cahill«, erwiderte Hart leichthin, wobei er Francesca die Schulter zuwandte.

Francesca warf ihm einen Blick zu, der besagte: Da können Sie lange warten.

Hart bemerkte es und schaute sie unverwandt an. Während sie aufgeregt und wütend war, wirkte er kühl und gelassen. Sie hätte ihm am liebsten unter dem Tisch einen Tritt versetzt, damit ihm endlich etwas zu schaffen machte – und wenn es nur ein blauer Fleck war.

»Ich bin ja so aufgeregt! Ich vermag kaum richtig zu atmen«, gestand Sarah. »Mr Hart möchte ein Bild besitzen, das ich gemalt habe!«

Evan starrte sie an. »Ich vermute, das ist ein wirklicher Glücksfall.«

Sie wandte sich ihm mit glänzenden Augen zu. »O ja, das ist es! Und du glaubst ja gar nicht, was es mir bedeutet.«

Er musterte sie nachdenklich und schenkte ihr dann ein kleines Lächeln. »Das freut mich für dich, Sarah.«

Sie hielt seinem Blick stand und erwiderte: »Ich danke dir, Evan.«

Aus dem Augenwinkel sah Francesca, wie sich Bragg durch die Tische zu einer der Türen schlängelte, die in die Eingangshalle führten. Er hatte ziemlich weit entfernt von ihr an einem Tisch gesessen, an dem die einflussreichsten Männer der Stadt Platz genommen hatten. Als Francesca sah, dass Inspector Newman mit dringlicher Miene im Türrahmen stand und dort auf Bragg zu warten schien, erstarrte sie unwillkürlich.

Newman war also aus Philadelphia zurück!

Francesca sprang auf. »Entschuldigen Sie mich bitte. Ich bin gleich wieder da.« Sie lächelte in die Runde, ohne dabei wirklich jemanden anzusehen, und eilte den beiden Männern nach, wobei sie sich zusammenreißen musste, um nicht zu rennen.

Als sie in die Eingangshalle trat, lauschte Bragg bereits mit grimmigem Gesichtsausdruck, während Newman eindringlich auf ihn einredete.

»Was gibt es Neues?«, fragte Francesca.

Er sah sie an. »Nun …«, erwiderte er mit leicht verwunderter Miene.

»Nun was?«, rief Francesca ungeduldig. »Haben Sie Lizzie O'Brien gefunden?«

»Die Adresse, die Lizzie Mary zum Zwecke der Korrespondenz genannt hat, gehört zu einem leer stehenden Haus«, erwiderte Bragg und nickte in Newmans Richtung. »Zu einem vornehmen, leeren Haus, das zum Verkauf steht. Und es steht zum Verkauf, weil sein Besitzer kürzlich geheiratet hat und nach New York gezogen ist.«

Francesca benötigte einen Moment, um die Bedeutung seiner Worte zu begreifen. »Soll das etwa heißen, dass der Besitzer des Hauses Lincoln Stuart ist?«

Bragg lächelte. »Genau.«

Francesca lief aufgeregt in der Bibliothek auf und ab, während sie zusammen mit Newman auf die Rückkehr von Bragg

383

wartete, der unterwegs war, um Lincoln und Lydia zu holen. Eine halbe Ewigkeit verging, bis er endlich mit dem Ehepaar auftauchte. Lydia Stuart, die ein pfirsichfarbenes Abendkleid trug, wirkte verängstigt, Lincoln dagegen war aufgebracht und verlangte zu wissen, was das alles zu bedeuten hätte.

»Bitte nehmen Sie Platz«, sagte Bragg ruhig und deutete auf das Sofa.

»Ich möchte mich nicht setzen«, erwiderte Lincoln steif. »Ich möchte wissen, warum meine Frau und ich beim Essen gestört wurden!«

»Ich möchte Ihnen einige Fragen stellen, Mr Stuart«, antwortete Bragg immer noch betont ruhig. »Ich arbeite rund um die Uhr an einer polizeilichen Ermittlung, bei der Sie oder Ihre Frau mir möglicherweise behilflich sein könnten.«

Lincoln starrte ihn zornig an. »Von einer solchen Ermittlung weiß ich nichts«, sagte er.

»Ich auch nicht«, flüsterte Lydia, die mittlerweile kreidebleich war.

Bragg sagte: »Mr Stuart, versuchen Sie derzeit ein Haus am Harold Square Nummer 236 in Philadelphia zu verkaufen?«

Lincoln blinzelte. »Was spielt denn das für eine Rolle?«

»Bitte beantworten Sie die Frage.«

»Ja, ich verkaufe das genannte Haus.«

»Sind Sie der Besitzer?«

»Ja. Habe ich das nicht gerade gesagt?«

»Wie lange haben Sie dort gewohnt, Mr Stuart?« Bragg ignorierte Lincolns aufgebrachten Ton.

»Zwei Jahre. Worum geht es hier eigentlich?«

»Stand jemals eine Frau namens Lizzie O'Brien in Ihren Diensten?«

»Nein«, knurrte er.

Bragg wartete einen Herzschlag lang und fragte dann leise: »Sind Sie sich da auch ganz sicher?«

»Allerdings. Wir haben drei Dienstboten. Unseren Kutscher, Tom, unsere Köchin, Giselle, und unser Hausmädchen. Aber ihr Name ist nicht Lizzie, sondern Jane.« Er verschränkte die Arme vor der Brust.

Bragg sah Lydia an. »Mrs Stuart? Befand sich wirklich niemals – auch nicht zeitweise – eine Frau namens Lizzie O'Brien in Ihren Diensten?«

Lydia schüttelte den Kopf. »Ich muss mich hinsetzen«, sagte sie und sank auf das goldfarbene Sofa. Sie schien einer Ohnmacht nahe zu sein. »Haben wir uns etwas zuschulden kommen lassen?«, flüsterte sie.

»Aber nein«, erwiderte Bragg und lächelte beruhigend.

Francesca trat zu Lydia, setzte sich neben sie und nahm ihre Hand. Die beiden Frauen tauschten einen Blick, und Francesca bemerkte, dass Lydia ganz starr war vor Furcht.

»Haben Sie sich jemals von einer Lizzie O'Brien Kleider anfertigen lassen? Sie war wohl Näherin von Beruf«, sagte Bragg.

»Ich glaube nicht.« Lydia schüttelte den Kopf. »Ich weiß es nicht.«

»Kommt Ihnen der Name denn bekannt vor?«

»Nein«, murmelte Lydia.

Francesca drückte ihre Hand.

»Ich möchte jetzt endlich wissen, worum es hier eigentlich geht!« Lincoln schrie die Worte beinahe heraus. »Wir verpassen eines der besten Abendessen, an denen ich jemals das Vergnügen hatte teilnehmen zu dürfen.«

»Zwei junge Frauen wurden auf brutale Weise ermordet, Mr Stuart. Sie haben doch gewiss in den Zeitungen von den Kreuzmorden gelesen, nicht wahr?«

Lincoln starrte ihn an und trat unruhig von einem Fuß auf den anderen. »Aber was hat das mit mir zu tun?«

»Wir befürchten, dass Lizzie O'Brien das nächste Opfer sein könnte – falls sie überhaupt noch lebt.«

»Ich verstehe immer noch nicht, was das mit mir zu tun haben soll.« Mittlerweile war Lincoln ebenso bleich wie seine Frau.

Bragg lächelte grimmig. »Miss O'Brien hat einer Freundin die Adresse am Harold Square Nummer 236 als ihre Anschrift genannt«, sagte er.

Lincoln schien fassungslos zu sein. Er blickte Lydia an, die ebenfalls verblüfft wirkte. »Das ist schlichtweg unmöglich«, sagte er dann an Bragg gewandt.

»Ist es das?«, erkundigte sich Bragg mit einem Lächeln, das sich nur auf seinen Mund beschränkte. »Nun, ich habe nur noch eine Frage an Sie, und ich bitte um eine ehrliche Antwort.«

Francesca blickte ihn ebenso erwartungsvoll an wie die Stuarts.

»Wer von Ihnen hat an Mary O'Shaunessys Beerdigung teilgenommen, und aus welchem Grund?«

»Wie bitte? Wir kennen gar keine Mary O'Shaunessy«, erwiderte Lincoln mit fester Stimme.

Lydia sagte gar nichts.

»Wo waren Sie am Montag, Mr Stuart?«

»Am Montag? Was soll denn das?« Sein Gesicht war inzwischen rot angelaufen. »Am Montag war ich in meinem Laden, und zwar von neun Uhr in der Frühe bis fünf Uhr abends, da schließen wir nämlich.«

»Und Sie sind nicht zum Mittagessen ausgegangen?«, fragte Bragg.

Lincoln wollte schon verneinend den Kopf schütteln, sagte dann aber seufzend: »Doch, natürlich bin ich das. Man kann ja schon gar nicht mehr klar denken, wenn man wie ein Verbrecher behandelt wird! Ich bin wie jeden Tag um zwölf Uhr zum Essen gegangen. Es gibt da ein gutes und preisgünstiges Restaurant nur ein paar Straßen weit entfernt.«

Bragg sagte: »Also wird der Kellner wohl bestätigen können, dass Sie am Montag zur Mittagszeit dort waren?«

Lincoln starrte ihn an. »Ja. Ich wüsste nicht, was dagegen sprechen sollte.«

»Mrs Stuart?«, wandte sich Bragg mit fragender Stimme an Lincolns Frau.

Lydia holte tief Luft. »Ich war zu Hause, da ich an einer Migräne litt.«

»Sind Sie jetzt zufrieden?«, fragte Lincoln.

»Sind Sie zu Fuß zum Mittagessen gegangen?«, wollte Bragg wissen.

Lincoln wirkte verwirrt. »Gewiss. Das Restaurant ist ja nur ein paar Straßen weit entfernt, wie ich bereits sagte. Und außerdem überlasse ich die Kutsche tagsüber meiner Frau.«

Die Stuarts waren an ihren Tisch zurückgekehrt. Newman war ebenfalls gegangen, um den Abend mit seiner Familie zu verbringen. Francesca und Bragg sahen einander an.

»Wer von beiden lügt denn nun?«, fragte sie leise.

»Ich weiß es nicht. Aber der Kutscher der Stuarts litt heute unter akutem Gedächtnisverlust – er konnte sich einfach nicht daran erinnern, wo er am Montagnachmittag gewesen ist.« Bragg warf ihr einen viel sagenden Blick zu. »Ich vermute, dass man ihm geraten hat, den Mund zu halten, wenn er seine Anstellung behalten will. Ich habe ihn nicht weiter gedrängt … Es wäre schlimm, wenn er deshalb seine Arbeit verlieren würde – ganz besonders, wenn die Stuarts mit der ganzen Angelegenheit gar nichts zu tun haben sollten.«

»Aber sie müssen darin verwickelt sein! Ihre Kutsche stand während des Begräbnisses vor der Kirche. Einer von den beiden – oder auch eine Freundin – muss Mary O'Shaunessy gekannt haben!«, rief Francesca.

Bragg tätschelte ihre Schulter. »Beruhigen Sie sich, Francesca. Sie haben ja Recht, es macht in der Tat den Eindruck. Aber die Beweise reichen nicht aus.«

»Einer von den beiden lügt offenbar, und der andere schützt ihn«, sagte Francesca.

»Ja.«

»Lizzie muss für die Stuarts gearbeitet haben, Bragg. Warum sonst sollte sie ihre Adresse angeben?«

»Möglicherweise haben Sie Recht. Oder vielleicht war auch jemand vom Dienstpersonal mit Lizzie befreundet, und sie hat diese Adresse nur benutzt, um sich die Post dorthin schicken zu lassen. Wir werden das gesamte Personal befragen müssen«, erklärte er. »Die Frage ist nur, ob Lizzie überhaupt noch am Leben ist«, fügte Bragg grimmig hinzu. »Auf jeden Fall werde ich mir dieses Haus am Harold Square Nummer 236 einmal ansehen. Aber heute Abend werde ich zunächst einmal die Polizei von Philadelphia bitten, das Anwesen gründlich abzusuchen.«

388

»Sie meinen ... nach einer Leiche absuchen?«, fragte Francesca.

»Genau.« Er warf ihr einen langen, nachdenklichen Blick zu.

»Und nach möglichen Spuren. Wir haben ja bislang nicht sehr viele Anhaltspunkte.«

»Nun, wenn Lizzies Leiche dort gefunden werden sollte, dann wissen wir, dass Lincoln der Mörder ist.«

Seine Brauen wanderten in die Höhe. »Oder vielleicht auch Lydia. Oder einer der Dienstboten.«

Francesca sah ihn blinzelnd an. »Sie verdächtigen Lydia?«

»Ich schließe niemanden aus. Der Hauptverdächtige ist sicherlich Mike O'Donnell, und er wird zunächst weiterhin wegen Erregung öffentlichen Ärgernisses in Haft bleiben. Ich werde ihn allerdings bald wieder freilassen müssen, Francesca. Es verstößt gegen das Gesetz, einen Bürger ohne Anklageerhebung festzuhalten.«

»Ich weiß.«

»Und nicht immer muss der, der am verdächtigsten scheint, auch der Täter sein«, fügte Bragg hinzu.

Sie zupfte ihn am Ärmel. »Bragg? Wissen Sie, dass Sie eben ›wir‹ gesagt haben, als es um die Befragung der Dienstboten ging?«, fragte sie grinsend.

Er stutzte. »Da muss ich mich wohl versprochen haben.«

»Bragg!« Francesca nahm seinen Arm. »Sie wissen doch, dass ich für diese Ermittlungen unentbehrlich bin. Jetzt geben Sie es schon zu!«

Er seufzte und lächelte sie an. »Na schön. Aber ich bin mir nicht sicher, ob es die polizeiliche Untersuchung ist, für die Sie unentbehrlich sind.«

Sie verharrte erwartungsvoll.

Er blickte ihr tief in die Augen. »Sie sind unentbehrlich für mich, Francesca, und es ist so rasch geschehen, dass sich mir manchmal der Kopf dreht.«

Ein freudiger Schauer durchlief sie. Mit einem Schlag waren der Kummer und Ärger des gesamten Abends wie weggewischt. »Sie wissen, dass ich genauso empfinde«, sagte sie leise.

»Ja, das weiß ich.«

Einen Moment lang sahen sie sich schweigend an. Francesca wusste, dass er sie nur zu gern in die Arme geschlossen hätte, aber sie wusste auch, dass sie von nun an große Vorsicht walten lassen mussten. »Ich habe eine Idee«, sagte sie plötzlich.

»Das überrascht mich nicht«, entgegnete er lächelnd.

»Die Stuarts sind mit dem Abendessen beschäftigt. Der Ball wird noch bis nach Mitternacht dauern. Ich finde, wir sollten ihrem Haus einen kurzen Besuch abstatten und nachschauen, ob wir etwas Interessantes entdecken.«

»Seltsam, dass Sie es erwähnen. Genau das hatte ich vor.«

Francesca wurde ganz aufgeregt. »Wir können uns sofort auf den Weg machen. Außer den Dienstboten wird es niemand bemerken, wenn wir jetzt gehen.«

»Müssen Sie sich denn nicht entschuldigen?«

»Ich lasse Evan durch einen Dienstboten ausrichten, dass ich unter einer schrecklichen Migräne leide und nach Hause gefahren bin«, sagte sie und lächelte verschmitzt.

Die Haustür der Stuarts war natürlich abgeschlossen, die Hintertür dagegen nicht. Vom Dienstpersonal war nichts zu sehen, als Bragg und Francesca die Küche durch die Speisekammer betraten. Francesca blickte ihn an und lächelte, obwohl sie wusste, dass er in der Dunkelheit ihren Gesichtsausdruck gerade mit Mühe und Not erkennen konnte. »Sie werden beeindruckt sein«, flüsterte sie.

Er wartete ab, während sie ihre kleine Handtasche öffnete und eine Kerze daraus hervorzog.

»Darf ich fragen, was das soll?«, brummte er.

»Nun, ich habe bereits nach der Burton-Entführung eine Liste von Dingen aufgestellt, die ich immer bei mir tragen will. Aber ich bin erst nach der Aufklärung des Randall-Mordes dazu gekommen, mich darum zu kümmern. Ich habe auch Zündhölzer«, fügte sie vergnügt hinzu.

»Ich meinte eigentlich, was das hier soll.« Er griff in ihre Handtasche und zog die kleine Pistole heraus.

Francesca schluckte. »Das ist eine Pistole«, erklärte sie unnötigerweise.

»Ich weiß, was es ist, Francesca. Und es gefällt mir ganz und gar nicht, dass Sie damit herumlaufen.« Er gab sich keine Mühe, seine Stimme zu dämpfen.

»Bragg, sie dient doch lediglich der Selbstverteidigung.«

»Selbstverteidigung!«, rief er ungläubig. »Wenn Sie das nächste Mal einem echten Schurken begegnen, jemandem wie Gordino oder Carter, wird er Ihnen die Waffe mit Leichtigkeit aus der Hand reißen. Und es wird solch einen Menschen kaum aufhalten, wenn Sie ihn damit bedrohen – es sei denn, Sie haben die Absicht, ihn zu töten.«

Francesca zuckte zusammen. Sie beschloss, das dies wohl kaum der passende Zeitpunkt war, um Bragg von ihrer Begegnung mit Gordino zu erzählen und davon, dass sie ihre nächtliche Begegnung mit Carter gar erst dazu veranlasst hatte, die Waffe ständig bei sich zu tragen. »Ich hoffe, dass ich sie niemals benutzen muss«, erklärte sie.

Er legte die Waffe wieder in ihre Tasche zurück und nahm Francesca die Zündhölzer aus der Hand. »Ist sie geladen?«, fragte er.

Sie nickte. Am Tag zuvor hatte sie auf dem Weg zum College herausgefunden, wie man die Pistole lud und auf dem Nachhauseweg die nötige Munition gekauft.

»Nun, darüber werden wir uns zu gegebener Zeit noch einmal unterhalten«, erklärte er und zündete die Kerze an. »Aber Sie werden auf keinen Fall weiterhin eine Pistole mit sich herumtragen, Francesca.«

Francesca schritt vorneweg. »Wollen Sie mir etwa Vorschriften machen?«, fragte sie.

Darauf blieb Bragg ihr eine Antwort schuldig.

Das Haus der Stuarts war bereits gut und gern fünfzig Jahre alt. Die Zimmer waren klein und die Anordnung der Räume typisch für viktorianische Häuser. Sie durchquerten ein kleines, ebenfalls unbeleuchtetes Esszimmer. »Die Dienstboten scheinen außer Haus zu wohnen. Also ist wohl niemand hier, da sich der Kutscher ja bei den Channings befindet«, sagte Bragg.

Francesca war der gleichen Ansicht. »Das hier muss die Bibliothek sein. Ich denke, wir sollten uns eher die Privaträume oben ansehen.«

»Genau meine Meinung«, antwortete Bragg, blieb dann aber zögernd vor der geschlossenen Tür zur Bibliothek stehen. »Andererseits kann es ja nicht schaden, schnell einmal nachzusehen. Man weiß ja nie.«

Francesca nickte und wandte sich der Treppe zu. Mit einem Mal hatte sie das Gefühl, völlig allein in diesem Haus voller Schatten zu sein, in dem ihr lediglich das Licht der dünnen

Kerze in ihrer Hand den Weg wies. Mit einem Gefühl der Beklommenheit stieg sie die Treppe hinauf, doch dann rief sie sich in Erinnerung, dass Bragg in Rufweite war und es niemals zulassen würde, dass ihr etwas geschah. Die Stufen knarrten unter ihren Füßen. Francesca zuckte bei jedem Aufstöhnen des Holzes zusammen, beruhigte sich aber selbst mit dem Gedanken, dass die Stuarts erst einige Stunden später nach Hause zurückkehren würden. Dennoch, die Vorstellung, Lincoln allein in diesem Haus zu begegnen, gefiel ihr ganz und gar nicht.

Oben gab es zwei Zimmer. Francesca betrat das erste und erkannte sogleich, dass es sich um ein unbenutztes Gästezimmer handelte, dessen Möbel mit Laken abgedeckt waren. Sie öffnete rasch die Tür zum Nebenraum, und als sie das große Himmelbett erblickte, wusste sie, dass dies das gemeinsame Schlafzimmer der Stuarts war. Sie zögerte und blickte sich um.

Neben einem großen Wandschrank befand sich ein Kamin – in dem allerdings kein Feuer brannte – mit einem großen, mit Quasten verzierten Sessel und einer Polstertruhe davor. Rechts und links vom Bett standen kleine Nachtkommoden, am Fußende eine gepolsterte Bank. In der einen hinteren Zimmerecke entdeckte Francesca einen bunt bemalten, chinesischen Wandschirm, in der anderen einen Sekretär. Sie vermutete, dass das zierliche Möbelstück von Lydia benutzt wurde.

Francesca ging zum Kaminsims hinüber, auf dem lediglich zwei gerahmte Fotografien standen, ein Hochzeitsfoto und das Porträt einer älteren Frau, von der Francesca annahm, dass es sich um Lincolns verstorbene Mutter handelte.

Als Francesca auf eine der Nachtkommoden neben dem Bett zutrat, entdeckte sie eine goldene Halskette mit einem kleinen, zierlichen Kreuz als Anhänger. Es gehörte offenbar Lydia, aber diese Tatsache machte sie natürlich noch nicht zur Mörderin.

Francesca öffnete die einzige Schublade der Kommode. Darin lag ein gefalteter Papierbogen, den sie rasch herausnahm und auseinander faltete. Der Brief stammte von Mary. Francesca fragte sich verblüfft, warum Lydia wohl eine Nachricht von Mary erhalten haben sollte, doch als sie die Kerze näher an das Papier hielt, stellte sie fest, dass der Brief an Lincoln Stuart gerichtet war. Er lautete:

Sehr geehrter Herr,
ich muss Ihnen leider mitteilen, dass ich Ihre Einladung zum Essen nicht annehmen kann, sosehr ich es auch genossen haben mag, Ihre Bekanntschaft zu machen. Die Gründe verstehen sich von selbst. Wären Sie ein geeigneter Verehrer, würde ich unsere Bekanntschaft nur allzu gern vertiefen.

Mit großem Bedauern,
Mary O'Shaunessy

Francesca ließ sich fassungslos auf das Bett sinken.

Lincoln und Mary?

Lincoln Stuart hatte Mary O'Shaunessy Avancen gemacht? Das würde allerdings erklären, warum er an der Beerdigung teilgenommen hatte – wenn er überhaupt dort gewesen war. Vielleicht hatte auch Lydia daran teilgenommen, um ihren

Mann dabei zu erwischen, wie er um eine andere Frau trauer-
te. Francescas Gedanken überschlugen sich. Bedeutete dieser
Brief, dass Lincoln Mary getötet hatte?

Nein, das konnte man gewiss nicht sagen – auch wenn es jetzt
nicht mehr abwegig war, da Mary Lincoln ja abgewiesen hatte. Francesca ahnte, dass Mary Lincoln gemocht und dass
lediglich ihre große Tugendhaftigkeit sie davon abgehalten
hatte, sich mit ihm einzulassen.

In der Stadt lief ein Mörder frei herum, der zwei junge Frau-
en, die enge Freundinnen gewesen waren, auf grauenhafte
Weise ermordet hatte, und zwei weitere Freundinnen ver-
blieben als potenzielle Opfer – falls Lizzie überhaupt noch
am Leben war.

Plötzlich hörte Francesca, wie unten im Haus eine Tür ins
Schloss fiel, und sprang erschrocken auf.

Sie sagte sich, dass gewiss Bragg die Tür zur Bibliothek geschlossen hatte – aber andererseits hatte es geklungen, als sei
es die Haustür gewesen.

Francesca faltete den Brief zusammen und steckte ihn in ihr
Mieder. Dann eilte sie zur anderen Seite des Bettes und zog
dort die Schublade des Nachttisches auf, in der sie etwas
Kleingeld, einige Quittungen und eine kleine Bibel erblickte.

War Lincoln etwa ein religiöser Mann? Sie war sich sicher,
dass dies seine Seite des Bettes war.

Als Francesca plötzlich Schritte auf der Treppe hörte, erstarrte sie und spitzte die Ohren. Und wenn es gar nicht
Bragg war, der die Treppe hinaufkam?

In diesem Moment betrat ein Mann das Zimmer, und Francesca hätte vor Schreck beinahe laut aufgeschrien. Es war
Bragg, der sogleich auf sie zugeeilt kam und die Kerze

zwischen den Fingerspitzen ausdrückte. »Sie sind gerade zurückgekommen«, flüsterte er. »Ich habe unten ein Gedicht gefunden. Harmlos eigentlich, obgleich darin die Rede von ›Gottes Meisterplan‹ ist. Es wurde in der Handschrift eines Mannes geschrieben. Offenbar hält sich Lincoln Stuart für einen Dichter.«

»Er hat Mary nachgestellt, Bragg«, erwiderte Francesca ebenfalls flüsternd. »Und Lydia wusste davon, denn sie ist im Besitz eines Briefes, den Mary an ihn geschrieben hat. Könnte es sein, dass die beiden Morde gar nichts miteinander zu tun haben? Vielleicht hat sie Mary ja aus Eifersucht getötet.«

»Nein. Wir haben es hier mit einem Wahnsinnigen zu tun, Francesca, der gedroht hat, erneut zu morden, oder haben Sie das etwa schon vergessen? Doch eins steht fest: Lincoln hat gelogen. Er hat behauptet, dass er Mary nicht gekannt hat«, sagte er finster. »Die ganze Sache wird immer undurchsichtiger. Lassen Sie uns von hier verschwinden, bevor wir entdeckt werden. Ohne Durchsuchungsbefehl ist das, was wir hier tun, gesetzeswidrig. Ich werde Lincoln noch heute Abend zu einer eingehenden Befragung ins Präsidium bringen lassen.«

Seine Worte überraschten Francesca, denn sie hatte nicht gewusst, dass die Durchsuchung des Hauses der Stuarts gegen das Gesetz verstieß. Bragg wollte gerade ihren Arm nehmen, als sie Schritte auf der Treppe vernahmen. Francesca erstarrte und sah Bragg an.

Falls Lincoln wirklich der Mörder der beiden jungen Frauen war und er beabsichtigte, eine dritte zu töten, dann war er ein gefährlicher Mann, und sie schwebten möglicherweise in großer Gefahr, sollte er im Besitz einer Waffe sein.

Dann fiel ihr ein, dass sie ja selbst eine Waffe in der Tasche hatte. Ob Bragg wohl ebenfalls eine trug?

Als sie in der Bibliothek der Channings in seinen Armen gelegen hatte, hatte sie keine Waffe bemerkt. Und immerhin hätte sie es doch gewiss gespürt, wenn er eine Pistole im Hosenbund oder sonst irgendwo an seinem Körper getragen hätte.

Francesca schaute auf den großen Wandschrank. Dann griff sie nach Braggs Hand und warf ihm einen viel sagenden Blick zu.

Doch Bragg zog seine Hand weg und schritt selbstbewusst auf die Tür zu, die soeben von Lincoln geöffnet wurde. »Guten Abend, Stuart«, sagte er. »Wir hatten gehofft, dass Sie früh genug zurückkehren. Wir müssen uns unterhalten.«

KAPITEL 17

DIENSTAG, 11. FEBRUAR 1902 – 22.30 UHR
Lincoln stand mit einem grimmigen und zugleich überraschten Gesichtsausdruck auf der Türschwelle, während ihm seine Frau von hinten über die Schulter blickte. »Was soll denn das?«, fragte er.

»Es tut mir Leid, Sie zu stören«, erwiderte Bragg rasch. »Bitte kommen Sie doch herein.«

Lincoln rührte sich nicht. »Sie können doch nicht einfach so in mein Haus hereinspazieren, als ob es Ihnen gehört! Wie sind Sie überhaupt hereingekommen? Die Tür war doch abgeschlossen.«

»Ich bin in einer offiziellen Polizeiangelegenheit hier«, erklärte Bragg. »Die Hintertür war offen.«

Lincoln warf Lydia einen wütenden Blick zu. »Ich werde mal ein Wörtchen mit Giselle reden«, sagte sie.

»Ich beantworte keine weiteren Fragen mehr«, sagte Lincoln. »Es ist schon spät, und wir haben uns wegen Ihnen sehr aufgeregt – das reicht für einen Abend. Ihr Verhalten geziemt sich wohl kaum für einen Gentleman, Commissioner.«

»Warum haben Sie uns nicht gesagt, dass Sie Mary O'Shaunessy kannten?«, fragte Bragg.

»Wie bitte?« Lincoln wurde kreidebleich.

Lydia war ebenfalls ausgesprochen blass. »Was soll denn das?«, flüsterte sie.

Bragg sah Francesca an. »Warum gehen Sie nicht mit Mrs Stuart nach unten?«

Francesca streckte die Hand aus, um Lydia hinauszuführen, doch die schüttelte den Kopf. »Ich gehe nirgendwohin!« rief sie mit einem Anflug von Hysterie in der Stimme. »Was werfen Sie meinem Mann vor?«

»Bisher noch gar nichts.« Bragg wandte sich erneut Lincoln zu. »Aber ich fordere Sie auf, mit ins Präsidium zu kommen, um mir einige Fragen zu beantworten.«

»Ins Präsidium?«, keuchte er.

»Jawohl«, sagte Bragg.

Lincoln schüttelte den Kopf und warf seiner Frau einen flehentlichen Blick zu. »Ich kenne keine Mary O'Shaunessy!«, rief er. »Und Sie können doch nicht einfach unschuldige Bürger aufs Polizeirevier schleppen!«

»Da haben Sie natürlich Recht. Allerdings ist Richter Kinney ein guter Freund von mir, und wenn ich jetzt bei ihm zu Hause vorbeischaue, kann ich mir umgehend einen Haftbefehl für Sie besorgen. Und dann werde ich mit einigen Polizeibeamten zurückkehren, und die ganze Sache wird amtlich.« Er lächelte. »Ich vergaß zu erwähnen, dass ich Sie in diesem Fall offiziell des Mordes verdächtigen würde.«

Lincoln schien es im ersten Moment den Atem verschlagen zu haben, doch dann trat plötzlich ein unglaublich kalter Ausdruck in seine Augen, und er warf Francesca einen solch eisigen Blick zu, dass diese erschrocken zusammenfuhr. Mit dem gleichen Blick bedachte er auch Bragg. »Na schön. Ich werde Sie aus freien Stücken auf das Präsidium begleiten. Aber ich warne Sie, Commissioner – Sie begehen einen Fehler. Einen sehr großen Fehler.«

Als Francesca die Tür zur Cahill'schen Villa öffnete – dieses Mal mit ihrem Schlüssel, da sie abgeschlossen war –, dachte sie darüber nach, ob es Bragg wohl gelungen sein mochte, eine Verbindung zwischen Lincoln Stuart und den vier Freundinnen herzustellen. Sie fragte sich, ob Maggie Kennedy wohl Lincoln Stuart kannte und ob sie ihn jemals getroffen hatte. Wenn ja, würde sie sich wohl an ihn erinnern?

Warum wurde sie nur, nachdem sie im Haus der Stuarts gewesen war, das seltsame Gefühl nicht mehr los, dass Lincoln und Lydia etwas zu verbergen hatten?

Francesca sah immer wieder jenen letzten Blick vor sich, den sie einander zugeworfen hatten.

Als sie gerade ihren Mantel auszog, erstarrte sie mit einem Mal. Lydia hatte kein Wort darüber verloren, dass ihr Mann eine Affäre mit Mary O'Shaunessy gehabt hatte! Dabei hatte Francesca deren Brief an Lincoln in ihrer Nachtischschublade gefunden.

Francesca spürte mit jeder Faser ihres Körpers, dass bei der ganzen Geschichte etwas nicht stimmte. Lydia war am Donnerstag zuvor zu ihr gekommen, weil Francesca herausfinden sollte, ob Lincoln fremdging. Aber in dem Gespräch hatte sie auf Rebecca Hopper hingewiesen und nicht etwa auf das zweite Mordopfer. Vielleicht hatte Lydia erst kürzlich entdeckt, dass ihr Mann eine Affäre mit Mary gehabt hatte, und sich entschieden, es für sich zu behalten, um ihn zu schützen, da sie ahnte, dass er in den Mord verstrickt war.

Hatte sie nicht noch am Tag zuvor gesagt, sie wolle den Auftrag zurückziehen?

Francesca hängte ihren Mantel in der Garderobe auf, da keiner der Dienstboten in der Nähe war, was ihr seltsam vorkam. Wenn die ganze Familie ausging, wartete für gewöhnlich einer der Diener in der Nähe der Tür, um die Mäntel entgegenzunehmen und das Haus abzuschließen. Allerdings war Francesca ungewöhnlich früh heimgekehrt – es war noch nicht einmal elf, und Julia hatte dem Personal erklärt, dass sie frühestens gegen Mitternacht wieder zurück sein würden.

Als sich Francesca auf den Weg nach oben machte, dachte sie immer noch darüber nach, ob die Stuarts in die Mordfälle verwickelt sein könnten. Falls Lydia wusste, dass ihr Mann ein Mörder war, würde sie sich den Vorwurf der Mittäterschaft gefallen lassen müssen – ein beunruhigender Gedanke! Francesca beschloss, das Gespräch mit Maggie auf den nächsten Tag zu verschieben, da diese den ganzen Tag lang genäht hatte und mittlerweile sicherlich schon schlief. Inzwischen war sich Francesca sicher, dass Maggie Lincoln Stuart kannte. Vielleicht hatte Bragg ja schon ein Geständnis aus ihm herausbekommen.

Francesca öffnete die Tür zu ihrem Zimmer und blieb wie angewurzelt stehen. Wieso hatte man kein Licht für sie angelassen? Und warum brannte kein Feuer im Kamin? Das war eigenartig, mehr als eigenartig. Ein kalter Schauer lief ihr über den Rücken. Irgendetwas stimmte nicht.

Wo steckten nur die Dienstboten?

Francesca versuchte sich damit zu beruhigen, dass ein Verdächtiger auf dem Weg zum Polizeipräsidium war und der zweite, Mike O'Donnell, noch im Gefängnis saß. Doch immerhin lief Gordino noch frei herum und plante womöglich einen Rachefeldzug gegen sie. Und drei Tage zuvor war Sam Carter mit Leichtigkeit ins Haus gelangt, und niemand wusste, wo er sich jetzt aufhielt.

Einem plötzlichen Impuls folgend öffnete Francesca ihre Handtasche und nahm die winzige Pistole heraus. Die knapp zweihundert Gramm perlenbesetzter Stahl beruhigten sie sogleich, und sie lauschte angestrengt, ob sie irgendetwas hören konnte.

Aber im ganzen Haus war es ungewöhnlich still.

Francesca begann zu zittern. Sie konnte sich nicht daran erinnern, dass es jemals so still im Haus gewesen war, dabei waren doch gar nicht alle fort! Es gab schließlich vier Kinder im Haus! Aber die waren wahrscheinlich schon seit Stunden im Bett.

Sie spürte, wie sich die feinen Härchen in ihrem Nacken und auf ihren Armen aufrichteten und ihr Atem immer flacher wurde.

Ihr Instinkt sagte ihr, dass irgendetwas nicht stimmte und dass sie besser einmal nach Maggie sehen sollte, die mit ihren Kindern im zweiten Stock wohnte.

Mit einem Mal hatte Francesca schreckliche Angst, Maggie erstochen und mit einem in die Kehle geschnittenen Kreuz vorzufinden.

Sie rannte aus dem Zimmer. Der Flur war nur schwach beleuchtet. Dass auf Julias Anordnung hin jede Nacht lediglich zwei Wandlampen brannten, hatte Francesca bisher nie gestört, aber nun war ihr unheimlich zumute.

Das Haus war eindeutig zu dunkel und zu still. Warum weinte nur keines der Kinder im Schlaf? Warum waren keine Dienstboten in der Küche, um eine letzte Tasse Tee zu trinken?

Als sie sah, dass die Treppe zum zweiten Stockwerk in völliger Dunkelheit dalag, blieb Francesca keuchend stehen. Wie konnte das nur sein? Es schien beinahe so, als habe jemand mit Absicht die Lampen ausgeschaltet.

Plötzlich hörte sie, wie oben eine Tür zugeknallt wurde.

Oder war es ein Fenster gewesen? Was in Gottes Namen ging da vor sich?

Francesca rannte die Stufen hinauf, wobei sie ihre Pistole umklammert hielt und versuchte, nicht an Braggs Worte zu denken, dass die Waffe bei einer Auseinandersetzung mit einem echten Schurken nutzlos wäre. Lincoln ist bei Bragg, O'Donnell im Gefängnis, wiederholte Francesca in Gedanken immer wieder, aber diese Litanei war auch nicht besonders hilfreich. Wenn Sam Carter der Mörder war, konnte er sich sehr wohl in diesem Moment im Haus befinden.

Warum hatten sie nur niemanden beauftragt, Maggie und die Kinder zu bewachen?

Francesca hatte gerade den zweiten Treppenabsatz erreicht, der ebenfalls im Dunkeln lag, als plötzlich ein Schrei ertönte, der ihr das Blut in den Adern gefrieren ließ.

Einen Moment lang wusste Francesca nicht, was sie tun sollte. Eine Frau hatte geschrien – Francesca ahnte, dass es Maggie gewesen war. Im Geiste sah sie vor sich, wie die junge Frau erstochen wurde, und im nächsten Moment schon feuerte sie instinktiv eine Kugel in die Luft, um den Kreuzmörder damit von seiner Tat abzuhalten.

Der Schuss war schrecklich laut.

Francesca duckte sich aus Angst, dass die Kugel von der Decke abprallen und sie verletzen könnte, aber stattdessen fiel ein Gemälde von der Wand und ihr beinahe vor die Füße.

Als sie sich wieder aufgerichtet hatte, erstarrte sie vor Schreck, denn in der geöffneten Tür zu Maggie Kennedys Zimmer stand Lydia Stuart, die Maggie von hinten festhielt und ihr ein Messer an die Kehle drückte.

»Rühren Sie sich ja nicht von der Stelle!«, schrie Lydia. »Wenn Sie sich bewegen, schlitz ich sie auf wie die Fische, die wir als Kinder ausgenommen haben!«

Francesca blieb wie versteinert stehen. Sie sah, dass Maggie ein Nachthemd trug; Lydia dagegen war immer noch in ihr pfirsichfarbenes Abendkleid gekleidet. Doch in diesem Augenblick hatte sie nichts Vornehmes mehr an sich. Selbst ihre Stimme klang hart und kehlig – als gehörte sie einer ganz anderen Frau.

Maggie warf Francesca einen angsterfüllten Blick zu, und selbst im Halbdunkel des Flurs vermochte Francesca das Flehen darin zu erkennen. Plötzlich hörte man, wie jemand weiter hinten im Flur heftig von innen gegen eine Tür hämmerte.

»Bleiben Sie, wo Sie sind, zum Teufel noch mal!«, fauchte Lydia und verstärkte den Griff, mit dem sie Maggie umklammert hielt.

Plötzlich begriff Francesca. Aber zunächst einmal musste sie an die Kinder denken. »Wo sind die Kinder?«

»Die hab ich in ihrem Zimmer eingesperrt, Miss Cahill«, erwiderte Lydia mit einem eiskalten Lächeln. »Sie mussten Ihre Nase natürlich wieder einmal in Sachen stecken, die Sie überhaupt nichts angehen!«

Francesca atmete tief durch und begegnete erneut Maggies furchterfülltem Blick. »Ist bei Ihnen alles in Ordnung?«

Maggie nickte.

»Das dürfte sich bald ändern, und jetzt hab ich noch 'n Problem am Hals, verdammter Mist!«, sagte Lydia mit scharfem Tonfall.

Francesca schluckte. Sie verstand nur zu gut, was diese Frau, die die Kreuzmörderin war, damit sagen wollte. Francesca wusste um ihre wahre Identität. »Sie werden damit nie durchkommen. Bragg wird sehr schnell herausfinden, dass Sie Lincoln die Sache angehängt haben.«

»Bis er das merkt, seid ihr beide schon längst mausetot. Lassen Sie die Waffe fallen.«

Francesca zögerte. Diese Frau hatte ihre beiden Freundinnen getötet, und nun beabsichtigte sie offenbar, auch Maggie und Francesca zu töten, wobei sie die Schuld ihrem Mann zuschieben wollte.

»Jetzt lassen Sie sie schon fallen!«, befahl Lydia erneut, und Maggie keuchte auf, als das Messer an ihrer Kehle in ihre Haut schnitt.

Francesca ließ die Pistole sofort fallen. »Tun Sie ihr nicht weh! Ich flehe Sie an. Warum gehen Sie nicht einfach? Ich schwöre Ihnen, wir werden Sie gehen lassen – Lizzie.«

Lizzie O'Brien lächelte sie an. »Wie gescheit Sie doch sind.«

»Sie haben Ihrem eigenen Mann die Sache angehängt, nicht wahr?«, flüsterte Francesca. »Aber warum haben Sie Ihre besten Freundinnen umgebracht? Und warum haben Sie die Gedichte geschrieben? Die Kreuze in ihre Kehlen geschnitten?«

»Das mit den Gedichten war doch 'n guter Trick!«, rief Lizzie. »Lincoln hält sich schließlich für 'nen Dichter. Ständig verfasst er irgendwelche dämlichen Verse. Mir war klar, dass ich vorgeben musste, ein Wahnsinniger zu sein, um die Polypen auf die falsche Fährte zu locken. Und es hat ja auch geklappt, stimmt's?«

»Das war sehr klug eingefädelt«, erwiderte Francesca voller Unbehagen. Sie wechselte einen kurzen Blick mit Maggie, die leichenblass war und sie angstvoll anstarrte. »Aber ich verstehe nicht, warum Sie das getan haben.«

»Ich wollte ja keinen umbringen«, sagte Lydia wütend. »Wollt ich wirklich nicht. Aber ich wusste, dass ich ihnen nicht trauen konnte! Ich wusste, dass sie Lincoln irgendwann die Wahrheit über mich erzählen würden.« Ihre Augen verdüsterten sich. »Sie waren immer so lieb und brav. Als wir noch Kinder waren, hieß es immer: ›Ist Kathleen nicht ein braves Mädchen?‹ Oder: ›Schau dir nur die süße kleine Maggie an. Warum kannst du nicht auch so lieb sein?‹ Und als ich meinen ersten Freund hatte, da hat mich Papa grün und blau geschlagen und mir gesagt, ich solle mich benehmen wie die anständige, fromme Mary! Die hätte sich nie mit einem Jungen eingelassen, o nein!«, rief Lizzie.

Francesca atmete tief durch. »Aber irgendwann hat sie Lincoln getroffen –«

»Und der hat sich in sie verguckt!«, fiel Lizzie ihr ins Wort. »Wir sind uns 'ne Woche vorher übern Weg gelaufen, und ich musste sie natürlich nach Hause einladen. Lincoln kam zur Tür reinspaziert, und Mary hat mir wie immer die Schau gestohlen! Weil sie ja ach so perfekt und ach so unschuldig und ach so gut ist! Ich hab gesehen, wie er sie angeschaut hat, und wusste, dass ich die Sache sofort beenden muss. Also hab ich sie noch mal zum Tee eingeladen.« Lizzie lächelte, aber dann veränderte sich ihr Gesichtsausdruck und wurde barbarisch.

Francesca lief es eiskalt den Rücken hinunter. Mary musste bemerkt haben, dass Lizzie wahnsinnig war, und wahrscheinlich hatte sie deshalb auch kurz vor ihrem Tod versucht, Kontakt zu Francesca aufzunehmen. »Sie haben sie zu sich nach Hause eingeladen, um sie zu töten. Sind Sie ihr von dort aus gefolgt, um sie umzubringen und woanders zu verscharren?«

»Ja, genau das hab ich gemacht«, erklärte Lizzie trotzig. »Was sollte ich denn sonst tun? Sie hätte mich doch bei Lincoln verpetzt. Und wenn Lincoln erfahren hätte, dass ich Lizzie O'Brien bin und nicht etwa die wohlerzogene Lydia Danner, hätte er mich fallen lassen wie 'ne heiße Kartoffel! Ich hab jetzt alles, was ich will, und wenn er ins Kittchen wandert, dann ist mir das doch egal. Ich hab sein Haus, seine Kutsche und sein Geld! Ich durfte doch nicht zulassen, dass meine lieben alten Freundinnen mir all das kaputtmachen, wofür ich so schwer gearbeitet hab!«

»Und da haben Sie sie einfach getötet?«, fragte Francesca mit einem Schaudern.

»Sobald ich Lincoln soweit hatte, dass er einer baldigen Hochzeit zustimmte, begann ich Pläne zu schmieden. Was hätte ich auch sonst tun sollen? Seine Mutter lebte in New York, und er wollte, dass wir hierher zurückkehren. Also was hätte ich machen sollen? Ihn heiraten und in diese Stadt zurückkehren, um dann in ständiger Angst zu leben, irgendwann einmal Kathleen, Mary oder Maggie übern Weg zu laufen? Sie waren die Einzigen, die mich erkannt hätten.« Sie lächelte grimmig. »Ich hab mir Kathleen als Erste vorgenommen. Letztes Jahr hab ich nämlich 'nen Fehler gemacht. Kurz bevor ich Lincoln getroffen hab, hab ich ihr von meinen Plänen erzählt, mich als vornehme Frau auszugeben und reich zu heiraten. Sie war entsetzt.« Lizzie lachte verächtlich auf. »Die hatten noch nie was in der Birne. Und auch keinen Mumm in den Knochen.«

»Du bist böse«, flüsterte Maggie. »Durch und durch böse. Und wahnsinnig dazu!«

»Halt die Klappe!«, schrie Lizzie, und erneut schnitt das Messer in Maggies Hals.

»Nein!«, schrie Francesca auf und machte unwillkürlich einen Schritt nach vorn.

»Stehen bleiben!«, brüllte Lizzie, während ein schmales, rotes Rinnsal an Maggies Hals herunterlief und diese in Ohnmacht zu fallen drohte. »Ich bin nicht böse, ihr Dummköpfe! Warum, glaubt ihr, hab ich das Kreuz in ihre Kehlen geschnitten? Ich wollte, dass Gott weiß, dass ich ebenso fromm bin wie sie! Mein ganzes Leben lang hat er stirnrunzelnd auf mich runtergeschaut. Aber jetzt kann ich ihn endlich spüren, und er lächelt! Er ist zufrieden, dass ich meinen Frieden mit ihm geschlossen hab!«

Francesca sah Maggie an und versuchte ihr mit ihrem Blick zu verstehen zu geben, dass sie sich nicht bewegen und den Mund halten sollte. Maggie schien zu begreifen, aber in ihrem Blick stand eine Frage geschrieben: Und was jetzt? Francesca wusste keine Antwort darauf.

»Schaut euch bloß nicht so an«, warnte Lizzie. »Ich bin nicht blöde, o nein. Ich bin gescheiter als alle anderen – und mein Leben ist der Beweis dafür. Was glauben Sie eigentlich, warum ich Sie angeheuert hab? Ich wollte, dass Sie die Leiche finden. Das war Teil meines Plans. Ich wollte die Hinweise ausstreuen wie Brotkrumen und Sie zu Lincoln führen.«

Francesca starrte Lizzie entsetzt an. Diese Frau war ein Monstrum.

Maggie brachte es nicht fertig, den Mund zu halten. »Du bist schrecklich. Keine von uns hätte je gedacht, dass du ein so kalter und böser Mensch bist. Wir haben dich für ungestüm gehalten, aber wir hätten nich im Traum daran gedacht, dass du böse bist! Verspürst du denn überhaupt keine Reue?« Sie verstummte, und Tränen traten ihr in die Augen.

»Ach, halt die Klappe!«, erwiderte Lizzie barsch. »Dich umzubringen wird mir den größten Spaß machen! Die heilige Maggie! Unsere große Unschuld, die alle Männer abgewiesen hat – es ist beinahe so, als wärest du durch unbefleckte Empfängnis an deine vier Blagen gekommen!«

»Das ist ungerecht!«, entfuhr es Maggie, die trotz des Messers an ihrer Kehle den Kopf drehte, um die Frau anzusehen, die sie einst für eine gute Freundin gehalten hatte. »Du weißt genau, wie sehr ich Joels Vater geliebt hab.«

Lizzie knurrte: »Ich muss zugeben, dass er dich auch geliebt hat. Ich hab mehr als einmal versucht, ihn rumzukriegen, aber er hat's nicht zugelassen.«

»Gott steh mir bei, ich hasse dich«, flüsterte Maggie weinend.

»Dafür sollst du in der Hölle schmoren.«

»Von wegen. Ich werde glücklich und zufrieden in meinem Haus an der Ecke zur 6th Avenue weiterleben«, sagte sie und wandte sich wieder Francesca zu. »Damit hätten Sie ja jetzt mein Geständnis, nicht wahr? Aber es wird Ihnen nicht viel nützen. Los, kommen Sie ins Zimmer rein.«

Francesca rührte sich nicht von der Stelle. Sie hatte in der Tat Lizzies Geständnis gehört, aber das brachte ihr gar nichts, wenn sie jetzt dieses Zimmer betrat und Lizzie Maggie und sie töten würde.

Sie registrierte, dass das Klopfen aufgehört hatte.

Joel!

Hatte er möglicherweise von dem anderen Zimmer aus alles mit angehört? Francesca war sich nicht sicher, da sie sich auf halber Höhe des Flurs befanden und das Zimmer der Kinder ein ganzes Stück weiter hinten lag. Aber sicher hatte Joel begriffen, dass man sie eingeschlossen hatte, und gewiss hatte er auch den Schrei seiner Mutter gehört.

Francesca schöpfte neue Hoffnung; schließlich war Joel ein kluger Kopf.

»Jetzt kommen Sie schon, Miss Cahill!«, forderte Lizzie sie erneut auf. »Und falls Sie irgendwas versuchen sollten, schneid ich ihr die Kehle durch.« Francesca sah Lizzie an den Augen an, dass es ihr mit dieser Drohung todernst war.

Die Angst schnürte Francesca die Kehle zu, und sie schluckte, um den Kloß in ihrem Hals zum Verschwinden zu bringen. Sie versuchte, nicht zu ihrer Pistole zu blicken, die zu ihren Füßen auf dem Boden lag. »Na schön«, brachte sie schließlich heraus und trat langsam vor. Francesca und Maggie blickten sich an. Maggie hatte ganz offenbar immer noch Angst, aber sie machte nun einen ruhigeren Eindruck und ihre Augen schienen zu fragen: Was soll ich tun?

Francesca rechnete damit, dass ihre Eltern frühestens eine halbe Stunde später nach Hause zurückkehren würden, was ihr in diesem Moment wie eine Ewigkeit vorkam. Und selbst wenn Bragg herausfinden sollte, dass er den falschen Mann verhörte, würde es ihm wohl kaum gelingen, eher hier zu sein. Sie waren also ganz auf sich allein gestellt.

Wieder dachte sie an Joel.

Aber sie durfte nicht auf ihn zählen, immerhin war er in seinem Zimmer eingeschlossen. Langsam betrat Francesca Maggies Zimmer, das von zwei kleinen Lampen erleuchtet wurde. Maggie und Lizzie folgten ihr, und Lizzie versetzte der Tür einen Tritt, damit sie zufiel.

»Ich werde Sie ungeschoren davonkommen lassen, wenn Sie Maggie gehen lassen«, sagte Francesca. »Sie wissen, dass Sie schon lange verschwunden sein können, bis die Polizei hier eintrifft. Sie sind eine kluge Frau – ich bin mir sicher, dass Sie einen Weg finden werden, wie Sie die Stadt verlassen können.«

»Ach, reden Sie doch keinen Quatsch«, erwiderte Lizzie. »Ich hab nicht vor, den Rest meines Lebens auf der Flucht zu verbringen. Ich leb gern in Saus und Braus. Lincoln wird für das hier ins Kittchen wandern. Ich werde ganz bestimmt nicht einfach so mein Haus und meine gesellschaftliche Stellung aufgeben.«

»Es tut mir Leid, es Ihnen sagen zu müssen, aber Lincoln wird in diesem Augenblick von der Polizei verhört. Sie werden also wissen, dass er weder Maggie noch mich getötet haben kann«, sagte Francesca so gelassen wie nur eben möglich. Lizzie lächelte. »Das weiß ich doch, ich bin doch nicht dämlich!«, rief sie. »Ich werde eure Leichen eben loswerden müssen, damit sie nie gefunden werden – oder sie so zurichten, dass kein Leichenbeschauer mehr in der Lage sein wird herauszufinden, wann ihr zwei umgebracht worden seid.«

Francesca erschauerte. Es machte sie ganz krank, sich vorzustellen, wovon diese Frau da sprach. »Sie sind ja wahnsinnig!«

»Vielleicht.«

»Bragg wird wissen, dass ich nach elf getötet worden bin!«

»Aber er wird Lincoln für den Moment laufen lassen müssen, weil er ja tatsächlich unschuldig ist. Und wenn die Polizei eure Leichen findet und herauskriegt, dass ihr das seid – falls sie es überhaupt jemals herauskriegt – wird man nicht wissen, ob ihr heute Nacht, morgen oder übermorgen umgebracht worden seid. Ich bin schließlich nicht blöd«, sagte sie wieder.

»Du bist verrückt«, flüsterte Maggie. »Und böse!«

»Du bist mir schon immer furchtbar auf den Wecker gegangen«, sagte Lizzie. »Du warst immer die Perfekte, die Tugendhafte, die Heilige.« Unvermittelt stieß sie mit dem Messer auf Maggie ein.

Francesca schrie entsetzt auf, und Maggie gab einen spitzen Schrei von sich, als sie das Messer in die Seite traf. »Aufhören!«, kreischte Francesca.

»Ich glaube, die kleine Sarah Channing mag mich«, sagte Lizzie ungerührt und hielt Maggie fest, aus deren Gesicht jegliche Farbe gewichen war. Auf ihrem hellen Baumwollnachthemd bildete sich ein roter Fleck genau über Lizzies linker Hand. »Ich bin mir sicher, dass sie mich trösten wird, wenn ich mich an ihrer Schulter ausweine, weil mein Mann ein Mörder ist. Ich hab 'ne neue Freundin gefunden!«

»Ich verachte dich«, flüsterte Maggie.

»Aber du musst zugeben, dass ich für die Tochter eines Fischhändlers ziemlich schlau bin.«

Jetzt oder nie, dachte Francesca. Im Kamin lagen einige rot glühende Holzscheite. Sie würde sich ganz schrecklich die Hände verbrennen, aber es musste ihr einfach gelingen, Lizzies Kleid in Brand zu stecken – dann würde ihr wohl kaum noch der Sinn danach stehen, irgendjemandem nach dem Leben zu trachten.

Sie sah, dass Maggie sie mit großen Augen anschaute. Offenbar war sie Francescas Blick gefolgt und hatte begriffen, was diese vorhatte. Maggie schüttelte leicht den Kopf.

Francesca hechtete zum Feuer, und im selben Moment zerbarst die Fensterscheibe hinter ihr.

Francesca schoss durch den Kopf, dass ein Stein die Scheibe zerbrochen haben musste, und sie ahnte, dass Joel ihn geworfen hatte. Doch sie ließ sich nicht beirren und griff nach einem der glühenden Holzscheite.

Der Schmerz traf sie mit einer solchen Wucht, dass sie das Scheit beinahe sofort wieder fallen gelassen hätte.

»Hey, was soll das!«, schrie Lizzie. »Weg damit!«

Vor Schmerz schossen Francesca die Tränen in die Augen, als sie das glühende Holz in Lizzies Richtung schleuderte.

Und im selben Moment, als die pfirsichfarbene Seide Feuer fing, kam Joel durch das Fenster geklettert wie ein dunkelhaariger Racheengel. Lydia begann zu schreien, als ihr Kleid in Flammen aufging. Sie ließ Maggie sofort los, ließ das Messer fallen und rannte schreiend im Zimmer hin und her. Sekunden später sprang sie durch das kaputte Fenster hinaus.

Zwei Polizeibeamte standen in der Eingangshalle links und rechts von der Haustür und hielten Wache. Lizzie, die schlimme Verbrennungen davongetragen hatte, war bewusstlos und wurde auf einer Bahre zu einem Lazarettwagen getragen. Bragg und Newman standen vor dem Haus und beaufsichtigten den Abtransport.

Nachdem Lizzie aus dem Fenster gesprungen war, war Francesca hinausgelaufen, hatte sich davon überzeugt, dass die Flammen gelöscht waren und Lizzie nicht flüchten konnte, und hatte dann ihre Hand kurz mit Schnee gekühlt. Anschließend war sie zu Maggie zurückgeeilt, um ihr beizustehen. Als Bragg eintraf, legte sie Maggie gerade einen provisorischen

Verband an. Sie hatte Bragg rasch erklärt, dass Lizzie O'Brien die Mörderin war, und er hatte ihr geantwortet, dass er das bereits wisse.

Jetzt saß Francesca im Salon auf einem Sofa neben ihrer Mutter, während Dr. Finney oben bei Maggie war. Er hatte Francescas Hand bereits behandelt und mit einem dicken Verband umwickelt, doch sie schmerzte immer noch ganz fürchterlich. Francesca schaute ihre Mutter an.

Julia saß in ihrem königsblauen Abendkleid neben Francesca, hielt ihre Hand und gab sich große Mühe, ihre Gefühle zu beherrschen. Francesca hatte ihre Mutter noch niemals weinen sehen – außer nach Connies Niederkunft, als diese äußerst lange in den Wehen gelegen und schließlich nach einer dramatischen Geburt endlich ihr erstes Kind in den Armen gehalten hatte.

Andrew stand neben dem Sofa, die Hände in den Taschen seiner schwarzen, mit Satinband besetzten Hose verborgen. Seine Smokingjacke hatte er achtlos über eine Sessellehne geworfen, und seine gelöste Fliege baumelte von seinem Hals herab. Die Cahills waren fünf Minuten nach Bragg und der Polizei eingetroffen.

Francesca blickte zu ihrem Vater auf, der einen schrecklich grimmigen Eindruck machte. Dann lächelte sie Julia an, aber diese erwiderte ihr Lächeln nicht.

»Mama? Bitte reg dich nicht auf. Es macht mir Angst, dich so zu sehen.«

»Großer Gott, Francesca, als ich dich das letzte Mal sah, hast du auf dem Ball zwischen Mr Hart und Sarah gesessen und dich augenscheinlich gut amüsiert!«, rief Julia. »Und dann kommen wir nach Hause und finden dich hier mit einer schlimm verbrannten Hand vor, und vorn im Garten liegt eine bewusstlose Frau – eine Mörderin – und die arme Mrs Kennedy hat eine Stichwunde! Ich weiß einfach nicht, was ich machen soll! Zum ersten Mal in meinem Leben weiß ich nicht mehr weiter.«

»Meine Hand ist nicht schlimm verbrannt«, widersprach Francesca. »Eigentlich sind es hauptsächlich meine Fingerspitzen, die ein bisschen schmerzen, und in ungefähr einer Woche wird nichts mehr zu sehen sein.«

»Nein, Dr. Finney hat gesagt, dass man den Verband täglich wechseln sollte, um eine Infektion zu vermeiden. Er sagte, es sei möglich, aber nicht wahrscheinlich, dass du den Verband in einer Woche abnehmen kannst. Aber er bezweifelt es.« Julia blickte Francesca unverwandt an.

Francesca wusste dies alles bereits; Dr. Finney hatte gesagt, dass es möglicherweise Wochen dauern könnte, bis sie wieder in der Lage wäre, ihre rechte Hand uneingeschränkt zu benutzen. »Ich musste doch Maggie retten.«

»Nein. Die Polizei war verantwortlich für das Leben von Mrs Kennedy. Nicht du«, erwiderte Julia.

Andrew trat vor seine Tochter. »Francesca, niemand bewundert dich mehr als ich. Du hast mir schon so oft allen Grund gegeben, stolz auf dich zu sein. Und ich danke Gott dafür, dass du nicht schlimmer verletzt wurdest.« Er zögerte. »Ich bin auch jetzt stolz auf dich, dass du Mrs Kennedy das Leben gerettet hast.«

Julia atmete hörbar ein.

Francesca schenkte ihrem Vater ein kleines Lächeln. Es wurde ihr immer warm ums Herz, wenn er sie lobte. »Ich danke dir, Papa.«

In diesem Moment kam Evan ins Zimmer gestürzt. »Großer Gott! Draußen wimmelt es von Polizisten, und ich habe gerade einen Lazarettwagen vom Haus wegfahren sehen!« Er verstummte und blickte mit großen Augen auf Francescas dick verbundene Hand. »Was ist geschehen?«

»Ich habe mir die Hand verbrannt, ansonsten geht es mir gut«, antwortete Francesca.

»In ein paar Wochen wird alles wieder in Ordnung sein«, beruhigte Andrew seinen Sohn.

Die beiden hatten in der letzten Zeit kaum noch ein Wort miteinander gewechselt; Evan war wegen der erzwungenen Verlobung mit Sarah sehr zornig auf Andrew gewesen. Nun allerdings wandte er sich direkt an ihn. »Wie bitte?«

»Offenbar hat eine Frau die Kreuzmorde begangen, und heute Abend kam sie hierher, um Mrs Kennedy umzubringen. Deine Schwester hat ihr das Leben gerettet und sich dabei die Hand verbrannt«, erklärte Andrew.

Evan blickte von Andrew zu Francesca. »Was ist mit Maggie?«

»Sie hat eine Stichwunde davongetragen, aber sie wird sich wieder vollständig –«, setzte Andrew an.

Doch er kam gar nicht dazu, seinen Satz zu beenden, denn Evan war bereits aus dem Zimmer geeilt.

Als Francesca ihm nachschaute, bemerkte sie, dass Bragg im Türrahmen stand. Ihr Herz krampfte sich zusammen, und als sie seinem Blick begegnete, wünschte sie, sie wären allein.

»Dürfte ich Sie bitte kurz einmal sprechen, Francesca?«, fragte er.

»Aber gewiss«, erwiderte Andrew.

Julia drückte noch einmal Francescas unverletzte Hand und

sagte: »Ich werde niemals wieder zulassen, dass du dich in Gefahr begibst.«

»Es geht mir doch gut, Mama«, flüsterte Francesca.

In Julias Augen schimmerten Tränen. Sie gab einen abschätzigen Laut von sich. Andrew reichte ihr seine Hand, und sie verließen gemeinsam das Zimmer.

Bragg schloss die Salontüren, schritt dann rasch zum Sofa hinüber und setzte sich neben Francesca. Er nahm ihre linke Hand und umfing sie mit seinen Händen. »Geht es Ihnen auch wirklich gut?«

»Aber das wissen Sie doch«, erwiderte sie leise, und ihre Blicke senkten sich ineinander.

»Ich weiß gar nichts. Francesca, Sie hätten ernsthaft verletzt werden oder eine Stichwunde davontragen können wie Maggie, oder sogar tot sein!« Er litt Qualen, und die Tiefe seiner Gefühle war so offensichtlich, dass Francesca ein freudiger Schauer durchlief.

»Aber ich bin doch gar nicht schwer verletzt, es könnten höchstens ein paar Narben an der Hand zurückbleiben, aber das ist mir gleichgültig.«

»Aber mir ist es nicht gleichgültig«, erwiderte er eindringlich.

»Bragg, sie hat auf Maggie eingestochen. Sie ist eine böse Frau, und mir ist keine andere Möglichkeit eingefallen.«

Er hob ihre gesunde Hand und küsste sie innig. Erstaunlicherweise rief dieser Kuss die gleichen Gefühle in Francesca hervor wie die Umarmung in der Bibliothek der Channings – doch nun empfand sie sie noch viel stärker. Und die Tiefe dieser Gefühle erschütterte sie.

»Ich weiß«, sagte er mit rauer Stimme. »Sie sind blitzgescheit und die tapferste Frau, die ich kenne.«

Er schaute auf seine Knie, und Francesca bemerkte, dass Tränen in seinen dunkelbraunen Wimpern schimmerten.

»Weinen Sie etwa?«, fragte sie fassungslos.

»Nein.« Aber ganz offensichtlich war er derartig bekümmert, dass er kurz davor stand, in Tränen auszubrechen. »Ich bin arg mitgenommen. Ich weiß nicht, was ich tun soll, damit Sie die Gefahr meiden.«

»Nun«, sagte sie und spürte, dass auch ihr die Tränen in die Augen traten. »In den nächsten Wochen kann ich mich unmöglich der Kriminalistik widmen, denn die Vorstellung, einem Verbrecher ohne eine funktionstüchtige rechte Hand gegenübertreten zu müssen, erscheint mir wahrlich nicht sehr reizvoll.«

»Gott sei Dank! Es wird also eine kleine Ruhepause geben«, stieß er hervor.

»Vielleicht war das, was heute Abend passiert ist, doch ein bisschen zu gefährlich«, gab Francesca zu.

»Vielleicht?« Seine bernsteinfarbenen Augen blickten sie ungläubig an.

Plötzlich begann sie zu zittern. »Ich hatte so schreckliche Angst, Bragg!«

Sie sah, wie ein kleiner Muskel in seiner Wange zu zucken begann, und dann zog er sie in seine Arme, ohne Rücksicht darauf, dass sie sich in ihrem Elternhaus befanden. Francesca vergrub ihr Gesicht an seiner starken Brust und fühlte sich sicher und geborgen. Ihr Körper schien mit dem seinen zu verschmelzen.

Dann spürte sie, wie er ihren Hinterkopf umfasste. Ihre Frisur hatte sich wieder einmal aufgelöst, und das Haar lag ihr wie ein goldener Umhang um Schultern und Rücken. Er ließ es durch seine Finger gleiten und strich ihr sanft über den Kopf. Es war unglaublich beruhigend. Dann gab er ihr einen Kuss auf den Scheitel.

»Wirst du dich auch an das halten, was der Arzt gesagt hat?«, fragte er leise und küsste erneut ihren Scheitel.

»Ja«, murmelte sie, und eine Träne schlüpfte unter ihren geschlossenen Lidern hervor.

»Du musst die nächsten Tage das Bett hüten, Francesca. Die Hand darf sich auf keinen Fall entzünden«, sagte er.

Sie rührte sich immer noch nicht, obwohl sie ihn gern angeschaut hätte. »Wenn du mich nur weiter so festhältst, werde ich dir keine Bitte abschlagen.« Sie fühlte sein Lächeln, obwohl sie es nicht sehen konnte.

»Verstehe. Dann wirst du dich also niemals wieder als Privatdetektivin versuchen?«

»Hm«, brummte sie.

Er küsste sie ein letztes Mal auf den Kopf und ließ sie dann los. Francesca richtete sich auf, und sie blickten einander für einen langen Moment in die Augen.

»Ich sollte jetzt besser gehen, auch wenn ich lieber bei dir bliebe.«

Sie wusste genau, was er meinte. Sollte Julia auf den Gedanken kommen, nach ihnen zu sehen, würde sie sofort erkennen, welch tiefe Gefühle sie füreinander hegten.

»Ja, das wäre wohl besser.«

»Ich werde morgen wieder vorbeischauen«, sagte er.

KAPITEL 18

DIENSTAG, 11. FEBRUAR 1902 –
KURZ VOR MITTERNACHT

Als Evan Maggies Zimmer betrat, trat Dr. Finney auf ihn zu, der der Hausarzt der Cahills war, seit sie nach New York gezogen waren. Finney blieb mit seiner schwarzen Arzttasche in der Hand stehen, um Evan zu begrüßen, doch der nahm gar nicht richtig wahr, was er zu ihm sagte. Maggie war niedergestochen worden! Evan würdigte den Arzt keines Blickes, sondern hatte nur Augen für die junge Frau, die gegen einen hohen Kissenstapel gelehnt im Bett lag und sehr blass aussah. Wie zerbrechlich sie wirkte, und dennoch war sie eine sehr starke Frau, denn sie zog ihre vier prächtigen Kinder ganz allein groß. Ihre drei Jüngsten saßen am Fußende ihres Bettes, und Joel stand in seinem langen Nachthemd an ihrer Seite.

Als Maggie Evan erblickte, versuchte sie sich hastig aufzusetzen und gleichzeitig die Bettdecke bis zu ihrem Kinn in die Höhe zu ziehen. Dabei sah sie ihn mit großen Augen an.

»Die Wunde ist nicht tief, so dass keine lebenswichtigen Organe verletzt wurden«, sagte Finney. Er legte eine Hand auf Evans Arm. »Sie ist eine tapfere, junge Frau und kräftig dazu, und ich vermute, dass sie in ein oder zwei Tagen schon wieder aufstehen kann.« Er lächelte, nickte Maggie noch einmal kurz zu und verließ dann das Zimmer.

Evans Besorgnis wollte trotz Finneys aufmunternder Worte nicht weichen. »Mrs Kennedy, entschuldigen Sie bitte die Störung«, sagte er von der Türschwelle aus. »Ich wollte mich nur einmal erkundigen, wie es Ihnen geht.«

»Gut«, erwiderte sie und wich seinem Blick aus. »Vielen Dank der Nachfrage, Mr Cahill.«

Ihre Worte konnten Evan kaum erleichtern. »Was in Gottes Namen ist denn nur geschehen?«, fragte er bestürzt. »Darf ich vielleicht einen Moment hereinkommen?«

Sie warf ihm einen kurzen Blick zu. »Es ist schon spät«, sagte sie, und trotz ihres Zustandes war ihre Stimme fest. Sie hatte die Worte zwar höflich, aber eindeutig ablehnend gesprochen.

Er spürte, wie er errötete. Aber sie musste doch wissen, dass er nicht im Begriff war, ihr Avancen zu machen, weder jetzt noch irgendwann in der Zukunft! »Ich weiß, dass es spät ist. Aber … ich mache mir Sorgen.«

»Vielen Dank.« Sie griff nach Joels Hand und hielt sie fest. Evan bemerkte, dass sie zitterte. Sie war nicht halb so gelassen, wie sie zu sein vorgab, und er bewunderte sie über alle Maßen. Ihr Mut angesichts der Widrigkeiten ihres Lebens war erstaunlich – wie schaffte sie es nur, ohne Ehemann, mit vier kleinen Kindern Tag für Tag den Alltag zu meistern?

»Darf ich wenigstens die Kinder zu Bett bringen?«, fragte er. Die Kleinen sahen ihre Mutter mit großen Augen an, bis auf die vierjährige Lizzie, die sich krampfhaft bemühte, ihre Augen offen zu halten, darin aber gründlich versagte. Sie lehnte sich gegen Paddy, der mit seinem flammendroten Haar und den strahlenden, blauen Augen der Einzige von der Rasselbande war, der Maggie ähnlich sah.

»Das wäre eine Zumutung«, sagte Maggie leise.

»Aber keinesfalls!« Evan brachte ein Lächeln zustande, denn er wusste, dass er sich nicht den Anschein geben durfte, bekümmert oder besorgt zu sein. Mit großen Schritten durchquerte er das Zimmer und hob Lizzie auf den Arm. Die Kleine seufzte und kuschelte sich an seine Brust. »Paddy, Matthew, eurer Mutter geht es gut«, sagte er. »Aber sie muss jetzt ein wenig schlafen, damit sie schon bald wieder ganz die Alte ist. Also los, ab ins Bett mit euch! Das gilt auch für dich, Joel.«

Joel schien seine Mutter nur ungern allein lassen zu wollen und blickte sie fragend an.

»Es geht mir wirklich gut«, sagte sie leise zu ihrem ältesten Sohn. »Und du bist mein großer Held.«

Ihre Worte vermochten kein Lächeln auf sein Gesicht zu zaubern. Er wusste ganz offensichtlich, in welcher Gefahr seine Mutter geschwebt hatte. »Wenn einer hier 'n Held ist, dann Miss Cahill. Ich kann hier auf dem Boden schlafen, wenn du willst.«

Bevor Maggie überhaupt die Gelegenheit hatte zu antworten, sagte Evan: »Du bist ein tapferer junger Mann und es ist sehr lobenswert, dass du deine Mutter beschützen willst, Joel. Aber unten werden zwei Polizeibeamte Wache halten, und ich bin in meinem Haus direkt nebenan.« In diesem Moment kam ihm der Gedanke, dass er – auch wenn die Gefahr offenbar gebannt war – die Nacht in einem der Gästezimmer auf diesem Stockwerk verbringen könnte. Ganz diskret natürlich.

Joel seufzte. »Nacht, Mom.«

Sie gab ihrem Sohn einen Gutenachtkuss und bedachte ihn mit dem liebevollen Lächeln einer Mutter. Evan musste unwillkürlich auch lächeln, als er die beiden beobachtete. Dann schaute Maggie auf, und ihre Blicke trafen sich.

Es geschah selten, dass sie Evan in die Augen sah, und ihre Augen waren so außergewöhnlich schön, dass er den Blick gar nicht abwenden konnte.

Doch mit einem Mal wurde er verlegen und spürte, dass er erneut errötete. »Die Kinder werden bestimmt ganz schnell einschlafen.«

Endlich schlug sie die Augen nieder. »Ich danke Ihnen, Mr Cahill.«

»Evan«, sagte er.

Darauf erwiderte sie nichts, und er ging mit den Kindern in den Nebenraum und brachte sie ins Bett – sogar Joel, der bis zuletzt wartete. Evan tätschelte Paddys roten Schopf, strich Matthew über das schwarze Haar und küsste Lizzies weiche Wange. Die Kleine schlief bereits tief und fest. »Soll ich ein Nachtlicht anlassen?«, fragte Evan.

»Ja«, riefen die beiden kleineren Jungen im Chor.

Er lächelte in sich hinein. Als er am Abend zuvor nach Hause gekommen war, hatte er noch einmal nach den Kindern gesehen und dabei festgestellt, dass sie mit einem Nachtlicht schliefen. Er schaltete es ein und blieb dann neben Joel stehen, der ganz steif im Bett lag und den Eindruck erweckte, als beabsichtige er, die ganze Nacht wach zu bleiben, um mögliche Eindringlinge abzuwehren. »Das Haus ist abgeschlossen. Du brauchst deinen Schlaf, wenn du groß und stark werden willst«, sagte Evan und versuchte dabei streng und väterlich zugleich zu klingen.

Joel nickte kaum merklich, und plötzlich schien es so, als kämpfe er mit den Tränen.

»Deiner Mutter wird nichts geschehen«, flüsterte Evan, damit ihn keines der anderen Kinder hören konnte. »Aber ich werde für alle Fälle in dem Zimmer auf der anderen Seite des Flurs schlafen.«

Joels Gesicht hellte sich auf. »Würden Sie das für sie tun?«

»Für euch alle«, erwiderte Evan mit einem, wie er hoffte, beruhigenden Lächeln. Er hatte immer noch keine Ahnung, was genau geschehen war und wollte jedes kleinste Detail erfahren.

Joel zögerte. Plötzlich trat ein verschmitzter Ausdruck in seine Augen. »Wollen Sie mit ihr allein sein?«, fragte er.

Evan schrak zusammen, doch er musste sich eingestehen, dass es sich so verhielt. Aber es war nicht so, wie Joel offenbar dachte, denn Evan hegte keinerlei romantische Gefühle für Maggie.

Wie könnte er?

Er war nicht wie manche seiner Freunde, die Liebeleien mit Revuetänzerinnen und Hausmädchen begannen. Außerdem war Maggie ganz offensichtlich eine tugendhafte Frau, auch wenn sie ihren Lebensunterhalt als Näherin verdiente. Natürlich war ihm bewusst, wie attraktiv sie war, immerhin hatte er ein Auge für hübsche Damen. Und jeder konnte sehen, dass Maggie außerordentlich hübsch war und erstaunlich blaue Augen hatte. Doch wenn es um seine lockeren Affären ging, so ließ er sich nur mit Frauen wie seiner Mätresse oder Bartolla Benevente ein.

Nein, wenn er mit Maggie allein sein wollte, dann nur, um sie zu trösten und sicherzustellen, dass es ihr auch wirklich gut ging.

»Deine Mutter ist eine Freundin«, erklärte er Joel mit ernster

Stimme. »Und ich möchte sie lediglich kurz allein sprechen, um mich davon zu überzeugen, dass sie es bequem hat und es ihr an nichts fehlt.«

Joel lächelte ihn an. »Sie ist sehr hübsch, nich wahr?«, fragte er.

Evan zauste dem Jungen durch das schwarze Haar. »Ja, das ist sie, aber komm bloß nicht auf irgendwelche romantischen Ideen! Wie du weißt, bin ich verlobt.« Er gab sich große Mühe, nicht das Gesicht zu verziehen, wie er es für gewöhnlich bei dem bloßen Gedanken an seine Verlobung tat. Es lag nicht daran, dass er Sarah nicht mochte. Es war schön, sie zu seinem Freundeskreis zählen zu können. Aber er hatte immer gehofft, einmal eine Frau zu heiraten, die er begehrte und bewunderte, vielleicht sogar lieben könnte.

»Ja, ich weiß«, sagte Joel, und die Enttäuschung war ihm anzusehen.

Evan zögerte. Einen Moment lang war er versucht, dem Jungen zu gestehen, dass er selbst sicherlich enttäuschter über seine Verlobung war als jeder andere. »Schlaf gut«, sagte er stattdessen und ging in den Nebenraum zurück.

Maggie schlief noch nicht und schaute auf, als er das Zimmer betrat. Wieder einmal mied sie den direkten Augenkontakt mit ihm, ganz so, als mache er sie nervös. Er hatte etwas in der Art bereits vermutet, konnte sich den Grund dafür aber nicht vorstellen.

»Darf ich noch für einen Moment hereinkommen?«, fragte er und vergaß dabei ganz, dass er ihr diese Frage zuvor bereits gestellt und Maggie abgelehnt hatte.

Sie zögerte.

»Ich beiße nicht«, sagte er leise.

Sie nickte und blickte zum Kamin hinüber, wo das kleine Feuer brannte.

Er trat auf sie zu, blieb aber gute drei Meter vom Bett entfernt stehen. »Wie geht es Ihnen?«, fragte er mit sanfter Stimme.

Endlich schaute sie ihn an. »Dr. Finney hat mir eine Dosis Laudanum gegeben. Der Schmerz hat nachgelassen, und ich fühle mich ein wenig schläfrig.«

»Das ist gut«, sagte er und sein Blick glitt über ihre Gestalt hinweg, die sich unter der dicken Bettdecke nur undeutlich abzeichnete. Sie hatte die Decke immer noch bis zum Kinn heraufgezogen, und das amüsierte ihn, denn eine Bettdecke vermochte seine Fantasie nicht zu entmutigen – immerhin hatte er Maggie oft genug gesehen, um zu wissen, dass sie eine perfekte Figur hatte. »Benötigen Sie noch irgendetwas? Eine Tasse Tee vielleicht? Ein Glas Milch? Einen Weinbrand?«

»Nein, vielen Dank, es ist alles gut so.« Doch noch während sie sprach, stiegen ihr plötzlich die Tränen in die Augen.

Ohne über sein Tun nachzudenken, trat Evan an das Bett, ließ sich auf der Kante nieder und ergriff ihre Hände. Erstaunt stellte er fest, wie zerbrechlich sie sich anfühlten, denn er wusste, dass sie durch die Arbeit kräftig und flink waren.

»Das ist ein schrecklicher Abend für Sie gewesen, Mrs Kennedy. Ich wünschte, ich könnte die Uhr zurückdrehen, und die Welt wäre wieder in Ordnung.«

Sie entzog ihm ihre Hände. »Es tut mir Leid. Ich bin ein wenig überreizt. Ich glaube, ich sollte jetzt wirklich schlafen.«

Er sprang auf. »Ja, unbedingt. Morgen werden Sie sich bestimmt schon viel besser fühlen.«

Plötzlich sah sie ihm direkt in die Augen. »Wie sollte ich?«, rief sie. »Eine Frau, von der ich dachte, dass sie meine Freundin ist, hat sich in eine Wahnsinnige, in ein Monstrum verwandelt! Sie hat zwei meiner liebsten Freundinnen getötet und dann versucht, mich umzubringen!« Eine Träne kullerte über ihre Wange.

Evan ließ sich wieder auf die Bettkante sinken und ergriff erneut Maggies Hände, obgleich sie sofort wieder versuchte, sie wegzuziehen. »Sie werden wohl etwas Zeit benötigen, um darüber hinwegzukommen. Ich wünschte, ich könnte Ihnen raten, wie Sie damit fertig werden können, aber ich bin noch niemals in einer vergleichbaren Lage gewesen«, sagte er mit einem Gefühl der Hilflosigkeit. Obgleich er sich nichts sehnlicher wünschte, als Maggie zu helfen, wusste er einfach nicht, was er tun sollte.

Obwohl ihr die Tränen in den Augen standen, schenkte sie ihm ein kleines Lächeln und zog dann ihre Hände weg. »Sie sind sehr freundlich«, flüsterte sie.

»Nun, wer hätte unter diesen Umständen kein Mitgefühl?«, fragte er ein wenig verwirrt. Sie hatte ihn schon einmal als freundlich bezeichnet. War sie womöglich von anderen Männern so schlecht behandelt worden, dass sie sein Verhalten als außergewöhnlich empfand? Er benahm sich doch nur wie ein Gentleman.

Sie schüttelte den Kopf. »Viele.«

Sein Mitgefühl wuchs. »Da bin ich aber anderer Ansicht.«

»Ihre ganze Familie ist so wunderbar«, sagte Maggie mit erstickter Stimme, ganz offenbar von Gefühlen überwältigt. »Sie sind alle so freundlich zu mir gewesen. Ihre Mutter, Ihr Vater und Ihre Schwester, für die ich alles tun würde!«, rief sie. »Ich hoffe nur, dass einmal der Tag kommt, an dem ich mich bei Ihnen allen revanchieren kann.«

»Sie müssen gar nichts tun, außer gesund zu werden«, sagte er beschwichtigend. Als er sah, dass ihr langsam die Lider schwer wurden – was zweifellos auf die Wirkung des Laudanums zurückzuführen war –, lächelte er.

»Mein Kopf ist plötzlich wie benebelt«, murmelte sie und dann fielen ihr die Augen zu.

»Das Laudanum wirkt«, verkündete er und erhob sich zu seiner eigenen Überraschung widerstrebend. »Ich wünsche Ihnen eine gute Nacht, Mrs Kennedy«, sagte er.

Ihre Lider flatterten noch einmal kurz, aber sie öffnete weder die Augen noch hob sie die Hand oder sagte ein Wort. Offenbar war sie endlich eingeschlafen. Evan betrachtete sie für einen kurzen Augenblick lächelnd und schlich sich dann leise hinaus.

Die Nacht verbrachte er in einem Gästezimmer auf der anderen Seite des Flurs.

MITTWOCH, 12. FEBRUAR 1902 – 10 UHR
Bartolla saß in ihrem hauchdünnen Morgenmantel –
eine Kreation aus pastellgrünem Chiffon und handgear-
beiteter, elfenbeinfarbener Spitze – mit dem Federhalter in
der Hand am Schreibtisch und dachte an den vergangenen
Abend. Die Erinnerungen an den wundervollen Ball tanzten
durch ihre Gedanken, und immer wieder sah sie sich in ihrem
goldfarbenen Satin- und Spitzenkleid im Mittelpunkt des
Interesses stehen und war umgeben von Männern, die sie mit
ihrer Aufmerksamkeit überhäuften.

Dann dachte sie an Evan Cahill, und plötzlich wurde ihr ganz
heiß. Ob er wohl auch den Mut haben würde, ihr Liebhaber
zu werden, wenn seine Verlobung mit ihrer Cousine nicht
gelöst werden konnte? Aber diese Verlobung musste einfach
beendet werden, denn Sarah und er passten doch überhaupt
nicht zueinander, während Evan und sie selbst ein so wundervolles Paar abgaben.

Früher oder später würde sie ohnehin wieder heiraten müssen. Niemand wusste, dass ihr verachtenswerter verstorbener
Ehemann sein ganzes Vermögen in Eisenbahnen, Elektrizität
und Minen festgelegt und es seinen Kindern aus erster Ehe
vermacht hatte. Bartolla hatte acht lange Jahre mit dem alten
Mistkerl verbracht und dafür am Ende nur ein paar lächer-
liche hunderttausend Dollar erhalten. Sie wusste, dass man

in Italien hinter ihrem Rücken über sie lachte, da allgemein bekannt war, was ihr der Graf angetan hatte. Doch hier in New York hielten sie alle für eine reiche Witwe, und es war der perfekte Ort, um sich einen reichen Ehemann zu angeln.

Evan war zwar nicht ganz so vermögend, wie sie es sich vorgestellt hatte, aber nach dem Tod seines Vaters würde er es sein. Und es würde sich lohnen, darauf zu warten, da er jung und attraktiv war und gewiss ganz wundervoll im Bett.

Bei dem Gedanken daran, dass Evan ihr den ganzen Abend nicht von der Seite gewichen war, seufzte Bartolla zufrieden. Dem Getuschel nach zu urteilen war es sogar einigen Gästen aufgefallen, wie sehr sie sich zueinander hingezogen fühlten.

Plötzlich klopfte es leise an der Tür.

Bartolla drehte sich um und zog dabei den Morgenmantel fester um sich. »Herein!«, rief sie.

Eine strahlende Sarah betrat das Zimmer. »War das nicht ein wundervoller Abend?«, rief sie und sah dabei so glücklich aus, dass man sie beinahe als hübsch bezeichnen konnte.

Bartolla lachte. »Ja, das war es, und ich weiß auch, warum du so glücklich bist.«

»Hart hat vorgeschlagen, dass wir uns heute Nachmittag treffen, um das Porträt zu besprechen und uns auf einen Preis zu einigen!«

So aufgekratzt hatte Bartolla ihre Cousine bisher nur erlebt, wenn sie in ihrem Atelier wie eine Besessene malte.

»Ist das nicht unglaublich?«, plapperte Sarah weiter. »Eines meiner Bilder wird in seinem Haus hängen, in seiner weltberühmten Sammlung!«

Bartolla lachte, denn sie hatte Sarah wirklich sehr gern und freute sich für sie. »Aber es könnte ein wenig schwierig werden, Francesca dazu zu bringen, dieser Angelegenheit zuzustimmen. Es ist schon recht amüsant, dass Hart ihr nachstellt, während sie sich lieber mit Bragg abgibt, der nicht nur verheiratet, sondern auch noch sein Bruder ist!«

Auf Sarahs Gesicht spiegelte sich Ernüchterung. »Du glaubst, Hart stelle Francesca nach? O nein, Bartolla, da irrst du dich. Die beiden sind nur Freunde.«

»Hart kennt keine Freundschaft – ganz besonders nicht, wenn es um Frauen geht«, erwiderte Bartolla und machte eine wegwerfende Handbewegung. Sie war von ihren Worten überzeugt und wusste, dass sie Recht hatte. »Es sei denn, er beabsichtigt Bragg damit zu ärgern, schließlich verachtet er seinen Bruder.« Sie wusste, dass Hart ihm nur zu gern einen Strich durch seine Herzensangelegenheiten machen würde.

»Ich weiß, dass Mr Hart in dem Ruf steht, unhöflich, unfreundlich und nur auf seinen eigenen Vorteil bedacht zu sein, und natürlich weiß jeder, dass er ein furchtbarer Draufgänger ist, aber er würde seinem Bruder niemals die Frau wegnehmen, die er liebt, Bartolla. Offensichtlich mag er Francesca, aber das ist auch schon alles.«

»Offensichtlich würde er sie liebend gern in sein Bett zerren«, gab Bartolla trocken zurück.

Sarah blickte sie schockiert an. »Da bin ich anderer Ansicht!«

Bartolla zuckte die Schultern. Wie naiv ihre Cousine doch war! Sie verkniff sich die Bemerkung, dass Harts Interesse und seine so genannte Zuneigung sehr schnell nachlassen würden, sobald er bekommen hatte, was er wollte. »Darf ich dir einen Rat geben?«, fragte sie.

Sarah nickte eifrig.

»Meine Liebe, entweder überredest du Francesca, für dich Modell zu sitzen, oder aber du verlierst den Auftrag und verbaust dir damit den Zutritt in deine geliebte Kunstwelt.«

Sarah erhob sich. »Ich weiß. Ich werde Francesca überzeugen, für das Porträt Modell zu sitzen, schließlich ist ja nichts Schlimmes dabei! Sie ist eine wunderschöne Frau mit einem Mut und einem Elan, die ihresgleichen suchen, gepaart mit einer Herzensgüte, wie man sie heute nur noch selten findet. Und all das hat Hart ganz offensichtlich erkannt. Dieses Porträt wird mein bisher bestes Werk werden. Wie könnte sie da etwas einzuwenden haben? Ich werde ihr noch heute einen Besuch abstatten und wollte dich fragen, ob du Lust hast, mich zu begleiten.«

Obgleich Bartolla Francesca wirklich mochte, hatte das dunkelrote Kleid, das diese auf dem Ball getragen hatte, sie für Bartollas Geschmack in eine viel zu sinnliche und schöne Frau verwandelt. Die Gräfin hatte für den Moment genug von Francesca und war zu dem Entschluss gekommen, sie darin zu bestärken, lieber ihrem kriminalistischen Spürsinn und ihren Neigungen als Blaustrumpf zu folgen. »Ich würde mich heute lieber in meinem Zimmer aufhalten und mich ausruhen, da ich noch etwas müde bin vom gestrigen Abend«, erwiderte sie deshalb.

Sarah war die Enttäuschung anzumerken, doch dann hellte sich ihr Gesicht rasch wieder auf. »Wahrscheinlich ist es ohnehin besser, wenn ich allein mit ihr rede.«

»Ja, da hast du Recht.« Bartolla dachte an die Dreiecksbeziehung, die soeben im Entstehen begriffen war, und tätschelte Sarahs Hand. »Das dürfte ein interessanter Winter werden«, sagte sie grinsend.

»Ja, das wird es bestimmt«, antwortete Sarah. »Willst du mir beim Frühstück Gesellschaft leisten? Oh, wie ich sehe, bist du gerade damit beschäftigt, einen Brief zu schreiben.«

»Ich glaube, ich werde mir einen Tee aufs Zimmer bringen lassen«, sagte Bartolla.

»Na schön.« Sarah küsste ihre Cousine auf die Wange und verließ den Raum.

Bartolla nahm ein eng beschriebenes Blatt Papier vom Schreibtisch und las die Zeilen, die sie gleich nach dem Aufstehen verfasst hatte, noch einmal durch:

Meine liebste Leigh Anne,
wie ich höre, hältst du dich derzeit in Boston auf, da dein Vater erkrankt ist. Ich darf dir versichern, dass meine Gedanken bei dir und deiner Familie weilen und ich täglich für sein Wohl bete.
Ich befinde mich momentan in New York und amüsiere mich prächtig. Gestern Abend hat meine Cousine mir zu Ehren einen Ball gegeben, und wir haben bis zum Morgengrauen getanzt. Ich habe die Bekanntschaft deines Mannes gemacht und verstehe nun, warum du dich anfangs zu ihm hingezogen fühltest. In manchen Kreisen wird er bereits als der Mann gefeiert, der imstande ist, den für seine Korruption so berüchtigten Polizeiapparat zu reformieren. Er ist ganz offenbar ein starker, intelligenter und entschlossener Mann. Aber du hast nie sein interessantes Aussehen erwähnt! Es heißt, er sei ein Halbblut oder etwas in der Art. Er hat so mancher Frau ganz schön den Kopf verdreht, aber einer ganz besonders.

Francesca Cahill stammt aus einer der reichsten Familien der Stadt. Sie ist ausgesprochen schön, und außerdem ist sie jung und unverheiratet und viel intelligenter als du oder ich. In der einen Woche, in der ich nun bei meinen Verwandten weile, waren die beiden unzertrennlich. Gestern Abend traf ich sie in der Bibliothek in eine private Unterhaltung vertieft, aber ich bin mir sicher, dass es dabei lediglich um irgendwelche Polizeiangelegenheiten ging. Sie ist Hobby-Kriminalistin und hat dabei geholfen, den Randall-Mord aufzuklären, über den du bestimmt gelesen hast, da hier in allen Zeitungen darüber berichtet wurde.

Mir schwirrt der Kopf von all den Festen und Abendgesellschaften, den Bällen und Musicals. Es ist ein schneereicher Winter. Gestern Nacht sind zehn Zentimeter gefallen! Aber das hält diese vergnügungssüchtigen New Yorker nicht vom Feiern ab. Es würde dir hier gewiss gefallen, und wir könnten viel Spaß zusammen haben. Ich werde meine Tante fragen, ob du bei uns wohnen darfst. Lass mich wissen, ob und wann du kommen kannst.

Mit herzlichen Grüßen,
Bartolla Benevente

Bartolla lächelte. Sie war mit ihrem Brief sehr zufrieden. Aber dann kam ihr ein Gedanke: Die Post war viel zu langsam. Sie würde den Brief umgehend von einem Boten überbringen lassen.

Francesca klopfte leise an Maggies Tür. Es war schon spät, beinahe Mittag, aber sie war erst vor kurzem aufgewacht. Ihre Hand pochte, und Francesca fühlte sich elend und erschöpft, als sei sie an der Grippe erkrankt. Mit Bessies Hilfe hatte sie es geschafft, sich anzuziehen, um nach Maggie sehen zu können.

Es dauerte einen kurzen Moment, bis Maggie auf ihr Klopfen reagierte und Francesca ihr Zimmer betreten konnte.

Maggie lag im Bett, und von den Kindern war keine Spur zu entdecken. Sie sah bleich und matt aus, aber sie lächelte Francesca an. »Sie haben mir das Leben gerettet«, sagte sie.

Francesca erwiderte ihr Lächeln und setzte sich auf die Bettkante. »Wir haben uns gegenseitig geholfen«, antwortete sie. Sie erinnerte sich nur ungern an die Ereignisse des vergangenen Abends. Sie waren einfach zu beängstigend und zu grausig gewesen, und Francesca hoffte, dass sie irgendwann einmal das Bild von Lizzie O'Brien, wie sie brennend aus dem Fenster sprang, würde vergessen können.

»Wie kann ich Ihnen nur jemals für all das danken, was Sie für mich getan haben?«, fragte Maggie, und ihre Augen füllten sich mit Tränen.

»Sie müssen sich nicht immer wieder bei mir bedanken. Wo sind denn die Kinder?«

Maggie blickte zur Seite. »Ihr Bruder hat sie zu einem Ausflug mitgenommen. Er ist schrecklich nett.«

»Ja, das ist er. Es liegt in seiner Natur«, erwiderte Francesca, und das meinte sie ganz ehrlich. »Wie fühlen Sie sich?«

»Meine Seite tut weh. Aber das ist gar nix im Vergleich zu dem schrecklichen Gefühl in meinem Herzen«, gestand sie.

Francesca griff mit ihrer Linken nach Maggies Hand. Die Rechte war immer noch unter einem dicken Verband verborgen und nicht zu gebrauchen. Allein sie anzuheben verstärkte den Schmerz. »Es tut mir ja so Leid, dass Sie zwei enge Freundinnen verloren haben und dass sich Lizzie als Mörderin entpuppt hat.«

Maggie nickte wortlos. »Wird sie überleben?«, fragte sie dann. »O ja. Aber es kann noch einige Monate dauern, bis sie sich so weit erholt hat, dass man sie vor Gericht stellen kann«, erklärte Francesca.

Maggie seufzte tief. »Wir hatten ja keine Ahnung. Lizzie war wohl immer ungestümer als wir anderen, ungestümer, zäher, freier. Aber wir haben sie geliebt, Miss Cahill. Ich war dreizehn, als ich sie kennen lernte, und zwölf, als ich Kathleen und Mary traf.«

Francesca wusste nicht, was sie darauf sagen sollte. »Vielleicht war sie schon immer wahnsinnig?«

»Ich weiß es nich. Sie war zumindest immer schon 'ne ganz Wilde und scherte sich nich um das, was die Leute sagten. Sie ging mit Jungs aus und gab damit an. Die Priester, die versuchten, vernünftig mit ihr zu reden, lachte sie aus. Sie weigerte sich auch, zur Beichte zu gehen. Manchmal verspottete sie uns, weil wir so duldsam waren – und so fromm. Denn Kathleen, Mary und ich waren sehr gläubig. Wir haben uns alle immer ein wenig vor ihr gefürchtet«, gestand sie. »Jetzt erkenne ich die Zeichen. Ich wusste, dass sie hinter Mike O'Donnell her war, sogar noch nachdem er Kathleen geheiratet hatte. Aber ich wollte nix davon wissen, also tat ich so, als würde ich's gar nich bemerken. Und ich wusste, dass sie versuchte, sich an meinen Joseph ranzumachen. Aber ich hab ihm vertraut und mir eingeredet, dass sie ihn nich wirklich verführen wollte. Aber natürlich hat sie genau das getan.«

436

»Langsam glaube ich, dass sie in all den Jahren schrecklich eifersüchtig auf Sie drei gewesen ist, und dieser Neid hat an ihr gefressen und sie schließlich in den Wahnsinn getrieben. Als vornehme Mrs Lincoln Stuart hatte sie dann die Gelegenheit, all ihre Wut und ihren Hass auszuleben. Glauben Sie, dass sie Sie insgeheim all die Jahre gehasst hat?«

»Es scheint tatsächlich so gewesen zu sein«, flüsterte Maggie.

»Vielleicht hatten ihre Versuche, Joseph zu verführen, und auch ihre Affären immer nur was mit Eifersucht und Hass zu tun.« Maggie war blasser geworden.

»Wir sollten nicht länger so düsteren Gedanken nachhängen«, flüsterte Francesca und tätschelte Maggies Hand. »Beim Prozess wird sicherlich alles herauskommen. Lizzie ist ja nicht gerade auf den Mund gefallen.«

Maggie nickte. »Wissen Sie, was mir wirklich Angst macht?«

»Nein, was denn?«

»Als wir jung waren, haben wir immer irgendwie ihren Mut bewundert. Keine von uns hat sich jemals getraut, die Beichte zu versäumen. Keine von uns hat je geflucht, geraucht oder getrunken. Wir sind jungfräulich in die Ehe gegangen. Aber sie hat all das gemacht, wovor wir uns gefürchtet hatten. Wir wussten, dass wir nich den Mut hatten, also haben wir sie im Stillen beneidet.« Maggie war ganz aufgeregt.

»Jetzt machen Sie sich doch keine Vorwürfe, dass Sie einer so guten Freundin vertraut haben!«, rief Francesca. »Geben Sie sich nicht die Schuld daran, dass Sie nicht erkannt haben, wie gestört sie war – und immer noch ist! Und eines lassen Sie sich gesagt sein, Maggie – Sie besitzen hundertmal mehr Mut als diese Frau. Sie können stolz auf sich sein, denn nur eine starke Frau wie Sie vermag allen Widrigkeiten zum Trotz ein so tugendhaftes, vorbildliches Leben zu führen.«

Maggies Mund verzog sich zu einem Lächeln. »Sie sind schrecklich nett zu mir, Miss Cahill.«

»Ich bin nur ehrlich«, sagte Francesca. »Das liegt nun einmal in meiner Natur.«

»Das wird mir immer klarer.«

»Werden Sie mich wohl jemals Francesca nennen?«

»Ich glaube nich«, erwiderte Maggie.

Die beiden Frauen lächelten einander an.

Francesca ruhte vor dem Kamin in ihrem Zimmer und versuchte zu lernen, was ihr aber nicht sonderlich gut gelang, da nicht nur ihre Hand, sondern infolge der Verletzung auch ihr Kopf schmerzte. Draußen schneite es wieder einmal kräftig. Sie hatte den ganzen Nachmittag auf dem Sofa gelegen. Nun war sie mürrisch und gereizt, weil ihr die Verbrennung große Schmerzen bereitete, und sie zog in Erwägung, ein wenig Laudanum zu sich zu nehmen. Es musste inzwischen ungefähr fünf Uhr sein.

»Francesca? Du hast einen Besucher. Es ist Hart«, ertönte plötzlich Julias Stimme von der Tür her.

Francesca seufzte. Wenn Hart von ihrer Verletzung wusste – und falls er es noch nicht wissen sollte, so würde er es bald erfahren –, würde er ihr eine Standpauke halten, und sie fühlte sich momentan nicht in der Lage, sich zu verteidigen. Oder war er etwa gekommen, um Druck auf sie auszuüben, damit sie für das Porträt Modell saß? Sarah hatte sie bereits davon überzeugt, dass sie unbedingt einwilligen musste, da dies ihre große Chance war, sich einen Namen als Malerin zu machen.

438

Francesca seufzte erneut, erhob sich widerwillig vom Sofa und ging ins Badezimmer. Als sie ihr Spiegelbild erblickte, zuckte sie unwillkürlich zurück. Sie sah schrecklich aus, wie ein Gespenst. Ihre sonst so rosig wirkende Haut war käsig, unter ihren Augen lagen dunkle Ringe, und ihr Haar, das sie sich nur nachlässig zurückgebunden hatte, um die Kopfschmerzen nicht noch zu verschlimmern, wirkte völlig zerzaust. Plötzlich musste Francesca gegen die Tränen kämpfen. Doch dann rief sie sich in Erinnerung, dass es sich nur um eine kleine Verbrennung handelte. Dr. Finney hatte am Nachmittag den Verband gewechselt und gesagt, dass es keine Anzeichen einer Infektion gab. Nach ein paar Tagen würde der Schmerz nachlassen, und bis dahin konnte sie zum Laudanum greifen, wie er es ihr geraten hatte.

Aber wenigstens würde Hart, wenn er sie erst einmal so sah, sicherlich nicht länger darauf drängen, dass sie sich malen ließ. Nein, er würde den Auftrag ganz gewiss zurückziehen. Wahrscheinlich würde er sie nicht einmal wiedererkennen. Sie war nicht mehr die verführerische Frau in dem dunkelroten Kleid, o nein! Sie war nicht einmal sie selbst. Er würde sie keines Blickes mehr würdigen, wenn sie so sah, und das hätte schließlich auch etwas Gutes.

Hart wartete in dem kleinsten der drei Salons im Erdgeschoss auf Francesca. Er trug wie immer einen schwarzen Anzug und lief mit großen Schritten ungeduldig auf und ab. Als er hörte, dass die Tür geöffnet wurde, wirbelte er herum und erstarrte unwillkürlich, als er Francesca auf der Schwelle stehen sah.

Voller Unbehagen stellte sie fest, dass ihr Herz einen kleinen Hüpfer vollführte, als sie ihn erblickte. Sie vermochte ihren Blick nicht von ihm loszureißen.

Hart rührte sich nicht von der Stelle. Sein Gesichtsausdruck, der für den Bruchteil einer Sekunde Besorgnis ausgedrückt hatte, war nun wieder vollkommen verschlossen und nicht zu deuten. Hatte sie sich seine anfängliche Reaktion etwa nur eingebildet?

»Geht es Ihnen gut, Francesca?«, fragte er leise.

Sie nickte, und zu ihrem Entsetzen spürte sie, wie ihr eine Träne über die Wange lief. »Ja, es geht mir gut.« Ihre Stimme klang heiser.

»Ich sehe doch, dass Sie Schmerzen haben«, erwiderte er ruhig. Endlich trat er auf sie zu, wobei seine Augen keinen Moment von ihrem Gesicht wichen. »Wie schlimm steht es um Ihre Hand?«

»Ich habe nur leichte Verbrennungen davongetragen. In ungefähr einer Woche werde ich den Verband schon wieder los sein, und in ein paar Wochen kann ich die Hand wieder uneingeschränkt benutzen«, erwiderte sie und starrte ihn wie gebannt an. Er hielt ihrem Blick stand, und ihr Unbehagen nahm zu – oder war es möglicherweise ihr Herz, das immer schneller schlug? Er war so dicht vor ihr stehen geblieben, dass sich ihre Knie beinahe berührten. »Wer hat Ihnen davon erzählt? Bragg?«

Endlich wich der verschlossene Ausdruck von seinem Gesicht, und Verdruss spiegelte sich in seinen Zügen wider. »Erwähnen Sie bloß nicht meinen Bruder«, sagte er warnend. Er ging zur Tür und schloss sie, was eigentlich völlig ungehörig war, aber seltsamerweise hatte Francesca nicht das Gefühl, Einwände dagegen erheben zu müssen. Obwohl es im Zimmer sehr warm war, die Fenster geschlossen waren und ein großes Feuer im Kamin knisterte, fröstelte sie.

Hart wandte sich zu ihr um und musterte sie forschend. »Sarah hat es mir erzählt. Wir haben uns vor einer Stunde getroffen. Sie hat die ganze Zeit über Sie geredet.«

»Verstehe«, erwiderte Francesca. Eigentlich hatte sie vorgehabt, niemandem von den Vorfällen des vergangenen Abends zu erzählen, aber da Sarah eine so enge Freundin war und dazu die Verlobte ihres Bruders, hatte sie es nicht übers Herz gebracht, sie anzulügen, als sie sich nach dem Grund für den Verband an ihrer Hand erkundigte.

»Ich mache mir große Sorgen um Sie.«

»Das ist sehr nett von Ihnen, Hart«, antwortete Francesca lächelnd. »Darf ich annehmen, dass Sie nicht mehr länger wütend auf mich sind?« Es freute sie sehr, dass sie wieder Freunde waren. Wie viel es ihr bedeutete, versetzte ihr allerdings einen ziemlichen Schock.

»Und ob ich wütend auf Sie bin!«, platzte er heraus. »Und nett bin ich schon mal gar nicht! Großer Gott! Sie müssen furchtbare Schmerzen haben. Wie konnten Sie das nur tun?«

Francesca sah ihn mit großen Augen an. Einerseits gefiel es ihr ganz und gar nicht, wenn man sie anschrie oder herumkommandierte. Aber andererseits … Bedeutete sie ihm wirklich so viel? »Calder, Maggies Leben war in Gefahr. Es ist mir nichts anderes eingefallen, um sie zu retten.«

»Ich möchte jetzt aus Ihrem Munde hören, was geschehen ist«, sagte er mit düsterer Miene. »Von Anfang bis Ende. Und lassen Sie nichts aus.« Er trat auf sie zu, ergriff ihren Arm und hakte ihn sich derart fest unter, dass sie an seine Seite gepresst wurde und sich instinktiv verkrampfte. Was hatte er nur vor? Sie warf einen verstohlenen Blick auf sein Profil.

Er führte sie zu einem kleinen Plüschsofa. »Aber erst einmal möchte ich wissen, ob Ihnen der Doktor kein Laudanum gegen die Schmerzen gegeben hat.« Wieder warf er ihr einen durchdringenden Blick zu.

»Doch, schon. Aber Laudanum macht mich immer furchtbar schläfrig, und dann kann ich nicht mehr klar denken«, erwiderte sie. Zu ihrer Überraschung bemerkte sie, dass Hart seinen Arm um sie legte, als wolle er sie stützen. Wieder einmal stellte sie fest, dass er ein überaus muskulöser Mann war. Sie vermutete, dass er fünf Zentimeter größer war als sein Bruder und an die zehn Kilogramm mehr wog.

»Setzen Sie sich«, sagte er.

Sie folgte seiner Aufforderung nur allzu gern, war sogar erleichtert darüber, denn nachdem sie – mit seiner Hilfe – Platz genommen hatte, ließ er sie endlich los. Sie sah zu, wie er zum Barwagen hinüberschritt und ein Glas mit Whiskey füllte. Und während sie ihn so beobachtete, kam ihr der Gedanke, dass er etwas Animalisches an sich hatte. Die Art, wie er sich bewegte, sprach, gestikulierte. Alles an ihm hatte etwas Aggressives, ja sogar Unzivilisiertes.

Doch dann ermahnte sie sich selbst, dass das keine gerechte Einschätzung war. Harts Art sich zu kleiden, seine Villa, seine Kutschen, seine Dienstboten, seine Kunstsammlung – all das war in der Tat sehr zivilisiert.

Doch andererseits waren einige der Gemälde, die er besaß, äußerst freizügig, ja sogar erotisch.

Hart kehrte zurück und reichte ihr das Glas. »Trinken Sie das. Und hören Sie auf mich anzustarren.«

Sie spürte, wie sie rot wurde. »Ich habe Sie immer für einen interessanten Mann gehalten.«

Bei diesen Worten sah er sie entsetzt an, doch dann trat ein weicherer Ausdruck in seine Augen. »Ich habe mir schon viele Bezeichnungen gefallen lassen müssen, aber ›interessant‹ ist bisher noch nicht darunter gewesen.«

»Ich wollte nicht unhöflich sein.«

»Ich weiß, Francesca. Ich kenne Sie besser als Sie denken. Trinken Sie.« Er wies mit dem Kopf auf das Glas in ihrer Hand.

»Calder, das ist Whiskey«, sagte sie.

Er lächelte. »Früher oder später werden Sie ein gutes Glas Whiskey zu schätzen wissen. Vertrauen Sie mir.«

Sie sah ihn fassungslos an. Für gewöhnlich tranken die Frauen ihrer Kreise nichts anderes als Wein, Champagner, Bowle oder Sherry. Julia würde in Ohnmacht fallen, wenn sie es erführe.

Der Gedanke gefiel Francesca, und sie nahm einen Schluck von dem Whiskey und wäre beinahe daran erstickt. Hart grinste und strich ihr mit der Hand über den Rücken. Dann ließ er seine Hand dort liegen, und sie brannte auf die gleiche Weise auf ihrem Rücken, wie der Whiskey tief in ihrem Inneren brannte. Sie blickte ihn an und nahm einen weiteren Schluck. »Sie werden noch eine Trinkerin aus mir machen«, sagte sie lächelnd.

Er beobachtete sie, antwortete aber nicht.

»Gar nicht übel«, sagte sie schließlich mit leicht rauer Stimme.

»Wohl wahr«, erwiderte er. »Sie sind der Typ Frau, Francesca, der sich hin und wieder eine Havanna gönnen sollte«, fuhr er leise fort.

Sie nahm einen dritten Schluck von ihrem Whiskey und hatte gar nicht mehr das Gefühl, daran ersticken zu müssen. Im Gegenteil, mittlerweile genoss sie den Geschmack, zumal

Hart gleichzeitig seine Hand von ihrem Rücken nahm. »Sie wollen doch wohl nicht etwa vorschlagen, dass ich rauche?«, fragte sie.

Ein Lächeln umspielte seine Lippen, während er sie unverwandt anblickte. »Nein.«

»Aber Sie haben es doch gerade gesagt«, sagte sie mit großen Augen.

»Ich hege nicht den geringsten Zweifel, dass Sie mit der Zeit eine gute Zigarre zu schätzen wissen werden«, erklärte er.

Francesca war sprachlos. Sie kannte einige Frauen, die Zigaretten rauchten. Aber eine Zigarre? Wie ein Mann? »Finden Sie mich unweiblich, Calder?«, fragte sie betroffen.

Er sah sie an. »Wohl kaum.« Und plötzlich veränderte sich der Ausdruck in seinen Augen.

Francesca erstarrte. Sie erkannte das Leuchten in seinem Blick – genau so hatte er sie am Abend zuvor angesehen, aber da war sie ja auch eine Verführerin in einem gewagten Kleid gewesen, doch heute war sie krank und litt unter Schmerzen. Heute gab es schlichtweg keinen Grund für ihn, sie auf diese Art und Weise anzusehen.

Als Hart sich abrupt erhob, überkam Francesca eine große Erleichterung. »Erzählen Sie mir, was geschehen ist und lassen Sie ja nichts aus«, forderte er sie erneut auf.

Es dauerte einen Augenblick, bevor sie sprach, da sein Benehmen sie irritierte und sie sich von dem Whiskey bereits ein wenig benommen fühlte. Was war denn nur los? Und warum machte es ihr derart zu schaffen? Es hatte doch schon andere Männer gegeben, die an ihr interessiert gewesen waren, und jedes Mal war es ihr völlig gleichgültig gewesen und sie hatte keinen einzigen Gedanken daran verschwendet.

Außerdem war Hart ihr Freund. Er hatte ihr sogar ganz offen gesagt, dass er ihr gegenüber keinerlei romantische Absichten hegte. Sie rief sich in Erinnerung, dass er verheiratete und geschiedene Frauen und Prostituierte wie Daisy und Rose bevorzugte, doch auch dieser Gedanke brachte keine Erleichterung. Sie vermochte sich in seiner Gegenwart einfach nicht zu entspannen.

»Nun? Was ist denn jetzt genau passiert?«, fragte er noch einmal.

Er stand mit in die Hüften gestemmten Fäusten ein Stück von ihr entfernt, so dass er auf sie herabsah, da sie immer noch auf dem Sofa saß.

»Jetzt drängen Sie mich doch nicht so, Hart«, sagte Francesca leichthin. Offenbar zeigte der Whiskey Wirkung, denn obgleich ihre Hand immer noch pochte, bereitete es ihr keine Mühe mehr, den Schmerz zu ignorieren. »Gestern Abend verließ ich mit Bragg den Ball, um das Haus der Stuarts zu durchsuchen. Er hat Lincoln festgenommen. Wir dachten, der Fall sei gelöst. Ich ging nach Hause und musste mit ansehen, wie Maggie Kennedy angegriffen wurde. Lydia Stuart – die in Wahrheit Lizzie O'Brien heißt und bereits ihre beiden anderen Freundinnen getötet hat – hielt ihr ein Messer an die Kehle, und ich konnte einfach kein Risiko eingehen. Sie zwang mich, meine Pistole fallen zu lassen. Als mir klar wurde, dass Lizzie Maggie umbringen wollte, sah ich keine andere Möglichkeit, als ein Scheit aus dem Feuer zu ziehen, um zu versuchen, ihr Kleid anzuzünden.«

Hart starrte sie an. Er hatte die Lippen aufeinander gepresst, und es dauerte einen Augenblick, bevor er sprach. »Francesca, etwas so unglaublich Mutiges konnten nur Sie tun.«

Sie errötete vor Freude. »Es gefällt mir, wenn Sie mir Komplimente machen, Calder.«

Er sprang auf. »Wagen Sie es ja nicht, mit mir zu schäkern!«, rief er.

Hatte sie das denn getan? Sie sah ihn blinzelnd an. Wahrscheinlich hatte er Recht.

»Ich finde es unglaublich, dass Ihnen mein Bruder erlaubt, sich in gefährliche Polizeiarbeit einzumischen«, erklärte er. »Ich glaube, es ist an der Zeit, ihm ein wenig Vernunft einzubläuen.«

Francesca erhob sich ein wenig unbeholfen. Seine Hand schoss vor und legte sich um ihren Ellbogen, um sie zu stützen. »Mir ist etwas schwindelig«, gestand sie. Wenn Julia sie doch so sehen könnte! Dann hätte Hart gewiss nicht die geringste Chance, sich ihr jemals wieder zu nähern, und Julias alberne Pläne, sie mit Hart zu verkuppeln, wären gescheitert. Dann könnten sie endlich wieder einfach nur Freunde sein, ohne dass sie sich Gedanken über irgendetwas anderes machen müsste.

»Warum lächeln Sie?«, erkundigte er sich misstrauisch.

»Lächle ich denn?«

Er seufzte, ohne sie loszulassen. »Ich nehme an, durch die Schmerzen ist Ihnen der Whiskey schnell zu Kopf gestiegen.« Er betrachtete sie forschend.

»War das denn nicht der Zweck des Ganzen?«

»Doch, schon. Aber Sie grinsen mich an. Das wird Ihrer Mutter nicht gefallen.«

Ihr Lächeln erstarb. »Müssen Sie denn immer so verflixt gescheit sein?«

»Was hat das denn damit zu tun? Jedenfalls muss ich da-

446

rauf bestehen, dass Sie endlich aufhören, Privatdetektivin zu spielen.«

Francesca versuchte sich von ihm loszumachen, was ihr aber nicht gelang. Sie geriet lediglich ins Stolpern, und er half ihr sofort wieder auf. »Hart, was mich anbelangt, haben Sie überhaupt kein Recht, auf irgendetwas zu bestehen.«

Er grinste sie auf eine alarmierende Weise an. »Ach, wirklich?«

In ihrem Kopf läuteten die Alarmglocken. Was hatte er nur vor? Dieser Mann besaß keine Moral, litt nie unter Gewissensbissen! Was wäre, wenn er unter vier Augen mit Bragg redete und sich die beiden Brüder gegen sie stellten? Schlimmer noch, Hart könnte sich mit Julia oder Andrew unterhalten. Bei dem Gedanken schauderte es sie. »Im Augenblick bin ich wohl kaum in der Verfassung, es mit irgendeinem Verbrecher aufzunehmen«, sagte sie atemlos. »Und ich mag es gar nicht, wenn sich jemand in meine Angelegenheiten einmischt.«

Er war offenbar der Verzweiflung nahe. »Es ist mir ziemlich egal, was Sie von meiner so genannten Einmischung halten. Irgendjemand muss Sie ja in Schach halten. Und wenn Rick es nicht tut, dann werde ich das übernehmen.«

Sie sah ihn ungläubig an. »Aber warum?«

»Warum?«, polterte er. »Weil Sie ganz offensichtlich entschlossen sind, sich immer und immer wieder in Gefahr zu begeben! Das kann einfach so nicht weitergehen! Warum können Sie sich denn nicht wie andere Mädchen benehmen?«

»Ich bin kein Mädchen, ich bin eine erwachsene Frau«, zischte sie und vermochte sich endlich aus seinem Griff zu befreien. Gedankenlos stemmte sie die Hände auf die Hüften, schrie dann sofort auf und stolperte einen Schritt rückwärts, als ihr der Schmerz in die verbrannte Handfläche schoss.

Er fing sie geschickt auf. »Großer Gott! Sehen Sie? Sie leiden ganz schrecklich!«

Sie kämpfte gegen den Schmerz an und versuchte verzweifelt, ihre Selbstbeherrschung wiederzufinden. Als der Schmerz nachließ, wurde ihr bewusst, dass Hart sie noch immer an den Schultern festhielt. Sie blickte auf. Trotz der Tränen, die ihr in die Augen gestiegen waren, konnte sie die Besorgnis in seinem Blick klar und deutlich erkennen. »Es geht mir gut«, stieß sie hervor. »Sie können mich jetzt loslassen.«

Er zögerte.

»Bitte, Calder«, flüsterte sie.

Er ließ sie los.

Francesca atmete tief durch und sank wieder auf das Sofa. Sie hatte das Gefühl, als hätte sie jemand mit einem Knüppel verprügelt. »Ich bin sehr müde«, sagte sie, ohne aufzublicken.

»Bitte entschuldigen Sie«, erwiderte er sofort. »Bitte vergeben Sie mir, Francesca.«

Nun sah sie sich gezwungen, ihn anzusehen. »Schon vergessen.«

Er setzte sich neben sie und nahm ihre gesunde Hand in seine Hände. Francesca erstarrte, denn sie erinnerte sich daran, wie Bragg am Abend zuvor ihre Hand auf genau die gleiche Weise gehalten und dabei auch neben ihr gesessen hatte, wenn auch in einem anderen Zimmer und auf einem anderen Sofa.

»Ich werde Sie morgen noch einmal besuchen«, erklärte Hart ruhig. »Es war nicht meine Absicht, Ihnen weitere Schmerzen zuzufügen.«

Sie versuchte ihn anzulächeln, doch es misslang.

»Aber ich werde weiter darauf bestehen, dass Sie mit dem Detektivspielen aufhören, Francesca«, fügte er warnend hinzu. »Als Ihr Freund darf ich nicht schweigen.«

Sie war zu müde, um mit ihm zu streiten. Resignation machte sich in ihr breit. »Tun Sie, was Sie wollen, Hart.«

Er legte die Hand unter ihr Kinn. »Ich kann ein sehr mächtiger Verbündeter sein, Francesca«, sagte er.

Sprachlos blickte sie in seine rauchfarbenen Augen.

Ein kleines Lächeln umspielte seine Lippen, als er sich erhob. Er blieb vor ihr stehen und starrte auf sie hinunter, und sie vermochte nichts anderes zu tun, als seinen Blick zu erwidern.

In diesem Moment betrat Julia das Zimmer, und Francesca fragte sich sogleich, ob ihre Mutter wohl draußen vor der Tür gelauscht hatte – sie war sich fast sicher, dass es sich so verhielt. »Mr Hart, darf ich Ihnen vielleicht eine kleine Erfrischung anbieten? Eine Tasse Kaffee? Oder einen Weinbrand?« Julia strahlte ihn an.

Er lächelte höflich. »Vielen Dank, Mrs Cahill, aber ich muss jetzt leider gehen.«

Julia ließ ihren Blick von Francesca zu dem halb leeren Whiskeyglas schweifen, das auf dem Couchtisch in der Nähe ihrer Knie stand. Sie schenkte Hart ein weiteres Lächeln. »Meine Tochter ist viel intelligenter und dickköpfiger, als ihr gut tut«, bemerkte sie, und Francesca war klar, dass sie tatsächlich den größten Teil ihrer Unterhaltung mit angehört haben musste.

Trotzig griff sie nach dem Glas mit dem Whiskey und trank davon.

»Ich stimme vollkommen mit Ihnen überein«, erklärte Hart mit ernster Miene, aber es lag ein amüsierter Unterton in seiner Stimme.

Francesca setzte das Glas vernehmlich auf dem Tisch ab, so dass ihre Mutter und Hart zu ihr herüberschauten.

Dann wandte sich Julia wieder Hart zu. »Sie benötigt eine starke Hand.«

»Ich bin doch kein Pferd«, murrte Francesca, aber falls ihre Mutter und Hart es gehört hatten, so ließen sie es sich nicht anmerken.

»Ja, das denke ich auch«, erklärte Hart gelassen.

Sie warf ihm einen bösen Blick zu.

Er verbeugte sich. »Auf Wiedersehen, Francesca. Wir sehen uns dann morgen.«

Sie verspürte das kindliche Verlangen, trotzig zu schweigen. »Auf Wiedersehen, Calder«, sagte sie stattdessen und seufzte.

Das schien ihn zu freuen, denn für einen kurzen Moment leuchteten seine Augen auf.

»Ich begleite Sie hinaus«, erklärte Julia.

Im Gehen fragte sie ihn: »Mr Hart, hätten Sie Lust, am Sonntagabend zum Essen zu kommen? Es ist nur eine schlichte Angelegenheit, bei der die Familie anwesend sein wird – Evan und Miss Channing, Lord und Lady Montrose, Francesca und mein Mann und ich.«

Francesca setzte sich kerzengerade auf.

Hart blieb stehen. »Es wäre mir eine Ehre und eine Freude, Mrs Cahill«, erwiderte er.

»Dann werden Sie also kommen«, stellte Julia zufrieden fest.

»Ja, das werde ich; ich möchte diese Einladung um nichts in

der Welt versäumen.« Ohne noch einmal zu Francesca zurückzublicken, verließ er mit Julia das Zimmer.

Francesca starrte den beiden nach und bemerkte, dass ihr der Mund offen stand. Sie schloss ihn rasch wieder. Panik überkam sie.

Sie wusste ja bereits, was ihre Mutter im Schilde führte, aber mittlerweile war ihr gar nicht mehr wohl bei der Sache.

Es gefiel ihr nicht, dass Hart Partei für Julia ergriff, und auch wenn Francesca sich einredete, dass das alles zu nichts führen würde, sagte ihr ihr Gefühl doch etwas ganz anderes.

DONNERSTAG, 13. FEBRUAR 1902 – MITTAG
Francesca war wie gewöhnlich zum Frühstück nach unten gegangen, aber da sie immer noch unter den Folgen der Verbrennung litt, hatte sie sich anschließend im Musikzimmer hingelegt und war prompt eingeschlafen. Jetzt befand sie sich mitten in einem bizarren Traum, in dem Menschen flüsternd und mit nachdenklichen Mienen um sie herumstanden. Hart war da und machte eine unbeschreiblich düstere Miene, ihre Eltern, die sich gegen sie verschworen hatten, waren ebenfalls dabei, genau wie Bragg, der entschlossen zu sein schien, sie vor einer Bedrohung zu retten, die sie nicht zu begreifen vermochte. Aber in dem Traum kamen auch Kinder vor, die leise flüsterten.

»Dot! Nein!«

Ein spitzer Finger piekste Francesca in die Wange.

»Du darfst sie nicht aufwecken«, sagte Bragg in ihrem Traum. »Sie ist krank und muss sich ausruhen.«

»Fraka! Fraka! Fraka!«, kreischte Dot.

Blinzelnd schlug Francesca die Augen auf und begriff, dass sie gar nicht mehr träumte. Das Erste, was sie sah, war Dots grinsendes Gesicht, das nur zwei Zentimeter von ihrem eigenen entfernt war. »Fraka!«, schrie Dot erfreut. »Wach!«

In der Tat war Francesca schlagartig hellwach, wenn sie sich auch ein wenig angeschlagen fühlte, aber der Schmerz in ihrer

Hand war zu ertragen. Sie erinnerte sich dunkel daran, dass ihre Mutter zum Frühstück erschienen war und darauf bestanden hatte, dass Francesca etwas Laudanum nahm, worauf sie sich über die Dosierung gestritten hatten. Sie schaute an Dot vorbei und erblickte Julia und daneben Bragg, der sie besorgt ansah. Hinter ihm stand Peter, der Katie an den Schultern festhielt, als befürchte er, dass sie jeden Moment weglaufen könne.

»Francesca? Wie ich sehe, bist du wach. Der Commissioner hat darauf bestanden, dich zu sehen, aber ganz offensichtlich handelt es sich nicht um einen Besuch in irgendeiner offiziellen Angelegenheit«, sagte Julia, die darüber offenbar alles andere als erfreut war.

Francesca blinzelte erneut und versuchte sich aufzusetzen.

Sofort trat Bragg auf sie zu und schob seine warmen, starken und mittlerweile so vertrauten Hände hinter ihren Rücken. Sie begegnete seinem bernsteinfarbenen Blick und spürte, wie ihr Herz dahinschmolz. »Vielen Dank«, flüsterte sie. »Wie geht es den Kindern?«

Er stopfte ihr einige Kissen in den Rücken. »Dot hatte einen Wutanfall, weil sie unbedingt ›Fraka‹ sehen wollte. Ich habe nicht verstanden, was das sollte, aber Peter scheint ihre Sprache zu sprechen«, sagte er so leise, dass sie bezweifelte, dass es irgendjemand hören konnte. »Es war ein guter Vorwand, um Ihnen einen Besuch abstatten zu können, Francesca.« Sein Blick ruhte voller Wärme auf ihr, aber die Besorgnis darin war unverkennbar. »Wie geht es Ihnen? Ihre Mutter sagte, dass Sie heute bereits um acht Uhr aufgestanden sind.«

»Ja, das stimmt, obgleich ich gar nicht weiß, warum«, antwortete sie, und eine seltsame Erleichterung überkam sie. In diesem Moment wurde ihr klar, dass es keinen Menschen auf der Welt gab, den sie mehr brauchte als ihn. Wenn ihre Mutter doch nur gehen würde, dann könnte sie seine Hand nehmen und sie an ihre Brust drücken. »Aber der Schmerz ist weg. Mama hat darauf bestanden, dass ich Laudanum nehme.«

»Das sollten Sie auch tun. Es gefällt mir gar nicht, Sie so leiden zu sehen«, sagte er leise. Dann richtete er sich zu seiner vollen Größe auf. »Katie«, sagte er streng. »Du darfst Francesca begrüßen.«

Katie warf ihm einen bösen Blick zu, trat auf Francesca zu und schenkte ihr ein engelgleiches Lächeln. An der Stelle, wo zwei ihrer Vorderzähne gewesen waren, befand sich eine riesige Lücke.

»Katie! Du hast ja zwei Zähne verloren!«, rief Francesca.

Katie öffnete ihren Mund weiter, damit Francesca die Zahnlücke eingehend betrachten konnte.

»Na, ich hoffe, dass dir die gute Zahnfee dafür einen Penny unter dein Kopfkissen gelegt hat!« Francesca lächelte das Mädchen an.

Bragg seufzte. »Oje, das habe ich natürlich vergessen.«

»Wie konnten Sie nur, Bragg!«, schalt sie ihn.

Er lächelte. »War gar nicht so schwer.«

Sie zwang ihren benommenen Verstand, die versteckten Andeutungen aufzunehmen. »Hat Lizzie ein Geständnis abgelegt?«

Seine Augenbrauen schossen in die Höhe. »Sie wollen doch wohl jetzt nicht über Polizeiangelegenheiten reden, oder? Francesca, es ist alles unter Kontrolle. Lizzie wird angeklagt und verurteilt werden, dessen können Sie sich sicher sein.«

Francesca ließ sich in die Kissen zurücksinken. Sie blickte an Bragg vorbei zu Peter. »Guten Tag, Peter. Wie geht es Ihnen?« Er nickte. »Gut.«

»Als er hörte, was Ihnen zugestoßen ist, hat er aufgehört, mich wegen eines Kindermädchens zu löchern«, sagte Bragg. Sie umklammerte seine Hand. »Sie werden doch die Mädchen nicht etwa hinauswerfen?« Großer Gott, sie hatte keinen Gedanken mehr daran verschwendet, ein Kindermädchen oder eine Pflegefamilie für die Mädchen zu finden! Sie blickte von Dot zu Katie, die dem Gespräch der Erwachsenen aufmerksam lauschte. Francesca sah die Angst und die Wut in ihren Augen.

»Machen Sie sich darüber keine Sorgen«, erwiderte Bragg leise. »Ich werfe sie nicht hinaus. Sie können noch einige Tage bleiben. Ich habe Peter beauftragt, sich nach einem Kindermädchen umzusehen.«

»Aber das kann ich doch morgen machen«, sagte Francesca rasch.

»Nein, das können Sie nicht, da Ihnen der Arzt Bettruhe verordnet hat«, erwiderte Bragg. »Ich habe persönlich mit Finney gesprochen, Francesca«, fügte er mit warnender Stimme hinzu.

»Der Commissioner hat Recht«, sagte Julia mit Nachdruck. »Aber wenn Sie es wünschen, könnte ich Ihnen heute Nachmittag helfen, ein Kindermädchen zu finden, Rick.«

Francesca blickte ihre Mutter mit offenem Mund an.

Bragg wandte sich Julia zu. »Das ist ausgesprochen freundlich von Ihnen. Ich habe leider nicht die Zeit, es selbst zu erledigen und –«

»Natürlich nicht. Sie sind ein ausgesprochen beschäftigter

Mann.« Julia schenkte ihm ein knappes Lächeln. »Soll ich den Mädchen etwas zum Abendessen servieren lassen?«, fragte sie dann.

»Wir möchten Ihnen nicht zur Last fallen«, hob Bragg an.

»Das wäre ganz wundervoll, Mama!«, rief Francesca mit aufrichtiger Dankbarkeit. »Denn es ist gewiss Zeit für ihr Abendbrot.«

Julia lächelte verhalten. »Man kann mich wohl kaum als kaltherzig bezeichnen, Francesca«, sagte sie leise.

»Katie will nie etwas essen«, warnte sie Francesca.

»Ach, wirklich?« Julias Brauen wanderten in die Höhe, und sie richtete einen strengen Blick auf das Mädchen. »Nun, dann werden wir das wohl ändern müssen, denn sie ist dünn wie eine Bohnenstange. Peter, nehmen Sie die Kinder und folgen Sie mir.« Sie marschierte hinaus.

Peter trat vor, um Dot auf den Arm zu nehmen und sagte: »Ich hoffe, Sie fühlen sich bald wieder besser, Miss Cahill.« Mit Dot auf dem Arm und einer widerstrebenden Katie im Schlepptau, die Francesca auf dem Weg nach draußen ängstliche Blicke zuwarf, verließ Peter ebenfalls das Zimmer. Endlich waren sie allein.

Francescas Puls beschleunigte sich. Als sie Bragg in die Augen blickte, sah sie, dass er sie forschend betrachtete. »Du machst dir immer viel zu viele Sorgen«, sagte sie leise.

»Wie könnte ich anders, wenn es um dich geht«, gab er ebenso leise zurück. Er zog eine Polstertruhe heran und setzte sich neben sie. Dann strich er ihr eine Haarsträhne aus dem Gesicht. »Es fällt mir momentan nicht leicht, mich auf irgendetwas zu konzentrieren, Francesca. Ich bin immer noch so bestürzt über das, was dir zugestoßen ist.«

»Wirklich?« Sie lächelte erfreut. Es war interessant festzustellen, wie leicht es fiel, die eigenen Gefühle zu offenbaren, wenn man unter Medikamenteneinfluss stand.

»Wirklich. Und es gibt absolut keinen Grund, darüber erfreut zu sein«, erwiderte er rundweg. »Du starrst mich an«, fügte er nach einer Weile hinzu.

Sie seufzte. »Wie könnte ich dich nicht anstarren? Und ich glaube, du kennst auch den Grund.«

Er sah sie mit großen Augen an und beugte sich dann vor. »Nein, den kenne ich nicht, aber du solltest nicht vergessen, dass wir uns im Haus deiner Eltern befinden und dass deine Mutter augenblicklich nicht sehr gut auf mich zu sprechen ist.«

»Sie mag dich. Aber da du nicht frei bist, hält sie ein Auge auf uns«, erwiderte Francesca und war selbst erstaunt über ihre Unverblümtheit.

Er sah sie nachdenklich an. »Und das sollte sie besser auch«, erklärte er schließlich.

»Bist du jetzt etwa auf ihrer Seite?«

Er zögerte, nickte dann.

»Was soll denn das heißen?«, fragte sie erschrocken.

»Das soll heißen, dass ich ganz krank vor Sorge um dich gewesen bin«, antwortete er kurz angebunden. »Es soll heißen, dass ich mir über das Ausmaß meiner Gefühle für dich klar geworden bin – und das jagt mir Angst ein. Ich muss offen sprechen. Das alles kann nicht gut enden.«

Sie rührte sich nicht. Das Atmen fiel ihr schwer. »Ich kann einfach nicht glauben, dass du so mit mir sprichst.«

»Ich auch nicht«, gestand er. »Denn ich kann mir ein Leben ohne dich, ehrlich gesagt, eigentlich gar nicht mehr vorstellen.«

Er verstummte für einen Moment. »Aber das wäre wahrscheinlich die vernünftigste Lösung für uns.«

Francesca spürte, wie aufgewühlt Bragg war, und plötzlich stieg Furcht in ihr auf. »Das kann nicht dein Ernst sein.«

»Das sollte es aber. Obgleich ich zu einer anderen Entscheidung gekommen bin«, sagte er.

Sie war wie gelähmt vor Angst. »Und die wäre?«

»Ich werde Leigh Anne um die Scheidung bitten.«

Bei seinen Worten drehte sich Francesca plötzlich alles, und es dauerte eine Weile, bis sie sprechen konnte. »Wie bitte?«, fragte sie heiser.

»Du hast schon richtig gehört.« Er blickte düster, aber zugleich sehr entschlossen drein.

»Aber …« Sie vermochte keinen klaren Gedanken zu fassen, was wahrscheinlich zum Teil auf die Wirkung des Laudanums zurückzuführen war. Bragg und sie hatten sich erst am 18. Januar – also nicht einmal einen Monat zuvor – kennen gelernt. Und nach einer so kurzen Zeit war er willens, sein Leben komplett zu ändern und seine Frau um die Scheidung zu bitten? Und was war mit seiner politischen Zukunft, seinen Hoffnungen und Träumen? »Aber … du willst doch in den Nationalkongress. Das ist deine Pflicht! Dein Schicksal!«, rief sie fassungslos.

»Nun, ich frage mich mittlerweile, ob es nicht ebenso meine Pflicht und mein Schicksal ist, mit dir zusammen zu sein«, erwiderte er.

Es dauerte einen Moment, bis ihr die Bedeutung dessen, was er soeben gesagt hatte, richtig bewusst wurde. Er wollte alles aufgeben, seine Frau, sein Ansehen und seine Träume von einer Zukunft im Senat, nur um mit ihr zusammen sein zu können. »O Gott!«, hörte sie sich sagen. Durfte sie überhaupt zulassen, dass er das tat?

Aber natürlich durfte sie das! Schließlich war es doch ihr Traum. Ihr größter Traum, den sie bisher nur insgeheim gehegt hatte.

Aber seine Arbeit im Dienste der Allgemeinheit war doch so viel wichtiger als ihr gemeinsames, privates Glück!

Als er ihre Wange mit seiner Hand umfing, starrte sie ihn an und fragte sich, ob er wohl in ihren Augen die Furcht ablesen konnte, die in ihrer Seele war.

»Ich hätte vielleicht nicht so mit der Tür ins Haus fallen dürfen. Aber ich habe seit Tagen nicht mehr richtig geschlafen, weil ich über all das nachgedacht habe. Natürlich wird sich deine Mutter mit Händen und Füßen dagegen wehren, dass du einen geschiedenen Mann heiratest – und dabei könnte es durchaus Jahre dauern, eine Scheidung zu erwirken. Ich würde allerdings niemals von dir verlangen, dass du auf mich wartest, Francesca.«

Tränen stiegen ihr in die Augen. »Ich werde warten, Bragg. Notfalls bis in alle Ewigkeit«, flüsterte sie, während die Furcht in ihrem Herzen immer größer wurde. Und diese Furcht hatte nichts damit zu tun, dass Julia ihr niemals erlauben würde, einen geschiedenen Mann zu heiraten. Nein – Braggs Schicksal war die Stadt und der Staat New York und die Vereinigten Staaten von Amerika.

Was sollte sie nur tun?

Was konnte sie tun?

Er zögerte, und sie begriff, dass sein Zögern nicht in der Entscheidung begründet lag, die er getroffen hatte. Er war ein Mann, der sich nicht so leicht von einem einmal eingeschlagenen Kurs abbringen ließ. Sie streckte die Hand aus, umfing seinen Nacken und zog seinen Kopf zu sich heran, bis sich ihre Lippen flüchtig einmal, zweimal, dreimal zu bittersüßen Küssen berührten.

Tränen hatten sich in den Spitzen ihrer Wimpern verfangen. Lass nicht zu, dass er alles für dich wegwirft!, schrie ihr Verstand immer und immer wieder.

Plötzlich zog er sie in seine Arme, blickte ihr tief in die Augen, und es war, als begreife er in diesem Moment den Konflikt, der in ihr tobte.

»Keine Sorge«, flüsterte sie und presste ihre Lippen auf die seinen.

Sogleich nahm er ihren Mund mit einer überwältigenden Dringlichkeit, voller Verzweiflung und Liebe, in Besitz. Als der Kuss schließlich endete, war Francesca nicht einfach nur außer Atem, sondern zutiefst erschüttert.

Sie liebte ihn so sehr, dass es sich mit Worten nicht beschreiben ließ. Aber noch größer waren ihre Bewunderung für ihn und ihr fester Glaube daran, dass er in seinem Beruf in Zukunft so viel Gutes würde bewirken können.

Während sie noch mit ihren Gefühlen rang, wurde ihr plötzlich bewusst, dass sie beobachtet wurden. Offenbar erging es Bragg ebenso, denn er zuckte zurück und fuhr herum. Francesca schaute an ihm vorbei zur Tür hinüber.

Dort stand Dot und strahlte sie stolz an.

»Wir haben eine Anstandsdame«, murmelte Bragg voller Erleichterung darüber, dass es nur das Kind war.

»Ja, das haben wir wohl«, gab Francesca zurück. Sie sahen sich an und mussten beide unwillkürlich lächeln – die Unterbrechung durch Dot war gerade zur rechten Zeit gekommen.

»Wir sollten wirklich kein so schlechtes Beispiel abgeben«, sagte Bragg kopfschüttelnd.

»Nein, das sollten wir nicht«, stimmte sie ihm zu, immer noch ein wenig aus der Fassung durch den leidenschaftlichen Kuss und die neueste Wendung der Ereignisse.

Im diesem Augenblick klatschte Dot in die Hände und rief freudig: »Kuss, Kuss! Fraka! Kuss!«

Francesca zuckte zusammen und fragte sich, wann wohl Julia ins Zimmer stürmen und die Situation mit einem Blick erfassen würde.

»Ich glaube, ich fange langsam an, sie zu mögen«, murmelte Bragg.

»Ich wusste, dass das passieren würde«, gab sie zurück und schaute zu Dot hinüber, die sie freudig anstrahlte.

Da erblickte Francesca die Pfütze auf dem Boden, und plötzlich begriff sie, warum Dot so strahlte. Neben ihr lag eine offenbar in aller Eile heruntergerissene Windel. »Oje!«, sagte Francesca und griff nach Braggs Hand, in der Hoffnung, ihn abzulenken.

Doch es war schon zu spät. Er hatte das Malheur bereits gesehen. »Ich glaube es einfach nicht!«, rief er und erhob sich. »Sie hat sich die Windel runtergerissen! Dieses … dieses Balg!«

Er ging zu Dot hinüber und ermahnte sie mit strenger Stimme, aber die Kleine strahlte ihn nur fröhlich an und machte keine Anstalten, ihm zu gehorchen.

Francesca seufzte. So viel zur Waffenruhe …

Und als sich Dot schließlich doch von der Stelle rührte und zögernd auf Bragg zukam, ihm dann aber blitzschnell auswich, als er versuchte, sie zu packen, da wurde Francesca klar, wie unberechenbar das Leben doch war.

Sie fasste den festen Entschluss, sich keine Sorgen über die Zukunft zu machen. Keine Sorgen darüber, dass Bragg seine Karriere aufgab, wenn er sich von seiner Frau scheiden ließ. Keine Sorgen über das Porträt, das Hart in Auftrag gegeben hatte. Keine Sorgen über Julias alberne Pläne. Nein, es ließ sich nun einmal nicht vorhersehen, was am nächsten Tag geschehen würde. Francesca nahm sich vor, sich auszuruhen, damit ihre Hand schnell heilte und sie für den Fall gewappnet war, dass sie bei einem weiteren Verbrechen gebraucht würde. Bei diesem Gedanken musste sie unwillkürlich lächeln. Zumindest war ihr Leben nicht langweilig!

»Schau dir das an, die Kleine rennt vor mir weg!«, rief Bragg. »Dieses Kind hat mehr Mut als zwei erwachsene Gauner zusammengenommen!«

Francesca lächelte. »Dot! Komm bitte her und zeig Bragg, was du für ein liebes Mädchen bist.«

Dot zögerte.

Bragg bekam ihre Hand zu fassen. »Na siehst du, jetzt hab ich dich«, sagte er streng, aber das kleine Mädchen lachte nur. Er blickte Francesca lächelnd an. »Ich werde sie in Peters Obhut geben, da ich um ein Uhr mit dem Bürgermeister verabredet bin und jetzt los muss.«

Francesca Neugierde war geweckt. Sie fragte sich, worum es bei dem Treffen wohl gehen mochte. »Viel Glück«, sagte sie.

Er lächelte sie ein letztes Mal an und verließ mit Dot im Schlepptau das Musikzimmer. Francesca blickte ihnen nach, bis sie nicht mehr zu sehen waren.

Nach einer Weile hörte sie, wie draußen der Motor des Daimlers ansprang.

Sie erhob sich, schritt auf etwas zittrigen Beinen zum Fenster und zog die Gardine ein Stückchen zur Seite. Das elegante Automobil rollte bereits auf dem Weg zur 5th Avenue die Auffahrt hinunter. Francesca seufzte.

»Miss Cahill?«

Beim Klang der Stimme des Dienstmädchens drehte sich Francesca um. Bette stand im Türrahmen und hielt das silberne Tablett in der Hand, auf dem für gewöhnlich Besucher ihre Visitenkarte ablegten. Francesca sah, dass auf dem Tablett ein Briefumschlag lag.

»Dies kam gerade mit einem Boten, Miss Cahill«, sagte Bette. Francesca nahm den Umschlag entgegen. »Vielen Dank, Bette.« Ihr Name stand in einer wunderschönen Handschrift auf der Vorderseite, aber einen Absender konnte sie zu ihrer Verwunderung nicht entdecken.

Francesca öffnete den Umschlag und stellte fest, dass die darin befindliche Karte dieselbe schöne Handschrift trug. Sie war auf den 12. Februar datiert, und die Nachricht darauf lautete:

Liebe Miss Cahill,
ich werde in Kürze in New York eintreffen und würde mich gern einmal mit Ihnen treffen – wann immer Sie die Zeit dazu finden. Ich werde im Waldorf Astoria absteigen und freue mich darauf, Ihre Bekanntschaft zu machen.

Mit freundlichen Grüßen,
Mrs Rick Bragg